ДЖОРДЖ ОРУЭЛЛ
ДВЕ ШЕДЕВРА

Classipublica

ДЖОРДЖ ОРУЭЛЛ
GEORGE ORWELL

Eric Arthur Blair
(1903-1950)

СКОТНЫЙ ДВОР

Animal Farm, Лóндон, Secker and Warburg, 1945

ТЫСЯЧА ДЕВЯТЬСОТ ВОСЕМЬДЕСЯТ ЧЕТВЁРТЫЙ

Nineteen Eighty-Four, Лóндон, Secker and Warburg, 1949

Опубликовано

OMNIA PUBLICA INTERNATIONAL

www.omniapublica.com

СКОТНЫЙ ДВОР

ТЫСЯЧА ДЕВЯТЬСОТ ВОСЕМЬДЕСЯТ ЧЕТВЁРТЫЙ

СКОТНЫЙ ДВОР

ГЛАВА I

Мистер Джонс с фермы «Усадьба» закрыл на ночь курятник, но он был так пьян, что забыл заткнуть дыры в стене. Ткнув ногой заднюю дверь, он проковылял через двор, не в силах выбраться из круга света от фонаря, пляшущего в его руке, нацедил себе последний стаканчик пива из бочонка на кухне и отправился в постель, где уже похрапывала миссис Джонс.

Как только в спальне погас свет, на ферме началось беспокойное движение. Весь день ходили слухи, что старый майор, призовой боров из миддлуайта, прошлой ночью видел странный сон и хотел бы поведать о нем остальным животным. Все договорились встретиться в большом амбаре, как только мистер Джонс окончательно скроется из глаз. Старый майор (так его всегда звали, хотя имя, под которым его представляли на выставках, звучало как «Краса Уиллингдона»), пользовался на ферме таким уважением, что все безоговорочно согласились.

Майор уже ждал, как обычно, уютно расположившись на своей соломенной подстилке на возвышении в конце амбара, под фонарем, подвешенным к балке. Ему было уже двенадцать лет, и в последнее время он раздавался скорее в ширину, но тем не менее продолжал оставаться все тем же благородным боровом, в глазах которого светилась мудрость и доброжелательность, несмотря на устрашающие клыки. Пока все животные собрались и устроились каждый по своему вкусу, прошло довольно много времени. Первыми пришли три пса — Блюбелл, Джесси и Пинчер, а за ними свиньи, которые сразу же расположились на соломе перед возвышением. Куры разместились на подоконниках, голуби толкаясь, расселись на стропилах, а овцы и коровы прилегли сразу же за свиньями и принялись за свою жвачку. Вместе пришли упряжные лошади Боксер и Кловер. Они двигались медленно и осторожно, стараясь, чтобы их широкие волосатые копыта занимали как можно меньше места. Кловер была рослая кобыла средних лет, окончательно расплывшаяся после рождения четвертого жеребца. Внешность Боксера вызывала невольное уважение — высотой в холке более 6 футов, он был так силен, как две обыкновенные лошади вместе взятые. Белая полоса, пересекавшая его физиономию, придавала ему довольно глупый вид, да он и в самом деле не блистал интеллектом, но пользовался всеобщим расположением за ровный характер и удивительное трудолюбие. После лошадей явилась Мюриель, белая коза и осел Бенджамин. На ферме он жил дольше всех и отличался препротивным характером. Говорил он редко, но и в этих случаях обычно изрекал какое-нибудь циничное замечание — например, он как-то обмолвился, что господь бог наделил его хвостом, чтобы отмахиваться от оводов, но он предпочел бы обходиться и без оводов и без хвоста. Единственный среди всех животных, на ферме он никогда не смеялся. На вопрос о причинах такой мрачности он отвечал, что не видит поводов для смеха. Тем не менее, он был привязан к Боксеру; как правило, они проводили воскресные дни бок о бок в небольшом загончике рядом с садом, пощипывая травку.

Едва только Боксер и Кловер прилегли, как в амбар ворвался выводок утят, потерявших мать; взволнованно крякая, они стали метаться из стороны в сторону в поисках безопасного места, где бы их никто ненароком не придавил. Обнаружив, что вытянутые передние ноги Кловер представляют собой нечто вроде защитной стенки, утята попрыгали в это убежище и сразу же погрузились в сон. Наконец в амбар, хрустя куском сахара, кокетливо вошла Молли, глупая, но красивая белая кобылка, которая таскала двуколку мистера Джонса. Она заняла место в первых рядах и сразу же начала игриво помахивать белой гривой в надежде привлечь внимание к вплетенным в нее красным ленточкам. И последней явилась кошка, которая, как обычно, огляделась в поисках самого теплого местечка и наконец скользнула между Боксером и Кловер; здесь она беспристанно возилась и мурлыкала во время речи майора, не услышав из нее ни единого слова.

Кроме Мозуса, ручного ворона, который дремал на шесте около задней двери, теперь все животные были в сборе. Предложив всем устраиваться поудобнее и дождавшись тишины, майор прочистил горло и начал:

— Товарищи, все вы уже слышали, что прошлой ночью мне привиделся странный сон. Но к нему я вернусь позже. Первым делом я должен вам сказать вот о чем. Не думаю, что я проведу свами еще много месяцев, и чувствую, что перед смертью я должен поделиться с вами приобретенной мудростью. Я прожил долгую жизнь, у меня было достаточно времени для размышлений, когда я лежал один в своем загоне и, думаю, могу утверждать, что понимаю смысл жизни лучше, чем кто-либо из моих современников. Вот об этом я и хотел бы вам поведать.

Итак, друзья, в чем смысл нашего с вами бытия? Давайте посмотрим правде в лицо: краткие дни нашей жизни проходят в унижении и тяжком труде. С той минуты, как мы появляемся на свет, нам дают есть ровно столько, чтобы в нас не угасла жизнь, и те, кто обладает достаточной силой, вынуждены работать до последнего вздоха; и, как обычно, когда мы становимся никому не нужны, нас с чудовищной жестокостью отправляют на бойню. Ни одно животное в Англии после того, как ему минет год, не знает, что такое счастье или хотя бы заслуженный отдых. Ни одно животное в Англии не знает, что такое свобода. Жизнь наша — нищета и рабство. Такова истина.

Но таков ли истинный порядок вещей? Происходит ли это от того, что наша земля бедна и не может прокормить тех, кто обитает на ней и возделывает ее? Нет, товарищи, тысячу раз нет! Климат в Англии мягкий, земля плодородна, и она в состоянии досыта накормить гораздо большее количество животных, чем ныне обитают на ней. Такая ферма, как наша, способна содержать дюжину лошадей, двадцать коров, сотню овец — и жизнь их будет полна такого комфорта, такого чувства сабственного достоинства, о которых мы сейчас не можем даже и мечтать. Но почему же мы продолжаем жить в столь жалких условиях? Потому что почти все, что мы производим своим трудом на свет, уворовывается людьми. Вот, товарищи, в чем кроется ответ на все наши вопросы. Он заключается в одномединственном слове — человек. Вот кто наш единственный подлинный враг — человек. Уберите со сцены человека, и навсегда исчезнет причина голода и непосильного труда.

Человек — единственное существо, которое потребляет, ничего не производя. Он не дает молока, он не несет яиц, он слишком слаб для того, чтобы таскать плуг, он слишком медлителен для того, чтобы ловить кроликов. И все же он верховный владыка над всеми животными. Он гонит их на работу, он отсыпает им на прокорм ровно столько, чтобы они не мучились от от голода — все же остальное остается в его владении. Наш труд возделывает почву, наш навоз удобряет ее, — и все же у каждого из нас есть всего лишь его шкура. Вот вы, коровы, лежащие сейчас передо мной, — сколько тысяч галлонов молока вы уже дали за прошлый год? И что стало с этим молоком, которым вы могли бы вспоить крепких телят? Все оно, до последней капли, было поглощено глотками наших врагов. А вы, куры, сколько яиц вы снесли в этом году и сколько взрастили цыплят? А остальные были отправлены на рынок, чтобы в карманах у Джонса и иже с ними звенели денежки. Скажи и ты, Кловер, где твои четверо жеребят, которых ты выносила и родила в страданиях, жеребят, что должны были стать тебе опорой и утехой на старости лет? Все они были проданы еще в годовалом возрасте — и никого из них тебе не доведется увидеть вновь и после того, как ты четырежды мучилась в родовых муках, после того, как ты поднимала под пашню поля — что у тебя есть, кроме горсти овса и старого стойла?

Но даже наша жалкая жизнь не может кончиться естественным путем. Я не говорю о себе, потому что мне повезло. Я дожил до двенадцати лет и произвел на свет более четырехсот детей. Для свиньи я прожил достойную жизнь. Но ни одно животное не может избежать в конце жизни безжалостного ножа. Вот вы, юные поросята, что сидят передо мной, — все вы до одного, не пройдет и года, кончите свою жизнь в той загородке. И эта ужасная судьба ждет всех — коров, свиней, кур, овец, всех до единого. Даже лошадям и собакам достается не лучшая доля. Придет тот далекий день, когда могучие мускулы откажутся тебе служить, Боксер, и Джонс отправит тебя к живодеру, который перережет тебе горло и сделает из тебя собачью похлебку. Что же касается собак, то когда они состарятся и у них выпадут зубы, Джонс привяжет им на шею кирпич и пинком ноги швырнет в ближайший пруд.

И разве не стало теперь предельно ясно, товарищи, что источник того зла, которым пронизана вся наша жизнь, — это тирания человечества? Стоит лишь избавиться от человека, и плоды трудов наших перейдут в нашу собственность! И уже этим вечером может загореться заря нашей свободы, которая сделает нас богатыми и независимыми. Что нам предстоит делать для этого? Работать день и ночь, отдавая и тело и душу для избавления от тирании человека! И я призываю вас, товарищи, — восстание! Я не знаю, когда оно вспыхнет, через неделю или через сто лет, но столь же ясно, как я вижу эту солому под моими ногами, я знаю, что рано или поздно справедливость восторжествует. И сколько бы вам ни осталось жить, товарищи, посвятите свою жизнь этой идее! И кроме того, завещаю передать мое послание тем, кто придет после вас, чтобы будущие поколения могли продолжать борьбу до победного конца.

И помните, товарищи, — ваша решимость должна оставаться непоколебимой. Пусть никакие доводы не собьют вас с пути. Не слушайте, когда вам начнут говорить, что у людей и у животных общие интересы, что процветание одной стороны означает благоденствие и для другой. Все это ложь! Людей не интересуют ничьи интересы, кроме их собственных. А среди нас, животных, пусть восторжествует нерушимое единство, крепкая дружба в борьбе. Все люди — враги. Все животные — друзья.

Едва только майор кончил говорить, поднялся ужасный гам. Пока длилась его речь, из своих нор выскользнули четыре большие крысы и, присев на задние лапы, внимательно слушали майора. В это время их увидели собаки, и только мгновенная реакция крыс, юркнувших обратно в норы, спасла их жизнь. Майор поднял ногу, призывая к молчанию.

— Товарищи, — сказал он, — нам необходимо обсудить еще один вопрос. Дикие звери, такие, как крысы и кролики — друзья или враги? Давайте проголосуем. Я выдвигаю этот вопрос на рассмотрение собрания: являются ли крысы нашими товарищами?

Голосование прошло безотлагательно, и подавляющим большинством голосов было решено, что крыс можно считать товарищами. Против голосовали лишь четверо — три собаки и кошка, относительно которой позже было выяснено, что голосовала она в обоих случаях. Майор продолжил:

— Добавить мне осталось немного. Я лишь повторю: помните, что ваша обязанность — враждовать с людьми и со всеми их начинаниями. Каждый, кто ходит на двух ногах — враг. Каждый, кто ходит на четырех ногах или имеет крылья — друг. И помните также, что в борьбе против человека мы не должны ничем походить на него. Даже одержав победу, отвергните все, что создано человеком. Ни одно из животных не должно жить в доме, спать в постели, носить одежду, пить алкоголь, курить табак, притрагиваться к деньгам или заниматься торговлей. Все человеческие привычки — это зло! И, кроме всего, ни одно животное не должно тиранить своих сородичей. Слабые или сильные, умные или глупые — все мы братья! Ни одно животное не должно убивать других животных. Все животные равны.

А теперь, товарищи, я расскажу вам о своем сне, что привиделся мне прошлой ночью. Я не в силах описать вам эту мечту. Это была мечта о земле, какой она станет после того, как человек исчезнет с ее лица. И вспомнилось мне давно забытое. Много лет назад, когда я был совсем маленьким поросенком, моя мать и вся наша родня любили петь старую песню, из которой они знали только первые три строчки и мотив. Песню эту я помню с детства, но прошло столько времени, что многое забылось. И вот прошлой ночью она вернулась ко мне сместе с мечтой. И, что самое удивительное, — всплыли те слова, которые, я уверен, пели животные в давно прошедшие времена и которые, казалось, были навсегда потеряны в памяти поколений. Я сейчас спою вам эту песню, товарищи. Я стар, и у меня хриплый голос, но когда я научу вас мотиву, вы ее споете лучше. Она называется «Скоты Англии».

Старый майор прочистил горло и начал. Как он и говорил, голос у него был хриплый, но волнующая мелодия, нечто среднее между «Клементиной» и «Кукарачей» звучала достаточно чисто. Слова были таковы:

Звери Англии и мира, всех загонов и полей,
созывает моя лира
вас для счастья новых дней.
Он настанет, он настанет, мир великой чистоты,
и людей совсем не станет — будут только лишь скоты.
Кнут над нами не взовьется, и ярмо не нужно нам,
пусть повозка расшибется, не возить ее коням!
Наше завтра изобильно, клевер, сено и бобы,
и запасы так обильны,
что прекрасней нет судьбы. Небо Англии сияет,
и чиста ее вода,
ветер песни напевает — мы свободны навсегда!
Мы дадим друг другу слово — отстоим судьбу свою!
Свиньи, куры и коровы, будем стойкими в бою!

Звери Англии и мира, всех загонов и полей,
созывает моя лира
вас для счастья новых дней.

Совместное исполнение этой песни привело животных в дикое возбуждение. И едва только майор дошел до последних слов, они сразу же начали петь ее снова. Даже самые тупые из присутствующих уже уловили мотив и несколько слов, а что же касается самых умных, таких, как свиньи и собаки, то уже через пару минут песня как бы рвалась из глубин их сердец. Несколько попыток приладиться один к другому — и вся ферма в потрясающем единстве взревела «Скоты Англии». Коровы мычали ее, собаки взлаивали, овцы блеяли, лошади ржали и утки вскрякивали. Пели они с таким наслаждением, что песня была исполнена пять раз подряд, и каждый раз все лучше, и они могли бы петь всю ночь — если бы их не прервали.

К сожалению, шум разбудил мистера Джонса, который выбрался из постели в полной уверенности, что во двор забралась лиса. Он схватил ружье, которое всегда стояло рядом с изголовьем, и пару раз выпалил в темноту. Пули врезались в стенку амбара, собрание мгновенно прекратилось. Все разбежались на места, где они обычно проводили ночь. Птицы вспорхнули на свои насесты, животные расположились на соломе, и вся ферма сразу же погрузилась в сон.

ГЛАВА II

Через три дня старый майор мирно опочил во сне. Его тело было предано земле неподалеку от фруктого сада.

Случилось это в начале марта. Последующие три месяца были отмечены размахом тайной деятельности. Речь майора заставила большинство самых сообразительных жителей фермы посмотреть на жизнь под новым углом зрения. Они не знали, когда вспыхнет восстание, предсказанное майором, у них не было никаких оснований считать, что оно произойдет еще при их жизни, но ясно понимали, что они должны готовить восстание. Работа по просвещению и организации всех остальных, естественно, легла на свиней, чьи выдающиеся умственные способности были единодушно признаны всеми. Но и среди них явно выделялись два молодых борова, Сноуболл и Наполеон, которых мистер Джонс откармливал на продажу. Наполеон был большим и даже несколько свирепым с виду беркширским боровом, единственным беркширцем на ферме. Он не был многословен, но пользовался репутацией личности себе на уме. Сноуболл отличался большей живостью характера, быстрой речью и изобретательностью, но относительно меньшей серьезностью. Остальные свиньи на ферме были еще поросятами. Наибольшей известностью среди них пользовался маленький толстенький поросеночек по имени Визгун, с круглыми щечками, вечно помаргивающими глазками, быстрыми движениями и пронзительным голосом. Он был блестящим оратором. Обсуждая какую-то сложную проблему, он метался из стороны в сторону, и хвостик его все время подрагивал, что придавало его словам особую убедительность. Кое-кто говорил о Визгуне, что он способен превратить белое в черное и наоборот.

Они втроем переработали проповеди старого майора в стройную систему воззрений, которую назвали анимализмом. Несколько ночей в неделю после того, как мистер Джонс отходил ко сну, на тайных сборищах в амбаре они объясняли всем остальным принципы анимализма. Сначала они встретились с тупостью и равнодушием. Кое-кто говорил о необходимости соблюдать лояльность по отношению к мистеру Джонсу, которого они называли не иначе, как хозяин или отпускали идиотские замечания типа «Мистер Джонс нас кормит. Если его не будет, мы умрем с голоду». Другие задавали вопросы: «С какой стати нам заботиться о том, что будет после нашей смерти?» Или «Если восстание так и так произойдет, то какой смысл в том, работаем мы для него или нет?», И свиньям стоило немалых трудов объяснить им, что все это противоречит духу анимализма. Самый глупый вопрос задала Молли, белая кобылка. Первое, с чем она обратилась к Сноуболлу, было:

«Будет ли сахар после восстания?»

— Нет, — твердо сказал Сноуболл. — Мы не собираемся производить сахар на этой ферме.

Кроме того, ты можешь обойтись и без него. Тебе хватит овса и сена.

— А разрешено ли мне будет носить ленточки в гриве? — Спросила Молли.

— Товарищ, — сказал Сноуболл, — эти ленточки, к которым ты так привязана, — символ рабства. Неужели ты не можешь понять, что свобода дороже любых ленточек?

Молли согласилась, что это именно так, но похоже было, что она осталась при своем мнении. Гораздо больше трудов доставила свиньям необходимость опровергать ложь, пущенную Мозусом, ручным вороном. Мозус, любимец мистера Джонса, был болтуном и сплетником, но в то же время краснобайствовать он умел. Он распространял слухи о существовании таинственной страны под названием Леденцовая гора, куда после смерти якобы попадают все животные. Она расположена где-то на небе, рассказывал Мозус, сразу же за облаками. На леденцовой горе семь дней в неделю — воскресенье, клевер в соку круглый год, а колотый сахар и льняной жмых растут прямо на кустах. На ферме терпеть не могли Мозуса за то, что он только рассказывает басни и не работает, но кое-кто верил в Леденцовую гору, и свиньям пришлось немало потрудиться, прежде чем они убедили всех в том, что такого места не существует.

Самой безграничной преданностью отличались две тягловые лошади, Кловер и Боксер. Сам процесс мышления доставлял им немалые трудности, но раз и навсегда признав свиней своими пастырями, Кловер и Боксер впитывали в себя все, что было ими сказано и затем терпеливо втолковывали это остальным животным. Они неизменно присутствовали на всех сборищах в амбаре и первыми затягивали «Скоты Англии», которым обычно заканчивались встречи.

Но, как оказалось, восстание состоялось значительно раньше и произошло куда легче, чем кто-либо мог предполагать. В свое время мистер Джонс был неплохим фермером, хотя и отличавшимся крутым характером, но потом дела его пошли значительно хуже. Просадив массу денег в судебных тяжбах, он перестал интересоваться делами фермы и стал регулярно выпивать. Целые дни он проводил на кухне, развалившись в своей качалке — проглядывал газеты, прикладывался к бутылке и время от времени кормил Мозуса кусками хлеба, вымоченными в пиве. Работники его слонялись без дела и тащили все, что плохо лежит; поля заросли сорняками; изгороди зияли прорехами, а животные часто оставались некормленными.

Пришел июнь, и поля были готовы к жатве. В канун середины лета, который выпал на субботу, мистер Джонс поехал в Уиллингдон и так надрался в «Красном льве», что добрался домой только к полудню воскресного дня. Подоив коров ранним утром, батраки ушли ловить кроликов, не позаботившись о том, чтобы накормить животных. Вернувшись, мистер Джонс немедленно завалился спать на кушетке в гостиной, прикрыв лицо газетой, то есть и к вечеру обитатели фермы оставались голодными. В конце концов их терпение истощилось. Одна из коров вышибла рогами дверь в закрома, которые немедленно наполнились животными. Как раз в это время проснулся мистер Джонс. В следующий момент он и четверо его батраков, вооружившись кнутами, которыми они полосовали во все стороны, были уже на месте присшествия. Чаша терпения оголодавших животных переполнилась. В едином порыве они ринулись на своих мучителей. Внезапно Джонс и остальные почувствовали, что их толкают и бьют со всех сторон. Инициатива была вырвана из их рук. Им никогда раньше не приходилось сталкиваться с животными в таком состоянии, и этот внезапный взрыв ярости тех, с кем они привыкли обращаться с небрежной жестокостью, испугал их почти до потери сознания. Они поняли, что им остается только думать о собственном спасении и уносить ноги. Минутой позже они впятером впопыхах вывалились на проселок, который вел к дороге, а торжествующие животные преследовали их.

Миссис Джонс выглянула из окна спальни, увидела, что происходит, торопливо покидала в саквояж первое, что попалось под руку, и покинула ферму через заднюю дверь. Мозус сорвался со своего шеста и, громко каркая, последовал за ней. Тем временем животные гнали мистера Джонса и его приспешников по дороге до тех пор, пока за ними не захлопнулись тяжелые ворота. Таким образом, прежде, чем они поняли, что произошло, восстание было успешно завершено: Джонс изгнан, и ферма «Усадьба» перешла в их владение.

Первые несколько минут животные с трудом осознавали свою удачу. Сначала они резво обежали границы фермы, дабы убедиться, что никому из людей не удалось где-нибудь спрятаться; затем они помчались обратно на ферму, полные желания уничтожить последние следы ненавистного царствования Джонса. Помещение, где хранилась упряжь, было взломано; удила, уздечки, поводки, страшные ножи, которыми мистер Джонс кастрировал свиней и баранов — все было выброшено наружу. Вожжи, недоуздки, шоры — все эти унизительные приспособления полетели в костер, уже полыхавший во дворе. Такая же участь постигла хлысты. Все животные прыгали от радости, видя, как они горят. Сноуболл кроме того швырнул в костер и ленточки, которые в ярмарочные дни обычно вплетались в хвосты и гривы лошадей.

— Ленточки, — сказал он, — должны быть признаны одеждой, признаком человеческих существ. Все животные должны ходить нагими.

Услышав это, Боксер стряхнул соломенную шляпу, которую обычно носил летом, чтобы уберечь от оводов свои уши, и с облегчением кинул ее в огонь.

Не потребовалось много времени, чтобы разрушить все, напоминавшее животным о мистере Джонсе. После того Наполеон отвел их в закрома и выдал каждому по двойной порции пищи, а собакам, кроме того, — по два бисквита. Затем они семь раз подряд вдохновенно спели «Скоты Англии» и пошли устраиваться на ночь. Сон их был крепок, как никогда раньше.

Как обычно, проснувшись на рассвете, они внезапно вспомнили блистательную вчерашнюю победу и все вместе потрусили на пастбище. Недалеко от него был холм, с которого открывался вид на большинство владений фермы. В чистом утреннем свете животные взобрались на его вершину и стали осматриваться. Да, все это была их собственность — все, что мог охватить глаз, принадлежало им! В восторге от этих открытий они стали носиться кругами и прыгать, выражая свое восхищение. Они катались по росе, они набивали рты сладкой летней травой, они взрывали мягкую черную землю и с наслаждением упивались ее волнующим ароматом. Затем, осматриваясь, они обошли всю ферму, с немым восторгом глядя на пашни, пастбища, на фруктовый сад, на пруд и рощицу. Похоже было, что никогда ранее они не видели всего этого и сейчас с трудом верили, что все принадлежит им.

Затем они вернулись к постройкам и в замешательстве остановились на пороге открытой двери фермы. Теперь она тоже принадлежала им, но войти внутрь было еще несколько страшновато. Помедлив с минуту или около того, Сноуболл и Наполеон распахнули дверь настежь, и животные гуськом осторожно вошли внутрь, пугливо стараясь ничего не задеть. На цыпочках они прошли из комнаты в комнату, боясь проронить хоть шепот и в изумлении дивясь на ту невероятную роскошь, что окружала их — постели с пуховыми перинами, зеркала, софа из конского волоса, брюссельские ковры и литография королевы Виктории над вешалкой в гостиной. Они уже спускались по лестнице, когда выяснилось, что Молли исчезла. Вернувшись, остальные обнаружили ее в одной из спален. Она взяла кусок голубой ленточки с туалетного столика миссис Джонс, перекинула его через плечо и с предельно глупым видом любовалась на себя в зеркал. Все животные единодушно осудили ее и затем все вместе покинули эту комнату. Несколько окороков, висевших на кухне, были взяты для захоронения, и в буфетной Боксер проломил копытом бочонок с пивом — все остальное в доме осталось нетронутым. Было принято единодушное решение, что ферма останется музеем. Все пришли к соглашению, что ни одно животное не должно жить в ее помещениях.

После завтрака Сноуболл и Наполеон снова созвали всех.

— Товарищи, — сказал Сноуболл, — уже полшестого, и нас ждет долгий день. Сегодня мы начнем жатву. Но прежде всего мы должны кое-что сделать.

И свиньи сообщили, что в течение последних трех месяцев

они учились читать и писать по старому сборнику прописей, который когда-то принадлежал детям мистера Джонса, но был выброшен в кучу хлама. Наполеон послал за банками с черной и белой красками и направился к воротам, за которыми начиналась основная дорога. Затем Сноуболл (именно Сноуболл, поскольку у него был самый лучший почерк) взял своими раздвоенными копытцами кисть, закрасил название «Ферма "Усадьба"» на верхней перекладине ворот и на этом месте написал «Скотский хутор». Отныне таково должно было быть название фермы. После этого они вернулись к зданию, где уже стояла прислоненная к задней стенке большого амбара лестница, доставленная по приказанию Наполеона и Сноуболла. Они объяснили, что последние три месяца, когда они изучали прописи, им, свиньям, удалось сформулировать в семи заповедях принципы анимализма. Эти семь заповедей будут запечатлены на стене; и в них найдут отражение непререкаемые законы, по которым отныне и до скончания века будут жить все животные на ферме. С некоторыми трудностями (ибо свинье не так просто балансировать на лестнице) Сноуболл забрался наверх и принялся за работу; несколькими ступеньками ниже Визгун держал банку с краской. Заповеди были написаны на темной промасленной стене большими белыми буквами, видными с тридцати метров. Вот что они гласили:

СЕМЬ ЗАПОВЕДЕЙ

1. Каждый, кто ходит на двух ногах, — враг.
2. Каждый, кто ходит на четырех ногах или у кого есть крылья, — друг.
3. Животные не носят платья.
4. Животные не спят в кроватях.
5. Животные не пьют алкоголя.
6. Животное не может убить другое животное.
7. Все животные равны.

Написано все было очень аккуратно, не считая только, что вместо «друг» было «дург», а одно из «с» было развернуто в другую сторону, но в целом все было очень правильно. Чтобы собравшиеся твердо уяснили написанное, Сноуболл громко прочел заповеди. Все кивали в полном согласии, а самые сообразительные сразу же стали учить заповеди наизусть.

— А теперь, товарищи, — сказал Сноуболл, отбрасывая кисточку, — на нивы! Пусть для нас станет делом чести убрать урожай быстрее, чем Джонс и его рабы!

Но в этот момент три коровы, которые давно уже тоскливо переминались с ноги на ногу, стали громко мычать. Их не доили уже целые сутки, и все три вымени у них болели. Немного подумав, свиньи послали за ведрами и весьма успешно подоили коров, поскольку, как оказалось, свиные копытца были словно специально приспособлены для этой цели. Скоро пять ведер наполнились жирным парным молоком, на которое остальные животные смотрели с нескрываемым интересом.

— Что будем делать с этим молоком? — Спросил кто-то.

— Джонс иногда подмешивал его нам в кормушки, — сказала одна из кур.

— Не о молоке надо думать, товарищи! — Вскричал Наполеон, закрывая собой ведра. — О нем позаботятся. Урожай — вот что главное. Товарищ Сноуболл поведет вас. Я последую за вами через несколько минут. Вперед, товарищи! Жатва не ждет.

И животные двинулись на поля, где принялись за уборку, а когда вечером вернулись домой, то обнаружили, что молоко исчезло.

ГЛАВА III

Как они выкладывались и потели на жатве! Но их усилия были вознаграждены, так как урожай оказался даже больше, чем они рассчитывали.

Порой работа доставляла немалые трудности: техника была рассчитана на людей, а не на животных, и основным препятствием было то, что никто из них не мог работать, стоя на задних ногах. Но у свиней хватило сообразительности обойти эти помехи. Что же касается лошадей, то они знали каждую кочку на полях, в косовице и жатве разбирались лучше Джонса и его батраков. Сами свиньи фактически не работали, а лишь организовывали и руководили. Естественно, что эта главенствующая роль была обеспечена их выдающимися познаниями. Боксер и Кловер впрягались в жнейку или в механические грабли (ни о поводьях, ни о хлысте в эти дни, конечно, не могло быть и речи) и аккуратно, раз за разом, проходили все поле. Сзади шла свинья и в зависимости от ситуации руководила работой с помощью возгласов: «Поддай, товарищ!» Или «Ссади назад, товарищ!». Все выкладывались до предела, скашивая и убирая урожай. Даже куры и утки целый день сновали взад и вперед, таская колоски в клювах. В конечном итоге урожай был собран на два дня раньше, чем это обычно делал мистер Джонс. Более того — такого обильного урожая ферма еще не видела. Не пропало ни одного зернышка; куры и утки с их острым зрением подобрали даже все соломинки. За время уборки никто не позволил себе съесть больше одной горсточки.

Все лето работы шли с точностью часового механизма. Обитатели фермы даже не представляли себе, что можно трудиться с таким удовольствием. Они испытывали острое наслаждение, наблюдая, как заполняются закрома, потому что это была их пища, которую они вырастили и собрали сами для себя, пища, которую отныне не отнимет у них безжалостный хозяин.

После изгнания паразитических и бесполезных людей, никто больше не претендовал на собранные запасы. Конечно, на досуге приходилось о многом подумать. Не обладая еще достаточным опытом, они встречались с определенными трудностями — например, когда они приступили к уборке зерновых, им пришлось, как в старые времена, вылущивать зерна и собственным дыханием сдувать мякину — но сообразительность свиней и могучие мускулы Боксера всегда приходили на помощь. Боксер вызывал у всех восхищение. Он много работал еще во время Джонса, ну а теперь трудился за троих; бывали дни, когда, казалось, вся работа на ферме ложилась на его всемогущие плечи. С восхода и до заката он трудился без устали, и всегда там, где работа шла труднее всего. Он договорился с одним из петухов, чтобы тот поднимал его на полчаса раньше всех, и до начала дня он уже добровольно успевал что-то сделать там, где был нужнее всего. Сталкиваясь с любой задержкой, с любой проблемой, он неизменно говорил одно и то же: «Я буду работать еще больше» — таков был его личный девиз.

Но и остальные работали с полной отдачей. Так, например, во время уборки куры и утки снесли в закрома пять бушелей пшеницы, которую они собрали по зернышку. Хищения, воркотня из- за порции, ссоры, свары и ревность, то есть все, что было нормальным явлением в старые времена — все это практически исчезло. Никто — или почти никто — не жаловался. Правда, Молли не нравилось вставать рано утром, и если на ее пашне попадались камни, она могла сразу же бросить работу. Довольно сообразительным было и поведение кошки. Скоро было замечено, что, как только возникала неотложная работа, кошки не могли доискаться. Она пропадала часами, а потом, как ни в чем не бывало, появлялась к обеду или вечером, когда все работы были завершены, но она всегда умела столь убедительно извиняться и так трогательно мурлыкала, что было просто невозможно не верить в ее добрые намерения. Старый Бенджамин, осел, казалось, совершенно не изменился со времен восстания. Он никогда не напрашивался ни на какую работу и ни от чего не отлынивал; но все, что он делал, было проникнуто духом того же медленного упрямства, что и во времена мистера Джонса. О восстании и о том, что оно принесло, Бенджамин предпочитал помалкивать. Когда его спрашивали, чувствует ли он, насколько счастливее стало жить после изгнания Джонса, он только бурчал: «У ослов долгий век. Никто из вас не видел дохлого осла», и остальным оставалось лишь удовлетворяться его загадочным ответом.

В воскресенье все отдыхали. Завтракали на час позже, а затем все спешили на церемонию, которая неукоснительно проводилась каждую неделю. Первым делом торжественно поднимался флаг. Сноуболл нашел в кладовке старую зеленую скатерть миссис Джонс и нарисовал на ней белое копыто и рог. Каждое воскресное утро этот стяг поднимался по флагштоку, водруженному в саду фермы. Зеленый цвет, объяснил Сноуболл, символизирует поля Англии, а копыто и рог олицетворяют будущую республику животных, которая восторжествует после того, как будет окончательно покончено со всем родом человеческим. После поднятия флага все собирались в большом амбаре на общий совет, который получил название ассамблеи. Здесь планировалась работа на будущую неделю, выдвигались и обсуждались различные решения. Как правило, предлагали свиньи. Все остальные понимали, как они должны голосовать, но им никогда не приходило в голову выступить с собственными предложениями. Сноуболл и Наполеон бурно участвовали в дебатах. Но было замечено, что они редко приходят к соглашению: что бы ни предлагал один из них, второй всегда выступал против. Даже когда все было совершенно ясно и было достигнуто единодушное согласие — например, оставить нетронутым небольшой выгон за садом, который мог бы служить местом отдыха для животных, окончивших работу, — то и тогда разгорелись бурные споры о пределе пенсионного возраста для каждого вида животных. Ассамблея всегда кончалась пением гимна «Скоты Англии», и после полудня все отдыхали.

Помещение, где хранилась упряжь, свиньи превратили в свою штаб-квартиру. Здесь, пользуясь книгами, которые нашлись на ферме, вечерами они изучали кузнечное дело, плотницкие работы и другие искусства. Сноуболл, кроме того, занимался созданием организаций, которые он называл комитеты животных. Этим он занимался с неутомимой энергией. Он организовывал комитет по производству яиц для кур, лигу чистых хвостов для коров, комитет по вторичному образованию диких товарищей (его целью было приручить крыс и кроликов), движение за белую шерсть среди овец и множество других, не говоря уже о курсах чтения и письма. Обычно все эти проекты постигала неудача. Например, попытки приручения рухнули почти немедленно. Все дикие вели себя точно так же, как и раньше и, если чувствовали, что к ним относятся с подчеркнутым великодушием, просто старались использовать такое отношение. Кошка вошла в комитет по вторичному образованию и несколько дней проявляла большую активность. Так, однажды она была замечена сидящей на крыше и беседующей с воробьями, которые располагались несколько поодаль от нее. Она рассказывала им, что теперь все животные стали братьями и что ныне любой воробей, если захочет, может подойти и сесть к ней на лапу, но воробьи продолжали сохранять дистанцию.

Тем не менее, ликбез пользовался большим успехом. К осени почти все животные в той или иной степени стали грамотными.

Что касается свиней, они свободно читали и писали. Собаки успешно учились читать, но кроме семи заповедей их ничего не интересовало. Мюриель, коза, умела читать еще лучше собак и порой по вечерам она читала остальным обрывки газет, которые валялись в куче мусора. Бенджамин читал так же, как свиньи, но никогда не демонстрировал своих способностей. Насколько мне известно, говорил он, нет ничего стоящего, чтобы читать. Кловер освоила алфавит, но так и не овладела искусством складывать из букв слова. Боксер добрался лишь до буквы Г. Своим огромным копытом он выводил в пыли А, Б, В, Г, а затем, прижав уши и временами потряхивая челкой, стоял, глядя на них, изо всех сил стараясь вспомнить, что следует дальше. Временами он твердо осваивал следующие четыре буквы, но, как правило, выяснялось, что забывал предыдущие. Наконец, он решил удовлетвориться первыми четырьмя буквами и писал их на земле один-два раза в день, что позволяло ему освежать память. Освоив пять букв, из которых состояло ее имя, Молли отказалась учиться дальше. Она изящно выкладывала свое имя из веточек, украшала его парой цветочков и прохаживалась рядом, в восхищении глядя на свое произведение.

Большинство же остальных животных фермы так и не продвинулись дальше буквы а. Кроме того, было выяснено, что самые глупые из них, такие, как овцы, утки, куры были не в состоянии выучить наизусть семь заповедей. После долгих размышлений Сноуболл объявил, что семь заповедей могут быть успешно сведены к афоризму, который звучал следующим образом: «Четыре ноги — хорошо, две ноги —

плохо». В этом, он сказал, заключен основной принцип анимализма. И тот, кто глубоко усвоит его, будет спасен от человеческого влияния. На первый взгляд, этот принцип исключал птиц, поскольку у них тоже были две ноги, но Сноуболл доказал, что это не так.

— Птичьи крылья, товарищи, — сказал он, — это орган движения, а не действий. Следовательно, их можно считать ногами. Отличительный признак человека — это руки, при при помощи которых он и творит все свои злодеяния.

Птицы так и не поняли долгих тирад Сноуболла, но смысл его толкования до них дошел, и все отстающие принялись старательно запоминать новый афоризм. «Четыре ноги — хорошо, две ноги — плохо» было написано большими буквами на задней стенке амбара, несколько выше семи заповедей. Наконец усвоив его, овцы восторженно приняли новое изречение и часто, находясь на пастбище, они все хором начинали блеять: «Четыре ноги — хорошо, две ноги — плохо! Четыре ноги — хорошо, две ноги — плохо!» — И так могло продолжаться часами, без малейшего признака усталости.

Наполеон не проявлял никакого интереса к комитетам Сноуболла. Он сказал, что обучение подрастающего поколения гораздо важнее любых дел, которые могут быть сделаны для тех, кто уже вошел в возраст. Он высказал свою точку зрения как раз в то время, когда после уборки урожая Джесси и Блюбелл разрешились от бремени девятью крепкими здоровыми щенятами. Как только они перестали сосать, Наполеон забрал их от матери, сказав, что он лично будет отвечать за их образование. Он поместил их на чердаке, куда можно было попасть только по лестнице из штаб- квартиры свиней и держал их тут в такой изоляции, что скоро все обитатели фермы забыли о существовании щенков.

Скоро прояснилась и таинственная история с исчезновением молока. Свиньи каждый день подмешивали его в свою кормушку. Поспели и ранние яблоки. Теперь после каждого порыва ветра они устилали траву в саду. Было принято как должное, что все имеют на них право, но однажды установившийся порядок был изменен: все яблоки должны быть собраны и доставлены в помещение для свиней. Кое-кто попробовал роптать, но это не принесло результатов. Касательно этого предмета все свиньи проявили редкостное единодушие, даже Наполеон со Сноуболлом. На Визгуна была возложена обязанность объяснить ситуацию остальным.

— Товарищи! — Вскричал он. — Надеюсь, вы не считаете, что мы, свиньи, поступаем подобным образом лишь из мелкого эгоизма. Многие из нас на самом деле терпеть не могут молока и яблок. Сам я на них и смотреть не стану. Единственная цель, с которой мы их используем, — сохранить ваше здоровье. Яблоки и молоко (и это совершенно точно доказано наукой, товарищи) содержат элементы, абсолютно необходимые для поддержания жизни и хорошего самочувствия у свиней. Мы, свиньи, — работники интеллектуального труда. Забота о процветании нашей фермы и об организации работ лежит исключительно на нас. День и ночь мы неусыпно заботимся о вашем благосостоянии. Мы пьем молоко и едим эти яблоки только ради вас. Можете ли вы представить, что произойдет, если мы, свиньи, окажемся не в состоянии исполнять свои обязанности? Вернется Джонс! Да, снова воцарится Джонс! И я уверен, товарищи, — в голосе Визгуна, который метался из стороны в сторону, крутя хвостиком, появились почти рыдающие ноты, — без сомнения, нет ни одного, кто хотел бы возвращения Джонса!

И если существовало хоть что-нибудь, в чем все животные были безоговорочно уверены, так это было именно то, о чем говорил Визгун: никто из них не хотел возвращения Джонса. Когда положение дел предстало перед ними в таком свете, у них не нашлось слов для возражений. Слишком очевидной стала необходимость заботы о здоровье свиней. И без дальнейших рассуждений все согласились, что и молоко и падалицы (и кроме того, значительную часть поспевающих яблок) необходимо беречь только для свиней.

ГЛАВА IV

В конце лета весть о событиях на скотском хуторе распространилась почти по всей округе. Каждый день Сноуболл и Наполеон посылали в полет голубей, которые должны были рассказывать обитателям соседних ферм историю восстания и учить всех гимну «Скоты Англии».

Почти все время мистер Джонс проводил в распивочной «Красный лев» в Уиллингдоне и каждому, кто был согласен его слушать, жаловался на ужасную несправедливость, что выпала на его долю, когда компания каких-то низменных скотов лишила его собственности. Остальные фермеры в принципе сочувствовали ему, но помощь оказывать не торопились. В глубине души каждый из них потихоньку прикидывал, а не перепадет ли ему что-нибудь из-за несчастья, свалившегося на мистера Джонса. Так уж получилось, что владельцы двух ферм, примыкавших к скотскому хутору, постоянно были в плохих отношениях с мистером Джонсом. Одна из них, именовавшаяся Фоксвуд, представляла собой большое, запущенное, почти заросшее старомодное поместье, с истощенными пастбищами, обнесенными полуразвалившимися изгородями. Ее владелец, мистер Пилкингтон, был беспечным джентельменом из тех фермеров, которые проводят почти все время на охоте или на рыбной ловле, в зависимости от сезона. Другая ферма, которая называлась Пинчфилд, была меньше, но находилась в лучшем состоянии. Она принадлежала мистеру Фредерику, существу грубому и злому, который постоянно занимался какими-то судебными тяжбами и пользовался репутацией человека, который за шиллинг готов перегрызть горло ближнему. Эти двое настолько не любили друг друга, что прийти к какому-то соглашению, даже для защиты собственных интересов, они практически не могли.

Тем не менее, оба они были напуганы известием о восстании на скотском хуторе и озабочены тем, чтобы их собственная живность не восприняла этот урок в буквальном смысле. На первых порах они решили на корню высмеять идею о животных, которые попробуют самостоятельно управлять фермой. Через пару недель все рухнет, говорили они. Они считали, что животные на ферме «Усадьба» (они упорно называли ферму ее старым именем; новое название они и слышать не могли) скоро передерутся между собой, не говоря уж о том, что просто перемрут с голоду. Но по мере того, как шло время и, по всей видимости, умирать с голоду животные не собирались, Фредерик и Пилкингтон сменили мотив и начали говорить об ужасающей жестокости, царящей на «Скотском хуторе». Доподлинно стало известно, что там свирепствует каннибализм, животные пытают друг друга раскаленными шпорами и обобществили всех особей женского пола. Таково возмездие за попытки идти против законов природы, добавляли Фредерик и Пилкингтон.

Тем не менее, эти россказни отнюдь не пользовались всеобщим доверием. Слухи о чудесной ферме, откуда были изгнаны люди, и животные сами управляют делами, продолжали смутно циркулировать, и в течение года по округе прокатилась тревожная волна сопротивления. Быки, всегда отличавшиеся послушанием, внезапно дичали, овцы ломали изгороди и вытаптывали поля, коровы опрокидывали ведра, скакуны упрямились перед препятствиями и сбрасывали всадников. Кроме того, повсеместно распространялась музыка и даже слова гимна «Скоты Англии». Его популярность росла с необыкновенной быстротой. Люди не могли сдержать ярости, слыша эту песню, хотя они подчеркивали, что считают гимн просто смешным. Трудно понять, говорили они, как даже животные могут позволить себе петь столь пошлую чепуху. Но если когото ловили на месте преступления, тут же подвергали порке. Тем не менее песня продолжала звучать. Дрозды, сидя на изгородях, насвистывали ее, голуби ворковали ее среди ветвей вязов; она слышалась и в грохоте кузнечных молотов, и в перезвоне церковных колоколов. И слыша эту мелодию, люди не могли скрыть внутренней дрожи, потому что они знали — это голос грядущего возмездия.

В начале октября, когда все зерновые были уже скошены и заскирдованы, а часть уже и обмолочена, стайка голубей, мелькнув в воздухе, в диком возбуждении приземлилась на скотском хуторе. Джонс со своими людьми, а также полдюжины добровольцев из Фоксвуда и пинчфилда уже миновали ворота и двигаются по дорожке, ведущей к ферме. Все они вооружены палками, кроме Джонса, который идет впереди с револьвером в руке. Без сомнения, они будут пытаться отбить ферму.

Эта вылазка ожидалась уже давно, и все приготовления были сделаны заблаговременно. Сноуболл, который изучил найденную на ферме старую книгу о галльской кампании Цезаря, принялся за организацию обороны. Приказания отдавались с молниеносной быстротой, и через пару минут все были на своих постах.

Как только люди достигли строений, Сноуболл нанес первый удар. Все тридцать пять голубей стали стремительно носиться над головами нападавших, застилая им поле зрения, и пока люди отмахивались от них, гуси, сидевшие в засаде за забором, кинулись вперед, жестоко щипая икры атакующих. Но это был лишь легкий отвлекающий маневр, призванный внести некоторый беспорядок в ряды нападающих, и люди без труда отбились от гусей палками. Тогда Сноуболл бросил в бой вторую линию нападения. Мюриель, Бенджамин и все овцы во главе со Сноуболлом, рванулись вперед и окружили нападающих, толкая и бодая их со всех сторон, пока Бенджамин носился кругами, стараясь лягать нападающих своими копытами. Все же люди, с их колами и подкованными ботинками оказались им не по зубам; внезапно Сноуболл взвизгнул, что было сигналом к отступлению, и все животные бросились обратно во двор.

Со стороны нападавших послышались вопли восторга. На их глазах, как они и предполагали, враги обратились в бегство и они ринулись в беспорядочное преследование. Именно этого и ждал Сноуболл. Когда нападавшие оказались во дворе, три лошади, три коровы и свиньи, лежавшие в засаде в зарослях за коровником, внезапно бросились на врага с тыла, как только Сноуболл дал сигнал к атаке. Сам он ринулся прямо на Джонса. Увидев его, Джонс вскинул револьвер и выстрелил. Пуля скользнула по спине Сноуболла, оставив кровавую полосу, и наповал убила одну из овец. Ни на мгновенье не останавливаясь, Сноуболл всем своим внушительным весом сбил Джонса с ног. Выронив револьвер, Джонс рухнул в кучу навоза. Но самое устрашающее зрелище представлял собой Боксер, который, напоминая взбесившегося жеребца, встал на дыбы и разил своими подкованными копытами. Первый же его удар попал в голову конюху из Фоксвуда, и тот бездыханным повалился в грязь. Видя это, остальные побросали свои колья и пустились наутек. Прошло всего несколько мгновений и, охваченные паникой, они в беспорядке метались по двору. Их бодали, лягали, щипали и толкали. Все обитатели, каждый посвоему, приняли участие в этом празднике мщения. Даже кошка внезапно прыгнула с крыши на плечи скотника и запустила когти ему за воротник, отчего тот взревел диким голосом. Увидев открытый выход, люди кубарем выкатились со двора и стремглав кинулись по дороге. Не прошло и пяти минут с начала их вторжения — и они уже постыдно бежали по тому пути, который привел их на ферму, преследуемые отрядом гусей, щипавших их за икры.

Были изгнаны все, кроме одного. В дальней стороне двора Боксер осторожно трогал копытом лежавшего вниз лицом конюха, стараясь его перевернуть. Тот не шевелился.

— Он мертв, — печально сказал Боксер. — Я не хотел этого. Я забыл о своих подковах. Но кто поверит мне, что я не хотел этого?

— Не расслабляться, товарищи, — вскричал Сноуболл, чья рана еще продолжала кровоточить. — На войне, как на войне. Единственный хороший человек — это мертвый человек.

— Я никого не хотел лишать жизни, даже человека, — повторил Боксер с глазами, полными
слез.

— А где Молли? — Спохватился кто-то.

Молли и в самом деле исчезла. Через минуту на ферме поднялась суматоха: возникли
опасения, что люди могли как-то покалечить ее или даже захватить в плен. В конце концов Молли была обнаружена спрятавшейся в своем стойле. Она стояла, по уши зарывшись в охапку сена. Молли улепетнула с поля боя, как только в дело пошло оружие. И когда, поглядев на нее, все высыпали во двор, то конюх, который был всего лишь без сознания, уже исчез.

И только теперь все пришли в дикое возбуждение; каждый, стараясь перекричать остальных, рассказывал о своих подвигах в битве. Все это вылилось в импровизированное празднество в честь победы. Тут же был поднят флаг, бесчисленное количество раз прозвучали «Скоты Англии», погибшей овечке были устроены торжественные похороны, и на ее могиле посажен куст боярышника. На свежем надгробии Сноуболл произнес небольшую речь, призывая всех животных отдать жизнь, если это будет необходимо, за скотский хутор.

Единодушно было принято решение об утверждении воинской награды «Животное — герой первого класса», которая была вручена Сноуболлу и Боксеру. Она состояла из бронзовой медали (в самом деле были такие, что валялись в помещении для упряжи), которая раньше надевалась для украшений по воскресеньям и праздникам. Кроме того, была учреждена награда «Животное — герой второго класса», которой посмертно была награждена погибшая овечка.

Много было разговоров о том, как впредь именовать эту схватку. В конце концов было решено называть ее битвой у коровника, так как засада залегла именно там. Пистолет мистера Джонса валялся в грязи. Было известно, что на ферме имеется запас патронов. Пистолет должен был теперь находиться у подножия флагштока, представляя собой нечто вроде артиллерии. Было решено стрелять из него дважды в год — 12-го октября, в годовщину битвы у коровника и еще раз в день солнцестояния, отмечая годовщину битвы у коровника.

ГЛАВА V

С наступлением зимы Молли становилась все более угрюмой. Она поздно выходила на работу и оправдывалась тем, что проспала. Несмотря на отменный аппетит, она постоянно жаловалась на мучающие ее боли. Под любым предлогом она бросала работу и отправлялась к колоде с водой, где и застывала, тупо глядя на свое отражение. Но похоже было, что дело обстояло куда серьезнее. Однажды, когда Молли, пережевывая охапку сена, весело трусила по двору, кокетливо помахивая длинным хвостом, к ней подошла Кловер.

— Молли, — сказала она, — я хочу с тобой серьезно поговорить. Сегодня утром я видела, как ты смотрела через ограду, что отделяет скотский хутор от Фоксвуда. По другую сторону стоял один из людей мистера Пилкингтона. И — я была далеко от вас, но уверена, что зрение меня не обманывало — он о чем-то говорил с тобой, и ты ему позволяла чесать свой нос. Что это значит, Молли?

— Это не так! Я там не была! Это все неправда! — Закричала Молли, взлягивая и роя копытами землю.

— Молли! Посмотри на меня. Даешь ли ты мне честное слово, что тот человек не чесал твой нос?

— Это неправда! — Повторила Молли, отводя взгляд. В следующее мгновенье она резко повернулась и галопом умчалась в поле.

Кловер глубоко задумалась. Никому не говоря, она отправилась в стойло Молли и переворошила копытами солому. В глубине ее был тщательно спрятан кулечек колотого сахара и связка разноцветных ленточек.

Через три дня Молли исчезла. Несколько недель не было известно о ее местопребывании, а затем голуби сообщили, что видели ее по ту сторону уиллингдона. Она стояла рядом с таверной в оглоблях маленькой черно-красной двуколки. Толстый краснолицый мужчина в клетчатых бриджах и гетрах, похожий на трактирщика, чесал ей нос и кормил сахаром. У нее была новая упряжь, а на лбу — красная ленточка. Как утверждали голуби, она выглядела довольной и счастливой. О Молли больше не вспоминали.

В январе грянули морозы. Земля промерзла до крепости железа, поля опустели. Большинство встреч происходило в амбаре, и свиньи занимались тем, что планировали работу на следующий год. Было общепризнано, что, хотя все вопросы должны решаться большинством голосов, генеральную линию определяли умнейшие обитатели фермы — свиньи. Такой порядок действовал как нельзя лучше, но лишь до той поры, пока не начинались споры между Сноуболлом и Наполеоном. Они спорили по любому поводу, едва только к этому предоставлялась возможность. Если один предлагал засеивать поля ячменем, то другой безапелляционно утверждал, что большая часть их должна быть отведена под овес; если один говорил, что такие-то поля могут отойти под свеклу, другой доказывал, что там может расти все что угодно, кроме корнеплодов. У каждого были свои последователи, и между ними разгорались горячие споры. И если на ассамблеях Сноуболл часто одерживал верх благодаря своему великолепному ораторскому мастерству, то Наполеон успешнее действовал в кулуарах. Особенным авторитетом он пользовался у овец. Порой овцы, что бы там ни происходило, начинали хором и порознь блеять «Четыре ноги — хорошо, две ноги — плохо» и этим нередко кончались ассамблеи. Было отмечено, что особенно часто эти тирады начинали раздаваться в самые патетические моменты выступлений Сноуболла. Сноуболл тщательно изучил несколько старых номеров журнала «Фермер и животновод», валявшихся на ферме, и был полон планов нововведений и перестроек. Он со знанием дела говорил о дренаже, силосовании, компосте; им была разработана сложная схема, в соответствии с которой животные должны были доставлять свой навоз прямо на поля, каждый день в разные места, что позволило бы высвободить гужевой транспорт. Наполеон схемами не занимался, но спокойно сказал, что Сноуболл увлекается пустяками. Похоже было, что Наполеон ждет своего часа. Но все эти споры и противоречия показались пустяками, когда встал вопрос о ветряной мельнице.

На длинном пастбище, недалеко от строений, был небольшой холмик, который, тем не менее, был самым возвышенным местом на всей ферме. Ознакомившись с грунтом, Сноуболл объявил, что здесь самое подходящее место для ветряной мельницы, которая будет вращать динамомашину и снабжать ферму электрической энергией. Можно будет осветить стойла и согреть их зимой, будет работать циркулярная пила, соломорезка и даже, может быть, свекломешалка и механическая дойка. Животные никогда не слышали ни о чем подобном (ибо на этой запущенной ферме были только самые примитивные механизмы), и они в изумлении внимали Сноуболлу, который развертывал перед ними величественные картины фантастических машин, которые будут делать за них всю работу в то время, когда обитатели фермы будут гулять по лугам и упражняться в чтении и беседах.

Через несколько недель планы Сноуболла обрели законченный вид. Детали были позаимствованы из трех книг, принадлежавших мистеру Джонсу: «Тысяча полезных вещей для дома», «Каждый — сам себе каменщик» и «Электричество для начинающих». Свои замыслы Сноуболл воплощал под крышей помещения, которое когда-то служило инкубатором и обладало гладким деревянным полом, годным для рисования. Из этого помещения он не вылезал часами. Время от времени заглядывая в книгу, придавленную на нужной странице камнем и с куском мела между копытцами, он носился взад и вперед, проводя линию за линией и тихонько похрюкивая от восторга. Мало-помалу его план превратился в массу коленчатых валов, рукояток и шестеренок, изображения которых покрывали весь пол, и которые для всех остальных представляли совершенно непонятное, но очень внушительное зрелище. Посмотреть на творчество Сноуболла в течение дня хотя бы по разу заходили все обитатели фермы. Заходили даже гуси и куры, осторожно стараясь не наступать на меловые линии. Только Наполеон держался в стороне. Он с самого начала выступал против мельницы. Но однажды и он неожиданно явился ознакомиться с планом. Тяжело ступая, он обошел чертеж, внимательно вглядываясь в каждую деталь, пару раз хрюкнул и остановился поодаль, искоса глядя на схему; затем он неожиданно приподнял ногу, помочился на чертеж и вышел, не проронив ни слова.

Вопрос о мельнице вызвал серьезные разногласия на ферме. Сноуболл держался той точки зрения, что построить мельницу будет не так уж трудно. Камни можно доставить из каменоломни и возвести из них стены, затем смонтировать крылья, а потом останется только раздобыть провода и динамомашину. (Как их достать, Сноуболл не говорил.) Но он утверждал, что все это можно сделать за год. А затем, восклицал он, мельница возьмет на себя столько работы, что животным только останется трудиться три дня в неделю. С другой стороны, Наполеон говорил, что сегодня главная задача — это добиться увеличения продукции и что если они потеряют время на строительстве мельницы, то умрут с голоду. Вся ферма разделилась на две фракции, которые выступали под лозунгами: «Голосуйте за Сноуболла и трехдневную рабочую неделю» и «Голосуйте за Наполеона и за сытную кормежку». Единственный, кто не примкнул ни к одной фракции, был Бенджамин. Он не верил ни в изобилие, ни в то, что мельница сэкономит время. С мельницей или без мельницы, сказал он, а жизнь идет себе, как она и должна идти, то есть, хуже некуда.

Кроме споров о мельнице, надо было еще заниматься вопросом об обороне фермы. Было совершенно ясно, что, хотя человечество потерпело поражение в битве у коровника, враги могут предпринять еще одну и более успешную попытку захватить ферму и восстановить власть мистера Джонса. Заниматься этим было тем более необходимо, что слухи об их успешной обороне распространились по всей округе, вызвав волнение среди животных на соседних фермах. Как обычно, между Сноуболлом и Наполеоном разгорелись споры. Наполеон считал, что животные должны достать огнестрельное оружие и учиться владеть им. С точки зрения Сноуболла, они должны рассылать все больше и больше голубей по соседним фермам и разжигать пламя всеобщего восстания. Один говорил, что если они не научатся защищаться, то потерпят поражение, другой же считал, что если вспыхнет всеобщее восстание, им не придется думать о собственной обороне. Животные слушали сначала Наполеона, затем Сноуболла и никак не могли понять, кто же из них прав, надо отметить, они всегда соглашались с тем, кто говорил в данный момент.

Наконец настал день, когда план Сноуболла был полностью завершен. В следующее воскресенье на ассамблее был поставлен на голосование вопрос, строить мельницу или нет. Когда все собрались в большом амбаре, Сноуболл встал и, не обращая внимания на овец, которые время от времени прерывали его блеянием, изложил свои доводы в пользу строительства мельницы. Затем поднялся Наполеон. Очень тихо и спокойно он сказал, что строительство мельницы — это глупость и что он никому не советует голосовать за это. Наполеон опустился на свою место; говорил он не более тридцати секунд и, похоже, его совершенно не волновал результат выступления. Сноуболл, стремительно вскочив и гаркнув на овец, снова начавших блеять, бросил пламенный призыв — строить! Произошло это в тот момент, когда симпатии животных разделились почти поровну между двумя ораторами, и красноречие Сноуболла весомо упало на чашу весов. Он блистательно описал, как преобразится скотский хутор, когда груз унизительной работы будет сброшен раз и навсегда. Его воображение простиралось значительно дальше соломорезки и свекловыжималки. Электричество, сказал он, заставит работать веялки и косилки, жатки и сноповязалки, оно будет пахать и бороновать землю, не говоря уже о том, что в каждом стойле будет свое освещение, горячая и холодная вода, а также электрогрелки. Когда он кончил говорить, не было и тени сомнения, как пойдет голосование. Но в этот момент Наполеон встал и, искоса испытующе посмотрев на Сноуболла, издал странное хрюканье, которое никто раньше не слышал от него.

Снаружи раздался яростный лай, и девять огромных собак в ошейниках, усеянных медными бляхами, ворвались в амбар. Они кинулись прямо к Сноуболлу, который, отпрыгнув, едва успел увернуться от их оскаленных челюстей. Через мгновение он уже был в дверях, и собаки кинулись за ним. Чересчур потрясенные и испуганные для того, чтобы говорить, животные сгрудились в дверях, наблюдая за происходящим. Сноуболл мчался через длинное пастбище по направлению к дороге. Он бежал так быстро, как только могут бежать свиньи, но собаки уже висели у него на пятках. Внезапно он поскользнулся, и стало ясно, что сейчас его схватят. Но он смог собраться и припустил еще быстрее. Собаки продолжали его преследовать. Одна из них едва не ухватила Сноуболла за хвостик, но в последний момент он успел его выдернуть. Сноуболл сделал последний рывок. От преследователей его отделяло несколько дюймов, но Сноуболл успел нырнуть в отверстие в заборе — и был таков.

Примолкшие и напуганные, животные собрались обратно в амбаре. Вернулись прибежавшие собаки. Сначала никто не мог понять, откуда они взялись, но загадка разрешилась очень просто: это были те самые щенки, которых Наполеон взял у их матерей и чьим воспитанием занимался он лично. Они еще продолжали расти, но тем не менее, уже были огромными свирепыми псами, смахивающими на волков. Они окружили Наполеона. Было заметно, что, когда он обращается к ним, они виляют хвостами точно так же, как в свое время другие собаки реагировали на слова мистера Джонса.

Теперь Наполеон в сопровождении собак поднялся на то возвышение, где когда-то стоял майор, произнося свою речь. Он объявил, что, начиная с сегодняшнего дня, ассамблеи по утрам в воскресенье отменяются. В них отпала необходимость, сказал он, мы только теряем время. На будущее все вопросы касательно работ на ферме будет решать специальный комитет из свиней, возглавляемый им лично. Они будут обсуждать все проблемы и затем сообщать всем остальным о принятых решениях. Все обитатели фермы будут по-прежнему собираться в воскресенье утром, чтобы отдать честь флагу, спеть «Скоты Англии» и получить задания на неделю; какие бы то ни было споры исключаются.

Несмотря на шок, который вызвало изгнание Сноуболла, животные почувствовали глубокое разочарование при этом сообщении. Некоторые из них даже испытали желание выступить с протестом — если бы они были в состоянии найти убедительные аргументы. Даже Боксер был несколько взволнован. Он прижал уши, несколько раз встряхнул челкой и принялся приводить мысли в порядок; но в конечном счете он так и не нашелся, что сказать. Остальные свиньи проявили больше сообразительности. Четверо поросят, сидевших в первом ряду, пронзительным визгом выражая свое несогласие, вскочили на ноги и стали говорить все разом. Но внезапно собаки, кольцом окружавшие Наполеона, издали низкое глубокое рычание, что заставило свиней замолчать и занять свои места. Затем овцы принялись громогласно блеять: «Четыре ноги — хорошо, две ноги — плохо», это длилось примерно около четверти часа и окончательно положило конец всяческим разговорам.

После этого Визгун обошел всю ферму с целью объяснить остальным новый порядок вещей.

— Товарищи, — сказал он, — я верю, что все, живущие на ферме, ценят ту жертву, которую принес товарищ Наполеон, взяв на себя столь непосильный труд. Не надо думать, товарищи, что руководить — это такое уж удовольствие! Напротив — это большая и нелегкая ответственность. Товарищ Наполеон глубоко верит в то, что все животные обладают равными правами и возможностями. Он был бы только счастлив передать вам груз принятия решений. Но порой вы можете ошибиться — и что тогда ждет вас? Представьте себе, что вы дали бы увлечь себя воздушными замками Сноуболла — этого проходимца, который, как нам теперь известно, является преступником...

— Он смело дрался в битве у коровника, — сказал кто-то.

— Смелость — это еще не все, — сказал Визгун. — Преданность и послушание — вот что самое важное. Что же касается битвы у коровника, то я верю, придет время, когда станет ясно, что роль Сноуболла была значительно преувеличена. Дисциплина, товарищи, железная дисциплина! Вот лозунг сегодняшнего дня! Стоит сделать один неверный шаг, — и враги одолеют нас! И, конечно, товарищи, вы не хотите возвращения Джонса?

И, как всегда, этот аргумент оказался неопровержимым. Конечно, никто из животных не хотел возвращения Джонса; и если споры о том, как проводить утро воскресенья, могли вернуть его, то эти споры, без сомнения, надо было кончать. Боксер, у которого теперь было достаточно времени подумать, выразил обуревавшие его чувства словами: «Если товарищ Наполеон так сказал, то, значит, это правильно». И после этого в дополнение к своему девизу «Я буду работать еще больше» он изрек еще один афоризм: «Наполеон всегда прав».

В эти дни погода стала меняться; пора было приступать к пахоте. Сарай, в котором Сноуболл чертил свой план мельницы, был закрыт, и всем было объявлено, что чертеж стерт. Теперь каждое воскресенье по утрам в десять часов все собирались в амбаре, где получали задания на неделю. Череп старого майора, от которого ныне остались только одни кости, был выкопан из могилы и водружен на пень у подножия флагштока, рядом с револьвером. И теперь после поднятия флага все животные были обязаны строем проходить мимо черепа, выражая таким образом ему почтение. Теперь, войдя в амбар, они не садились вместе, как это было заведено раньше. Наполеон, Визгун и еще одна свинья по имени Минимус, который отличался удивительным талантом писать стихи и песни, занимали переднюю часть возвышения, а девять псов закрывали их полукругом; прочие свиньи занимали места за ними. Все прочие животные располагались в остальной части амбара. Отрывисто и резко Наполеон отдавал приказы на неделю, и после однократного исполнения гимна «Скоты Англии» все расходились.

В третье воскресенье после изгнания Сноуболла животные были слегка удивлены, услышав сообщение Наполеона — несмотря ни на что, мельница будет строиться. Он не дал никаких объяснений по поводу изменения своей точки зрения, а просто предупредил всех, что это исключительно сложное мероприятие потребует предельно напряженной работы; возможно даже придется пойти на сокращение ежедневного рациона. Планы, естественно, были продуманы до последней детали. Последние три недели над ними работал специальный комитет из свиней. Строительство мельницы и всех прочих приспособлений, как предполагается, займет два года.

Вечером Визгун в дружеской беседе объяснил всем остальным, что на самом деле Наполеон никогда не выступал против строительства мельницы. Напротив, именно он с самого начала стоял за строительство мельницы, и план, который Сноуболл чертил на полу в инкубаторе, был выкраден из бумаг Наполеона. То есть мельница была задумана единственно Наполеоном. Почему же в таком случае, спрашивали некоторые, он так резко выступал против нее? Визгун лукаво прищурился. Это, сказал он, была хитрость товарища Наполеона. Лишь притворяясь, что выступает против мельницы, он хотел таким образом избавиться от Сноуболла, который со своим опасным характером оказывал на всех плохое влияние. И теперь, когда Сноуболл окончательно устранен, план может быть

претворен в жизнь без всяких помех. Все это, сказал Визгун, называется тактикой. Он повторил несколько раз: «Тактика, товарищи, тактика!», Подпрыгивая и со смехом крутя хвостиком. Животные не совсем поняли, что означает это слово, но Визгун говорил так убедительно и трое собак, сопровождавших его, рычали так угрожающе, что его объяснения были приняты без дальнейших вопросов.

ГЛАВА VI

Весь этот год был отдан рабскому труду. Но животные были счастливы: не было ни жалоб, ни сетований, что они приносят себя в жертву; всем было ясно, что трудятся они лишь для своего благосостояния и ради потомков, а не для кучки ленивых и вороватых человеческих существ.

Всю весну и лето они работали по десять часов, а в августе Наполеон объявил, что придется прихватывать и воскресенья после обеда. Эти сверхурочные были объявлены строго добровольными, но каждый, кто отказывался, впредь должен был получать только половину обычного рациона. И все же часть работ пришлось оставить недоконченными. Так, урожай был собран несколько меньший, чем в предыдущем году, и два поля, которые в начале лета предполагалось засеять корнеплодами, остались пустыми, потому что пахота не была доведена до конца. Можно было предвидеть, что надвигающаяся зима будет нелегкой.

Строительство доставило неожиданные трудности. Неподалеку располагался хороший известняковый карьер, в одном из сараев было вдоволь навалено песка и цемента, то есть, все строительные материалы были под руками. Но первая проблема, которую не удалось решить сразу, заключалась в том, как дробить камни на куски, годные для возведения стен. Было похоже, что придется пускать в ход ломы и кирки, с которыми никто из животных не умел обращаться, так как для этого надо было стоять на задних ногах. И только после нескольких недель напрасных усилий, кому-то пришла в голову отличная идея — использовать силу тяжести. Большие валуны, слишком громоздкие, чтобы их можно было использовать целиком, в изобилии лежали на краю каменоломни. Их обвязывали веревками, а затем все вместе, коровы, лошади, овцы, — все, у кого хватало сил — даже свиньи иногда прикладывали усилия в особенно критические минуты — медленно тащили по склону к обрыву каменоломни, откуда валуны падали вниз и разбивались. После этого перетаскивать камни было сравнительно простым делом. Лошади возили их на телегах, овцы таскали по куску, и даже

Мюриель и Бенджамин, подшучивая над собой, впрягались в старую двуколку и приняли посильное участие в работе. В конце лета камней набралось достаточно, и под бдительным наблюдением свиней началось само строительство.

Шло оно медленно и трудно. Порой требовался целый день изнурительных усилий, чтобы водрузить на место какой-нибудь особенно большой камень, который затем, как назло, падал со стены и разбивался в щебенку. Ничего бы не удалось сделать без Боксера. Порой казалось, что он один может заменить всех остальных. Когда валун начинал катиться вниз и животные с криком напрягались в тщетной надежде притормозить его падение, именно Боксер, туго натягивая канат, останавливал камень. Видя, как Боксер медленно, дюйм за дюймом вползает по склону холма, тяжело дыша, скрипя копытами по земле, с боками, лоснящимися от пота — видя это, все замирали в восхищении. Кловер порой предостерегала его, чтобы он не переработался, но Боксер не хотел слушать ее. С какими бы проблемами он ни сталкивался, у него всегда было два лозунга, заключавшие ответы на все вопросы: «Я буду работать еще больше» и «Наполеон всегда прав». Теперь он просил петуха будить его не на полчаса, а на 45 минут раньше всех. И в эти сэкономленные минуты, которых в то время было не так много он в одиночестве направлялся в каменоломню, собирал кани и сам тащил их к мельнице.

Несмотря на тяжелую работу, животные не стали жить хуже. В конце концов, если у них и не было больше еды, чем при Джонсе, то, во всяком случае, и не меньше. Они должны были кормить лишь самих себя, а не обеспечивать существование пяти расточительных человеческих существ. Это преимущество было столь ощутимо, что помогало им преодолеть некоторые лишения. Неоднократно приемы, применявшиеся в работе, оказывались более эффективными и экономили энергию. Например, людям никогда бы не удалось так хорошо прополоть поля. И еще — так как животным было чуждо воровство, отпала необходимость и в возведении изгородей, отделяющих пастбища от пахотных земель, и в их ремонте. Все же летом стали давать себя знать непредвиденные трудности. Появилась необходимость в парафине, гвоздях, проводах, собачьих бисквитах и подковах — ничего этого не производилось на ферме. Кроме того, несколько позже выяснилось, что нужны семена и искусственные удобрения, не говоря уже об инструментах и, наконец, оборудование для мельницы. И никто себе не представлял, каким образом удастся все это раздобыть.

В одно воскресное утро, когда все собирались получать задания на неделю, Наполеон объявил, что он решил ввести новую политику. Отныне скотский хутор приступает к торговле с соседними фермами: конечно же не с целью коммерции, а просто для того, чтобы приобрести жизненно необходимые материалы. Забота о мельнице должна подчинить себе все остальное, сказал он. Поэтому он принял решение продать несколько стогов пшеницы и часть уже собранного урожая ячменя, а позже, если денег все же не хватит, придется пустить в оборот яйца, для которых в Уиллингдоне всегда есть рынок сбыта. Куры, сказал Наполеон, могут считать жертву их вкладом в строительство мельницы.

В первые минуты всех собравшихся охватило некоторое смущение. Никогда не иметь дела с людьми, никогда не заниматься торговлей, никогда не употреблять денег — не эти высокие заветы прозвучали на том триумфальном собрании сразу же после изгнания Джонса? Все животные помнили, как принимались эти решения; или, в конце концов, думали, что помнят. Четверо поросят, в свое время протестовавшие, когда Наполеон отменил ассамблеи, робко попробовали подать голос, но угрожающее рычание собак сразу же успокоило их. Затем, как обычно, овцы принялись за свое «Четыре ноги — хорошо, две ноги — плохо!», И чувство неловкости сразу же исчезло. Наконец, Наполеон поднял ногу, призывая к молчанию, и сказал, что он уже сделал все необходимые распоряжения. Никто из животных не должен будет вступать в контакт с людьми, которые попрежнему не заслуживают ничего, кроме презрения. Он берет эту ношу на свои плечи. Мистер уимпер, юрист из уиллингдона, согласился служить посредником между скотским хутором и остальным миром; каждый понедельник по утрам он будет посещать ферму для получения инструкций. Наполеон закончил свою речь обычным возгласом «Да здравствует скотский хутор!» И, исполнив гимн «Скоты Англии», все разошлись.

Несколько позже Визгун обошел ферму, успокаивая смущенные умы. Он убедил их, что решение не заниматься торговлей и не иметь дело с деньгами никогда не принималось и даже не предполагалось к обсуждению. Все это чистая фикция, мираж, пробный шар, пущенный Сноуболлом, который собирался начать грандиозную кампанию лжи. А так как кое-кто еще чувствовал сомнение, то Визгун прямо спросил их: «А вы уверены, что это вам не приснилось, товарищи? Где зафиксированы эти решения? Где они записаны?» И так как в самом деле нигде не было записано, все пришли к выводу, что они просто были введены в заблуждение.

Как и было объявлено, каждый понедельник по утрам мистер уимпер посещал ферму. Это был хитрый маленький человечек с большими бакенбардами, адвокат, не страдавший обилием практики, но достаточно умный, чтобы раньше других понять, что рано или поздно скотскому хутору понадобится посредник и что тут можно заработать неплохие комиссионные. Когда он появился, животные смотрели на него с некоторым страхом и всеми силами старались избегать его. Тем не менее, вид Наполеона, который, стоя на четырех ногах, отдавал приказания двуногому мистеру уимперу, наполнял их чувством законной гордости и частично примирил с новым порядком вещей. Их отношения с человеческим обществом несколько изменились по сравнению с первоначальными. Теперь, когда скотский хутор двигался к новому процветанию, человеческие существа продолжали ненавидеть его с еще большей силой. Каждый человек считал неоспоримым фактом, что рано или поздно ферма обанкротится и что, кроме того, строительство мельницы обречено на неудачу. Встречаясь в пивнушках и демонстрируя друг другу схемы и диаграммы, они доказывали друг другу, что мельница обязательно рухнет и что, даже если она устоит, то все равно никогда не будет работать. И все же, помимо воли у них начинало расти определенное уважение к тем стараниям, с которыми животные претворяли в жизнь свои замыслы. Один из признаков меняющегося отношения был тот, что они начали называть ферму ее настоящим именем «Скотский хутор», забывая, что когда-то она именовалась по-другому. Они перестали поддерживать претензии Джонса, который сам оставил надежды на возвращение фермы и куда-то уехал. Не говоря уж об уимпере, который поддерживал контакт скотского хутора со всем остальным миром, ходили слухи, что Наполеон вошел в серьезные деловые сношения то ли с мистером Пилкингтоном из Фоксвуда, то ли с мистером Фредериком из пинчфилда — но ни в коем случае, что особо отмечалось, не одновременно с ними обоими.

Эти события относятся примерно к тому времени, когда свиньи внезапно переселились на ферму и основали там свою резиденцию. Снова животные принялись вспоминать, что, вроде, принималось решение о недопустимости подобных действий, и снова Визгуну пришлось убеждать их, что в действительности ничего подобного не было. Абсолютно необходимо, сказал он, чтобы свиньи, которые представляют собой мозговой центр всей фермы, могли спокойно работать. Кроме того, жить в доме более подобает достоинству вождя (теперь при упоминании Наполеона употреблялся только этот титул), чем существование в стойле. И тем не менее, некоторые животные были взволнованы слухами, что свиньи не только отдыхают в гостиной и едят на кухне, но и спят в постелях. Боксер отбросил все сомнения своим обычным «Наполеон всегда прав!», Но Кловер, которой казалось, что она помнит заповедь, направленную против постелей, подошла к задней стенке амбара и попыталась разобрать написанные здесь семь заповедей. Убедившись, что кроме отдельных букв она не может разобрать ничего, Кловер обратилась к помощи Мюриель.

— Мюриель, — сказала она, — прочти мне четвертую заповедь. Разве в ней не сказано о запрещении спать в постелях?

С некоторыми затруднениями Мюриель по складам прочитала заповедь.

— Здесь сказано: «Ни одно животное не будет спать в постели с простынями», — наконец объявила она.

Достаточно наблюдательная Кловер что-то не помнила, чтобы в четвертой заповеди упоминались простыни, но раз так было написано на стене, так оно и должно быть. И Визгун, который как раз в этот момент проходил мимо в сопровождении двух или трех собак, смог дать предмету спора правильное толкование.

— Вы, конечно, слышали, товарищи, — сказал он, — что теперь мы, свиньи, спим в кроватах на ферме. А почему бы и нет? Вы же, конечно, не считаете, что это правило направлено против постелей? Постель означает просто место для спанья. Откровенно говоря, охапка соломы в стойле — тоже постель. Правило направлено против простыней, которые действительно являются чисто человеческим изобретением. Мы сняли простыни со всех кроватей и спим просто между одеялами. Это очень удобно. Но это всего лишь те минимальные удобства, которые необходимы при нашей умственной работе. Ведь вы же не собираетесь лишать нас заслуженного отдыха, не так ли, товарищи? И не заставите нас непосильно переутомляться при исполнении наших обязанностей? Ведь, я уверен, никто из вас не хочет возвращения мистера Джонса?

Животные сразу же уверили его в этом, и с тех пор вопрос о кроватях для свиней больше не поднимался. И когда через несколько дней было объявлено, что отныне свиньи будут вставать на час позже остальных, никто не позволил себе проронить ни слова осуждения.

К осени животные испытывали счастливую усталость. Они вынесли на своих плечах нелегкий год, и после продажи части зерна запасов на зиму могло не хватить, но поднимающаяся мельница стоила всех лишений. Она была доведена почти до половины. После уборочной наступила ясная сухая погода, и животным пришлось трудиться тяжелее обычного, до мыла, — но при этом, таская тяжелые камни, они думали, что им повезло, так как у них есть возможность поднять стены еще на фут. Во время уборочной Боксер приходил на строительство даже по ночам и прихватывал час- другой, работая при свете луны. В минуты отдыха животные неоднократно прогуливались вокруг мельницы, восхищенно глядя на мощь прямых стен и изумляясь тому, что именно они возвели столь впечатляющее строение. Только старый Бенджамин отказывался восхищаться мельницей, но и тому нечего было сказать, кроме своих привычных ехидных замечаний, что, мол, ослы живут долгий век.

Пришел ноябрь со своими жгучими юго-восточными ветрами. Строительство приостановилось: в такой сырости трудно было замешивать бетон. Наконец однажды ночью разразилась такая буря, что здание подрагивало на своем фундаменте, а с крыши амбара слетело несколько черепиц. Проснувшись, куры взволнованно закудахтали от страха, потому что им приснилась орудийная пальба.

Утром животные обнаружили, что флагшток поломан, а елочка в саду вырвана с корнями, как редиска. Но едва они обратили на это внимание, как у всех вырвался вопль разочарования. Рухнула мельница.

В едином порыве они ринулись к ней. Наполеон, который редко баловал себя прогулками, мчался впереди всех. Да, с мельницей было покончено — плода их долгих трудов больше не существовало: мельница развалилась вплоть до основания, а камни были раскиданы. Не в силах проронить ни слова, они стояли, мрачно глядя на остатки стен. Наполеон молча прохаживался вперед и назад, время от времени обнюхивая землю. Его затвердевший хвостик дергался из стороны в сторону — Наполеон напряженно думал. Внезапно он остановился, словно его озарила какая-то мысль.

— Товарищи, — тихо сказал он, — знаете ли вы, кто должен отвечать за содеянное? Знаете ли вы имя врага, который, подкравшись ночью, разрушил мельницу? Это Сноуболл! — Внезапно рявкнул он громовым голосом. — Это дело Сноуболла! Полный злобы он решил сорвать наши планы и отомстить за свое позорное изгнание. Этот предатель подкрался к нам под покровом ночи и уничтожил работу целого года. Товарищи, здесь, на этом месте, я объявляю смертный приговор Сноуболлу! «Животное — герой второго класса» и полбушеля яблок тому, кто отомстит Сноуболлу! И целый бушель будет тому, кто доставит его живым!

Животные были безмерно потрясены тем, что в содеянном повинен Сноуболл. Раздались крики возмущения, и многие стали продумывать, как бы им захватить Сноуболла, если он посмеет еще раз явиться сюда. В это время были обнаружены следы копытцев в траве неподалеку от холмика. Правда, их можно было проследить лишь на протяжении нескольких метров, но они вели к дыре в изгороди. Наполеон тщательно обнюхал следы и объявил, что они принадлежат Сноуболлу. Он предположил, что Сноуболл явился со стороны Фоксвуда.

— Ни секунды промедления, товарищи! — Сказал Наполеон после того, как следы были изучены. — Нас ждет работа. Сегодня же утром мы начнем восстанавливать мельницу, и мы будем строить ее всю зиму, в дождь и в снег. Мы дадим понять этому презренному предателю, что нас не так легко остановить. Помните, товарищи, что мы не можем медлить, мы должны беречь каждый день! Вперед, товарищи! Да здравствует мельница! Да здравствует скотский хутор!

ГЛАВА VII

Зима была жестокой. Штормовые ветра следовали за дождем и снегом, а затем ударили морозы, которые стояли до февраля. Восстанавливая мельницу, животные выкладывались из последних сил, хорошо зная, что окружающий мир наблюдает за ними и что завистливый род человеческий будет вне себя от радости, если не удастся закончить мельницу в срок.

Вопреки здравому смыслу, люди не верили в вину сноуболла и считали, что мельница рухнула из-за слишком тонких стен. Животные знали, что дело было не в этом. Тем не менее, сейчас было решено строить стены толщиной в три фута, а не в восемнадцать дюймов, как раньше, что потребовало гораздо большего количества камней. Но в течение долгого времени не удавалось приступить к работе, так как каменоломня была заполнена талым снегом. Некоторое улучшение наступило с приходом сухой морозной погоды, но работа была непомерно тяжела и все трудились далеко не с таким воодушевлением и надеждой, как раньше. Они постоянно страдали от голода и холода. Не падали духом только Боксер и Кловер. Визгун произносил прекрасные речи о радости самоотверженного труда и достоинстве, которым он облагораживает труженика, но всех остальных гораздо больше воодушевляла сила Боксера и его неизменный призыв: «Я буду работать еще больше!»

В январе стало ясно, что запасы пищи подходят к концу. Резко сократились порции зерна. Было объявлено, что увеличится норма выдачи картофеля. Затем выяснилось, что большая часть картофеля замерзла в гуртах, которые были плохо прикрыты. Картофель размяк и потек, в пищу он уже практически не годился. Остались только солома и свекла. Голод посмотрел им прямо в лицо.

Было жизненно необходимо скрыть этот факт от остального мира. Воодушевленные крушением мельницы, люди пустили в ход новую ложь о скотском хуторе. Снова пошли слухи, что все животные умирают от голода и болезней, что между ними разгорелась жестокая междоусобица и на ферме процветают каннибализм и убийства детей. Наполеон был серьезно обеспокоен последствиями, которые могли разразиться, если станет известно действительное положение вещей, и он решил использовать мистера уимпера, чтобы опровергнуть слухи. Обычно животные почти не встречались с мистером уимпером во время его еженедельных визитов, но теперь нескольким животным, преимущественно овцам, было поручено в присутствии мистера уимпера ронять реплики, что, мол, порции пищи растут. Кроме того, Наполеон приказал наполнить песком пустые бочки, стоящие в закромах, и сверху прикрыть песок остатками зерна и муки. Под каким-то предлогом мистер уимпер был отведен в закрома и было отмечено, что он бросил в сторону бочек любопытный взгляд. Зрелище убедило его, и, покинув скотский хутор, он рассказал всем интересующимся, что пищи у животных хватает с избытком.

Тем не менее, к концу января стало ясно, что надо каким-то образом раздобыть хоть немного зерна. В эти дни Наполеон редко показывался снаружи; почти все время он проводил на ферме, двери которой охраняли свирепые псы. Когда же он появлялся, его выход представлял собой внушительное зрелище — он двигался в окружении шести собак, которые рычали на каждого, кто смел приблизиться. Порой его не было видно даже по воскресеньям утром, а свои указания он передавал через кого-нибудь из свиней, обычно через Визгуна.

В одно из воскресений Визгун объявил, что куры, которые, как обычно, расположились вокруг него, впредь должны сдавать свои яйца. Через уимпера Наполеон заключил контракт на поставку четырехсот яиц в неделю. Вырученными деньгами можно будет расплатиться за зерно и продукты, что даст ферме возможность продержаться до лета, когда условия улучшатся.

Услышав это, куры подняли страшный крик. Да, они были предупреждены, что, возможно, от них потребуется такая жертва, но по-настоящему никогда в это не верили. Они уже приготовились высиживать птенцов к весне, и сейчас забирать у них яйца — это настоящее убийство. В первый раз после изгнания Джонса вспыхнуло нечто вроде волнения. Возглавляемые тремя молодыми черными минорками, куры решили любым способом помешать замыслам Наполеона. Они решили нести яйца, взлетев на стропила, откуда яйца будут падать на пол и разбиваться. Наполеон действовал стремительно и безжалостно. Он приказал не кормить кур и объявил, что каждое животное, которое поделится с ними хоть зернышком, будет наказано смертной казнью. За соблюдением приказа будут бдительно наблюдать собаки. Пять дней куры еще держались, затем капитулировали и вернулись к своим кормушкам. За это время умерло девять кур. Их тела были похоронены в саду и было оповещено, что они скончались от бруцеллеза. Уимпер ничего не слышал о происшествии. Яйца исправно собирались, и раз в неделю бакалейщик приезжал их забирать на своем фургоне.

Никаких следов присутствия Сноуболла с тех пор не было обнаружено. Ходили слухи, что он скрывается на одной из соседних ферм, то ли в Фоксвуде, то ли в пинчфилде. К тому времени Наполеону удалось несколько улучшить отношения с соседями. Произошло это благодаря тому, что на дворе уже без малого десять лет, с тех пор как была сведена буковая рощица, лежал штабель бревен. Они были выдержаны наилучшим образом, и уимпер посоветовал Наполеону продать их; и мистер Пилкингтон, и мистер Фредерик с удовольствием купили бы их. Наполеон колебался с выбором, не в состоянии прийти к решению. Бросалось в глаза, что, как только Наполеон склонялся к соглашению с мистером Фредериком, становилось известно, что Сноуболл скрывается в Фоксвуде, а как только он решал иметь дело с мистером Пилкингтоном, Сноуболл объявлялся в пинчфилде.

В начале весны внезапно выяснилась тревожная вещь. По ночам Сноуболл неоднократно бывал на ферме! Все были так встревожены этим известием, что стали плохо спать в своих стойлах. Как стало известно, каждую ночь под покровом темноты он пробирался на ферму и занимался вредительством. Он крал зерно, опрокидывал ведра с молоком, давил яйца, вытаптывал посевы, обгрызал кору на фруктовых деревьях. Теперь было ясно, что все неудачи объяснялись происками Сноуболла. Каждый теперь мог объяснить, что сломанное окно или засорившиеся трубы были следствием ночных похождений Сноуболла, а когда исчез ключ от кладовой, все были убеждены, что его удалось украсть именно Сноуболлу. Любопытно, что эта точка зрения не изменилась, даже когда ключ был найден под мешком муки. Коровы единодушно объявили, что по ночам, когда они спят, Сноуболл пробирается в их стойла и доит их. Существовало подозрение, что крысы, которые особенно досаждали в эту зиму, были в соглашении со Сноуболлом.

Наполеон постановил провести полное расследование деятельности Сноуболла. В сопровождении собак — остальные животные следовали за ним на почтительном отдалении — он тщательно осмотрел строения фермы. Каждые несколько шагов Наполеон останавливался и обнюхивал землю в поисках следов Сноуболла, которые, как он говорил, может обнаружить по запаху. Он обнюхивал каждый уголок в амбаре, в коровнике, в курятнике, в огороде — и почти всюду были следы Сноуболла. Ткнув пятачком в землю и тщательно принюхавшись, Наполеон вскричал страшным голосом: «Сноуболл! Он был здесь! Я чую его!» — И при слове «Сноуболл» собаки кровожадно зарычали, оскалив клыки.

Животные были напуганы до предела. Им казалось, что Сноуболл стал чем-то вроде духа, незримо пребывающего на ферме и призывающего на их головы все беды мира. Вечером Визгун созвал их и, не скрывая тревожного выражения, сообщил, что у него есть серьезные новости.

— Товарищи! — Нервно дергаясь, вскричал он. — Вскрылись ужасные вещи. Сноуболл продался Фредерику из пинчфилда, который составляет зловещий заговор с целью обрушиться на нас и отнять нашу ферму! При нападении Сноуболл будет служить ему проводником. Но это еще не все. Открылись более ужасные вещи. Мы считали, что причиной изгнания Сноуболла были его тщеславие и самомнение. Но мы ошиблись, товарищи. Знаете ли вы, в чем было дело? С самого начала Сноуболл был на стороне Джонса! Все это время он был его тайным агентом. Это неопровержимо доказано документами, которые он не успел скрыть, и которые мы только что обнаружили. Я считаю, что теперь многое стало ясно, товарищи. Разве мы не помним, как он пытался — к счастью, безуспешно — помешать нашей победе в битве у коровника?

Животные оцепенели. Разрушение мельницы можно было объяснить непомерной злобой Сноуболла. Но лишь через несколько минут они смогли воспринять сказанное. Все они помнили, или думали, что помнят, как Сноуболл вел их за собой в битве у коровника, как он руководил ими и ободрял их в сражении, как даже пуля из револьвера Джонса ни на секунду не заставила его остановиться. На первых порах им было трудно понять, как все это могло согласовываться с тем, что Сноуболл был на стороне Джонса. Даже Боксер, который редко задавал вопросы, был изумлен. Он лег, подогнув передние ноги, закрыл глаза и принялся с трудом приводить в порядок свои мысли.

— Я в это не верю, — сказал он. — Сноуболл храбро дрался в битве у коровника. Я сам его видел. И разве мы сразу же не вручили ему «Животное — герой первого класса»?

— Это была наша ошибка, товарищи. Потому что теперь мы знаем — и все это черным по белому написано в найденных нами секретных документах — что на самом деле он старался заманить нас в ловушку.

— Но он был ранен, — сказал Боксер. — Мы все видели, как текла кровь.

— Все это было подстроено! — Закричал Визгун. — Джонс стрелял в него понарошке. Я мог бы показать вам, как он писал об этом, если бы вы умели читать. Заговор заключался в том, что в критический момент Сноуболл должен был дать сигнал к отступлению, и поле битвы осталось бы за неприятелем. И он был очень близок к успеху — я даже скажу, товарищи, что он мог бы выиграть, если бы не наш героический вождь, товарищ Наполеон. Разве вы не помните, как в этот самый момент, когда Джонс и его люди ворвались во двор, Сноуболл внезапно повернулся и кинулся в бегство, увлекая за собой остальных? И разве вы не помните, как в эту минуту, когда паника захватила всех и все уже, казалось, было потеряно, — товарищ Наполеон вырвался вперед и с криком «Смерть человечеству!» Вонзил зубы в ногу Джонса? Конечно, вы помните это, товарищи!

— Воскликнул Визгун, кидаясь из стороны в сторону.

После того, как Визгун столь отчетливо описал эту сцену, многим животным стало казаться, что они в самом деле помнят ее. Во всяком случае, они помнили, что в критический момент сражения Сноуболл действительно кинулся в бегство. Но Боксер все еще несколько сомневался.

— Я не верю, что Сноуболл с самого начала предавал нас, — сказал он наконец. — Другой вопрос, кем он стал потом. Но в битве у коровника он был надежным товарищем.

— Наш вождь, товарищ Наполеон, — очень медленно и твердо произнося слова, объявил Визгун, — категорически утверждает — категорически, товарищи, — что Сноуболл был агентом Джонса с самого начала — да, именно так, и еще задолго до того, как было задумано восстание.

— Ну, тогда это другое дело! — Сказал Боксер. — Если это сказал товарищ Наполеон, значит, так оно и есть.

— Это чистая правда, товарищи! — Снова закричал Визгун, остановив на Боксере мрачный взгляд своих маленьких бегающих глазок. Собравшись, он остановился и внушительно сказал: «Я призываю всех обитателей фермы держать глаза и уши широко раскрытыми. Потому что у нас есть все основания считать, что даже в настоящий момент между нами шныряют агенты Сноуболла!»

Через четыре дня Наполеон приказал всем животным собраться во дворе после обеда. Когда это было исполнено, из дверей дома появился Наполеон, украшенный двумя своими медалями (ибо недавно по его распоряжению ему было присвоено «Животное — герой первого класса» и «Животное — герой второго класса") и в сопровождении девяти огромных псов, которые рыскали вокруг, издавая рычание, заставляющее подрагивать шкуры собравшихся. Они молча стояли, чувствуя, что их ждет нечто страшное.

Наполеон остановился и обвел всех суровым взглядом; затем он повелительно взвизгнул. Собаки мгновенно рванулись вперед, схватили за уши четырех свиней и выволокли их, визжащих от боли и страха, к ногам Наполеона. Уши свиней кровоточили, и на мгновение всем показалось, что собаки, облизывающие кровь просто сошли с ума. В эти секунды всеобщего изумления трое собак кинулись к Боксеру. Увидев их, тот вознес свое огромное копыто и так поддал распластавшуюся в прыжке собаку, что та, жалобно скуля, покатилась по земле, а остальные, поджав хвосты, вильнули в сторону. Боксер посмотрел на Наполеона, спрашивая указания — должен ли он пришибить собаку или позволить ей унести ноги. Похоже было, что Наполеону изменило спокойствие, и он резко приказал Боксеру оставить собаку в покое; Боксер опустил копыто, и собака, повизгивая, уползла в сторону.

Наступила мертвая тишина. Четверо свиней с дрожью ожидали развития событий, не скрывая вины, о которой говорила каждая черточка их физиономий. Наполеон обратился к ним, призывая их покаяться в своих преступлениях. Это были те четверо, которые протестовали, когда Наполеон отменил воскресные ассамблеи. Они незамедлительно признались, что, начиная со дня изгнания Сноуболла, поддерживали с ним тайную связь, что они помогали ему разрушить мельницу и что они вошли в соглашение с ним, ставя целью отдать скотский хутор в руки мистера Фредерика. Они добавили, что Сноуболл по секрету признался им: в течение долгих лет он был тайным агентом мистера Джонса. Когда они кончили каяться, собаки перегрызли им горло, и Наполеон страшным голосом спросил, не хочет ли еще кто-либо сознаться в совершенных преступлениях.

Те трое кур, которые возглавляли попытку волнений из-за яиц, вышли вперед и сказали, что им во сне являлся Сноуболл и призывал не подчиняться приказам Наполеона. Они также были разорваны на куски. Затем вышел гусь и признался, что в прошлом году во время уборки урожая он утаил шесть зерен, которые съел ночью. Одна из овец покаялась, что мочилась в пруд — естественно, как она сказала, по настоянию сноуболла — а две другие овцы признались, что они довели до смерти старого барана, одного из самых преданных поклонников Наполеона, заставляя его бегать вокруг костра, когда он задыхался от приступов кашля. Их постигла та же судьба, что и всех прочих. Процесс признаний и наказаний длился до тех пор, пока у ног Наполеона не выросла гора трупов, а в воздухе не сгустился тяжелый запах крови, который был забыт со времен изгнания Джонса.

Когда все было кончено, остальные животные, кроме собак и свиней, удалились, сбившись в кучу. Они были подавлены и унижены. Они не могли понять, что потрясло их больше — то ли предательство тех, кто вступил в сношение со Сноуболлом, то ли свирепая расправа, свидетелями которой они были. В старые времена тоже случались достаточно жестокие кровопролития, но сейчас они восприняли происшедшее значительно тяжелее, поскольку все произошло в их же среде. С тех пор как Джонс покинул ферму и до сегодняшнего дня, ни одно животное не покушалось на жизнь своего соплеменника. Перестали убивать даже крыс. Все побрели на холмик, где стояла неоконченная мельница, прилегли и в едином порыве, как бы в поисках тепла, сгрудились все вместе

— Кловер, Мюриель, Бенджамин, коровы, овцы, целый выводок гусей, куры — все вместе, кроме, конечно, кошки, которая исчезла сразу же, как только Наполеон приказал всем собраться. Все молчали. Остался стоять только Боксер. Он взволнованно ходил из стороны в сторону, помахивая длинным черным хвостом и время от времени издавая короткое удивленное ржание. Наконец, он сказал:

— Я ничего не понимаю. Я не могу поверить, что на нашей ферме могло случиться такое. Должно быть мы в чем-то допустили ошибку. И, по-моему, выход лишь в том, чтобы работать еще больше. Что касается меня, то отныне я буду вставать еще на час раньше.

Он повернулся и тяжело зарысил в каменоломню. Добравшись до места, он наметил два огромных камня и принялся возиться с ними, решив до наступления ночи доставить их к стенам мельницы.

Животные молча сгрудились вокруг Кловер. С холма, на котором они лежали, открывался широкий вид на округу. Перед их глазами был почти весь скотский хутор — обширные пастбища, тянущиеся почти до большой дороги, хлеба, рощи, пруд, пашни, на которых уже густо пошла в рост молодая зеленая поросль, красные крыши фермы и курящийся над ними дымок из камина. Был ясный весенний вечер. И трава, и живые ограды были освещены лучами заходящего солнца. И никогда ранее ферма — с легким удивлением они осознали, что это их собственная ферма, каждый дюйм которой принадлежит им — не казалась им столь родной. Глазами, полными слез, Кловер смотрела пред собой. И если бы она могла выразить свои мысли, то она сказала бы, что не об этом они мечтали, когда в те далекие годы начали готовиться к свержению человеческого ига. Не эти сцены, полные ужаса и крови, стояли пред их глазами в ту ночь, когда старый майор впервые призвал их к восстанию. И если бы она могла отчетливо представить себе будущее, то это было бы сообщество животных, навсегда освободившихся от голода и побоев, общество равных, в котором каждый трудится по способностям и сильный защищает слабого, подобно тому, как она оберегала заблудившийся выводок утят в ту ночь, когда говорил майор. А вместо этого — она не знала, почему так случилось — настало время, когда никто не может говорить то, что у него на уме, когда вокруг рыщут злобные псы и когда ты должен смотреть, как твоих товарищей рвут на куски, после того как они признались в ужасающих преступлениях. У нее не было никаких крамольных мыслей — ни о восстании, ни о сопротивлении. Она знала, что, несмотря на все происшедшее, им все же живется лучше, чем во времена Джонса, и что прежде всего надо сделать невозможным возвращение прежних хозяев. И что бы ни было, она останется столь же преданной и трудолюбивой, так же будет признавать авторитет Наполеона. И все же это было не то, о чем мечтала она и все прочие, не то, ради чего они трудились. Не ради этого они возводили мельницу и грудью встречали пули Джонса. Именно об этом она думала, хотя у нее не хватало слов, чтобы высказать свои мысли.

Наконец, чувствуя, что ей надо как-то выразить эмоции, переполнявшие ее, она затянула «Скоты Англии». Остальные, расположившиеся вокруг, подхватили песню и спели ее три раза — очень слаженно, но тихо и печально, так, как никогда не пели ее раньше.

Когда они исполнили ее в третий раз, в сопровождении двух псов появился Визгун и дал понять, что хочет сообщить нечто важное. Он объявил, что в соответствии со специальным распоряжением товарища Наполеона, «Скоты Англии» отменяются. Исполнять гимн отныне запрещается.

Животные были ошеломлены.

— Почему? — Изумилась Мюриель.

— В этом больше нет необходимости, товарищи, — твердо сказал Визгун. — «Скоты Англии»

— это была песня времен восстания. Но восстание успешно завершено. Последним действием ее было состоявшееся сегодня наказание предателей. Враги внутренние и внешние окончательно повержены. В «Скотах Англии» мы выражали свое стремление к лучшему обществу, которое грядет. Но мы уже построили его. И, следовательно, ныне эта песня не отвечает своему назначению.

Несмотря на охвативший их страх, некоторые животные пробовали, было, протестовать, но овцы затянули свое обычное «Четыре ноги — хорошо, две ноги — плохо!», Которое продолжалось несколько минут и положило конец всем спорам.

Отныне «Скоты Англии» исчезли. Вместо этого поэт Минимус сочинил другую песню, которая начиналась словами:

Скотский хутор, скотский хутор,

его счастье и веселье воспевает дружный хор!

Именно ее теперь пели каждое воскресенье при поднятии флага. Но ни слова ее, ни мелодия ничем не напоминали животным их былую песню «Скоты Англии».

ГЛАВА VIII

Через несколько дней, когда улегся страх, вызванный жестокой расправой, кое-кто из животных вспомнил — или решил, что помнит — шестую заповедь, которая гласила: «Животное не может убить другое животное». И хотя никто не рискнул упоминать о ней в присутствии собак, все же чувствовалось, что эти убийства как-то не согласовывались с духом заповеди. Кловер попросила Бенджамина прочесть ей шестую заповедь, но когда Бенджамин, как обычно, отказался, сказав, что не хочет вмешиваться в эти дела, Кловер обратилась к Мюриель. Та прочитала ей заповедь. Она гласила: «Животное не может убить другое животное без причины». Так или иначе, но два последних слова как-то выпали из памяти тех, кто вспоминал заповедь. Но теперь они убедились, что заповедь не была нарушена: стало ясно, что теперь есть все основания уничтожать предателей, подручных Сноуболла.

В этом году пришлось работать еще тяжелее, чем в прошлом. Поднять мельницу, стены которой стали вдвое толще и пустить ее в ход в намеченное время, не оставляя в то же время постоянную работу на ферме, было исключительно тяжело. Были времена, когда животным начинало казаться, что они и работают дольше, и питаются хуже, чем во времена Джонса. Но в одно воскресное утро перед ними появился Визгун, держа зажатый в копытцах длинный бумажный свиток и зачитал им, что производство продукции всех видов выросло за это время на 200, 300 и даже 500 процентов по сравнению с предыдущим временем. У животных не было никаких оснований не верить ему, тем более, что они уже очень смутно помнили, каковы были условия жизни до восстания. К тому же, надо добавить, случались дни, когда они чувствовали, что скоро работы станет меньше, а еды прибавится.

Все приказы исходили теперь от Визгуна или от другой свиньи. Наполеон показывался перед обществом не чаще, чем раз в две недели. Когда он выходил, его сопровождал не только привычный эскорт из собак, но и шествовавший впереди черный петух, который играл роль герольда, громко трубя «Кукаре-ку!» Перед тем, как Наполеон собирался что-то сказать. Даже на ферме, как говорилось, Наполеон занимал теперь отдельные апартаменты. Пищу он принимал в одиночестве, лишь в присутствии сидевших рядом двух собак, и ел он с посуды фирмы «Кроун Дерби», которая обычно хранилась в стеклянном буфете в гостиной. Было торжественно оповещено, что теперь, кроме дней традиционных празднеств, револьвер будет салютовать и в день рождения Наполеона.

Теперь о нем никогда не говорилось, как просто о «Наполеоне». При обращении к нему надо было употреблять официальный титул «Наш вождь, товарищ Наполеон», и свиньи настаивали, чтобы к этому титулу добавлялись и другие — «Отец всех животных, ужас человечества, покровитель овец, защитник утят» и тому подобные. В своих речах Визгун, не утирая катящихся по щекам слез, говорил о мудрости Наполеона, о глубокой любви, которую он испытывает ко всем животным, особенно к несчастным, которые все еще томятся в рабстве и в унижении на других фермах. Стало привычным благодарить Наполеона за каждую удачу, за каждое достижение. Можно было услышать, как одна курица говорила другой: «Под руководством нашего вождя товарища Наполеона я отложила шесть яиц за пять дней»; или как две коровы, стоя у водопоя, восклицали: «Спасибо товарищу Наполеону за то, что под его руководством вода стала такой вкусной!» Обуревавшие всех чувства нашли выражение в песне, сочиненной Минимусом. Она называлась «Товарищ Наполеон» и звучала следующим образом:

Отец всех обездоленных!
Источник счастья!
Повелитель колод с помоями!
О, как пылает моя душа,
когда я смотрю в твои
спокойные и властные глаза,
подобные солнцу в небе,
товарищ Наполеон!
Ты овладел искусством дарить все,
что нужно твоим детям —
дважды в день полное брюхо,
чистую солому, чтобы валяться;
каждое животное, большое или малое,

спокойно спит в своем стойле,
пока ты бдишь над всеми,
товарищ Наполеон!
И будь я хоть сосунок,
или будь я уже большим,
пустой бутылкой будь я или пробкой
— все мы должны учиться
верности и преданности тебе
и приветствовать мир первым криком:
«Товарищ Наполеон!»

Наполеон одобрил песню и приказал написать ее большими буквами на другой стене амбара, напротив семи заповедей. Она была увенчана портретом Наполеона в профиль, который белой краской исполнил Визгун.

Тем временем с помощью уимпера Наполеон вступил в сложные торговые отношения с Фредериком и Пилкингтоном. Штабель бревен все еще оставался непроданным. Фредерик рвался приобрести его, но не мог предложить подходящую сумму. Как раз в это время разнесся слух, что Фредерик со своими подручными готовит новое нападение на скотский хутор и собирается разрушить мельницу, строительство которой вызвало у него жгучую ревность. Доподлинно было известно, что Сноуболл скрывается в пинчфилде. В середине лета животные были встревожены известием, что три курицы пришли к Наполеону и признались, что Сноуболл вовлек их в заговор с целью убить Наполеона. Они были немедленно казнены. Пришлось принять новые меры безопасности для спасения жизни Наполеона. По ночам у каждой ножки его кровати находилось четверо собак, а поросенок по имени пинки должен был пробовать каждое блюдо, перед тем как к нему приступал сам Наполеон, что должно было предотвратить опасность отравления.

Примерно в это время стало известно, что Наполеон решил продать штабель мистеру Пилкингтону; кроме того, он заключил соглашение о регулярном товарообмене между скотским хутором и Фоксвудом. Отношения между Наполеоном и Пилкингтоном, несмотря на то, что они поддерживались исключительно через уимпера, стали почти дружескими. Животные не доверяли Пилкингтону, поскольку он был родом из людей, но все же предпочитали его Фредерику, которого боялись и ненавидели. По мере того как лето шло к концу и мельница близилась к своему завершению, начали усиливаться слухи о надвигающемся предательском нападении. Говорилось, что Фредерик нанял не менее двадцати человек, вооруженных огнестрельным оружием, что он подкупил полицию и магистрат, и что, если ему удастся захватить скотский хутор и объявить себя его владельцем, это будет принято без возражений. Кроме того, из пинчфилда доходили ужасные истории о жестокости, с которой Фредерик обращается со своими животными. Он засек до смерти старую лошадь, он морит коров голодом, он убил собаку, швырнув ее в печь, а по вечерам он развлекается петушиными боями, предварительно привязывая к ногам несчастных птиц острие бритвы. Кровь кипела от ярости, когда животные слушали об издевательствах над их товарищами; порой даже раздавались призывы собраться и напасть на Пинчфилд, чтобы изгнать людей и дать свободу животным. Но Визгун советовал им избегать необдуманных действий и всецело положиться на мудрую стратегию товарища Наполеона.

Тем не менее, антиФредериковские чувства продолжали расти. В одно воскресное утро Наполеон появился в амбаре и сообщил, что он никогда не вступал в переговоры о продаже бревен Фредерику; он объявил, что считает ниже своего достоинства иметь дело с таким подонком. Голубям, которых попрежнему посылали во все стороны для распространения новостей о восстании, было запрещено вести эту работу в Фоксвуде; кроме того, им было приказано сменить прежний лозунг «Смерть человечеству» на «Смерть Фредерику». В конце лета была разоблачена еще одна подлость Сноуболла. Поля оказались забитыми сорняками. Выяснилось, что это работа Сноуболла — во время одного из своих ночных визитов он смешал посевной фонд с сорняками. Гусак, который был уличен в заговоре, признал перед Визгуном свою вину и сразу покончил жизнь самоубийством, съев ягоды паслена. Теперь животные окончательно убедились, что Сноуболл — хотя до настоящего времени многие продолжали верить в это — никогда не получал ордена «Животное — герой первого класса». Это было просто легендой, которую после битвы у коровника пустил в ход сам Сноуболл. Он не только не был награжден, но, наоборот, подвергнут всеобщему осуждению за проявленную в сражении трусость. Порой кое-кто из животных еще сомневался в этом, но Визгун быстро убедил их, что им просто изменяет память.

Осенью, которая запомнилась тяжелейшим изнурительным трудом — потому что одновременно шла и уборка урожая — мельница, наконец, была завершена. Надо было еще приобрести оборудование, и уимпер вел об этом переговоры, но само здание было закончено. Несмотря на все трудности, на отсутствие опыта, на примитивное оборудование, на предательство Сноуболла, несмотря на ошибки, — мельница была закончена точно в намеченный день! Изнемогая от гордости, животные гуляли вокруг этого творения, которое в их глазах выглядело еще более прекрасным, чем когда они только приступали к строительству. Тем более, что стены стали вдвое толще, чем раньше. Теперь их не могло обрушить ничто, кроме взрывчатки! И когда они думали, сколько было вложено труда в эту работу, какие они преодолевали трудности и как изменится их жизнь, когда завертятся крылья и по проводам потечет электричество — когда они думали об этом, их покидала усталость, и они с восторженными криками начинали носиться вокруг мельницы. В сопровождении собак и петуха Наполеон сам лично явился осмотреть работу; он поблагодарил животных за их достижения, и объявил, что строение будет называться мельница имени Наполеона.

Через два дня животные были приглашены на специальное собрание в амбар. Они онемели от изумления, когда Наполеон объявил, что продал штабель Фредерику. Завтра прибудет грузовик от Фредерика и увезет бревна. Это значило, что все то время, пока Наполеон поддерживал вроде бы дружеские отношения с Пилкингтоном, он действовал по тайному соглашению с Фредериком.

Все отношения с Фоксвудом были прерваны; Пилкингтону было отправлено оскорбительное послание. Голубям было приказано избегать Пинчфилд и сменить свой лозунг «Смерть Фредерику» на «Смерть Пилкингтону». Затем Наполеон заверил животных, что слухи о готовящемся нападении на скотский хутор не имели под собой никаких реальных оснований и что истории о жестоком обращении Фредерика с животными значительно преувеличены. Все эти сплетни скорее всего распускались Сноуболлом и его агентами. Кроме того, выяснилось, что Сноуболл не только никогда не скрывался в пинчфилде, но и вообще не был там никогда в жизни: он жил

— и, как говорили, в исключительной роскоши — в Фоксвуде и на самом деле в течение долгих лет получал подачки от Пилкингтона.

Хитрость Наполеона привела свиней в восторг. Демонстрируя дружбу с Пилкингтоном, он заставил Фредерика поднять цену до двенадцати фунтов. Но глубокая мудрость Наполеона, сказал Визгун, выражается в том, что на самом деле он не верит никому, даже Фредерику. Фредерик хотел заплатить за бревна какой-то бумажкой, называвшейся чеком, за которую потом можно было получить деньги. Но Наполеона на кривой не объедешь. Он настоял на платеже подлинными пятифунтовыми бумажками, перед тем, как Фредерик решит отвозить бревна, те должны быть переданы ему лично. Фредерик уже расплатился и теперь денег хватит, чтобы купить оборудование для мельницы.

Бревна тем временем исчезли с молниеносной быстротой. Когда с ними было покончено, в амбаре снова было созвано всеобщее собрание, чтобы осмотреть полученные от Фредерика банкноты. Украшенный всеми своими наградами Наполеон, блаженно улыбаясь, расположился на соломенной подстилке на возвышении; рядом с ним в коробочке из-под китайского чая, взятой на кухне, стопкой были сложены деньги. Животные гуськом медленно проходили мимо и каждый глазел на богатства. Боксер засунул в коробку нос; тонкие белые бумажные деньги вздрогнули и зашевелились от его дыхания.

Но через три дня на ферме поднялась страшная суматоха. На мотоцикле примчался бледный уимпер, бросил его во дворе и кинулся прямо в дом. В следующую минуту из апартаментов Наполеона раздался ужасный рев. Новость о случившемся облетела ферму подобно пожару. Банкноты были фальшивыми! Фредерик не заплатил за бревна ни шиллинга!

Наполеон немедленно созвал всех животных и громовым голосом объявил смертный приговор Фредерику. После поимки, сказал он, Фредерик будет сварен заживо. Затем он предупредил, что после такого предательства можно ожидать самого худшего. Фредерик и его наемники каждую минуту могут напасть на ферму — они давно уже готовились к этому. Часовые должны неусыпно бдить на своих постах. В Фоксвуд отправились четверо голубей с миролюбивым посланием, в котором содержалась надежда на восстановление добрых отношений с Пилкингтоном.

Нападение состоялось на следующее утро. Животные завтракали, когда примчался дозорный с известием, что Фредерик во главе своего воинства уже прошел ворота. Животные смело бросились им навстречу, но на этот раз им не удалось одержать столь легкую победу, как в битве у коровника. Их встретило пятнадцать человек, добрая половина из которых были вооружены револьверами, и они открыли огонь с пятидесяти метров. Животные не могли вынести ужасающего грохота и жалящих пуль; несмотря на все усилия Наполеона и Боксера, старавшихся подбодрить их, они бросились в бегство. Часть уже была ранена. Забравшись в дом, они судорожно припали к щелям и дыркам от выпавших сучков в стенах. Все пастбище, включая и мельницу, было в руках врагов. В эти минуты растерялся, кажется, даже Наполеон. Он молча ходил из угла в угол, подрагивая вытянутым хвостиком. Все взоры с тоской были обращены в сторону Фоксвуда. Если Пилкингтон решит прийти к ним на помощь, день поражения может еще обернуться победой. И в эту минуту вернулись четверо отосланных вчера голубей; один из них нес записку от Пилкингтона. В ней были нацарапаны слова: «Так вам и надо"!

Тем временем Фредерик и его люди остановились около мельницы. Животные наблюдали за ними, не в силах скрыть своих опасений. Двое мужчин, вооружившись ломом и кувалдой, стали ломать стену мельницы.

— Бесполезно! — Закричал Наполеон. — Мы возвели такие толстые стены, что они устоят.

Они не справятся с ними и за неделю. Не падайте духом, товарищи!

Но Бенджамин продолжал неотрывно следить за тем, что делалось около мельницы. Двое с ломом и кувалдой пробили дыру у основания здания. Медленно и разочарованно Бенджамин кивнул своей длинной мордой.

— Так я и думал, — сказал он. — Разве вы не видите, что они делают? А сейчас они будут засыпать порох в эту дыру.

Пораженные ужасом, животные застыли в ожидании. Было бы слишком рискованно выбраться из-под укрытия. Затем раздался ужасающий грохот. Голуби взвились в воздух, а все остальные, кроме Наполеона, ничком распластались на полу. Когда они поднялись, на том месте, где была мельница, колыхалось лишь огромное облако черного дыма. Ветерок медленно унес его. Мельница исчезла!

Это зрелище заставило животных почувствовать прилив отваги. Страх и отчаяние, которое они испытывали минутой раньше, испарились в порыве ярости, когда они увидели эти подлые низкие действия. Всеобщий крик мести потряс воздух и, не ожидая приказов, в едином порыве они бросились прямо на врага. Они не склонялись перед горячими пулями, которые, как гвозди, вонзались в их тела. Это была яростная и жестокая битва. Люди непрестанно вели огонь, а когда животные вплотную сблизились с ними, пустили в ход колья и тяжелые подкованные сапоги. Смертью храбрых пали корова, три гуся и две овцы; почти все остальные были ранены. Даже Наполеон, который руководил операцией с тыла, потерял кончик хвоста, оторванный пулей. Но и нападавшие понесли серьезный урон. Троим из них Боксер копытами проломил голову; другой получил удар рогами в живот; кое-кто поддерживал штаны, разорванные в клочья зубами Джесси и Блюбелл. А когда девять собак из личной охраны Наполеона, которых он под прикрытием изгороди направил в обход, со свирепым лаем появились в тылу нападавших, их охватила паника. Они увидели, что им грозит опасность окружения. Фредерик заорал им, что надо, пока еще не поздно, уносить ноги, и в следующий момент трусливый враг бросился в позорное бегство, спасая свои драгоценные жизни. Животные гнали их до края поля, успев нанести несколько последних ударов тем, кто перелезал через изгородь.

Они победили, но какой ценой! Все были измучены и залиты кровью. Медленно они побрели обратно на ферму. Вид мертвых товарищей, чьи тела распростерлись на траве, вызвал у многих слезы. А затем в печальном молчании они застыли там, где еще недавно высилась мельница. Да, с ней все было кончено; не осталось и следа их трудов! Была разрушена даже часть фундамента. И для восстановления мельницы они не могли, как раньше, использовать обрушившиеся камни. Теперь камней тоже не было. Силой взрыва они были раздроблены и раскиданы на сотни метров. Мельницы словно и не было.

Когда они пришли на ферму, перед ними вынырнул неизвестно почему отсутствовавший во время битвы Визгун, сияющий и радостный. И животные услышали, как со стороны главного строения раздавались торжественные звуки салюта из револьвера.

— Почему стреляет револьвер? — Спросил Боксер.

— В честь нашей победы! — Закричал Визгун.

— Какой победы? — Сказал Боксер. Бабки его были в крови, он потерял подкову и расщепил копыто; не менее дюжины пуль засели у него в мышцах задней ноги.

— Как что за победа, товарищи! Разве мы не изгнали врагов нашей идеи — священной идеи скотского хутора?

— Но они разрушили мельницу! А мы строили ее два года!

— Ну и что? Мы построим другую мельницу. Мы выстроим десяток мельниц, если надо будет. Вы не цените, товарищи, величие того, что нам удалось совершить. Враг занял почти всю нашу землю. А теперь — благодаря руководству товарища Наполеона — мы отвоевали каждый ее дюйм!

— Мы отвоевали то, что у нас было раньше, — сказал Боксер.

— Зато мы победили, — сказал Визгун.

Они втянулись во двор. Раны от пуль, застрявших у Боксера под кожей, сильно болели. Он предвидел, что его ждет тяжелая работа по восстановлению мельницы, начиная с фундамента, и он уже прикидывал, как возьмется за нее. Но в первый раз он задумался над тем, что ему уже одиннадцать лет и что даже его могучие мускулы уже не те, что были когда-то.

Но когда животные увидели вьющийся по ветру зеленый флаг и услышали победные залпы из револьвера — семь раз он стрелял — и услышали речь, которую произнес Наполеон, благодаря их за мужество, они наконец поверили, что одержали великую победу. Животным, павшим в сражении, были устроены торжественные похороны. Боксер и Кловер везли телегу, которая служила катафалком, и Наполеон лично возглавлял процессию. На празднования были отпущены два полных дня. Были песни, речи, стрельба из револьвера, и каждому была вручена премия — яблоко; кроме того, птицы получили по две унции зерна, а собаки — по три бисквита. Было объявлено, что это сражение впредь будет называться битвой у мельницы и что Наполеон награждается новым отличием, орденом зеленого знамени, который он сам присудил себе. В этих всеобщих празднествах был окончательно забыт печальный эпизод с банкнотами.

А через несколько дней случилась история с виски, что хранилось в подвале. Его обнаружили еще в те дни, когда животные овладели фермой. В ту ночь, о которой идет речь, с фермы доносились звуки громкого пения, в котором, к удивлению слушателей, звучали нотки «Скотов Англии». А примерно в полдевятого Наполеон со старой шляпой на голове, в которой мистер Джонс играл в крикет, мелькнув на мгновение, стремительно выскочил из задней двери, галопом промчался по двору и снова исчез в дверях. Утром над фермой царило глубокое молчание. Свиньи не показывались из дома. Около девяти часов появился Визгун. Он шел медленно и уныло, с опухшими глазами, с безвольно болтающимся хвостиком. Было видно, что он серьезно болен. Визгун созвал всех и сказал, что должен сообщить им печальную новость. Товарищ Наполеон умирает!

Горестный плач разнесся по ферме. Перед дверями была разложена солома. Все ходили на цыпочках. Со слезами на глазах животные вопрошали друг друга, как они будут жить, если вождь их покинет. Ходили слухи, что, несмотря на все предосторожности, Сноуболлу удалось подсыпать яд в пищу Наполеону. В одиннадцать Визгун вышел еще с одним сообщением. Уходя от нас, последним своим распоряжением на этой земле товарищ Наполеон повелел объявить: впредь употребление алкоголя будет караться смертью.

Но, тем не менее, к вечеру Наполеону стало несколько лучше, а на следующее утро у Визгуна появилась возможность сообщить, что товарищ Наполеон находится на пути к выздоровлению. Вечером того же дня он приступил к работе, а на следующий день стало известно, что он направил уимпера в Уиллингдон с целью купить какую-нибудь литературу по пивоварению и винокурению. Через неделю он отдал распоряжение распахать небольшой лужок в саду, который давно уже был отведен для пастьбы тем, кто уходит на отдых. Поступило сообщение, что пастбище истощено и нуждается в рекультивации; но скоро стало известно, что Наполеон решил засеять его ячменем.

Примерно в это время произошел странный инцидент, недоступный пониманию подавляющего большинства обитателей фермы. Как-то ночью, примерно около двенадцати, во дворе раздался грохот, и все животные высыпали наружу.

Стояла лунная ночь. У подножия той стены большого амбара, на которой были написаны семь заповедей, лежала сломанная лестница. Рядом с ней копошился оглушенный Визгун, а неподалеку от него лежали фонарь, кисть и перевернутое ведерко с белой краской. Собаки сразу же окружили его и, как только Визгун оказался в состоянии держаться на ногах, проводили его на ферму. Никто — кроме, конечно, старого Бенджамина, который лишь кивал с многозначительным видом и делал вид, что ему все ясно, — не понял, что все это значило, но не проронил ни слова.

Но через несколько дней Мюриель, перечитывая для себя семь заповедей, заметила, что одну заповедь животные усвоили неправильно. Они думали, что пятая заповедь звучала как «Животные не пьют алкоголя», но здесь были еще два слова, которые они упустили из виду: «Животные не пьют алкоголя сверх необходимости».

ГЛАВА IX

Разбитое копыто Боксера заживало медленно. Все взялись за восстановление мельницы сразу же на другой день после празднования победы. Боксер отказался терять даже день и решил, что это дело чести — не дать никому заметить, как он страдает от боли. Вечером он по секрету признался Кловер, что копыто серьезно беспокоит его. Кловер приложила к копыту припарку из разжеванных ею трав, и они с Бенджамином предупредили Боксера, что он не должен перенапрягаться. «Твои легкие не вечны», — сказала она ему. Но Боксер отказался ее слушать. У него осталась, сказал он, только одна цель — увидеть мельницу завершенной до того как он уйдет на отдых.

В самом начале, когда только складывались законы скотского хутора, пенсионный возраст был определен для лошадей и свиней в двенадцать лет, для коров в четырнадцать, для собак в девять, для овец в семь, для кур и гусей в пять лет. Размер пенсии должен был быть определен попозже. И хотя пока никто из животных не претендовал на нее, разговоры шли все чаще и чаще. Поскольку небольшой загончик рядом с садом теперь был распахан под ячмень, ходили слухи, что будет отгорожен кусок большого пастбища с целью отвести его под выгон для престарелых тружеников. Говорилось, что для лошадей пенсия составит пять фунтов зерна в день, а зимой — пятнадцать фунтов сена плюс еще и морковка или, возможно, в праздничные дни — яблоки. Боксеру должно было исполниться двенадцать лет в будущем году, в конце лета.

Между тем, жить было трудно. Зима оказалась такой же жестокой, как и в прошлом году, а пищи было все меньше. Нормы выдачи снова были сокращены для всех, кроме собак и свиней. Уравниловка, объяснил Визгун, противоречит принципам анимализма. Во всяком случае, ему не доставило трудов объяснить всем, что на самом деле пищи хватает, что бы ни казалось животным. Со временем, конечно, должна была возникнуть необходимость в корректировке порций (Визгун всегда говорил о «корректировке», а не о «сокращении"), но по сравнению со временем Джонса, снабжаются они в избытке.

Зачитывая сводки своим высоким захлебывающимся голосом, Визгун подробно доказывал, что теперь у них больше зерна, больше соломы, больше свеклы, чем во времена Джонса, что они меньше работают, что улучшилось качество питьевой воды, что они живут дольше, что резко упала детская смертность и что теперь в стойлах у них больше соломы и они не так страдают от оводов. Животные верили каждому слову. Откровенно говоря, и Джонс и все, что было с ним связано, уже изгладилось из их памяти. Они знали, что ведут трудную жизнь, что часто страдают от голода и холода и что все время, свободное от сна, они проводят на работе. Но, без сомнения, раньше было еще хуже. Они безоговорочно верили в это. Кроме того, в старые времена они были рабами, а сейчас они свободны, и в этом суть дела, на что не забывал указывать Визгун.

Прибавилось много ртов, которые надо было кормить. Осенью почти одновременно опоросились четыре свиноматки, принеся тридцать одного поросенка. Молодое поколение сплошь было пегое, и поскольку на ферме был только один боров, Наполеон, имелись все основания предполагать его отцовство. Было объявлено, что позже, когда появятся кирпич и строевой лес, в саду начнется строительство школы. А пока поросята получали задания на кухне непосредственно от Наполеона. Они занимались в саду, избегая игр с остальной молодежью. Со временем стало правилом, что, когда на дорожке встречались свиньи и кто-то еще, другое животное должно было уступать свинье дорогу; и кроме того, все свиньи, независимо от возраста, получили привилегию по воскресеньям украшать хвостики зелеными ленточками.

Год выдался очень удачный, но денег на ферме по-прежнему не хватало. Были закуплены кирпичи, гравий и известь для строительства школы, но надо было снова экономить на оборудование для мельницы. Затем надо было приобретать керосин и свечи для освещения дома, сахар для личного стола Наполеона (он не давал его остальным свиньям под предлогом, что они потолстеют) и все остальное, как, например, инструменты, гвозди, бечевки, уголь, провода, кровельное железо и собачьи бисквиты. Были проданы на сторону несколько стогов сена и часть урожая картофеля, а контракт на поставку яиц возрос до шестисот в неделю, так что куры напрасно надеялись, что вокруг них будут копошиться цыплята. После декабрьского сокращения рациона последовало новое сокращение в феврале, а для экономии керосина было ликвидировано освещение. Но, похоже, свиньи не страдали от этих лишений и, несмотря ни на что, прибавляли в весе. Как-то в февральский полдень из маленького домика за кухней, где стоял забытый Джонсом перегонный аппарат, по двору разнесся незнакомый теплый и сытный запах. Кто-то сказал, что это запах жареного ячменя. Животные жадно вдыхали его, предполагая, что, может быть, ячмень жарят для их похлебки. Но горячей похлебки никто так и не увидел, а в следующее воскресенье было объявлено, что впредь ячмень предназначается только и исключительно для свиней. Ячменем уже было засеяно поле за садом. А затем разнеслась новость, что теперь каждая свинья будет ежедневно получать пинту пива, а лично Наполеон — полгаллона, каковая порция, как обычно , будет подаваться ему в супнице из сервиза «Кроун Дерби».

Но эти отдельные трудности в значительной мере компенсировались сознанием того, что теперь они ни перед кем не склоняют шеи, как это было раньше. Они имели право петь, говорить, выходить на демонстрации. Наполеон распорядился, чтобы раз в неделю устраивались так называемые стихийные демонстрации с целью восславить достижения и победы скотского хутора. Вназначенное время животные должны были оставлять работу и, собравшись во дворе, маршировать повзводно — сначала свиньи, затем лошади, а дальше коровы, овцы и домашняя птица. Собаки сопровождали демонстрацию с флангов, а впереди маршировал черный петух Наполеона. Боксер и Кловер, как обычно, несли зеленое знамя, украшенное рогом и копытом и увенчанное призывом «Да здравствует товарищ Наполеон!» Затем читались поэмы, сочиненные в честь Наполеона, Визгун произносил речь, как обычно, упоминая о былых лишениях. Гремел салют из револьвера. С наибольшей охотой спешили на стихийные демонстрации овцы, и если кто-нибудь жаловался (порой кое-кто из животных позволял себе такие вольности, если поблизости не было свиней и собак), что они только теряют время и мерзнут на холоде, овцы сразу же заглушали его громогласным блеянием «Четыре ноги — хорошо, две ноги — плохо!» Но большинству животных нравились эти празднества. Они считали, что такие шествия напоминают им, что, как бы там ни было, над ними нет господ и что они трудятся для собственного блага. И поэтому, когда звучали песни, шла демонстрация, Визгун зачитывал список достижений, грохотал салют, развевались флаги и кричал петух, они забывали о пустых желудках.

В апреле скотский хутор объявил себя республикой, и посему возникла необходимость в избрании президента. На этот пост претендовал только один кандидат, Наполеон, который был избран единогласно. В эти же дни стало известно, что обнаружены новые документы, раскрывающие детали связей Сноуболла с Джонсом. Выяснилось, что Сноуболл не только, как ранее думали, готовил поражение в битве у коровника, маскируя это, якобы, стратегией, но открыто сражался на стороне Джонса. На самом деле это именно он вел в бой силы людей, участвуя в сражении с кличем «Да здравствует человечество!» А рану на спине Сноуболла, которую кое-кто еще смутно помнил, нанесли зубы Наполеона.

В середине лета на ферме после нескольких лет отсутствия неожиданно появился Мозус, ручной ворон. Он совершенно не изменился, по-прежнему отлынивал от работы и рассказывал те же сказки о леденцовой горе. Взгромоздившись на шест, он хлопал черными крыльями и часами рассказывал истории каждому, кто был согласен его слушать. «Там, наверху, товарищи, — торжественно говорил он, указывая в небо своим огромным клювом, — там наверху, по ту сторону темных туч, что нависли над вами, — там высится Леденцовая гора, тот счастливый край, где все мы, бедные животные, будем вечно отдыхать от трудов наших!» Он утверждал даже, что, поднявшись в небо, побывал там лично и видел бесконечные поля клевера и заросли кустов, на которых росли пряники и колотый сахар. Многие верили ему. Жизнь наша, считали они, проходит в изнурительном труде и постоянном голоде; так, наверно, где-то существует более справедливый и лучший мир. Единственное, что с трудом поддавалось объяснению, было отношение свиней к Мозусу. Все они безоговорочно утверждали, что россказни о леденцовой горе — ложь и обман, но тем не менее, разрешали Мозусу пребывать на ферме и даже с правом выпивать в день четверть пинты пива.

После того, как копыто зажило, Боксер еще с большим пылом взялся за работу. Правда, в тот год все работали как рабы, из последних сил. Кроме обычной работы на ферме и восстановления мельницы, в марте началось строительство школы. Порой изнурительная работа и скудный рацион становились непереносимыми, но Боксер никогда не падал духом. Ни его слова, ни действия не позволяли считать, что силы его на исходе. Несколько изменился лишь его внешний вид: шерсть не сияла так, как раньше, а огромные мускулы стали чуть дряблыми. Кое-кто говорил, что, как только появится первая травка, Боксер воспрянет, но весна пришла, а Боксер оставался в прежнем состоянии. Порой, когда на склоне, ведущем к каменоломне, он напрягал все мускулы, пытаясь противостоять весу огромного камня, казалось, что его держит на ногах только огромная сила воли. И в эти минуты губы его складывались, чтобы произнести слова: «Я буду работать еще больше», но у него уже не было сил произнести их. Не раз Бенджамин и Кловер предупреждали его, что он должен подумать о своем здоровье, но Боксер не обращал внимания на эти слова. Настало и его двенадцатилетие. Но он решил не уходить на отдых, пока не соберет достаточно материала для восстановления мельницы.

Но как-то летним вечером по ферме разнесся слух, что с Боксером что-то случилось. Вроде бы он свалился, когда в одиночестве тащил камень к мельнице. К сожалению, слух оказался справедлив. Через несколько минут прилетели два голубя с новостью: «Боксер упал! Он лежит на боку и не может подняться!»

Чуть ли не половина животных бросилась к холмику, на котором стояла мельница. Здесь, вытянув шею и не в силах даже поднять головы, между оглобель лежал Боксер. Глаза его остекленели, бока лоснились от пота. Изо рта текла тонкая струйка крови. Кловер стала рядом с ним на колени.

— Боксер! — Закричала она. — Что с тобой?

— Легкие, — сказал Боксер слабым голосом. — Но это пустяки. Думаю, вы сможете закончить мельницу и без меня. Я натащил здоровую кучу камней. Мне не хватило одного месяца. Говоря по правде, я уже ждал отдыха. И, возможно, поскольку Бенджамин уже в годах, ему позволят уйти на отдых вместе со мной.

— Нам нужна помощь, — сказала Кловер. — Бегите ктонибудь к Визгуну и скажите ему, что случилось.

Все опрометью бросились на ферму сообщить новость Визгуну. Остались только Кловер и Бенджамин, который молча лег рядом с Боксером, чтобы отгонять оводов своим длинным хвостом. Через пятнадцать минут появился полный сочувствия Визгун и принес свои соболезнования. Он сказал, что товарищ Наполеон с глубоким сожалением принял известие о несчастье, постигшем одного из лучших тружеников фермы и уже отдал распоряжение поместить Боксера в лучшую лечебницу уиллингдона. Это несколько смутило животных. Кроме Молли и Сноуболла никто из них не покидал фермы, и они не хотели думать, что их больной товарищ окажется в руках людей. Но Визгун легко объяснил им, что ветеринар в Уиллингдоне поставит Боксера на ноги быстрее и успешнее, чем это удастся сделать на ферме. Примерно через полчаса, когда Боксер чуть оправился, он с трудом встал на ноги и дополз до своего стойла, в котором Кловер и Бенджамин уже приготовили для него свежую подстилку.

Последующие два дня Боксер оставался на месте. Свиньи прислали большую бутыль с лекарством розового цвета, которую они нашли в ванной комнате, и Кловер давала его Боксеру дважды в день после еды. Вечерами, лежа в своем стойле, она беседовала с Боксером, пока Бенджамин отгонял оводов. Боксер старался убедить ее, что не надо принимать близко к сердцу все случившееся. Он как следует отдохнет, и впереди его ждут еще три года, которые он проведет в покое и довольстве на краю большого пастбища. В первый раз у него с избытком будет времени для учебы и развития своих способностей. Он решил, сказал Боксер, провести остаток жизни, изучая остальные двадцать две буквы алфавита.

Но все же Бенджамин и Кловер проводили с Боксером время лишь после работы, и когда в середине дня за ним прибыл фургон, все были на полях, под присмотром свиней пропалывая свеклу. Животные были очень удивлены, увидев, как со стороны фермы галопом мчится Бенджамин, крича не своим голосом. В первый раз они увидели Бенджамина взволнованным, не говоря уже о том, что его никто не видел в такой спешке. «Скорее, скорее! — Кричал он. — Все сюда! Они забирают Боксера!» Не ожидая распоряжений от свиней, все бросили работу и помчались к ферме. Действительно, во дворе стоял крытый фургон, запряженный двумя лошадьми. На стенке фургона было что-то написано, а на облучке сидел жуликоватый человечек в низко нахлобученной шляпе. Стойло Боксера было пусто.

Животные обступили фургон. «До свидания, Боксер! — Хором кричали они. — До свиданья!»

— Дураки! Дураки! — Заорал Бенджамин, расталкивая их и в отчаянии роя землю своими копытцами. — Идиоты! Разве вы не видите, что написано на фургоне?

Животные прислушались, а затем наступило молчание. Мюриель начала складывать буквы в слова. Но Бенджамин оттолкнул ее и среди мертвого молчания прочел: «Альфред Симмонс. Скотобойня и мыловарня. Торговля шкурами, костями и мясом. Корм для собак». Не понимаете, что это значит? Они продали Боксера на живодерню!

Крик ужаса вырвался у всех животных. В эту минуту мужчина на облучке хлестнул лошадей, и фургон медленно двинулся по двору. Рыдая, животные сопровождали его. Кловер приложила все силы и настигла его. «Боксер! — Закричала она. — Боксер! Боксер! Боксер!» И в эту минуту, словно слыша что-то в окружающем шуме, из заднего окошечка фургона показалась физиономия Боксера с белой полосой поперек морды.

— Боксер! — Закричала Кловер страшным голосом. — Боксер! Прыгай! Скорее! Они везут тебя на смерть!

Все животные подняли крик: «Прыгай, Боксер, прыгай!» Но фургон уже набрал скорость и оторвался от них. Осталось неясным, понял ли Боксер, что ему хотела сказать Кловер. Но он исчез из заднего окошечка, и внутри фургона раздался грохот копыт. Боксер пытался вырваться на свободу. Были мгновения, когда казалось — еще несколько ударов, и под копытами Боксера фургон разлетится в щепки. Но увы! — Силы уже покинули его, и звук копыт с каждым мгновением становился все слабее, пока окончательно не смолк. В отчаянии животные попытались обратиться к двум лошадям, тащившим фургон. «Товарищи! Товарищи! — Кричали они. — Вы же везете на смерть своего брата!» Но тупые создания, слишком равнодушные, чтобы понять происходящее, лишь прижали уши и ускорили шаг. Боксер больше не появлялся в окошечке. Слишком поздно спохватились животные, что можно было помчаться вперед и запереть ворота. Фургон уже миновал их и быстро исчез за поворотом дороги. Никто больше не видел Боксера.

Через три дня было объявлено, что он умер в госпитале

уиллингдона, несмотря на все усилия, которые прилагались для спасения его жизни. Визгун явился рассказать всем об этом. Он был, по его словам, рядом с Боксером в его последние часы.

— Это было самое волнующее зрелище, которое я когдалибо видел, — сказал Визгун, вздымая хвостик и вытирая слезы. — Я был у его ложа до последней минуты. И в конце, когда у него уже не было сил говорить, он прошептал мне на ухо, что единственное, о чем он печалится, уходя от нас, — это неоконченная мельница. «Вперед, товарищи! — Прошептал он. — Вперед во имя восстания. Да здравствует скотский хутор! Да здравствует товарищ Наполеон! Наполеон всегда прав». Таковы были его последние слова, товарищи.

После этого сообщения настроение Визгуна резко изменилось. Он замолчал и подозрительно огляделся, прежде чем снова начать речь.

До него дошли, сказал он, те глупые и злобные слухи, которые распространялись во время отъезда Боксера. Кое-кто обратил внимание, что на фургоне, отвозившем Боксера, было написано «Скотобойня» и с неоправданной поспешностью сделал вывод, что Боксера отправляют к живодеру. Просто невероятно, сказал Визгун, что среди нас могут быть такие легковерные паникеры. Неужели, — вскричал он, вертя хвостиком и суетясь из стороны в сторону, — неужели они разбираются в делах лучше их обожаемого вождя, товарища Наполеона? А на самом деле объяснение значительно проще. В свое время фургон действительно принадлежал скотобойне, а потом его купила ветеринарная больница, которая еще не успела закрасить старую надпись. Вот откуда и возникло недоразумение.

Слушая это, животные испытали огромное облегчение. А когда Визгун приступил к подробному описанию того, как на своем ложе отходил Боксер, об огромной заботе, которой он был окружен, о дорогих лекарствах, за которые Наполеон, не задумываясь, выкладывал деньги, у них исчезли последние сомнения, и печаль из-за того, что они расстались со своим товарищем, уступила место мыслям, что он умер счастливым.

Наполеон сам лично явился на встречу в следующее воскресенье и произнес краткую речь в честь Боксера. К сожалению, сказал он, невозможно захоронить на ферме останки нашего товарища, но он уже приказал сплести большой лавровый венок и возложить его на могилу Боксера. Через несколько дней свиньи предполагают устроить банкет в честь Боксера. Наполеон закончил свое выступление напоминанием о двух фразах Боксера: «Я буду работать еще больше» и «Товарищ Наполеон всегда прав». Эти слова, сказал он, каждый должен воспринять до глубины души, как свои собственные.

В день, назначенный для банкета, из уиллингдона приехал фургон лавочника и доставил на ферму большой деревянный ящик. Ночью с фермы раздавались звуки нестройного пения, которые перешли в нечто, напоминаюшее жестокую драку и около одиннадцати завершились звоном разбитого стекла. До полудня следующего дня никто не показывался во дворе фермы, и ходили упорные слухи, что свиньи откуда-то раздобыли деньги, на которые было куплено виски.

ГЛАВА X

Шли годы. Приходили и уходили весны и осени. Уходили те, кому пришел срок их короткой жизни на земле. Настало время, когда не осталось почти никого, кто помнил бы былые дни восстания, кроме Кловер, Бенджамина, ворона Мозуса и некоторых свиней.

Скончалась Мюриель; не было уже Блюбелл, Джесси и Пинчера. Умер и Джонс — он скончался где-то далеко, в лечебнице для алкоголиков. Был забыт Сноуболл. Был забыт и Боксер — всеми, кроме некоторых, кто еще знал его. Кловер превратилась в старую кобылу с негнущимися ногами и гноящимися глазами. Она достигла пенсионного возраста два года назад, но никто из животных так пока и не вышел на пенсию. Разговоры, что угол пастбища будет отведен для тех, кто имеет право на заслуженный отдых, давно уже кончились. Наполеон стал матерым боровом весом в полтора центнера. Визгун так растолстел, что с трудом мог открывать глаза. Не изменился только старый Бенджамин; у него только поседела морда, и после смерти Боксера он еще больше помрачнел и замкнулся.

На ферме теперь жило много животных, хотя прирост оказался не так велик, как ожидалось в свое время. Для многих появившихся на свет восстание было далекой легендой, рассказы о котором передавались из уст в уста, а те, кто был куплен, никогда не слышали о том, что было до их появления на ферме. Кроме Кловер, на ферме теперь жили еще три лошади. Это были честные создания, добросовестные работники и хорошие товарищи, но отличались они крайней глупостью. Никто из них не освоил алфавит дальше буквы «В». Они соглашались со всем, что им рассказывали о восстании и принципах анимализма, особенно, если это была Кловер, к которой они относились с сыновьим почтением; но весьма сомнительно, понимали ли они что-нибудь.

Ферма процветала, на ней царил строгий порядок, она даже расширилась за счет двух участков, прикупленных у мистера Пилкингтона. Наконец мельница была успешно завершена, и теперь ферме принадлежали веялка и элеватор, не говоря уж о нескольких новых зданиях. Уимпер купил себе двуколку. Правда, электричества на ферме так и не появилось. На мельнице мололи муку, что давало ферме неплохие доходы. Животным пришлось немало потрудиться не только на строительстве мельницы; было сказано, что придется еще ставить динамомашину. Но о том изобилии, о котором когда-то мечтал Сноуболл — электрический свет в стойлах, горячая и холодная вода, трехдневная рабочая неделя, — больше не говорилось. Наполеон отказался от этих идей, как противоречащих духу анимализма. Истина, сказал он, заключается в непрестанном труде и умеренной жизни.

Порой начинало казаться, что хотя ферма богатеет, изобилие это не имеет никакого отношения к животным — кроме, конечно, свиней и собак. Возможно, такое впечатление частично складывалось из-за того, что на ферме было много свиней и много собак. Конечно, они не отлынивали от работы. Они были загружены, как не уставал объяснять Визгун, бесконечными обязанностями по контролю и организации работ на ферме. Многое из того, что они делали, было просто недоступно пониманию животных. Например, Визгун объяснял, что свиньи каждодневно корпят над такими таинственными вещами, как «сводки», «отчеты», «протоколы» и «памятные записки». Они представляли собой большие, густо исписанные листы бумаги, и, по мере того как они заполнялись, листы сжигались в печке. От этой работы зависит процветание фермы, объяснил Визгун. Но все же ни свиньи, ни собаки не создавали своим трудом никакой пищи; а их обширный коллектив всегда отличался отменным аппетитом.

Что же касается образа жизни остальных, насколько им было известно, они всегда жили именно так. Они испытывали постоянный голод, они спали на соломе, пили из колод и трудились на полях; зимой они страдали от холода, а летом от оводов. Порой старики, роясь в глубинах памяти, пытались разобраться, лучше или хуже им жилось в ранние дни восстания, сразу же после изгнания Джонса. Вспомнить они не могли. Им не с чем было сравнивать свою теперешнюю жизнь: единственное, что у них было, это сообщения Визгуна, который, вооружившись цифрами, убедительно доказывал им, что дела идут лучше и лучше. Животные чувствовали, что проблема неразрешима; во всяком случае, у них почти не оставалось времени, чтобы говорить на подобные темы. Только старый Бенджамин мог вспомнить каждый штрих своей долгой жизни, и он знал, что дела всегда шли таким образом, ни лучше, ни хуже — голод, лишения, разочарования; таков, говорил он, неопровержимый закон жизни.

И все же животных не покидала надежда. Более того, они никогда ни на минуту не теряли чувства гордости за ту честь, что была им предоставлена — быть членами скотского хутора. Они все еще продолжали оставаться единственной фермой в стране — во всей Англии! — Которая принадлежала и которой руководили сами животные. Никто из них, даже самые молодые, даже новоприбывшие, которые были куплены на фермах в десяти или двадцати милях от скотского хутора, не теряли ощущения чуда, к которому они были причастны. И когда они слышали грохот револьверного салюта, видели, как трепещет на мачте зеленый флаг, сердца их трепетали от чувства непреходящей гордости, и они неизменно вспоминали далекие легендарные дни, когда был изгнан Джонс, запечатлены семь заповедей, великие сражения, в которых человечество потерпело решительное поражение. Никто не был забыт, и ничто не было забыто. Вера в предсказанную майором республику животных, раскинувшуюся на зеленых полях Англии, на которые не ступит нога человека, продолжала жить. Когда-нибудь это время наступит: возможно, не скоро, возможно, никто из ныне живущих не увидит этих дней, но они придут. Порой тут и там тишком звучала мелодия «Скотов Англии», во всяком случае, все обитатели фермы знали ее, хотя никто не осмелился бы исполнить ее вслух. Да, жизнь была трудна, и не все их надежды сбылись; но они понимали, что отличаются от всех прочих. Если они голодали, то не потому, что кормили тиранов- людей; если их ждал тяжелый труд, то, в конце концов, они работали для себя. Никто из них не ходил на двух ногах. Никто не знал, как звучит «Хозяин"! Все были равны.

Как-то в начале лета Визгун приказал овцам следовать за ним и увел их в отдаленный конец фермы, заросший молодым березняком. Под наблюдением Визгуна они провели здесь весь день, ощипывая молодые побеги. К вечеру они, было, двинулись на ферму, но им было сказано оставаться на месте, поскольку теплая погода не препятствовала этому. В конце концов, они провели в березняке целую неделю, в течение которой их не видел никто из животных. Визгун проводил с ними большую часть дня. Он обучал их новой песне, для которой уединение было необходимо.

В один прекрасный вечер, как раз после возвращения овец, когда животные кончили работать и неторопливо шли на ферму, они услышали доносящееся со двора испуганное ржание. Животные остановились в удивлении. Это был голос Кловер. Она снова заржала, и тогда все галопом поскакали на ферму. Ворвавшись во двор, они увидели то, что предстало глазам Кловер.

Это была свинья, шествовавшая на задних ногах.

Да, это был Визгун. Несколько скованно, так как он не привык нести свой живот в таком положении, но довольно ловко балансируя, он пересек двор. А через минуту из дверей фермы вышла вереница свиней — все на задних ногах. У некоторых это получалось лучше, у других хуже, кое-кто был так неустойчив, что, казалось, ему требуется подпорка, но все успешно совершили круг по двору. И наконец раздался собачий лай и торжественное кукареканье черного петуха, что оповестило о появлении самого Наполеона. Надменно глядя по сторонам, он величественно прошел через двор в окружении собак.

Между копытами у него был зажат хлыст.

Наступила мертвая тишина. Смущенные и напуганные животные, сбившись в кучу, наблюдали, как по двору медленно движется вереница свиней. Казалось, что мир перевернулся вверх ногами. Но, наконец, настал момент, когда исчез первый шок и, когда, несмотря ни на что — ни на страх перед собаками, ни на привычку, воспитанную долгими годами, никогда не жаловаться, никогда не критиковать, что бы ни случилось — раздались слова протеста. Но как раз в этот момент, словно по сигналу, овцы хором начали громогласно блеять:

— Четыре ноги хорошо, две ноги лучше! Четыре ноги хорошо, две ноги лучше! Четыре ноги хорошо, две ноги лучше!

И так без остановки продолжалось минут пять. И когда овцы наконец смолкли, время для протестов уже было упущено, поскольку свиньи уже двигались обратно на ферму.

Бенджамин почувствовал, как кто-то ткнул носом ему в плечо. Он оглянулся. Это была Кловер. Ее старые глаза помутнели еще больше. Не говоря ни слова, она осторожно потянула его за гриву и повела к той стене большого амбара, на которой были написаны семь заповедей. Через пару минут они уже стояли у стены с белыми буквами на ней.

— Зрение слабеет, — сказала она наконец. — Но даже когда я была молода, то все равно не могла прочесть, что здесь написано. Но мне кажется, что стена несколько изменилась. Не изменились ли семь заповедей, Бенджамин?

Единственный раз Бенджамин согласился нарушить свои правила и прочел ей то, что было написано на стене. Все было по-старому — кроме одной заповеди. Она гласила:

ВСЕ ЖИВОТНЫЕ РАВНЫ,
НО НЕКОТОРЫЕ ЖИВОТНЫЕ
РАВНЫ БОЛЕЕ, ЧЕМ ДРУГИЕ.

После этого уже не показалось странным, когда на следующий день свиньи, надзиравшие за работами на ферме, обзавелись хлыстами. Не показалось странным и то, что свиньи купили для себя радиоприемники, провели телефон и подписались на «Джон Буль», «Тит-бит» и «Дейли Миррор». Не показалось странным, что теперь можно было увидеть Наполеона, прогуливающимся в саду фермы с трубкой во рту — и даже то, что свиньи стали использовать по прямому назначению гардероб мистера Джонса. Наполеон облачился в черный пиджак, охотничьи бриджи и кожаные наколенники, а его любимая свиноматка одела шелковое платье, которое миссис Джонс носила по воскресеньям.

Через неделю, примерно около полудня на ферме появилось несколько дрожек. Это явилась делегация с соседних ферм, приглашенная для знакомства с фермой. Они осмотрели все с начала до конца и выразили свое глубокое восхищение увиденным, особенно мельницей. Животные выпалывали сорняки на свекольном поле. Они работали с предельным старанием, почти не отрывая глаз от земли и не зная, кого надо бояться больше — то ли свиней, то ли людей-визитеров.

Вечером с фермы доносились звуки пения и громкий смех. Внезапно, слушая эту мешанину голосов, животные испытали прилив острого любопытства. Что может произойти, когда животные и люди в первый раз встретились на равных? В едином порыве все стали тихонько скапливаться в саду фермы. Миновав калитку, они было остановились в испуге, но Кловер повела их за собой. На цыпочках они подошли к дому, и те, у кого хватало роста, заглянули в окна столовой. Здесь за круглым столом сидело полдюжины фермеров и такое же количество самых именитых свиней. Наполеон занимал почетное место во главе стола. Свиньи непринужденно развалились в креслах. Компания развлекалась игрой в карты, время от времени отвлекаясь от этого занятия для очередного тоста. По кругу ходил большой кувшин, из которого кружки регулярно наполнялись пивом. Никто не обратил внимания на удивленные физиономии, прижавшиеся к стеклу.

С кружкой в руке поднялся мистер Пилкингтон из Фоксвуда. Я прошу, сказал он, почтенную компанию присоединиться к моему тосту. Но предварительно он должен сказать несколько слов, которые рвутся наружу.

С чувством большого удовлетворения надо отметить, — сказал мистер Пилкингтон, — и, он уверен, к нему присоединятся все остальные — что долгий период недоразумений и недоверия ушел в прошлое. Наступает время — и так считает не только он, но его чувства разделяют все присутствующие — когда уважаемые владельцы скотского хутора будут относиться к своим соседям не только без враждебности, но и с определенным доверием. Все неприятные инциденты забыты, порочные идеи отвергнуты. В свое время бытовало мнение, что существование фермы, которой владеют и управляют свиньи, представляет собой ненормальное явление, оказывающее плохое влияние на соседей. Многие фермеры были безоговорочно уверены, что на ферме царит дух вседозволенности и распущенности. Они были обеспокоены тем влиянием, какое данная ферма может оказать на их собственный скот и даже на их работников. Но ныне не существует никаких сомнений и тревог. Сегодня он лично и его друзья, посетив ферму, досконально осмотрели ее собственными глазами — и что же они обнаружили? Для всех фермеров могут служить вдохновляющим примером не только современные методы хозяйствования, но и установившиеся здесь дисциплина и порядок. Он уверен, что не будет ошибкой утверждать, что здесь рабочий скот трудится больше, а потребляет пищи меньше, чем на какой-либо другой ферме в округе. И он, и его друзья сегодня видели на ферме много нововведений, которые они постараются незамедлительно внедрить в своих хозяйствах.

Хотелось бы закончить свое выступление, сказал он, еще раз

подчеркнув те дружеские связи, которые ныне должны существовать между скотским хутором и его соседями. Между свиньями и людьми ныне нет и не может быть коренных противоречий. У них одни и те же заботы и трудности, одни и те же проблемы, в частности, касающиеся работы. В этом месте мистер Пилкингтон хотел бросить собравшимся тщательно подготовленную концовку, но он слишком перенапрягся от волнения и оказался не в состоянии сделать это. Справившись с замешательством, отчего его многочисленные подбородки побагровели, он наконец произнес: «Если у вас есть рабочий скот, — сказал он, — то у нас есть рабочий класс!»

Этот каламбур вызвал за столом восторженный рев; а мистер Пилкингтон еще раз поблагодарил свиней за то, что с их помощью они смогут решить проблемы малого рациона, длинного рабочего дня и жесткой системы управления, которые они сегодня наблюдали на ферме.

А теперь, сказал он, он просит общество подняться, предварительно убедившись, что кружки наполнены. «Джентльмены, — завершая выступление, сказал он, — я предлагаю тост: за процветание скотского хутора!»

Все дружно и весело встали на ноги. В приливе благодарности Наполеон даже покинул свое место и обошел вокруг стола, чтобы чокнуться с мистером Пилкингтоном своей кружкой, прежде чем осушить ее. Когда веселье несколько стихло, Наполеон, оставшийся стоять, заявил, что он тоже хочет сказать несколько слов.

Как и все выступления Наполеона, речь его была краткой и деловой. Он тоже, сказал Наполеон, счастлив, что период недоразумений подошел к концу. В течение долгого времени ходили слухи — распускавшиеся, как у него есть основания считать, нашими злостными врагами — что и он сам, и его коллеги придерживаются подозрительных и даже революционных воззрений. Что они, якобы, ставят себе целью вызвать волнения среди животных на соседних фермах. Но ничего нет более далекого от правды! Их единственное желание — и сейчас и в прошлом — жить в мире и поддерживать нормальные деловые отношения со своими соседями. Ферма, которой он имеет честь руководить, представляет собой кооперативное предприятие. Находящийся в его владении документ, определяющий право собственности, закрепляет это право за свиньями сообща.

Он не считает, сказал Наполеон, что какие-то старые подозрения еще могут иметь место, но, тем не менее, на ферме будут немедленно проведены определенные изменения, которые должны укрепить намечающийся между нами процесс сближения. Так, животные на ферме имеют дурацкую привычку обращаться друг к другу «товарищ». С этим будет покончено. Кроме того, существует очень странный обычай, истоки которого остаются неизвестными, по утрам в воскресенье маршировать мимо черепа старого хряка, прибитого гвоздями к палке. С этим тоже придется покончить, а череп, как полагается, предать погребению. Посетители также могли видеть развевающийся на мачте зеленый флаг. И они должны были обратить внимание, что, если раньше на нем красовались белые рог и копыто, то сейчас их уже нет. Отныне будет только чистое зеленое полотнище.

У него есть только одно замечание, сказал Наполеон, по поводу прекрасной, проникнутой духом добрососедства речи мистера Пилкингтона. Говоря о скотском хуторе, он, конечно, не знал, — поскольку Наполеон только сейчас сообщает об этом — что название «Скотский хутор» отныне не существует. Отныне будет известна «Ферма "Усадьба"» — что, как он уверен, является ее исконным и правильным именем.

— Джентльмены, — завершил свое выступление Наполеон. — Я хочу вам предложить тот же самый тост, но несколько в иной форме. Наполните ваши стаканы до краев. Джентльмены, вот мой тост — за процветание «Фермы "Усадьба"»!

Этот тост был встречен таким же, как и раньше, взрывом веселья. Кружки были осушены до последней капли. Но тем, кто снаружи наблюдал эту сцену, начало казаться, что происходят странные вещи. Что изменилось в физиономиях свиней? Старые подслеповатые глаза Кловер перебегали с одного лица на другое. Одно было украшено пятью подбородками, другое — четырьмя, у кое-кого было по три подбородка. Но почему лица эти расплывались перед ее глазами, меняя свое выражение? После того, как стихли аплодисменты и компания вернулась к картам, продолжая прерванную игру, животные тихо удалились.

Но не пройдя и двадцати метров, они остановились. С фермы до них донесся рев голосов. Кинувшись обратно, они снова приникли к окнам. Да, в гостиной разгорелась жестокая ссора. Раздавались крики, грохотали удары по столу, летели злобные взгляды, сыпались оскорбления. Источником волнения явилось то, что и Наполеон, и мистер Пилкингтон одновременно выбросили на стол по тузу пик.

Двенадцать голосов кричали одновременно, но все они были похожи. Теперь было ясно, что случилось со свиньями. Оставшиеся снаружи переводили взгляды от свиней к людям, от людей к свиньям, снова и снова всматривались они в лица тех и других, но уже было невозможно определить, кто есть кто.

1984

ПЕРВАЯ ЧАСТЬ

I

Был холодный ясный апрельский день, и часы пробили тринадцать. Уткнув подбородок в грудь, чтобы спастись от злого ветра, Уинстон Смит торопливо шмыгнул за стеклянную дверь жилого дома «Победа», но все-таки впустил за собой вихрь зернистой пыли.

В вестибюле пахло вареной капустой и старыми половиками. Против входа на стене висел цветной плакат, слишком большой для помещения. На плакате было изображено громадное, больше метра в ширину, лицо, — лицо человека лет сорока пяти, с густыми черными усами, грубое, но по-мужски привлекательное. Уинстон направился к лестнице. К лифту не стоило и подходить. Он даже в лучшие времена редко работал, а теперь, в дневное время, электричество вообще отключали. Действовал режим экономии — готовились к Неделе ненависти. Уинстону предстояло одолеть семь маршей; ему шел сороковой год, над щиколоткой у него была варикозная язва: он поднимался медленно и несколько раз останавливался передохнуть. На каждой площадке со стены глядело все то же лицо. Портрет был выполнен так, что, куда бы ты ни стал, глаза тебя не отпускали. **СТАРШИЙ БРАТ СМОТРИТ НА ТЕБЯ**, — гласила подпись.

В квартире сочный голос что-то говорил о производстве чугуна, зачитывал цифры. Голос шел из заделанной в правую стену продолговатой металлической пластины, похожей на мутное зеркало. Уинстон повернул ручку, голос ослаб, но речь по-прежнему звучала внятно. Аппарат этот (он назывался телекран) притушить было можно, полностью же выключить — нельзя. Уинстон отошел к окну; невысокий тщедушный человек, он казался еще более щуплым в синем форменном комбинезоне партийца. Волосы у него были совсем светлые, а румяное лицо шелушилось от скверного мыла, тупых лезвий и холода только что кончившейся зимы.

Мир снаружи, за закрытыми окнами, дышал холодом. Ветер закручивал спиралями пыль и обрывки бумаги; и, хотя светило солнце, а небо было резко голубым, все в городе выглядело бесцветным — кроме расклеенных повсюду плакатов. С каждого заметного угла смотрело лицо черноусого. С дома напротив тоже. **СТАРШИЙ БРАТ СМОТРИТ НА ТЕБЯ**, — говорила подпись, и темные глаза глядели в глаза Уинстону. Внизу, над тротуаром, трепался на ветру плакат с оторванным углом, то пряча, то открывая единственное слово: **АНГСОЦ**. Вдалеке между крышами скользнул вертолет, завис на мгновение, как трупная муха, и по кривой унесся прочь. Это полицейский патруль заглядывал людям в окна. Но патрули в счет не шли. В счет шла только полиция мыслей.

За спиной Уинстона голос из телекрана все еще болтал о выплавке чугуна и перевыполнении девятого трехлетнего плана. Телекран работал на прием и на передачу. Он ловил каждое слово, если его произносили не слишком тихим шепотом; мало того, покуда Уинстон оставался в поле зрения мутной пластины, он был не только слышен, но и виден. Конечно, никто не знал, наблюдают за ним в данную минуту или нет. Часто ли и по какому расписанию подключается к твоему кабелю полиция мыслей — об этом можно было только гадать. Не исключено, что следили за каждым — и круглые сутки. Во всяком случае, подключиться могли когда угодно. Приходилось жить — и ты жил, по привычке, которая превратилась в инстинкт, — с сознанием того, что каждое твое слово подслушивают и каждое твое движение, пока не погас свет, наблюдают.

Уинстон держался к телекрану спиной. Так безопаснее; хотя — он знал это — спина тоже выдает. В километре от его окна громоздилось над чумазым городом белое здание министерства правды — место его службы. Вот он, со смутным отвращением подумал Уинстон, вот он, Лондон, главный город Взлетной полосы I, третьей по населению провинции государства Океания. Он обратился к детству — попытался вспомнить, всегда ли был таким Лондон. Всегда ли тянулись вдаль эти вереницы обветшалых домов XIX века, подпертых бревнами, с залатанными картоном окнами, лоскутными крышами, пьяными стенками палисадников? И эти прогалины от бомбежек, где вилась алебастровая пыль и кипрей карабкался по грудам обломков; и большие пустыри, где бомбы расчистили место для целой грибной семьи убогих дощатых хибарок, похожих на курятники? Но — без толку, вспомнить он не мог; ничего не осталось от детства, кроме отрывочных ярко освещенных сцен, лишенных фона и чаще всего невразумительных.

Министерство правды — на новоязе[1] Миниправ — разительно отличалось от всего, что лежало вокруг. Это исполинское пирамидальное здание, сияющее белым бетоном, вздымалось, уступ за уступом, на трехсотметровую высоту. Из своего окна Уинстон мог прочесть на белом фасаде написанные элегантным шрифтом три партийных лозунга:

ВОЙНА — ЭТО
МИР СВОБОДА — ЭТО РАБСТВО
НЕЗНАНИЕ — СИЛА

По слухам, министерство правды заключало в себе три тысячи кабинетов над поверхностью земли и соответствующую корневую систему в недрах. В разных концах Лондона стояли лишь три еще здания подобного вида и размеров. Они настолько возвышались над городом, что с крыши жилого дома «Победа» можно было видеть все четыре разом. В них помещались четыре министерства, весь государственный аппарат: министерство правды, ведавшее информацией, образованием, досугом и искусствами; министерство мира, ведавшее войной; министерство любви, ведавшее охраной порядка, и министерство изобилия, отвечавшее за экономику. На новоязе: миниправ, минимир, минилюб и минизо.

Министерство любви внушало страх. В здании отсутствовали окна. Уинстон ни разу не переступал его порога, ни разу не подходил к нему ближе чем на полкилометра. Попасть туда можно было только по официальному делу, да и то преодолев целый лабиринт колючей проволоки, стальных дверей и замаскированных пулеметных гнезд. Даже на улицах, ведущих к внешнему кольцу ограждений, патрулировали охранники в черной форме, с лицами горилл, вооруженные суставчатыми дубинками.

Уинстон резко повернулся. Он придал лицу выражение

---

[1] Официальный язык Океании. О структуре его см. Приложение.

спокойного оптимизма, наиболее уместное перед телекраном, и прошел в другой конец комнаты, к крохотной кухоньке. Покинув в этот час министерство, он пожертвовал обедом в столовой, а дома никакой еды не было — кроме ломтя черного хлеба, который надо было поберечь до завтрашнего утра. Он взял с полки бутылку бесцветной жидкости с простой белой этикеткой:

«Джин Победа». Запах у джина был противный, маслянистый, как у китайской рисовой водки. Уинстон налил почти полную чашку, собрался с духом и проглотил, точно лекарство.

Лицо у него сразу покраснело, а из глаз потекли слезы. Напиток был похож на азотную кислоту; мало того: после глотка ощущение было такое, будто тебя огрели по спине резиновой дубинкой. Но вскоре жжение в желудке утихло, а мир стал выглядеть веселее. Он вытянул сигарету из мятой пачки с надписью «Сигареты Победа», по рассеянности держа ее вертикально, в результате весь табак из сигареты высыпался на пол. Со следующей Уинстон обошелся аккуратнее. Он вернулся в комнату и сел за столик слева от телекрана. Из ящика стола он вынул ручку, пузырек с чернилами и толстую книгу для записей с красным корешком и переплетом под мрамор.

По неизвестной причине телекран в комнате был установлен не так, как принято. Он помещался не в торцовой стене, откуда мог бы обозревать всю комнату, а в длинной, напротив окна. Сбоку от него была неглубокая ниша, предназначенная, вероятно, для книжных полок, — там и сидел сейчас Уинстон. Сев в ней поглубже, он оказывался недосягаемым для телекрана, вернее, невидимым. Подслушивать его, конечно, могли, но наблюдать, пока он сидел там, — нет. Эта несколько необычная планировка комнаты, возможно, и натолкнула его на мысль заняться тем, чем он намерен был сейчас заняться.

Но кроме того, натолкнула книга в мраморном переплете. Книга была удивительно красива. Гладкая кремовая бумага чуть пожелтела от старости — такой бумаги не выпускали уже лет сорок, а то и больше. Уинстон подозревал, что книга еще древнее. Он приметил ее на витрине старьевщика в трущобном районе (где именно, он уже забыл) и загорелся желанием купить. Членам партии не полагалось ходить в обыкновенные магазины (это называлось «приобретать товары на свободном рынке»), но запретом часто пренебрегали: множество вещей, таких, как шнурки и бритвенные лезвия, раздобыть иным способом было невозможно. Уинстон быстро оглянулся по сторонам, нырнул в лавку и купил книгу за два доллара пятьдесят. Зачем — он сам еще не знал. Он воровато принес ее домой в портфеле. Даже пустая, она компрометировала владельца.

Намеревался же он теперь — начать дневник. Это не было противозаконным поступком (противозаконного вообще ничего не существовало, поскольку не существовало больше самих законов), но если дневник обнаружат, Уинстона ожидает смерть или, в лучшем случае, двадцать пять лет каторжного лагеря. Уинстон вставил в ручку перо и облизнул, чтобы снять смазку. Ручка была архаическим инструментом, ими даже расписывались редко, и Уинстон раздобыл свою тайком и не без труда: эта красивая кремовая бумага, казалось ему, заслуживает того, чтобы по ней писали настоящими чернилами, а не корябали чернильным карандашом. Вообще-то он не привык писать рукой. Кроме самых коротких заметок, он все диктовал в речепис, но тут диктовка, понятно, не годилась. Он обмакнул перо и замешкался. У него схватило живот. Коснуться пером бумаги — бесповоротный шаг. Мелкими корявыми буквами он вывел:

*4 апреля 1984 года*И откинулся. Им овладело чувство полной беспомощности. Прежде всего он не знал, правда ли, что год — 1984-й. Около этого — несомненно: он был почти уверен, что ему 39 лет, а родился он в 1944-м или 45-м; но теперь невозможно установить никакую дату точнее, чем с ошибкой в год или два.

А для кого, вдруг озадачился он, пишется этот дневник? Для будущего, для тех, кто еще не родился. Мысль его покружила над сомнительной датой, записанной на листе, и вдруг наткнулась на новоязовское слово «двоемыслие». И впервые ему стал виден весь масштаб его затеи. С будущим как общаться? Это по самой сути невозможно. Либо завтра будет похоже на сегодня и тогда не станет его слушать, либо оно будет другим, и невзгоды Уинстона ничего ему не скажут.

Уинстон сидел, бессмысленно уставясь на бумагу. Из телекрана ударила резкая военная музыка. Любопытно: он не только потерял способность выражать свои мысли, но даже забыл, что ему хотелось сказать. Сколько недель готовился он к этой минуте, и ему даже в голову не пришло, что потребуется тут не одна храбрость. Только записать — чего проще? Перенести на бумагу нескончаемый тревожный монолог, который звучит у него в голове годы, годы. И вот даже этот монолог иссяк. А язва над щиколоткой зудела невыносимо. Он боялся почесать ногу — от этого всегда начиналось воспаление. Секунды капали. Только белизна бумаги, да зуд над щиколоткой, да гремучая музыка, да легкий хмель в голове — вот и все, что воспринимали сейчас его чувства.

И вдруг он начал писать — просто от паники, очень смутно сознавая, что идет из-под пера. Бисерные, но по-детски корявые строки ползли то вверх, то вниз по листу, теряя сперва заглавные буквы, а потом и точки.

4 апреля 1984 года. Вчера в кино. Сплошь военные фильмы. Один очень хороший где-то в Средиземном море бомбят судно с беженцами. Публику забавляют кадры, где пробует уплыть громадный толстенный мужчина а его преследует вертолет. Сперва мы видим как он по-дельфиньи бултыхается в воде, потом видим его с вертолета через прицел потом он весь продырявлен и море вокруг него розовое и сразу тонет словно через дыры набрал воды. Когда он пошел на дно зрители загоготали. Потом шлюпка полная детей и над ней вьется вертолет. Там на носу сидела женщина средних лет похожая на еврейку а на руках у нее мальчик лет трех. Мальчик кричит от страха и прячет голову у нее на груди как будто хочет в нее ввинтиться а она его успокаивает и прикрывает руками хотя сама посинела от страха. Все время старается закрыть его руками получше, как будто может заслонить от пуль. Потом вертолет сбросил на них 20 килограммовую бомбу ужасный взрыв и лодка разлетелась в щепки. Потом замечательный кадр детская рука летит вверх, вверх прямо в небо наверно ее снимали из стеклянного носа вертолета и в партийных рядах громко аплодировали но там где сидели пролы какая-то женщина подняла скандал и крик, что этого нельзя показывать при детях куда это годится куда это годится при детях и скандалила пока полицейские не вывели не вывели ее вряд ли ей что-нибудь сделают мало ли что говорят пролы типичная проловская реакция на это никто не обращает…

Уинстон перестал писать,
отчасти из-за того, что у него свело руку.

*Он сам не понимал,
почему выплеснул на бумагу этот вздор.
Но любопытно, что, пока он водил пером,
в памяти у него отстоялось совсем другое происшествие, да
так, что хоть сейчас записывай.
Ему стало понятно, что из-за этого происшествия он и
решил вдруг пойти домой и начать дневник сегодня.
    Случилось оно утром в министерстве — если о такой
туманности можно сказать «случилась».*

Время приближалось к одиннадцати-ноль-ноль, и в отделе документации, где работал Уинстон, сотрудники выносили стулья из кабин и расставляли в середине холла перед большим телекраном — собирались на двухминутку ненависти. Уинстон приготовился занять свое место в средних рядах, и тут неожиданно появились еще двое: лица знакомые, но разговаривать с ними ему не приходилось. Девицу он часто встречал в коридорах. Как ее зовут, он не знал, зная только, что она работает в отделе литературы. Судя по тому, что иногда он видел ее с гаечным ключом и маслеными руками, она обслуживала одну из машин для сочинения романов. Она была веснушчатая, с густыми темными волосами, лет двадцати семи; держалась самоуверенно, двигалась по-спортивному стремительно. Алый кушак — эмблема Молодежного антиполового союза, — туго обернутый несколько раз вокруг талии комбинезона, подчеркивал крутые бедра. Уинстон с первого взгляда невзлюбил ее. И знал, за что. От нее веяло духом хоккейных полей, холодных купаний, туристских вылазок и вообще правоверности. Он не любил почти всех женщин, в особенности молодых и хорошеньких. Именно женщины, и молодые в первую очередь, были самыми фанатичными приверженцами партии, глотателями лозунгов, добровольными шпионами и вынюхивателями ереси. А эта казалась ему даже опаснее других. Однажды она повстречалась ему в коридоре, взглянула искоса — будто пронзила взглядом, — и в душу ему вполз черный страх. У него даже мелькнуло подозрение, что она служит в полиции мыслей. Впрочем, это было маловероятно. Тем не менее всякий раз, когда она оказывалась рядом, Уинстон испытывал неловкое чувство, к которому примешивались и враждебность и страх.

    Одновременно с женщиной вошел О'Брайен, член

внутренней партии, занимавший настолько высокий и удаленный пост, что Уинстон имел о нем лишь самое смутное представление. Увидев черный комбинезон члена внутренней партии, люди, сидевшие перед телекраном, на миг затихли. О'Брайен был рослый плотный мужчина с толстой шеей и грубым насмешливым лицом. Несмотря на грозную внешность, он был не лишен обаяния. Он имел привычку поправлять очки на носу, и в этом характерном жесте было что-то до странности обезоруживающее, что-то неуловимо интеллигентное. Дворянин восемнадцатого века, предлагающий свою табакерку, — вот что пришло бы на ум тому, кто еще способен был бы мыслить такими сравнениями. Лет за десять Уинстон видел О'Брайена, наверно, с десяток, раз. Его тянуло к О'Брайену, но не только потому, что озадачивал этот контраст между воспитанностью и телосложением боксера-тяжеловеса. В глубине души Уинстон подозревал — а может быть, не подозревал, а лишь надеялся, — что О'Брайен политически не вполне правоверен. Его лицо наводило на такие мысли. Но опять-таки возможно, что на лице было написано не сомнение в догмах, а просто ум. Так или иначе, он производил впечатление человека, с которым можно поговорить — если остаться с ним наедине и укрыться от телекрана. Уинстон ни разу не попытался проверить эту догадку; да и не в его это было силах. О'Брайен взглянул на свои часы, увидел, что время — почти 11:00, и решил остаться на двухминутку ненависти в отделе документации. Он сел в одном ряду с Уинстоном, за два места от него. Между ними расположилась маленькая рыжеватая женщина, работавшая по соседству с Уинстоном. Темноволосая села прямо за ним.

И вот из большого телекрана в стене вырвался отвратительный вой и скрежет — словно запустили какую-то чудовищную несмазанную машину. От этого звука вставали дыбом волосы и ломило зубы. Ненависть началась.

Как всегда, на экране появился враг народа Эммануэль Голдстейн. Зрители зашикали. Маленькая женщина с рыжеватыми волосами взвизгнула от страха и омерзения. Голдстейн, отступник и ренегат, когда-то, давным-давно (так давно, что никто уже и не помнил, когда), был одним из руководителей партии, почти равным самому Старшему Брату, а потом встал на путь контрреволюции, был приговорен к смертной казни и таинственным образом сбежал, исчез.

Программа двухминутки каждый день менялась, но главным действующим лицом в ней всегда был Голдстейн. Первый изменник, главный осквернитель партийной чистоты. Из его теорий произрастали все дальнейшие преступления против партии, все вредительства, предательства, ереси, уклоны. Неведомо где он все еще жил и ковал крамолу: возможно, за морем, под защитой своих иностранных хозяев, а возможно — ходили и такие слухи, — здесь, в Океании, в подполье.

Уинстону стало трудно дышать. Лицо Голдстейна всегда вызывало у него сложное и мучительное чувство. Сухое еврейское лицо в ореоле легких седых волос, козлиная бородка — умное лицо и вместе с тем необъяснимо отталкивающее; и было что-то сенильное в этом длинном хрящеватом носе с очками, съехавшими почти на самый кончик. Он напоминал овцу, и в голосе его слышалось блеяние. Как всегда, Голдстейн злобно обрушился на партийные доктрины; нападки были настолько вздорными и несуразными, что не обманули бы и ребенка, но при этом не лишенными убедительности, и слушатель невольно опасался, что другие люди, менее трезвые, чем он, могут Голдстейну поверить. Он поносил Старшего Брата, он обличал диктатуру партии. Требовал немедленного мира с Евразией, призывал к свободе слова, свободе печати, свободе собраний, свободе мысли; он истерически кричал, что революцию предали, — и все скороговоркой, с составными словами, будто пародируя стиль партийных ораторов, даже с новоязовскими словами, причем у него они встречались чаще, чем в речи любого партийца. И все время, дабы не было сомнений в том, что стоит за лицемерными разглагольствованиями Голдстейна, позади его лица на экране маршировали бесконечные евразийские колонны: шеренга за шеренгой кряжистые солдаты с невозмутимыми азиатскими физиономиями выплывали из глубины на поверхность и растворялись, уступая место точно таким же. Глухой мерный топот солдатских сапог аккомпанировал блеянию Голдстейна.

Ненависть началась каких-нибудь тридцать секунд назад, а половина зрителей уже не могла сдержать яростных восклицаний. Невыносимо было видеть это самодовольное овечье лицо и за ним — устрашающую мощь евразийских войск; кроме того, при виде Голдстейна и даже при мысли о нем страх и гнев возникали рефлекторно. Ненависть к нему была постояннее, чем к Евразии и Остазии, ибо когда Океания воевала с одной из них, с другой она обыкновенно заключала мир. Но вот что удивительно: хотя Голдстейна ненавидели и презирали все, хотя каждый день, по тысяче раз на дню, его учение опровергали, громили, уничтожали, высмеивали как жалкий вздор, влияние его нисколько не убывало. Все время находились новые простофили, только и дожидавшиеся, чтобы он их совратил. Не проходило и дня без того, чтобы полиция мыслей не разоблачала шпионов и вредителей, действовавших по его указке. Он командовал огромной подпольной армией, сетью заговорщиков, стремящихся к свержению строя. Предполагалось, что она называется Братство. Поговаривали шепотом и об ужасной книге, своде всех ересей — автором ее был Голдстейн, и распространялась она нелегально. Заглавия у книги не было. В разговорах о ней упоминали — если упоминали вообще — просто как о книге. Но о таких вещах было известно только по неясным слухам. Член партии по возможности старался не говорить ни о Братстве, ни о книге.

Ко второй минуте ненависть перешла в исступление. Люди вскакивали с мест и кричали во все горло, чтобы заглушить непереносимый блеющий голос Голдстейна. Маленькая женщина с рыжеватыми волосами стала пунцовой и разевала рот, как рыба на суше. Тяжелое лицо О'Брайена тоже побагровело. Он сидел выпрямившись, и его мощная грудь вздымалась и содрогалась, словно в нее бил прибой. Темноволосая девица позади Уинстона закричала: «Подлец! Подлец! Подлец!» — а потом схватила тяжелый словарь новояза и запустила им в телекран. Словарь угодил Голдстейну в нос и отлетел. Но голос был неистребим. В какой-то миг просветления Уинстон осознал, что сам кричит вместе с остальными и яростно лягает перекладину стула. Ужасным в двухминутке ненависти было не то, что ты должен разыгрывать роль, а то, что ты просто не мог остаться в стороне. Какие-нибудь тридцать секунд — и притворяться тебе уже не надо. Словно от электрического разряда, нападали на все собрание гнусные корчи страха и мстительности, исступленное желание убивать, терзать, крушить лица молотом: люди гримасничали и вопили, превращались в сумасшедших. При этом ярость была абстрактной и ненацеленной, ее можно было повернуть в любую сторону, как пламя паяльной лампы. И вдруг оказывалось, что ненависть Уинстона обращена вовсе не на Голдстейна, а наоборот, на Старшего Брата, на партию, на полицию мыслей; в такие мгновения сердцем он был с этим одиноким осмеянным еретиком, единственным хранителем здравомыслия и правды в мире лжи. А через секунду он был уже заодно с остальными, и правдой ему казалось все, что говорят о Голдстейне. Тогда тайное отвращение к Старшему Брату превращалось в обожание, и Старший Брат возносился над всеми — неуязвимый, бесстрашный защитник, скалою вставший перед азийскими ордами, а Голдстейн, несмотря на его изгойство и беспомощность, несмотря на сомнения в том, что он вообще еще жив, представлялся зловещим колдуном, способным одной только силой голоса разрушить здание цивилизации.

А иногда можно было, напрягшись, сознательно обратить свою ненависть на тот или иной предмет. Каким-то бешеным усилием воли, как отрываешь голову от подушки во время кошмара, Уинстон переключил ненависть с экранного лица на темноволосую девицу позади. В воображении замелькали прекрасные отчетливые картины. Он забьет ее резиновой дубинкой. Голую привяжет к столбу, истычет стрелами, как святого Себастьяна. Изнасилует и в последних судорогах перережет глотку. И яснее, чем прежде, он понял, за что ее ненавидит. За то, что молодая, красивая и бесполая; за то, что он хочет с ней спать и никогда этого не добьется; за то, что на нежной тонкой талии, будто созданной для того, чтобы ее обнимали, — не его рука, а этот алый кушак, воинствующий символ непорочности.

Ненависть кончалась в судорогах. Речь Голдстейна превратилась в натуральное блеяние, а его лицо на миг вытеснила овечья морда. Потом морда растворилась в евразийском солдате: огромный и ужасный, он шел на них, паля из автомата, грозя прорвать поверхность экрана, — так что многие отпрянули на своих стульях. Но тут же с облегчением вздохнули: фигуру врага заслонила наплывом голова Старшего Брата, черноволосая, черноусая, полная силы и таинственного спокойствия, такая огромная, что заняла почти весь экран. Что говорит Старший Брат, никто не расслышал. Всего несколько слов ободрения, вроде тех, которые произносит вождь в громе битвы, — сами по себе пускай невнятные, они вселяют уверенность одним тем, что их произнесли. Потом лицо Старшего Брата потускнело, и выступила четкая крупная надпись — три партийных лозунга:

ВОЙНА — ЭТО
МИР СВОБОДА — ЭТО РАБСТВО
НЕЗНАНИЕ — СИЛА

Но еще несколько мгновений лицо Старшего Брата как бы держалось на экране: так ярок был отпечаток, оставленный им в глазу, что не мог стереться сразу. Маленькая женщина с рыжеватыми волосами навалилась на спинку переднего стула. Всхлипывающим шепотом она произнесла что-то вроде: «Спаситель мой!» — и простерла руки к телекрану. Потом закрыла лицо ладонями. По-видимому, она молилась.

Тут все собрание принялось медленно, мерно, низкими голосами скандировать: «ЭС- БЭ!.. ЭС-БЭ!.. ЭС-БЭ!» — снова и снова, врастяжку, с долгой паузой между «ЭС» и «БЭ», и было в этом тяжелом волнообразном звуке что-то странно первобытное — мерещился за ним топот босых ног и рокот больших барабанов. Продолжалось это с полминуты. Вообще такое нередко происходило в те мгновения, когда чувства достигали особенного накала. Отчасти это был гимн величию и мудрости Старшего Брата, но в большей степени самогипноз — люди топили свои разум в ритмическом шуме. Уинстон ощутил холод в животе. На двухминутках ненависти он не мог не отдаваться всеобщему безумию, но этот дикарский клич «ЭС-БЭ!.. ЭС-БЭ!» всегда внушал ему ужас. Конечно, он скандировал с остальными, иначе было нельзя. Скрывать чувства, владеть лицом, делать то же, что другие, — все это стало инстинктом. Но был такой промежуток секунды в две, когда его вполне могло выдать выражение глаз. Как раз в это время и произошло удивительное событие — если вправду произошло.

Он встретился взглядом с О'Брайеном. О'Брайен уже встал. Он снял очки и сейчас, надев их, поправлял на носу характерным жестом. Но на какую-то долю секунды их взгляды пересеклись, и за это короткое мгновение Уинстон понял — да, понял! — что О'Брайен думает о том же самом. Сигнал нельзя было истолковать иначе. Как будто их умы раскрылись и мысли потекли от одного к другому через глаза. «Я с вами, — будто говорил О'Брайен. — Я отлично знаю, что вы чувствуете. Знаю о вашем презрении, вашей ненависти, вашем отвращении. Не тревожьтесь, я на вашей стороне!» Но этот проблеск ума погас, и лицо у О'Брайена стало таким же непроницаемым, как у остальных.

Вот и все — и Уинстон уже сомневался, было ли это на самом деле. Такие случаи не имели продолжения. Одно только: они поддерживали в нем веру — или надежду, — что есть еще, кроме него, враги у партии. Может быть, слухи о разветвленных заговорах все-таки верны — может быть, Братство впрямь существует! Ведь, несмотря на бесконечные аресты, признания, казни, не было уверенности, что Братство — не миф. Иной день он верил в это, иной день — нет. Доказательств не было — только взгляды мельком, которые могли означать все, что угодно и ничего не означать, обрывки чужих разговоров, полустертые надписи в уборных, а однажды, когда при нем встретились двое незнакомых, он заметил легкое движение рук, в котором можно было усмотреть приветствие. Только догадки; весьма возможно, что все это — плод воображения. Он ушел в свою кабину, не взглянув на О'Брайена. О том, чтобы развить мимолетную связь, он и не думал. Даже если бы он знал, как к этому подступиться, такая попытка была бы невообразимо опасной. За секунду они успели обменяться двусмысленным взглядом — вот и все. Но даже это было памятным событием для человека, чья жизнь проходит под замком одиночества.

Уинстон встряхнулся, сел прямо. Он рыгнул. Джин бунтовал в желудке.

Глаза его снова сфокусировались на странице. Оказалось, что, пока он был занят беспомощными размышлениями, рука продолжала писать автоматически. Но не судорожные каракули, как вначале. Перо сладострастно скользило по глянцевой бумаге, крупными печатными буквами выводя:

ДОЛОЙ СТАРШЕГО БРАТА
ДОЛОЙ СТАРШЕГО БРАТА
ДОЛОЙ СТАРШЕГО БРАТА
ДОЛОЙ СТАРШЕГО БРАТА
ДОЛОЙ СТАРШЕГО БРАТА

раз за разом, и уже исписана была половина страницы.

На него напал панический страх. Бессмысленный, конечно: написать эти слова ничуть не опаснее, чем просто завести дневник; тем не менее у него возникло искушение разорвать испорченные страницы и отказаться от своей затеи совсем.

Но он не сделал этого, он знал, что это бесполезно. Напишет он «ДОЛОЙ СТАРШЕГО БРАТА» или не напишет — разницы никакой. Будет продолжать дневник или не будет — разницы никакой. Полиция мыслей и так и так до него доберется. Он совершил — и если бы не коснулся бумаги пером, все равно совершил бы — абсолютное преступление, содержащее в себе все остальные. Мыслепреступление — вот как оно называлось. Мыслепреступление нельзя скрывать вечно. Изворачиваться какое-то время ты можешь, и даже не один год, но рано или поздно до тебя доберутся.

Бывало это всегда по ночам — арестовывали по ночам. Внезапно будят, грубая рука трясет тебя за плечи, светят в глаза, кровать окружили суровые лица. Как правило, суда не бывало, об аресте нигде не сообщалось. Люди просто исчезали, и всегда — ночью. Твое имя вынуто из списков, все упоминания о том, что ты делал, стерты, факт твоего существования отрицается и будет забыт. Ты отменен, уничтожен: как принято говорить, распылен.

На минуту он поддался истерике. Торопливыми кривыми буквами стал писать:

меня расстреляют мне все равно пускай выстрелят в затылок мне все равно долой старшего брата всегда стреляют в затылок мне все равно долой старшего брата.

С легким стыдом он оторвался от стола и положил ручку. И тут же вздрогнул всем телом. Постучали в дверь.

Уже! Он затаился, как мышь, в надежде, что, не достучавшись с первого раза, они уйдут. Но нет, стук повторился. Самое скверное тут — мешкать. Его сердце бухало, как барабан, но лицо от долгой привычки, наверное, осталось невозмутимым. Он встал и с трудом пошел к двери.

II

Уже взявшись за дверную ручку, Уинстон увидел, что дневник остался на столе раскрытым. Весь в надписях «ДОЛОЙ СТАРШЕГО БРАТА», да таких крупных, что можно разглядеть с другого конца комнаты. Непостижимая глупость. Нет, сообразил он, жалко стало пачкать кремовую бумагу, даже в панике не захотел захлопнуть дневник на непросохшей странице.

Он вздохнул и отпер дверь. И сразу по телу прошла теплая волна облегчения. На пороге стояла бесцветная подавленная женщина с жидкими растрепанными волосами и морщинистым лицом.

Ой, товарищ, — скулящим голосом завела она, — значит, правильно мне послышалось, что вы пришли. Вы не можете зайти посмотреть нашу раковину в кухне? Она засорилась, а…

Это была миссис Парсонс, жена соседа по этажу. (Партия не вполне одобряла слово «миссис», всех полагалось называть товарищами, но с некоторыми женщинами это почему- то не получалось.) Ей было лет тридцать, но выглядела она гораздо старше. Впечатление было такое, что в морщинах ее лица лежит пыль. Уинстон пошел за ней по коридору. Этой слесарной самодеятельностью он занимался чуть ли не ежедневно. Дом «Победа» был старой постройки, года 1930-го или около того, и пришел в полный упадок. От стен и потолка постоянно отваливалась штукатурка, трубы лопались при каждом крепком морозе, крыша текла, стоило только выпасть снегу, отопительная система работала на половинном давлении — если ее не выключали совсем из соображений экономии. Для ремонта, которого ты не мог сделать сам, требовалось распоряжение высоких комиссий, а они и с починкой разбитого окна тянули два года.

Конечно, если бы Том был дома… — неуверенно сказала миссис Парсонс.

Квартира у Парсонсов была больше, чем у него, и убожество ее было другого рода. Все вещи выглядели потрепанными и потоптанными, как будто сюда наведалось большое и злое животное. По полу были разбросаны спортивные принадлежности — хоккейные клюшки, боксерские перчатки, дырявый футбольный мяч, пропотевшие и вывернутые наизнанку трусы, — а на столе вперемешку с грязной посудой валялись мятые тетради. На стенах алые знамена Молодежного союза и разведчиков и плакат уличных размеров — со Старшим Братом. Как и во всем доме, здесь витал душок вареной капусты, но его перешибал крепкий запах пота, оставленный — это можно было угадать с первой понюшки, хотя и непонятно, по какому признаку, — человеком, в данное время отсутствующим. В другой комнате кто-то на гребенке пытался подыгрывать телекрану, все еще передававшему военную музыку.

Это дети, — пояснила миссис Парсонс, бросив несколько опасливый взгляд на дверь. — Они сегодня дома. И конечно…

Она часто обрывала фразы на половине. Кухонная раковина была почти до краев полна грязной зеленоватой водой, пахшей еще хуже капусты. Уинстон опустился на колени и осмотрел угольник на трубе. Он терпеть не мог ручного труда и не любил нагибаться — от этого начинался кашель. Миссис Парсонс беспомощно наблюдала.

Конечно, если бы Том был дома, он бы в два счета прочистил, — сказала она. — Том обожает такую работу. У него золотые руки — у Тома.

Парсонс работал вместе с Уинстоном в министерстве правды. Это был толстый, но деятельный человек, ошеломляюще глупый — сгусток слабоумного энтузиазма, один из тех преданных, невопрошающих работяг, которые подпирали собой партию надежнее, чем полиция мыслей. В возрасте тридцати пяти лет он неохотно покинул ряды Молодежного союза; перед тем же как поступить туда, он умудрился пробыть в разведчиках на год дольше положенного. В министерстве он занимал мелкую должность, которая не требовала умственных способностей, зато был одним из главных деятелей спортивного комитета и разных других комитетов, отвечавших за организацию туристских вылазок, стихийных демонстраций, кампаний по экономии и прочих добровольных начинаний. Со скромной гордостью он сообщал о себе, попыхивая трубкой, что за четыре года не пропустил в общественном центре ни единого вечера. Сокрушительный запах пота — как бы нечаянный спутник многотрудной жизни — сопровождал его повсюду и даже оставался после него, когда он уходил.

У вас есть гаечный ключ? — спросил Уинстон, пробуя гайку на соединении.

Гаечный? — сказала миссис Парсонс, слабея на глазах. — Правда, не знаю. Может быть, дети…

Раздался топот, еще раз взревела гребенка, и в комнату ворвались дети. Миссис Парсонс принесла ключ. Уинстон спустил воду и с отвращением извлек из трубы клок волос. Потом как мог отмыл пальцы под холодной струей и перешел в комнату.

Руки вверх! — гаркнули ему.

Красивый девятилетний мальчик с суровым лицом вынырнул из-за стола, нацелив на него игрушечный автоматический пистолет, а его сестра, года на два младше, нацелилась деревяшкой. Оба были в форме разведчиков — синие трусы, серая рубашка и красный галстук. Уинстон поднял руки, но с неприятным чувством: чересчур уж злобно держался мальчик, игра была не совсем понарошку.

Ты изменник! — завопил мальчик. — Ты мыслепреступник! Ты евразийский шпион!

Я тебя расстреляю, я тебя распылю, я тебя отправлю на соляные шахты!

Они принялись скакать вокруг него, выкрикивая: «Изменник!», «Мыслепреступник!» — и девочка подражала каждому движению мальчика. Это немного пугало, как возня тигрят, которые скоро вырастут в людоедов. В глазах у мальчика была расчетливая жестокость, явное желание ударить или пнуть Уинстона, и он знал, что скоро это будет ему по силам, осталось только чуть-чуть подрасти. Спасибо хоть пистолет не настоящий, подумал Уинстон.

Взгляд миссис Парсонс испуганно метался от Уинстона к детям и обратно. В этой комнате было светлее, и Уинстон с любопытством отметил, что у нее действительно пыль в морщинах.

Расшумелись, — сказала она. — Огорчились, что нельзя посмотреть на висельников, — вот почему. Мне с ними пойти некогда, а Том еще не вернется с работы.

Почему нам нельзя посмотреть, как вешают? — оглушительно взревел мальчик.

Хочу посмотреть, как вешают! Хочу посмотреть, как вешают! — подхватила девочка, прыгая вокруг.

Уинстон вспомнил, что сегодня вечером в Парке будут

вешать евразийских пленных — военных преступников. Это популярное зрелище устраивали примерно раз в месяц. Дети всегда скандалили — требовали, чтобы их повели смотреть. Он отправился к себе. Но не успел пройти по коридору и шести шагов, как затылок его обожгла невыносимая боль. Будто ткнули в шею докрасна раскаленной проволокой. Он повернулся на месте и увидел, как миссис Парсонс утаскивает мальчика в дверь, а он засовывает в карман рогатку.

Голдстейн! — заорал мальчик, перед тем как закрылась дверь. Но больше всего Уинстона поразило выражение беспомощного страха на сером лице матери.

Уинстон вернулся к себе, поскорее прошел мимо телекрана и снова сел за стол, все еще потирая затылок. Музыка в телекране смолкла. Отрывистый военный голос с грубым удовольствием стал описывать вооружение новой плавающей крепости, поставленной на якорь между Исландией и Фарерскими островами.

Несчастная женщина, подумал он, жизнь с такими детьми — это жизнь в постоянном страхе. Через год-другой они станут следить за ней днем и ночью, чтобы поймать на идейной невыдержанности. Теперь почти все дети ужасны. И хуже всего, что при помощи таких организаций, как разведчики, их методически превращают в необузданных маленьких дикарей, причем у них вовсе не возникает желания бунтовать против партийной дисциплины. Наоборот, они обожают партию и все, что с ней связано. Песни, шествия, знамена, походы, муштра с учебными винтовками, выкрикивание лозунгов, поклонение Старшему Брату — все это для них увлекательная игра. Их натравливают на чужаков, на врагов системы, на иностранцев, изменников, вредителей, мыслепреступников. Стало обычным делом, что тридцатилетние люди боятся своих детей. И не зря: не проходило недели, чтобы в «Таймс» не мелькнула заметка о том, как юный соглядатай — «маленький герой», по принятому выражению, — подслушал нехорошую фразу и донес на родителей в полицию мыслей.

Боль от пульки утихла. Уинстон без воодушевления взял ручку, не зная, что еще написать в дневнике. Вдруг он снова начал думать про О'Брайена.

Несколько лет назад... — сколько же? Лет семь, наверно, — ему приснилось, что он идет в кромешной тьме по какой-то комнате. И кто-то сидящий сбоку говорит ему: «Мы встретимся там, где нет темноты». Сказано это было тихо, как бы между прочим, — не приказ, просто фраза. Любопытно, что тогда, во сне, большого впечатления эти слова не произвели. Лишь впоследствии, постепенно приобрели они значительность. Он не мог припомнить, было это до или после его первой встречи с О'Брайеном; и когда именно узнал в том голосе голос О'Брайена — тоже не мог припомнить. Так или иначе, голос был опознан. Говорил с ним во тьме О'Брайен.

Уинстон до сих пор не уяснил себе — даже после того, как они переглянулись, не смог уяснить, — друг О'Брайен или враг. Да и не так уж это, казалось, важно. Между ними протянулась ниточка понимания, а это важнее дружеских чувств или соучастия. «Мы встретимся там, где нет темноты», — сказал О'Брайен. Что это значит, Уинстон не понимал, но чувствовал, что каким-то образом это сбудется.

Голос в телекране прервался. Душную комнату наполнил звонкий, красивый звук фанфар. Скрипучий голос продолжал: «Внимание! Внимание! Только что поступила сводка-молния с Малабарского фронта. Наши войска в Южной Индии одержали решающую победу. Мне поручено заявить, что в результате этой битвы конец войны может стать делом обозримого будущего. Слушайте сводку».

Жди неприятности, подумал Уинстон. И точно: вслед за кровавым описанием разгрома евразийской армии с умопомрачительными цифрами убитых и взятых в плен последовало объявление о том, что с будущей недели норма отпуска шоколада сокращается с тридцати граммов до двадцати.

Уинстон опять рыгнул. Джин уже выветрился, оставив после себя ощущение упадка. Телекран, то ли празднуя победу, то ли чтобы отвлечь от мыслей об отнятом шоколаде, громыхнул: «Тебе, Океания». Полагалось встать по стойке смирно. Но здесь он был невидим.

«Тебе, Океания» сменялась легкой музыкой. Держась к телекрану спиной, Уинстон подошел к окну. День был все так же холоден и ясен. Где-то вдалеке с глухим раскатистым грохотом разорвалась ракета. Теперь их падало на Лондон по двадцать-тридцать штук в неделю.

Внизу на улице ветер трепал рваный плакат, на нем мелькало слово АНГСОЦ. Ангсоц. Священные устои ангсоца. Новояз, двоемыслие, зыбкость прошлого. У него возникло такое чувство, как будто он бредет по лесу на океанском дне, заблудился в мире чудищ и сам он — чудище. Он был один. Прошлое умерло, будущее нельзя вообразить. Есть ли какая-нибудь уверенность, что хоть один человек из живых — на его стороне? И как узнать, что владычество партии не будет вечным? И ответом встали перед его глазами три лозунга на белом фасаде министерства правды:

ВОЙНА — ЭТО
МИР СВОБОДА — ЭТО РАБСТВО
НЕЗНАНИЕ — СИЛА

Он вынул из кармана двадцатипятицентовую монету. И здесь мелкими четкими буквами те же лозунги, а на оборотной стороне — голова Старшего Брата. Даже с монеты преследовал тебя его взгляд. На монетах, на марках, на книжных обложках, на знаменах, плакатах, на сигаретных пачках — повсюду. Всюду тебя преследуют эти глаза и обволакивает голос. Во сне и наяву, на работе и за едой, на улице и дома, в ванной, в постели — нет спасения. Нет ничего твоего, кроме нескольких кубических сантиметров в черепе.

Солнце ушло, погасив тысячи окон на фасаде министерства, и теперь они глядели угрюмо, как крепостные бойницы. Сердце у него сжалось при виде исполинской пирамиды. Слишком прочна она, ее нельзя взять штурмом. Ее не разрушит и тысяча ракет. Он снова спросил себя, для кого пишет дневник. Для будущего, для прошлого... для века, быть может, просто воображаемого. И ждет его не смерть, а уничтожение. Дневник превратят в пепел, а его — в пыль. Написанное им прочтет только полиция мыслей — чтобы стереть с лица земли и из памяти. Как обратишься к будущему, если следа твоего и даже безымянного слова на земле не сохранится?

Телекран пробил четырнадцать. Через десять минут ему уходить. В 14:30 он должен быть на службе.

Как ни странно, бой часов словно вернул ему мужество. Одинокий призрак, он возвещает правду, которой никто никогда не расслышит. Но пока он говорит ее, что-то в мире не прервется. Не тем, что заставишь себя услышать, а тем, что остался нормальным, хранишь ты наследие человека. Он вернулся за стол, обмакнул перо и написал.

Будущему или прошлому — времени, когда мысль

свободна, люди отличаются друг от друга и живут не в одиночку, времени, где правда есть правда и былое не превращается в небыль.

От эпохи одинаковых, эпохи одиноких, от эпохи Старшего Брата, от эпохи двоемыслия — привет!

Я уже мертв, подумал он. Ему казалось, что только теперь, вернув себе способность выражать мысли, сделал он бесповоротный шаг. Последствия любого поступка содержатся в самом поступке. Он написал:

Мыслепреступление не влечет за собой смерть: мыслепреступление ЕСТЬ смерть.

Теперь, когда он понял, что он мертвец, важно прожить как можно дольше. Два пальца на правой руке были в чернилах. Вот такая мелочь тебя и выдаст. Какой-нибудь востроносый ретивец в министерстве (скорее, женщина — хотя бы та маленькая с рыжеватыми волосами, или темноволосая из отдела литературы) задумается, почему это он писал в обеденный перерыв, и почему писал старинной ручкой, и что писал, а потом сообщит куда следует. Он отправился в ванную и тщательно отмыл пальцы зернистым коричневым мылом, которое

скребло, как наждак, и отлично годилось для этой цели.

Дневник он положил в ящик стола. Прячь, не прячь — его все равно найдут; но можно хотя бы проверить, узнали о нем или нет. Волос поперек обреза слишком заметен. Кончиком пальца Уинстон подобрал крупинку белесой пыли и положил на угол переплета: если книгу тронут, крупинка свалится.

III

Уинстону снилась мать.

Насколько он помнил, мать исчезла, когда ему было лет десять-одиннадцать. Это была высокая женщина с роскошными светлыми волосами, величавая, неразговорчивая, медлительная в движениях. Отец запомнился ему хуже: темноволосый, худой, всегда в опрятном темном костюме (почему-то запомнились очень тонкие подошвы его туфель) и в очках. Судя по всему, обоих смела одна из первых больших чисток в 50-е годы.

И вот мать сидела где-то под ним, в глубине, с его сестренкой на руках. Сестру он совсем не помнил — только маленьким хилым грудным ребенком, всегда тихим, с большими внимательными глазами. Обе они смотрели на него снизу. Они находились где-то под землей — то ли на дне колодца, то ли в очень глубокой могиле — и опускались все глубже. Они сидели в салоне тонущего корабля и смотрели на Уинстона сквозь темную воду. В салоне еще был воздух, и они еще видели его, а он — их, но они все погружались, погружались в зеленую воду — еще секунда, и она скроет их навсегда. Он на воздухе и на свету, а их заглатывает пучина, и они там, внизу, потому что он наверху. Он понимал это, и они это понимали, и он видел по их лицам, что они понимают. Упрека не было ни на лицах, ни в душе их, а только понимание, что они должны заплатить своей смертью за его жизнь, ибо такова природа вещей.

Уинстон не мог вспомнить, как это было, но во сне он знал, что жизни матери и сестры принесены в жертву его жизни. Это был один из тех снов, когда в ландшафте, характерном для сновидения, продолжается дневная работа мысли: тебе открываются идеи и факты, которые и по пробуждении остаются новыми и значительными. Уинстона вдруг осенило, что смерть матери почти тридцать лет назад была трагической и горестной в том смысле, какой уже и непонятен ныне. Трагедия, открылось ему, — достояние старых времен, времен, когда еще существовало личное, существовала любовь и дружба, и люди в семье стояли друг за друга, не нуждаясь для этого в доводах. Воспоминание о матери рвало ему сердце потому, что она умерла, любя его, а он был слишком молод и эгоистичен, чтобы любить ответно, и потому, что она каким-то образом — он не помнил, каким — принесла себя в жертву идее верности, которая была личной и несокрушимой. Сегодня, понял он, такое не может случиться. Сегодня есть страх, ненависть и боль, но нет достоинства чувств, нет ни глубокого, ни сложного горя. Все это он словно прочел в больших глазах матери, которые смотрели на него из зеленой воды, с глубины в сотни саженей, и все еще погружавшихся.

Вдруг он очутился на короткой, упругой травке, и был летний вечер, и косые лучи солнца золотили землю. Местность эта так часто появлялась в снах, что он не мог определенно решить, видел ее когда-нибудь наяву или нет. Про себя Уинстон называл ее Золотой страной. Это был старый, выщипанный кроликами луг, по нему бежала тропинка, там и сям виднелись кротовые кочки. На дальнем краю ветер чуть шевелил ветки вязов, вставших неровной изгородью, и плотная масса листвы волновалась, как волосы женщины. А где-то рядом, невидимый, лениво тек ручей, и под ветлами в заводях ходила плотва.

Через луг к нему шла та женщина с темными волосами. Одним движением она сорвала с себя одежду и презрительно отбросила прочь. Тело было белое и гладкое, но не вызвало в нем желания; на тело он едва ли даже взглянул. Его восхитил жест, которым она отшвырнула одежду. Изяществом своим и небрежностью он будто уничтожал целую культуру, целую систему: и Старший Брат, и партия, и полиция мыслей были сметены в небытие одним прекрасным взмахом руки. Этот жест тоже принадлежал старому времени. Уинстон проснулся со словом «Шекспир» на устах.

Телекран испускал оглушительный свист, длившийся на одной ноте тридцать секунд. 07:15, сигнал подъема для служащих. Уинстон выдрался из постели — нагишом, потому что члену внешней партии выдавали в год всего три тысячи одежных талонов, а пижама стоила шестьсот, — и схватил со стула выношенную фуфайку и трусы. Через три минуты физзарядка. А Уинстон согнулся пополам от кашля — кашель почти всегда нападал после сна. Он вытряхивал легкие настолько, что восстановить дыхание Уинстону удавалось лишь лежа на спине, после нескольких глубоких вдохов. Жилы у него вздулись от натуги, и варикозная язва начала зудеть.

Группа от тридцати до сорока! — залаял пронзительный женский голос. — Группа от тридцати до сорока! Займите исходное положение. От тридцати до сорока!

Уинстон встал по стойке смирно перед телекраном: там уже появилась жилистая сравнительно молодая женщина в короткой юбке и гимнастических туфлях.

Сгибание рук и потягивание! — выкрикнула она. — Делаем по счету. И раз, два, три, четыре! И раз, два, три, четыре! Веселей, товарищи, больше жизни! И раз, два, три, четыре! И раз, два, три, четыре!

Боль от кашля не успела вытеснить впечатления сна, а ритм зарядки их как будто оживил. Машинально выбрасывая и сгибая руки с выражением угрюмого удовольствия, как подобало на гимнастике, Уинстон пробивался к смутным воспоминаниям о раннем детстве. Это было крайне трудно. Все, что происходило в пятидесятые годы, выветрилось из головы. Когда не можешь обратиться к посторонним свидетельствам, теряют четкость даже очертания собственной жизни. Ты помнишь великие события, но возможно, что их и не было; помнишь подробности происшествия, но не можешь ощутить его атмосферу; а есть и пустые промежутки, долгие и не отмеченные вообще ничем. Тогда все было другим. Другими были даже названия стран и контуры их на карте. Взлетная полоса I, например, называлась тогда иначе: она называлась Англией или Британией, а вот Лондон — Уинстон помнил это более или менее твердо — всегда назывался Лондоном.

Уинстон не мог отчетливо припомнить такое время, когда бы страна не воевала; но, по всей видимости, на его детство пришелся довольно продолжительный мирный период, потому что одним из самых ранних воспоминаний был воздушный налет, всех заставший врасплох. Может быть, как раз тогда и сбросили атомную бомбу на Колчестер. Самого налета он не помнил, а помнил только, как отец крепко держал его за руку и они быстро спускались, спускались, спускались куда-то под землю, круг за кругом, по винтовой лестнице, гудевшей под ногами, и он устал от этого, захныкал, и они остановились отдохнуть. Мать шла, как всегда, мечтательно и медленно, далеко отстав от них. Она несла грудную сестренку — а может быть, просто одеяло: Уинстон не был уверен, что к тому времени сестра уже появилась на свет. Наконец они пришли на людное, шумное место — он понял, что это станция метро.

На каменном полу сидели люди, другие теснились на железных нарах. Уинстон с отцом и матерью нашли себе место на полу, а возле них на нарах сидели рядышком старик и старуха. Старик в приличном темном костюме и сдвинутой на затылок черной кепке, совершенно седой; лицо у него было багровое, в голубых глазах стояли слезы. От него разило джином. Пахло как будто от всего тела, как будто он потел джином, и можно было вообразить, что слезы его — тоже чистый джин. Пьяненький был старик, но весь его вид выражал неподдельное и нестерпимое горе. Уинстон детским своим умом догадался, что с ним произошла ужасная беда — и ее нельзя простить и нельзя исправить. Он даже понял, какая. У старика убили любимого человека — может быть, маленькую внучку. Каждые две минуты старик повторял:

Не надо было им верить. Ведь говорил я, мать, говорил? Вот что значит им верить. Я всегда говорил. Нельзя было верить этим стервецам.

Но что это за стервецы, которым нельзя было верить, Уинстон уже не помнил.

С тех пор война продолжалась беспрерывно, хотя, строго говоря, не одна и та же война.

Несколько месяцев, опять же в его детские годы, шли беспорядочные уличные бои в самом Лондоне, и кое-что помнилось очень живо. Но проследить историю тех лет, определить, кто с кем и когда сражался, было совершенно невозможно: ни единого письменного документа, ни единого устного слова об иной расстановке сил, чем нынешняя. Нынче, к примеру, в 1984 году (если год — 1984-й), Океания воевала с Евразией и состояла в союзе с Остазией. Ни публично, ни с глазу на глаз никто не упоминал о том, что в прошлом отношения трех держав могли быть другими. Уинстон прекрасно знал, что на самом деле Океания воюет с Евразией и дружит с Остазией всего четыре года. Но знал украдкой — и только потому, что его памятью не вполне управляли. Официально союзник и враг никогда не менялись. Океания воюет с Евразией, следовательно, Океания всегда воевала с Евразией. Нынешний враг всегда воплощал в себе абсолютное зло, а значит, ни в прошлом, ни в будущем соглашение с ним немыслимо.

Самое ужасное, в сотый, тысячный раз думал он, переламываясь в поясе (сейчас они вращали корпусом, держа руки на бедрах — считалось полезным для спины), — самое ужасное, что все это может оказаться правдой. Если партия может запустить руку в прошлое и сказать о том или ином событии, что его никогда не было, — это пострашнее, чем пытка или смерть.

Партия говорит, что Океания никогда не заключала союза с Евразией. Он, Уинстон Смит, знает, что Океания была в союзе с Евразией всего четыре года назад. Но где хранится это знание? Только в его уме, а он, так или иначе, скоро будет уничтожен. И если все принимают ложь, навязанную партией, если во всех документах одна и та же песня, тогда эта ложь поселяется в истории и становится правдой. «Кто управляет прошлым, — гласит партийный лозунг, — тот управляет будущим; кто управляет настоящим, тот управляет прошлым». И, однако, прошлое, по природе своей изменяемое, изменению никогда не подвергалось. То, что истинно сейчас, истинно от века и на веки вечные. Все очень просто. Нужна всего-навсего непрерывная цепь побед над собственной памятью. Это называется «покорение действительности»; на новоязе — «двоемыслие».

Вольно! — рявкнула преподавательница чуть добродушнее.

Уинстон опустил руки и сделал медленный, глубокий вдох. Ум его забрел в лабиринты двоемыслия. Зная, не знать; верить в свою правдивость, излагая обдуманную ложь; придерживаться одновременно двух противоположных мнений, понимая, что одно исключает другое, и быть убежденным в обоих; логикой убивать логику; отвергать мораль, провозглашая ее; полагать, что демократия невозможна и что партия — блюститель демократии; забыть то, что требуется забыть, и снова вызвать в памяти, когда это понадобится, и снова немедленно забыть, и, главное, применять этот процесс к самому процессу — вот в чем самая тонкость: сознательно преодолевать сознание и при этом не сознавать, что занимаешься самогипнозом. И даже слова «двоемыслие» не поймешь, не прибегнув к двоемыслию.

Преподавательница велела им снова встать смирно.

А теперь посмотрим, кто у нас сумеет достать до носков! — с энтузиазмом сказала она. — Прямо с бедер, товарищи. Р-раз-два! Р-раз-два!

Уинстон ненавидел это упражнение: ноги от ягодиц до пяток пронзало болью, и от него нередко начинался припадок кашля. Приятная грусть из его размышлений исчезла. Прошлое, подумал он, не просто было изменено, оно уничтожено. Ибо как ты можешь установить даже самый очевидный факт, если он не запечатлен нигде, кроме как в твоей памяти? Он попробовал вспомнить, когда услышал впервые о Старшем Брате. Кажется, в 60-х... Но разве теперь вспомнишь? В истории партии Старший Брат, конечно, фигурировал как вождь революции с самых первых ее дней. Подвиги его постепенно отодвигались все дальше в глубь времен и простерлись уже в легендарный мир 40-х и 30-х, когда капиталисты в диковинных шляпах-цилиндрах еще разъезжали по улицам Лондона в больших лакированных автомобилях и конных экипажах со стеклянными боками. Неизвестно, сколько правды в этих сказаниях и сколько вымысла. Уинстон не мог вспомнить даже, когда появилась сама партия. Кажется, слова «ангсоц» он тоже не слышал до 1960 года, хотя возможно, что в староязычной форме — «английский социализм» — оно имело хождение и раньше. Все растворяется в тумане. Впрочем, иногда можно поймать и явную ложь. Неправда, например, что партия изобрела самолет, как утверждают книги по партийной истории. Самолеты он помнил с самого раннего детства. Но доказать ничего нельзя. Никаких свидетельств не бывает. Лишь один раз в жизни держал он в руках неопровержимое документальное доказательство подделки исторического факта. Да и то...

Смит! — раздался сварливый окрик. — Шестьдесят — семьдесят девять, Смит У.! Да, вы! Глубже наклон! Вы ведь можете. Вы не стараетесь. Ниже! Так уже лучше, товарищ. А теперь, вся группа вольно — и следите за мной.

Уинстона прошиб горячий пот. Лицо его оставалось совершенно невозмутимым. Не показать тревоги! Не показать возмущения! Только моргни глазом — и ты себя выдал. Он наблюдал, как преподавательница вскинула руки над головой и — не сказать, что грациозно, но с завидной четкостью и сноровкой, нагнувшись, зацепилась пальцами за носки туфель.

Вот так, товарищи! Покажите мне, что вы можете так же. Посмотрите еще раз. Мне тридцать девять лет, и у меня четверо детей. Прошу смотреть. — Она снова нагнулась. — Видите, у меня колени прямые. Вы все сможете так сделать, если захотите, — добавила она, выпрямившись. — Все, кому нет сорока пяти, способны дотянуться до носков. Нам не выпало чести сражаться на передовой, но по крайней мере мы можем держать себя в форме. Вспомните наших ребят на Малабарском фронте! И моряков на плавающих крепостях! Подумайте, каково приходится им. А теперь попробуем еще раз. Вот, уже лучше, товарищ, гораздо лучше, — похвалила она Уинстона, когда он с размаху, согнувшись на прямых ногах, сумел достать до носков — первый раз за несколько лет.

IV

С глубоким безотчетным вздохом, которого он по обыкновению не сумел сдержать, несмотря на близость телекрана, Уинстон начал свой рабочий день: притянул к себе речепис, сдул пыль с микрофона и надел очки. Затем развернул и соединил скрепкой четыре бумажных рулончика, выскочивших из пневматической трубы справа от стола.

В стенах его кабины было три отверстия. Справа от речеписа — маленькая пневматическая труба для печатных заданий; слева — побольше, для газет; и в боковой стене, только руку протянуть, — широкая щель с проволочным забралом. Эта — для ненужных бумаг. Таких щелей в министерстве были тысячи, десятки тысяч — не только в каждой комнате, но и в коридорах на каждом шагу. Почему-то их прозвали гнездами памяти. Если человек хотел избавиться от ненужного документа или просто замечал на полу обрывок бумаги, он механически поднимал забрало ближайшего гнезда и бросал туда бумагу; ее подхватывал поток теплого воздуха и уносил к огромным топкам, спрятанным в утробе здания.

Уинстон просмотрел четыре развернутых листка. На каждом — задание в одну-две строки, на телеграфном жаргоне, который не был, по существу, новоязом, но состоял из новоязовских слов и служил в министерстве только для внутреннего употребления. Задания выглядели так:

таймс 17.03.84 речь с. б. превратно африка уточнить
таймс 19.12.83 план 4 квартала 83 опечатки согласовать сегодняшним номером
таймс 14.02.84 заяв минизо превратно шоколад уточнить
таймс 03.12.83 минусминус изложен наказ с. б. упомянуты нелица переписать сквозь наверх до подшивки

С тихим удовлетворением Уинстон отодвинул четвертый листок в сторону. Работа тонкая и ответственная, лучше оставить ее напоследок. Остальные три — шаблонные задачи, хотя для второй, наверное, надо будет основательно покопаться в цифрах.

Уинстон набрал на телекране «задние числа» — затребовал старые выпуски «Таймс»; через несколько минут их уже вытолкнула пневматическая труба. На листках были указаны газетные статьи и сообщения, которые по той или иной причине требовалось изменить или, выражаясь официальным языком, уточнить. Например, из сообщения «Таймс» от 17 марта явствовало, что накануне в своей речи Старший Брат предсказал затишье на южноиндийском фронте и скорое наступление войск Евразии в Северной Африке. На самом же деле евразийцы начали наступление в Южной Индии, а в Северной Африке никаких действий не предпринимали. Надо было переписать этот абзац речи Старшего Брата так, чтобы он предсказал действительный ход событий. Или, опять же, 19 декабря «Таймс» опубликовала официальный прогноз выпуска различных потребительских товаров на четвертый квартал 1983 года, то есть шестой квартал девятой трехлетки. В сегодняшнем выпуске напечатаны данные о фактическом производстве, и оказалось, что прогноз был совершенно неверен. Уинстону предстояло уточнить первоначальные цифры, дабы они совпали с сегодняшними. На третьем листке речь шла об очень простой ошибке, которую можно исправить в одну минуту. Не далее как в феврале министерство изобилия обещало (категорически утверждало, по официальному выражению), что в 1984 году норму выдачи шоколада не уменьшат. На самом деле, как было известно и самому Уинстону, в конце нынешней недели норму собирались уменьшить с 30 до 20 граммов. Ему надо было просто заменить старое обещание предуведомлением, что в апреле норму, возможно, придется сократить.

Выполнив первые три задачи, Уинстон скрепил исправленные варианты, вынутые из речеписа, с соответствующими выпусками газеты и отправил в пневматическую трубу. Затем почти бессознательным движением скомкал полученные листки и собственные заметки, сделанные во время работы, и сунул в гнездо памяти для предания их огню.

Что происходило в невидимом лабиринте, к которому вели пневматические трубы, он в точности не знал, имел лишь общее представление. Когда все поправки к данному номеру газеты будут собраны и сверены, номер напечатают заново, старый экземпляр уничтожат и вместо него подошьют исправленный.

В этот процесс непрерывного изменения вовлечены не только газеты, но и книги, журналы, брошюры, плакаты, листовки, фильмы, фонограммы, карикатуры, фотографии — все виды литературы и документов, которые могли бы иметь политическое или идеологическое значение. Ежедневно и чуть ли не ежеминутно прошлое подгонялось под настоящее. Поэтому документами можно было подтвердить верность любого предсказания партии; ни единого известия, ни единого мнения, противоречащего нуждам дня, не существовало в записях. Историю, как старый пергамент, выскабливали начисто и писали заново — столько раз, сколько нужно. И не было никакого способа доказать потом подделку.

В самой большой секции документального отдела — она была гораздо больше той, где трудился Уинстон, — работали люди, чьей единственной задачей было выискивать и собирать все экземпляры газет, книг и других изданий, подлежащих уничтожению и замене. Номер «Таймс», который из-за политических переналадок и ошибочных пророчеств Старшего Брата перепечатывался, быть может, десяток раз, все равно датирован в подшивке прежним числом, и нет в природе ни единого опровергающего экземпляра. Книги тоже переписывались снова и снова и выходили без упоминания о том, что они переиначены. Даже в заказах, получаемых Уинстоном и уничтожаемых сразу после выполнения, не было и намека на то, что требуется подделка: речь шла только об ошибках, искаженных цитатах, оговорках, опечатках, которые надо устранить в интересах точности.

А в общем, думал он, перекраивая арифметику министерства изобилия, это даже не подлог. Просто замена одного вздора другим. Материал твой по большей части вообще не имеет отношения к действительному миру — даже такого, какое содержит в себе откровенная ложь. Статистика в первоначальном виде — такая же фантазия, как и в исправленном. Чаще всего требуется, чтобы ты высасывал ее из пальца. Например, министерство изобилия предполагало выпустить в 4-м квартале 145 миллионов пар обуви.

Сообщают, что реально произведено 62 миллиона. Уинстон же, переписывая прогноз, уменьшил плановую цифру до 57 миллионов, чтобы план, как всегда, оказался перевыполненным. Во всяком случае, 62 миллиона ничуть не ближе к истине, чем 57 миллионов или 145. Весьма вероятно, что обуви вообще не произвели. Еще вероятнее, что никто не знает, сколько ее произвели, и, главное, не желает знать. Известно только одно: каждый квартал на бумаге производят астрономическое количество обуви, между тем как половина населения Океании ходит босиком. То же самое — с любым документированным фактом, крупным и мелким. Все расплывается в призрачном мире. И даже сегодняшнее число едва ли определишь.

Уинстон взглянул на стеклянную кабину по ту сторону коридора. Маленький, аккуратный, с синим подбородком человек по фамилии Тиллотсон усердно трудился там, держа на коленях сложенную газету и приникнув к микрофону речеписа. Вид у него был такой, будто он хочет, чтобы все сказанное осталось между ними двоими — между ним и речеписом. Он поднял голову, и его очки враждебно сверкнули Уинстону.

Уинстон почти не знал Тиллотсона и не имел представления о том, чем он занимается. Сотрудники отдела документации неохотно говорили о своей работе. В длинном, без окон коридоре с двумя рядами стеклянных кабин, с нескончаемым шелестом бумаги и гудением голосов, бубнящих в речеписы, было не меньше десятка людей, которых Уинстон не знал даже по имени, хотя они круглый год мелькали перед ним на этаже и махали руками на двухминутках ненависти. Он знал, что низенькая женщина с рыжеватыми волосами, сидящая в соседней кабине, весь день занимается только тем, что выискивает в прессе и убирает фамилии распыленных, а следовательно, никогда не существовавших людей. В определенном смысле занятие как раз для нее: года два назад ее мужа тоже распылили. А за несколько кабин от Уинстона помещалось кроткое, нескладное, рассеянное создание с очень волосатыми ушами; этот человек по фамилии Амплфорт, удивлявший всех своей сноровкой по части рифм и размеров, изготовлял препарированные варианты — канонические тексты, как их называли, — стихотворений, которые стали идеологически невыдержанными, но по той или иной причине не могли быть исключены из антологий. И весь этот коридор с полусотней сотрудников был лишь подсекцией — так сказать, клеткой — в сложном организме отдела документации. Дальше, выше, ниже сонмы служащих трудились над невообразимым множеством задач. Тут были огромные типографии со своими редакторами, полиграфистами и отлично оборудованными студиями для фальсификации фотоснимков. Была секция телепрограмм со своими инженерами, режиссерами и целыми труппами артистов, искусно подражающих чужим голосам. Были полки референтов, чья работа сводилась исключительно к тому, чтобы составлять списки книг и периодических изданий, нуждающихся в ревизии. Были необъятные хранилища для подправленных документов и скрытые топки для уничтожения исходных. И где-то, непонятно где, анонимно, существовал руководящий мозг, чертивший политическую линию, в соответствии с которой одну часть прошлого надо было сохранить, другую фальсифицировать, а третью уничтожить без остатка.

Весь отдел документации был лишь ячейкой министерства правды, главной задачей которого была не переделка прошлого, а снабжение жителей Океании газетами, фильмами, учебниками, телепередачами, пьесами, романами — всеми мыслимыми разновидностями информации, развлечений и наставлений, от памятника до лозунга, от лирического стихотворения до биологического трактата, от школьных прописей до словаря новояза. Министерство обеспечивало не только разнообразные нужды партии, но и производило аналогичную продукцию — сортом ниже — на потребу пролетариям. Существовала целая система отделов, занимавшихся пролетарской литературой, музыкой, драматургией и развлечениями вообще. Здесь делались низкопробные газеты, не содержавшие ничего, кроме спорта, уголовной хроники и астрологии, забористые пятицентовые повестушки, скабрезные фильмы, чувствительные песенки, сочиняемые чисто механическим способом — на особого рода калейдоскопе, так называемом версификаторе. Был даже особый подотдел — на новоязе именуемый порносеком, — выпускавший порнографию самого последнего разбора — ее рассылали в запечатанных пакетах, и членам партии, за исключением непосредственных изготовителей, смотреть ее запрещалось.

Пока Уинстон работал, пневматическая труба вытолкнула еще три заказа, но они оказались простыми, и он разделался с ними до того, как пришлось уйти на двухминутку ненависти. После ненависти он вернулся к себе в кабину, снял с полки словарь новояза, отодвинул речепис, протер очки и взялся за главное задание дня.

Самым большим удовольствием в жизни Уинстона была работа. В основном она состояла из скучных и рутинных дел, но иногда попадались такие, что в них можно было уйти с головой, как в математическую задачу, — такие фальсификации, где руководствоваться ты мог только своим знанием принципов ангсоца и своим представлением о том, что желает услышать от тебя партия. С такими задачами Уинстон справлялся хорошо. Ему даже доверяли уточнять передовицы «Таймс», писавшиеся исключительно на новоязе. Он взял отложенный утром четвертый листок:

таймс 03.12.83 минусминус изложен наказ с. б. упомянуты нелица переписать сквозь наверх до подшивки

На староязе (обычном английском) это означало примерно следующее:

В номере «Таймс» от 3 декабря 1983 года крайне неудовлетворительно изложен приказ Старшего Брата по стране: упомянуты несуществующие лица. Перепишите полностью и представьте ваш вариант руководству до того, как отправить в архив.

Уинстон прочел ошибочную статью. Насколько он мог судить, большая часть приказа по стране посвящена была похвалам ПКПП — организации, которая снабжала сигаретами и другими предметами потребления матросов на плавающих крепостях. Особо выделен был некий товарищ Уидерс, крупный деятель внутренней партии, — его наградили орденом «За выдающиеся заслуги» 2-й степени.

Тремя месяцами позже ПКПП внезапно была распущена без объявления причин. Судя по всему, Уидерс и его сотрудники теперь не в чести, хотя ни в газетах, ни по телекрану сообщений об этом не было. Тоже ничего удивительного: судить и даже публично разоблачать политически провинившегося не принято. Большие чистки, захватывавшие тысячи людей, с открытыми процессами предателей и мыслепреступников, которые жалко каялись в своих преступлениях, а затем подвергались казни, были особыми спектаклями и происходили раз в несколько лет, не чаще. А обычно люди, вызвавшие неудовольствие партии, просто исчезали, и о них больше никто не слышал. И бесполезно было гадать, что с ними стало. Возможно, что некоторые даже оставались в живых. Так в разное время исчезли человек тридцать знакомых Уинстона, не говоря о его родителях.

Уинстон легонько поглаживал себя по носу скрепкой. В кабине напротив товарищ Тиллотсон по-прежнему таинственно бормотал, прильнув к микрофону. Он поднял голову, опять враждебно сверкнули очки. Не той же ли задачей занят Тиллотсон? — подумал Уинстон. Очень может быть. Такую тонкую работу ни за что не доверили бы одному исполнителю: с другой стороны, поручить ее комиссии значит открыто признать, что происходит фальсификация. Возможно, не меньше десятка работников трудились сейчас над собственными версиями того, что сказал на самом деле Старший Брат. Потом какой-то начальственный ум во внутренней партии выберет одну версию, отредактирует ее, приведет в действие сложный механизм перекрестных ссылок, после чего избранная ложь будет сдана на постоянное хранение и сделается правдой.

Уинстон не знал, за что попал в немилость Уидерс. Может быть, за разложение или за плохую работу. Может быть, Старший Брат решил избавиться от подчиненного, который стал слишком популярен. Может быть, Уидерс или кто-нибудь из его окружения заподозрен в уклоне. А может быть — и вероятнее всего, — случилось это просто потому, что чистки и распыления были необходимой частью государственной механики. Единственный определенный намек содержался в словах «упомянуты нелица» — это означало, что Уидерса уже нет в живых. Даже арест человека не всегда означал смерть. Иногда его выпускали, и до казни он год или два гулял на свободе. А случалось и так, что человек, которого давно считали мертвым, появлялся, словно призрак, на открытом процессе и давал показания против сотен людей, прежде чем исчезнуть — на этот раз окончательно. Но Уидерс уже был нелицом. Он не существовал; он никогда не существовал. Уинстон решил, что просто изменить направление речи Старшего Брата мало. Пусть он скажет о чем-то, совершенно несвязанном с первоначальной темой.

Уинстон мог превратить речь в типовое разоблачение предателей и мыслепреступников — но это слишком прозрачно, а если изобрести победу на фронте или триумфальное перевыполнение трехлетнего плана, то чересчур усложнится документация. Чистая фантазия — вот что подойдет лучше всего. И вдруг в голове у него возник — можно сказать, готовеньким — образ товарища Огилви, недавно павшего в бою смертью храбрых. Бывали случаи, когда Старший Брат посвящал «наказ» памяти какого-нибудь скромного рядового партийца, чью жизнь и смерть он приводил как пример для подражания. Сегодня он посвятит речь памяти товарища Огилви. Правда, такого товарища на свете не было, но несколько печатных строк и одна-две поддельные фотографии вызовут его к жизни.

Уинстон на минуту задумался, потом подтянул к себе речепис и начал диктовать в привычном стиле Старшего Брата: стиль этот, военный и одновременно педантический, благодаря постоянному приему — задавать вопросы и тут же на них отвечать («Какие уроки мы извлекаем отсюда, товарищи? Уроки — а они являются также основополагающими принципами ангсоца — состоят в том...» — и т. д. и т. п.) — легко поддавался имитации.

В трехлетнем возрасте товарищ Огилви отказался от всех игрушек, кроме барабана, автомата и вертолета. Шести лет — в виде особого исключения — был принят в разведчики; в девять стал командиром отряда. Одиннадцати лет от роду, услышав дядин разговор, уловил в нем преступные идеи и сообщил об этом в полицию мыслей. В семнадцать стал районным руководителем Молодежного антиполового союза. В девятнадцать изобрел гранату, которая была принята на вооружение министерством мира и на первом испытании уничтожила взрывом тридцать одного евразийского военнопленного. Двадцатитрехлетним погиб на войне. Летя над Индийским океаном с важными донесениями, был атакован вражескими истребителями, привязал к телу пулемет, как грузило, выпрыгнул из вертолета и вместе с донесениями и прочим ушел на дно; такой кончине, сказал Старший Брат, можно только завидовать. Старший Брат подчеркнул, что вся жизнь товарища Огилви была отмечена чистотой и целеустремленностью. Товарищ Огилви не пил и не курил, не знал иных развлечений, кроме ежедневной часовой тренировки в гимнастическом зале; считая, что женитьба и семейные заботы несовместимы с круглосуточным служением долгу, он дал обет безбрачия. Он не знал иной темы для разговора, кроме принципов ангсоца, иной цели в жизни, кроме разгрома евразийских полчищ и выявления шпионов, вредителей, мыслепреступников и прочих изменников.

Уинстон подумал, не наградить ли товарища Огилви орденом «За выдающиеся заслуги»; решил все-таки не награждать — это потребовало бы лишних перекрестных ссылок.

Он еще раз взглянул на соперника напротив. Непонятно, почему он догадался, что Тиллотсон занят той же работой. Чью версию примут, узнать было невозможно, но он ощутил твердую уверенность, что версия будет его. Товарищ Огилви, которого и в помине не было час назад, обрел реальность. Уинстону показалось занятным, что создавать можно мертвых, но не живых. Товарищ Огилви никогда не существовал в настоящем, а теперь существует в прошлом — и, едва сотрутся следы подделки, будет существовать так же доподлинно и неопровержимо, как Карл Великий и Юлий Цезарь.

V

В столовой с низким потолком, глубоко под землей, очередь за обедом продвигалась толчками. В зале было полно народу и стоял оглушительный шум. От жаркого за прилавком валил пар с кислым металлическим запахом, но и он не мог заглушить вездесущий душок джина «Победа». В конце зала располагался маленький бар, попросту дыра в стене, где продавали джин по десять центов за шкалик.

Вот кого я искал, — раздался голос за спиной Уинстона.

Он обернулся. Это был его приятель Сайм из исследовательского отдела, «Приятель», пожалуй, не совсем то слово. Приятелей теперь не было, были товарищи; но общество одних товарищей приятнее, чем общество других. Сайм был филолог, специалист по новоязу. Он состоял в громадном научном коллективе, трудившемся над одиннадцатым изданием словаря новояза. Маленький, мельче Уинстона, с темными волосами и большими выпуклыми глазами, скорбными и насмешливыми одновременно, которые будто ощупывали лицо собеседника.

Хотел спросить, нет ли у вас лезвий, — сказал он.

Ни одного, — с виноватой поспешностью ответил Уинстон. — По всему городу искал. Нигде нет.

Все спрашивали бритвенные лезвия. На самом-то деле у него еще были в запасе две штуки. Лезвий не стало несколько месяцев назад. В партийных магазинах вечно исчезал то один обиходный товар, то другой. То пуговицы сгинут, то штопка, то шнурки; а теперь вот — лезвия. Достать их можно было тайком — и то если повезет — на «свободном» рынке.

Сам полтора месяца одним бреюсь, — солгал он.

Очередь продвинулась вперед. Остановившись, он снова обернулся к Сайму. Оба взяли по сальному металлическому подносу из стопки.

Ходили вчера смотреть, как вешают пленных? — спросил Сайм.

Работал, — безразлично ответил Уинстон. — В кино, наверно, увижу.

Весьма неравноценная замена, — сказал Сайм.

Его насмешливый взгляд рыскал по лицу Уинстона. «Знаем

вас, — говорил этот взгляд. — Насквозь тебя вижу, отлично знаю, почему не пошел смотреть на казнь пленных».

Интеллектуал Сайм был остервенело правоверен. С неприятным сладострастием он говорил об атаках вертолетов на вражеские деревни, о процессах и признаниях мыслепреступников, о казнях в подвалах министерства любви. В разговорах приходилось отвлекать его от этих тем и наводить — когда удавалось — на проблемы новояза, о которых он рассуждал интересно и со знанием дела. Уинстон чуть отвернул лицо от испытующего взгляда больших черных глаз.

Красивая получилась казнь, — мечтательно промолвил Сайм. — Когда им связывают ноги, по-моему, это только портит картину. Люблю, когда они брыкаются. Но лучше всего конец, когда вываливается синий язык... я бы сказал, ярко-синий. Эта деталь мне особенно мила.

След'щий! — крикнула прола в белом фартуке, с половником в руке.

Уинстон и Сайм сунули свои подносы. Обоим выкинули стандартный обед: жестяную миску с розовато-серым жарким, кусок хлеба, кубик сыра, кружку черного кофе «Победа» и одну таблетку сахарина.

Есть столик, вон под тем телекраном, — сказал Сайм. — По дороге возьмем джину.

Джин им дали в фаянсовых кружках без ручек. Они пробрались через людный зал и разгрузили подносы на металлический столик; на углу кто-то разлил соус: грязная жижа напоминала рвоту. Уинстон взял свой джин, секунду помешкал, собираясь с духом, и залпом выпил маслянистую жидкость. Потом сморгнул слезы — и вдруг почувствовал, что голоден. Он стал заглатывать жаркое полными ложками; в похлебке попадались розовые рыхлые кубики — возможно, мясной продукт. Оба молчали, пока не опорожнили миски. За столиком сзади и слева от Уинстона кто-то без умолку тараторил — резкая торопливая речь, похожая на утиное кряканье, пробивалась сквозь общий гомон.

Как подвигается словарь? — из-за шума Уинстон тоже повысил голос.

Медленно, — ответил Сайм. — Сижу над прилагательными. Очарование.

Заговорив о новоязе, Сайм сразу взбодрился. Отодвинул миску, хрупкой рукой взял хлеб, в другую — кубик сыра и, чтобы не кричать, подался к Уинстону.

Одиннадцатое издание — окончательное издание. Мы придаем языку завершенный вид — в этом виде он сохранится, когда ни на чем другом не будут говорить. Когда мы закончим, людям вроде вас придется изучать его сызнова. Вы, вероятно, полагаете, что главная наша работа — придумывать новые слова. Ничуть не бывало. Мы уничтожаем слова — десятками, сотнями ежедневно. Если угодно, оставляем от языка скелет. В две тысячи пятидесятом году ни одно слово, включенное в одиннадцатое издание, не будет устаревшим.

Он жадно откусил хлеб, прожевал и с педантским жаром продолжал речь. Его худое темное лицо оживилось, насмешка в глазах исчезла, и они стали чуть ли не мечтательными.

Это прекрасно — уничтожать слова. Главный мусор скопился, конечно в глаголах и прилагательных, но и среди существительных — сотни и сотни лишних. Не только синонимов; есть ведь и антонимы. Ну скажите, для чего нужно слово, которое есть полная противоположность другому? Слово само содержит свою противоположность. Возьмем, например, «голод». Если есть слово «голод», зачем вам «сытость»? «Неголод» ничем не хуже, даже лучше, потому что оно — прямая противоположность, а «сытость» — нет. Или оттенки и степени прилагательных. «Хороший» — для кого хороший? А «плюсовой» исключает субъективность. Опять же, если вам нужно что-то сильнее «плюсового», какой смысл иметь целый набор расплывчатых бесполезных слов — «великолепный», «отличный» и так далее? «Плюс плюсовой» охватывает те же значения, а если нужно еще сильнее — «плюсплюс плюсовой». Конечно, мы и сейчас уже пользуемся этими формами, но в окончательном варианте новояза других просто не останется. В итоге все понятия плохого и хорошего будут описываться только шестью словами, а по сути, двумя. Вы чувствуете, какая стройность, Уинстон? Идея, разумеется, принадлежит Старшему Брату, — спохватившись, добавил он.

При имени Старшего Брата лицо Уинстона вяло изобразило пыл. Сайму его энтузиазм показался неубедительным.

Вы не цените новояз по достоинству, — заметил он как бы с печалью. — Пишете на нем, а думаете все равно на староязе. Мне попадались ваши материалы в «Таймс». В душе вы верны староязу со всей его расплывчатостью и ненужными оттенками значений. Вам не открылась красота уничтожения слов. Знаете ли вы, что новояз — единственный на свете язык, чей словарь с каждым годом сокращается?

Это Уинстон, конечно же, знал. Он улыбнулся, насколько мог сочувственно, не решаясь раскрыть рот. Сайм откусил еще от черного ломтя, наскоро прожевал и заговорил снова.

Неужели вам непонятно, что задача новояза — сузить горизонты мысли? В конце концов мы сделаем мыслепреступление попросту невозможным — для него не останется слов. Каждое необходимое понятие будет выражаться одним-единственным словом, значение слова будет строго определено, а побочные значения упразднены и забыты. В одиннадцатом издании, мы уже на подходе к этой цели. Но процесс будет продолжаться и тогда, когда нас с вами не будет на свете. С каждым годом все меньше и меньше слов, все уже и уже границы мысли. Разумеется, и теперь для мыслепреступления нет ни оправданий, ни причин. Это только вопрос самодисциплины, управления реальностью. Но в конце концов и в них нужда отпадет. Революция завершится тогда, когда язык станет совершенным. Новояз — это ангсоц, ангсоц — это новояз, — проговорил он с какой-то религиозной умиротворенностью. — Приходило ли вам в голову, Уинстон, что к две тысячи пятидесятому году, а то и раньше, на земле не останется человека, который смог бы понять наш с вами разговор?

Кроме… — с сомнением начал Уинстон и осекся.

У него чуть не сорвалось с языка: «кроме пролов», но он сдержался, не будучи уверен вдозволительности этого замечания. Сайм, однако, угадал его мысль.

Пролы — не люди, — небрежно парировал он. — К две тысячи пятидесятому году, если не раньше, по-настоящему владеть староязом не будет никто. Вся литература прошлого будет уничтожена. Чосер, Шекспир, Мильтон, Байрон останутся только в новоязовском варианте, превращенные не просто в нечто иное, а в собственную противоположность. Даже партийная литература станет иной. Даже лозунги изменятся. Откуда взяться лозунгу «Свобода — это рабство», если упразднено само понятие свободы? Атмосфера мышления станет иной. Мышления в нашем современном значении вообще не будет. Правоверный не мыслит — не нуждается в мышлении. Правоверность — состояние бессознательное.

В один прекрасный день, внезапно решил Уинстон, Сайма

распылят. Слишком умен. Слишком глубоко смотрит и слишком ясно выражается. Партия таких не любит. Однажды он исчезнет. У него это на лице написано.

Уинстон доел свой хлеб и сыр. Чуть повернулся на стуле, чтобы взять кружку с кофе. За столиком слева немилосердно продолжал свои разглагольствования мужчина со скрипучим голосом. Молодая женщина — возможно, секретарша — внимала ему и радостно соглашалась с каждым словом. Время от времени до Уинстона долетал ее молодой и довольно глупый голос, фразы вроде «Как это верно!» Мужчина не умолкал ни на мгновение — даже когда говорила она. Уинстон встречал его в министерстве и знал, что он занимает какую-то важную должность в отделе литературы. Это был человек лет тридцати, с мускулистой шеей и большим подвижным ртом. Он слегка откинул голову, и в таком ракурсе Уинстон видел вместо его глаз пустые блики света, отраженного очками. Жутковато делалось оттого, что в хлеставшем изо рта потоке звуков невозможно было поймать ни одного слова. Только раз Уинстон расслышал обрывок фразы: «полная и окончательная ликвидация голдстейновщины» — обрывок выскочил целиком, как отлитая строка в линотипе. В остальном это был сплошной шум — кря-кря-кря. Речь нельзя было разобрать, но общий характер ее не вызывал никаких сомнений. Метал ли он громы против Голдстейна и требовал более суровых мер против мыслепреступников и вредителей, возмущался ли зверствами евразийской военщины, восхвалял ли Старшего Брата и героев Малабарского фронта — значения не имело. В любом случае каждое его слово было — чистая правоверность, чистый ангсоц. Глядя на хлопавшее ртом безглазое лицо, Уинстон испытывал странное чувство, что перед ним не живой человек, а манекен. Не в человеческом мозгу рождалась эта речь — в гортани. Извержение состояло из слов, но не было речью в подлинном смысле, это был шум, производимый в бессознательном состоянии, утиное кряканье.

Сайм умолк и черенком ложки рисовал в лужице соуса. Кряканье за соседним столом продолжалось с прежней быстротой, легко различимое в общем гуле.

В новоязе есть слово, — сказал Сайм, — Не знаю, известно ли оно вам:

«речекряк» — крякающий по-утиному. Одно из тех интересных слов, у которых два противоположных значения. В применении к противнику это ругательство; в применении к тому, с кем вы согласны, — похвала.

Сайма несомненно распылят, снова подумал Уинстон. Подумал с грустью, хотя отлично знал, что Сайм презирает его и не слишком любит и вполне может объявить его мыслепреступником, если найдет для этого основания. Чуть-чуть что-то не так с Саймом. Чего-то ему не хватает: осмотрительности, отстраненности, некоей спасительной глупости. Нельзя сказать, что неправоверен. Он верит в принципы ангсоца, чтит Старшего Брата, он радуется победам, ненавидит мыслепреступников не только искренне, но рьяно и неутомимо, причем располагая самыми последними сведениями, не нужными рядовому партийцу. Но всегда от него шел какой-то малопочтенный душок. Он говорил то, о чем говорить не стоило, он прочел слишком много книжек, он наведывался в кафе «Под каштаном», которое облюбовали художники и музыканты. Запрета, даже неписаного запрета, на посещение этого кафе не было, но над ним тяготело что-то зловещее. Когда-то там собирались отставные, потерявшие доверие партийные вожди (потом их убрали окончательно). По слухам, бывал там сколько-то лет или десятилетий назад сам Голдстейн. Судьбу Сайма нетрудно было угадать. Но несомненно было и то, что если бы Сайму открылось, хоть на три секунды, каких взглядов держится Уинстон, Сайм немедленно донес бы на Уинстона в полицию мыслей. Впрочем, как и любой на его месте, но все же Сайм скорее. Правоверность — состояние бессознательное.

Сайм поднял голову.

Вон идет Парсонс, — сказал он.

В голосе его прозвучало: «несносный дурак». И в самом деле между столиками пробирался сосед Уинстона по дому «Победа» — невысокий, бочкообразных очертаний человек с русыми волосами и лягушачьим лицом. В тридцать пять лет он уже отрастил брюшко и складки жира на загривке, но двигался по-мальчишески легко. Да и выглядел он мальчиком, только большим: хотя он был одет в форменный комбинезон, все время хотелось представить его себе в синих шортах, серой рубашке и красном галстуке разведчика. Воображению рисовались ямки на коленях и закатанные рукава на пухлых руках. В шорты Парсонс действительно облачался при всяком удобном случае — и в туристских вылазках и на других мероприятиях, требовавших физической активности. Он приветствовал обоих веселым «Здрасьте, здрасьте!» и сел за стол, обдав их крепким запахом пота. Все лицо его было покрыто росой. Потоотделительные способности у Парсонса были выдающиеся. В клубе всегда можно было угадать, что он поиграл в настольный теннис, по мокрой ручке ракетки. Сайм вытащил полоску бумаги с длинным столбиком слов и принялся читать, держа наготове чернильный карандаш.

Смотри, даже в обед работает, — сказал Парсонс, толкнув Уинстона в бок. — Увлекается, а? Что у вас там? Не по моим, наверно, мозгам. Смит, знаете, почему я за вами гоняюсь? Вы у меня подписаться забыли.

На что подписка? — спросил Уинстон, машинально потянувшись к карману. Примерно четверть зарплаты уходила на добровольные подписки, настолько многочисленные, что их и упомнить было трудно.

На Неделю ненависти — подписка по месту жительства. Я домовый казначей. Не щадим усилий — в грязь лицом не ударим. Скажу прямо, если наш дом «Победа» не выставит больше всех флагов на улице, так не по моей вине. Вы два доллара обещали.

Уинстон нашел и отдал две мятых, замусоленных бумажки, и Парсонс аккуратным почерком малограмотного записал его в блокнотик.

Между прочим, — сказал он, — я слышал, мой паршивец запулил в вас вчера из рогатки. Я ему задал по первое число. Даже пригрозил: еще раз повторится — отберу рогатку.

Наверное, расстроился, что его не пустили на казнь, — сказал Уинстон.

Да, знаете... я что хочу сказать: сразу видно, что воспитан в правильном духе. Озорные паршивцы — что один, что другая, — но увлеченные! Одно на уме — разведчики, ну и война, конечно. Знаете, что дочурка выкинула в прошлое воскресенье? У них поход был в Беркампстед — так она сманила еще двух девчонок, откололись от отряда и до вечера следили за одним человеком. Два часа шли за ним, и все лесом, а в Амершеме сдали его патрулю.

Зачем это? — слегка опешив, спросил Уинстон. Парсонс победоносно продолжал:

Дочурка догадалась, что он вражеский агент, на парашюте сброшенный или еще как. Но вот в чем самая штука-то. С чего, вы думаете, она его заподозрила? Туфли на нем чудные — никогда, говорит, не видала на человеке таких туфель. Что, если иностранец? Семь лет пигалице, а смышленая какая, а?

И что с ним сделали? — спросил Уинстон.

Ну уж этого я не знаю. Но не особенно удивлюсь, если... — Парсонс изобразил, будто целится из ружья, и щелкнул языком.

Отлично, — в рассеянности произнес Сайм, не отрываясь от своего листка.

Конечно, нам без бдительности нельзя, — поддакнул Уинстон.

Война, сами понимаете, — сказал Парсонс.

Как будто в подтверждение его слов телекран у них над головами сыграл фанфару. Но на этот раз была не победа на фронте, а сообщение министерства изобилия.

Товарищи! — крикнул энергичный молодой голос. — Внимание, товарищи! Замечательные известия! Победа на производственном фронте. Итоговые сводки о производстве всех видов потребительских товаров показывают, что по сравнению с прошлым годом уровень жизни поднялся не менее чем на двадцать процентов. Сегодня утром по всей Океании прокатилась неудержимая волна стихийных демонстраций. Трудящиеся покинули заводы и учреждения и со знаменами прошли по улицам, выражая благодарность Старшему Брату за новую счастливую жизнь под его мудрым руководством. Вот некоторые итоговые показатели. Продовольственные товары...

Слова «наша новая счастливая жизнь» повторились несколько раз. В последнее время их полюбило министерство изобилия. Парсонс, встрепенувшись от фанфары, слушал приоткрыв рот, торжественно, с выражением впитывающей скуки. За цифрами он уследить не мог, но понимал, что они должны радовать. Он выпростал из кармана громадную вонючую трубку, до половины набитую обуглившимся табаком. При норме табака сто граммов в неделю человек редко позволял себе набить трубку доверху. Уинстон курил сигарету «Победа», стараясь держать ее горизонтально. Новый талон действовал только с завтрашнего дня, а у него осталось всего четыре сигареты. Сейчас он пробовал отключиться от постороннего шума и расслышать то, что изливалось из телекрана. Кажется, были даже демонстрации благодарности Старшему Брату за то, что он увеличил норму шоколада до двадцати граммов в неделю. А ведь только вчера объявили, что норма уменьшена до двадцати граммов, подумал Уинстон. Неужели в это поверят — через какие-нибудь сутки? Верят. Парсонс поверил легко, глупое животное. Безглазый за соседним столом — фанатично, со страстью, с исступленным желанием выявить, разоблачить, распылить всякого, кто скажет, что на прошлой неделе норма была тридцать граммов. Сайм тоже поверил, только затейливее, при помощи двоемыслия. Так что же, у него одного не отшибло память?

Телекран все извергал сказочную статистику. По сравнению с прошлым годом стало больше еды, больше одежды, больше домов, больше мебели, больше кастрюль, больше топлива, больше кораблей, больше вертолетов, больше книг, больше новорожденных — всего больше, кроме болезней, преступлений и сумасшествия. С каждым годом, с каждой минутой все и вся стремительно поднималось к новым и новым высотам. Так же как Сайм перед этим, Уинстон взял ложку и стал возить ею в пролитом соусе, придавая длинной лужице правильные очертания. Он с возмущением думал о своем быте, об условиях жизни. Всегда ли она была такой? Всегда ли был такой вкус у еды? Он окинул взглядом столовую. Низкий потолок, набитый зал, грязные от трения бесчисленных тел стены; обшарпанные металлические столы и стулья, стоящие так тесно, что сталкиваешься локтями с соседом; гнутые ложки, щербатые подносы, грубые белые кружки; все поверхности сальные, в каждой трещине грязь; и кисловатый смешанный запах скверного джина, скверного кофе, подливки с медью и заношенной одежды. Всегда ли так неприятно было твоему желудку и коже, всегда ли было это ощущение, что ты обкраден, обделен? Правда, за всю свою жизнь он не мог припомнить ничего существенно иного. Сколько он себя помнил, еды никогда не было вдоволь, никогда не было целых носков и белья, мебель всегда была обшарпанной и шаткой, комнаты — нетопленными, поезда в метро — переполненными, дома — обветшалыми, хлеб — темным, кофе — гнусным, чай — редкостью, сигареты — считанными: ничего дешевого и в достатке, кроме синтетического джина. Конечно, тело старится, и все для него становится не так, но если тошно тебе от неудобного, грязного, скудного житья, от нескончаемых зим, заскорузлых носков, вечно неисправных лифтов, от ледяной воды, шершавого мыла, от сигареты, распадающейся в пальцах, от странного и мерзкого вкуса пищи, не означает ли это, что такой уклад жизни ненормален? Если он кажется непереносимым — неужели это родовая память нашептывает тебе, что когда-то жили иначе? Он снова окинул взглядом зал. Почти все люди были уродливыми — и будут уродливыми, даже если переоденутся из форменных синих комбинезонов во что-нибудь другое. Вдалеке пил кофе коротенький человек, удивительно похожий на жука, и стрелял по сторонам подозрительными глазками. Если не оглядываешься вокруг, подумал Уинстон, до чего же легко поверить, будто существует и даже преобладает предписанный партией идеальный тип: высокие мускулистые юноши и пышногрудые девы, светловолосые, беззаботные, загорелые, жизнерадостные. На самом же деле, сколько он мог судить, жители Взлетной полосы I в большинстве были мелкие, темные и некрасивые. Любопытно, как размножился в министерствах жукоподобный тип: приземистые, коротконогие, очень рано полнеющие мужчины с суетливыми движениями, толстыми непроницаемыми лицами и маленькими глазами. Этот тип как-то особенно процветал под партийной властью.

Завершив фанфарой сводку из министерства изобилия, телекран заиграл бравурную музыку. Парсонс от бомбардировки цифрами исполнился рассеянного энтузиазма и вынул изо рта трубку.

Да, хорошо потрудилось в нынешнем году министерство изобилия, — промолвил он и с видом знатока кивнул. — Кстати, Смит, у вас, случайно, не найдется свободного лезвия?

Ни одного, — ответил Уинстон. — Полтора месяца последним бреюсь.

Ну да… просто решил спросить на всякий случай.

Не взыщите, — сказал Уинстон.

Кряканье за соседним столом, смолкшее было во время министерского отчета, возобновилось с прежней силой. Уинстон почему-то вспомнил миссис Парсонс, ее жидкие растрепанные волосы, пыль в морщинах. Года через два, если не раньше, детки донесут на нее в полицию мыслей. Ее распылят. Сайма распылят. Его, Уинстона, распылят. О'Брайена распылят. Парсонса же, напротив, никогда не распылят. Безглазого крякающего никогда не распылят. Мелких жукоподобных, шустро снующих по лабиринтам министерств, — их тоже никогда не распылят. И ту девицу из отдела литературы не распылят. Ему казалось, что он инстинктивно чувствует, кто погибнет, а кто сохранится, хотя чем именно обеспечивается сохранность, даже не объяснишь.

Тут его вывело из задумчивости грубое вторжение. Женщина за соседним столиком, слегка поворотившись, смотрела на него. Та самая, с темными волосами. Она смотрела на него искоса, с непонятной пристальностью. И как только они встретились глазами, отвернулась.

Уинстон почувствовал, что по хребту потек пот. Его охватил отвратительный ужас. Ужас почти сразу прошел, но назойливое ощущение неуютности осталось. Почему она за ним наблюдает? Он, к сожалению, не мог вспомнить, сидела она за столом, когда он пришел, или появилась после. Но вчера на двухминутке ненависти она села прямо за ним, хотя никакой надобности в этом не было. Очень вероятно, что она хотела послушать его — проверить, достаточно ли громко он кричит.

Как и в прошлый раз, он подумал: вряд ли она штатный сотрудник полиции мыслей, но ведь добровольный-то шпион и есть самый опасный. Он не знал, давно ли она на него смотрит — может быть, уже пять минут, — а следил ли он сам за своим лицом все это время, неизвестно. Если ты в общественном месте или в поле зрения телекрана и позволил себе задуматься — это опасно, это страшно. Тебя может выдать ничтожная мелочь. Нервный тик, тревога на липе, привычка бормотать себе под нос — все, в чем можно усмотреть признак аномалии, попытку что-то скрыть. В любом случае неположенное выражение лица (например, недоверчивое, когда объявляют о победе) — уже наказуемое преступление. На новоязе даже есть слово для него: — лицепреступление.

Девица опять сидела к Уинстону спиной. В конце концов, может, она и не следит за ним; может, это просто совпадение, что она два дня подряд оказывается с ним рядом. Сигарета у него потухла, и он осторожно положил ее на край стола. Докурит после работы, если удастся не просыпать табак. Вполне возможно, что женщина за соседним столом — осведомительница, вполне возможно, что в ближайшие три дня он очутится в подвалах министерства любви, но окурок пропасть не должен. Сайм сложил свою бумажку и спрятал в карман. Парсонс опять заговорил.

Я вам не рассказывал, как мои сорванцы юбку подожгли на базарной торговке? — начал он, похохатывая и не выпуская изо рта чубук. — За то, что заворачивала колбасу в плакат со

Старшим Братом. Подкрались сзади и целым коробком спичек подожгли. Думаю, сильно обгорела. Вот паршивцы, а? Но увлеченные, но борзые! Это их в разведчиках так натаскивают — первоклассно, лучше даже, чем в мое время. Как вы думаете, чем их вооружили в последний раз? Слуховыми трубками, чтобы подслушивать через замочную скважину! Дочка принесла вчера домой и проверила на двери в общую комнату — говорит, слышно в два раза лучше, чем просто ухом! Конечно, я вам скажу, это только игрушка. Но мыслям дает правильное направление, а?

Тут телекран издал пронзительный свист. Это был сигнал приступить к работе. Все трое вскочили, чтобы принять участие в давке перед лифтами, и остатки табака высыпались из сигареты Уинстона.

VI

Уинстон писал в дневнике:

Это было три года назад. Темным вечером, в переулке около большого вокзала. Она стояла у подъезда под уличным фонарем, почти не дававшим света. Молодое лицо было сильно накрашено. Это и привлекло меня — белизна лица, похожего на маску, ярко-красные губы. Партийные женщины никогда не красятся. На улице не было больше никого, не было телекранов. Она сказала: «Два доллара». Я...

Ему стало трудно продолжать. Он закрыл глаза и нажал на веки пальцами, чтобы прогнать неотвязное видение. Ему нестерпимо хотелось выругаться — длинно и во весь голос. Или удариться головой о стену, пинком опрокинуть стол, запустить в окно чернильницей — буйством, шумом, болью, чем угодно, заглушить рвущее душу воспоминание.

Твой злейший враг, подумал он, — это твоя нервная система. В любую минуту внутреннее напряжение может отразиться на твоей наружности. Он вспомнил прохожего, которого встретил на улице несколько недель назад: ничем не примечательный человек, член партии, лет тридцати пяти или сорока, худой и довольно высокий, с портфелем. Они были в нескольких шагах друг от друга, и вдруг левая сторона лица у прохожего дернулась. Когда они поравнялись, это повторилось еще раз: мимолетная судорога, тик, краткий, как щелчок фотографического затвора, но, видимо, привычный. Уинстон тогда подумал: бедняге крышка. Страшно, что человек этого, наверное, не замечал. Но самая ужасная опасность из всех — разговаривать во сне. От этого, казалось Уинстону, ты вообще не можешь предохраниться.

Он перевел дух и стал писать дальше:

Я вошел за ней в подъезд, а оттуда через двор в полуподвальную кухню. У стены стояла кровать, на столе лампа с привернутым фитилем. Женщина...

Раздражение не проходило. Ему хотелось плюнуть. Вспомнив женщину в полуподвальной кухне, он вспомнил Кэтрин, жену. Уинстон был женат — когда-то был, а может, и до сих пор; насколько он знал, жена не умерла. Он будто снова вдохнул тяжелый, спертый воздух кухни, смешанный запах грязного белья, клопов и дешевых духов — гнусных и вместе с тем соблазнительных, потому что пахло не партийной женщиной, партийная не могла надушиться. Душились только пролы. Для Уинстона запах духов был неразрывно связан с блудом.

Это было его первое прегрешение за два года. Иметь дело с проститутками, конечно, запрещалось, но запрет был из тех, которые ты время от времени осмеливаешься нарушить. Опасно — но не смертельно. Попался с проституткой — пять лет лагеря, не больше, если нет отягчающих обстоятельств. И дело не такое уж сложное; лишь бы не застигли за преступным актом. Бедные кварталы кишели женщинами, готовыми продать себя. А купить иную можно было за бутылку джина: пролам джин не полагался. Негласно партия даже поощряла проституцию — как выпускной клапан для инстинктов, которые все равно нельзя подавить. Сам по себе разврат мало значил, лишь бы был он вороватым и безрадостным, а женщина — из беднейшего и презираемого класса. Непростительное преступление — связь между членами партии. Но, хотя во время больших чисток обвиняемые неизменно признавались и в этом преступлении, вообразить, что такое случается в жизни, было трудно.

Партия стремилась не просто помешать тому, чтобы между мужчинами и женщинами возникали узы, которые не всегда поддаются ее воздействию. Ее подлинной необъявленной целью было лишить половой акт удовольствия. Главным врагом была не столько любовь, сколько эротика — и в браке и вне его. Все браки между членами партии утверждал особый комитет, и — хотя этот принцип не провозглашали открыто, — если создавалось впечатление, что будущие супруги физически привлекательны друг для друга, им отказывали в разрешении. У брака признавали только одну цель: производить детей для службы государству. Половое сношение следовало рассматривать как маленькую противную процедуру, вроде клизмы. Это тоже никогда не объявляли прямо, но исподволь вколачивали в каждого партийца с детства. Существовали даже организации наподобие Молодежного антиполового союза, проповедовавшие полное целомудрие для обоих полов. Зачатие должно происходить путем искусственного осеменения (искос на новоязе), в общественных пунктах. Уинстон знал, что это требование выдвигали не совсем всерьез, но, в общем, оно вписывалось в идеологию партии. Партия стремилась убить половой инстинкт, а раз убить нельзя, то хотя бы извратить и запачкать. Зачем это надо, он не понимал: но и удивляться тут было нечему. Что касается женщин, партия в этом изрядно преуспела.

Он вновь подумал о Кэтрин. Девять... десять... почти одиннадцать лет, как они разошлись. Но до чего редко он о ней думает. Иногда за неделю ни разу не вспомнит, что был женат. Они прожили всего пятнадцать месяцев. Развод партия запретила, но расходиться бездетным не препятствовала, наоборот.

Кэтрин была высокая, очень прямая блондинка, даже грациозная. Четкое, с орлиным профилем лицо ее можно было назвать благородным — пока ты не понял, что за ним настолько ничего нет, насколько это вообще возможно. Уже в самом начале совместной жизни Уинстон решил — впрочем, только потому, быть может, что узнал ее ближе, чем других людей, — что никогда не встречал более глупого, пошлого, пустого создания. Мысли в ее голове все до единой состояли из лозунгов, и не было на свете такой ахинеи, которой бы она не склевала с руки у партии. «Ходячий граммофон» — прозвал он ее про себя. Но он бы выдержал совместную жизнь, если бы не одна вещь — постель.

Стоило только прикоснуться к ней, как она вздрагивала и цепенела. Обнять ее было — все равно что обнять деревянный манекен. И странно: когда она прижимала его к себе, у него было чувство, что она в то же время отталкивает его изо всех сил. Такое впечатление создавали ее окоченелые мышцы. Она лежала с закрытыми глазами, не сопротивляясь и не помогая, а подчиняясь. Сперва это приводило его в крайнее замешательство; потом ему стало жутко. Но он все равно бы вытерпел, если бы они условились больше не спать. Как ни удивительно, на это не согласилась Кэтрин. Мы должны, сказала она, если удастся, родить ребенка. Так что занятия продолжались, и вполне регулярно, раз в неделю, если к тому не было препятствий. Она даже напоминала ему по утрам, что им предстоит сегодня вечером, — дабы он не забыл. Для этого у нее было два названия. Одно — «подумать о ребенке», другое — «наш партийный долг» (да, она именно так выражалась). Довольно скоро приближение назначенного дня стало вызывать у него форменный ужас. Но, к счастью, ребенка не получилось, Кэтрин решила прекратить попытки, и вскоре они разошлись.

Уинстон беззвучно вздохнул. Он снова взял ручку и написал:

Женщина бросилась на кровать и сразу, без всяких предисловий, с неописуемой грубостью и вульгарностью задрала юбку. Я…

Он увидел себя там, при тусклом свете лампы, и снова ударил в нос запах дешевых духов с клопами, снова стеснилось сердце от возмущения и бессилия, и так же, как в ту минуту, вспомнил он белое тело Кэтрин, навеки окоченевшее под гипнозом партии. Почему всегда должно быть так? Почему у него не может быть своей женщины и удел его — грязные, торопливые случки, разделенные годами? Нормальный роман — это что-то почти немыслимое. Все партийные женщины одинаковы. Целомудрие вколочено в них так же крепко, как преданность партии. Продуманной обработкой сызмала, играми и холодными купаниями, вздором, которым их пичкали в школе, в разведчиках, в Молодежном союзе, докладами, парадами, песнями, лозунгами, военной музыкой в них убили естественное чувство. Разум говорил ему, что должны быть исключения, но сердце отказывалось верить. Они все неприступны — партия добилась своего. И еще больше, чем быть любимым, ему хотелось — пусть только раз в жизни — пробить эту стену добродетели. Удачный половой акт — уже восстание. Страсть — мыслепреступление. Растопить Кэтрин — если бы удалось — и то было бы чем-то вроде совращения, хотя она ему жена.

Но надо было дописать до конца. Он написал:

Я прибавил огня в лампе. Когда я увидел ее при свете…

После темноты чахлый огонек керосиновой лампы показался очень ярким. Только теперь он разглядел женщину как следует. Он шагнул к ней и остановился, разрываясь между похотью и ужасом. Он сознавал, чем рискует, придя сюда. Вполне возможно, что при выходе его схватит патруль; может быть, уже сейчас его ждут за дверью. Даже если он уйдет, не сделав того, ради чего пришел!..

Это надо было записать, надо было исповедаться. А увидел он при свете лампы — что женщина старая. Румяна лежали на лице таким толстым слоем, что, казалось, треснут сейчас, как картонная маска. В волосах седые пряди; и самая жуткая деталь: рот приоткрылся, а в нем — ничего, черный, как пещера. Ни одного зуба.

Торопливо, валкими буквами он написал:

Когда я увидел ее при свете, она оказалась совсем старой, ей было не меньше пятидесяти. Но я не остановился и довел дело до конца.

Уинстон опять нажал пальцами на веки. Ну вот, он все записал, а ничего не изменилось. Лечение не помогло. Выругаться во весь голос хотелось ничуть не меньше.

VII

Если есть надежда, писал Уинстон, то она в пролах.

Если есть надежда, то больше ей негде быть: только в пролах, в этой клубящейся на государственных задворках массе, которая составляет восемьдесят пять процентов населения Океании, может родиться сила, способная уничтожить партию. Партию нельзя свергнуть изнутри. Ее враги — если у нее есть враги — не могут соединиться, не могут даже узнать друг друга. Даже если существует легендарное Братство — а это не исключено, — нельзя себе представить, чтобы члены его собирались группами больше двух или трех человек. Их бунт — выражение глаз, интонация в голосе; самое большее — словечко, произнесенное шепотом. А пролам, если бы только они могли осознать свою силу, заговоры ни к чему. Им достаточно встать и встряхнуться — как лошадь стряхивает мух. Стоит им захотеть, и завтра утром они разнесут партию в щепки. Рано или поздно они до этого додумаются. Но!..

Он вспомнил, как однажды шел по людной улице, и вдруг из переулка впереди вырвался оглушительный, в тысячу глоток, крик, женский крик. Мощный, грозный вопль гнева и отчаяния, густое «А-а-а-а!», гудящее, как колокол. Сердце у него застучало.

«Началось! — подумал он. — Мятеж! Наконец-то они восстали!» Он подошел ближе и увидел толпу: двести или триста женщин сгрудились перед рыночными ларьками, и лица у них были трагические, как у пассажиров на тонущем пароходе. У него на глазах объединенная отчаянием толпа будто распалась: раздробилась на островки отдельных ссор. По-видимому, один из ларьков торговал кастрюлями. Убогие, утлые жестянки — но кухонную посуду всегда было трудно достать. А сейчас товар неожиданно кончился. Счастливицы, провожаемые толчками и тычками, протискивались прочь со своими кастрюлями, а неудачливые галдели вокруг ларька и обвиняли ларечника в том, что дает по блату, что прячет под прилавком. Раздался новый крик. Две толстухи — одна с распущенными волосами — вцепились в кастрюльку и тянули в разные стороны. Обе дернули, ручка оторвалась. Уинстон наблюдал с отвращением. Однако какая же устрашающая сила прозвучала в крике всего двухсот или трехсот голосов! Ну почему они никогда не крикнут так из-за чего-нибудь стоящего!

Он написал:

Они никогда не взбунтуются, пока не станут сознательными, а сознательными не станут, пока не взбунтуются.

Прямо как из партийного учебника фраза, подумал он. Партия, конечно, утверждала, что освободила пролов от цепей. До революции их страшно угнетали капиталисты, морили голодом и пороли, женщин заставляли работать в шахтах (между прочим, они там работают до сих пор), детей в шесть лет продавали на фабрики. Но одновременно, в соответствии с принципом двоемыслия, партия учила, что пролы по своей природе низшие существа, их, как животных, надо держать в повиновении, руководствуясь несколькими простыми правилами. В сущности, о пролах знали очень мало. Много и незачем знать. Лишь бы трудились и размножались — а там пусть делают что хотят. Предоставленные сами себе, как скот на равнинах Аргентины, они всегда возвращались к тому образу жизни, который для них естествен, — шли по стопам предков. Они рождаются, растут в грязи, в двенадцать лет начинают работать, переживают короткий период физического расцвета и сексуальности, в двадцать лет женятся, в тридцать уже немолоды, к шестидесяти обычно умирают. Тяжелый физический труд, заботы о доме и детях, мелкие свары с соседями, кино, футбол, пиво и, главное, азартные игры — вот и все, что вмещается в их кругозор. Управлять ими несложно. Среди них всегда вращаются агенты полиции мыслей — выявляют и устраняют тех, кто мог бы стать опасным; но приобщить их к партийной идеологии не стремятся. Считается нежелательным, чтобы пролы испытывали большой интерес к политике. От них требуется лишь примитивный патриотизм — чтобы взывать к нему, когда идет речь об удлинении рабочего дня или о сокращении пайков. А если и овладевает ими недовольство — такое тоже бывало, — это недовольство ни к чему не ведет, ибо из-за отсутствия общих идей обращено оно только против мелких конкретных неприятностей. Большие беды неизменно ускользали от их внимания. У огромного большинства пролов нет даже телекранов в квартирах.

Обычная полиция занимается ими очень мало. В Лондоне существует громадная преступность, целое государство в государстве: воры, бандиты, проститутки, торговцы наркотиками, вымогатели всех мастей; но, поскольку она замыкается в среде пролов, внимания на нее не обращают. Во всех моральных вопросах им позволено следовать обычаям предков. Партийное сексуальное пуританство на пролов не распространялось. За разврат их не преследуют, разводы разрешены. Собственно говоря, и религия была бы разрешена, если бы пролы проявили к ней склонность. Пролы ниже подозрений. Как гласит партийный лозунг: «Пролы и животные свободны».

Уинстон тихонько почесал варикозную язву. Опять начался зуд. Волей-неволей всегда возвращаешься к одному вопросу: какова все-таки была жизнь до революции? Он вынул из стола школьный учебник истории, одолженный у миссис Парсонс, и стал переписывать в дневник.

В прежнее время, до славной Революции, Лондон не был тем прекрасным городом, каким мы его знаем сегодня. Это был темный, грязный, мрачный город, и там почти все жили впроголодь, а сотни и тысячи бедняков ходили разутыми и не имели крыши над головой. Детям, твоим сверстникам, приходилось работать двенадцать часов в день на жестоких хозяев; если они работали медленно, их пороли кнутом, а питались они черствыми корками и водой. Но среди этой ужасной нищеты стояли большие красивые дома богачей, которым прислуживали иногда до тридцати слуг. Богачи назывались капиталистами. Это были толстые уродливые люди со злыми лицами — наподобие того, что изображен на следующей странице. Как видишь, на нем длинный черный пиджак, который назывался фраком, и странная шелковая шляпа в форме печной трубы — так называемый цилиндр. Это была форменная одежда капиталистов, и больше никто не смел ее носить. Капиталистам принадлежало все на свете, а остальные люди были их рабами. Им принадлежали вся земля, все дома, все фабрики и все деньги. Того, кто их ослушался, бросали в тюрьму или же выгоняли с работы, чтобы уморить голодом. Когда простой человек разговаривал с капиталистом, он должен был пресмыкаться, кланяться, снимать шапку и называть его «сэр». Самый главный капиталист именовался королем и...

Он знал этот список назубок. Будут епископы с батистовыми рукавами, судьи в мантиях, отороченных горностаем, позорный столб, колодки, топчак, девятихвостая плеть, банкет у лорд-мэра, обычай целовать туфлю у папы. Было еще так называемое право первой ночи, но в детском учебнике оно, наверно, не упомянуто. По этому закону капиталист имел право спать с любой работницей своей фабрики.

Как узнать, сколько тут лжи? Может быть, и вправду средний человек живет сейчас лучше, чем до революции. Единственное свидетельство против — безмолвный протест у тебя в потрохах, инстинктивное ощущение, что условия твоей жизни невыносимы, что некогда они наверное были другими. Ему пришло в голову, что самое характерное в нынешней жизни — не жестокость ее и не шаткость, а просто убожество, тусклость, апатия. Оглянешься вокруг — и не увидишь ничего похожего ни на ложь, льющуюся из телекранов, ни на те идеалы, к которым стремятся партия. Даже у партийца большая часть жизни проходит вне политики: корпишь на нудной службе, бьешься за место в вагоне метро, штопаешь дырявый носок, клянчишь сахариновую таблетку, заканчиваешь окурок. Партийный идеал — это нечто исполинское, грозное, сверкающее: мир стали и бетона, чудовищных машин и жуткого оружия, страна воинов и фанатиков, которые шагают в едином строю, думают одну мысль, кричат один лозунг, неустанно трудятся, сражаются, торжествуют, карают — триста миллионов человек — и все на одно лицо. В жизни же — города-трущобы, где снуют несытые люди в худых башмаках, ветхие дома девятнадцатого века, где всегда пахнет капустой и нужником. Перед ним возникло видение Лондона — громадный город развалин, город миллиона мусорных ящиков, — и на него наложился образ миссис Парсонс, женщины с морщинистым лицом и жидкими волосами, безнадежно ковыряющей засоренную канализационную трубу.

Он опять почесал лодыжку. День и ночь телекраны хлещут тебя по ушам статистикой, доказывают, что у людей сегодня больше еды, больше одежды, лучше дома, веселее развлечения, что они живут дольше, работают меньше и сами стали крупнее, здоровее, сильнее, счастливее, умнее, просвещеннее, чем пятьдесят лет назад. Ни слова тут нельзя доказать и нельзя опровергнуть. Партия, например, утверждает, что грамотны сегодня сорок процентов взрослых пролов, а до революции грамотных было только пятнадцать процентов. Партия утверждает, что детская смертность сегодня — всего сто шестьдесят на тысячу, а до революции была — триста... и так далее. Это что-то вроде одного уравнения с двумя неизвестными. Очень может быть, что буквально каждое слово в исторических книжках — даже те, которые принимаешь как самоочевидные, — чистый вымысел. Кто его знает, может, и не было никогда такого закона, как право первой ночи, или такой твари, как капиталист, или такого головного убора, как цилиндр.

Все расплывается в тумане. Прошлое подчищено, подчистка забыта, ложь стала правдой. Лишь однажды в жизни он располагал — после событий, вот что важно — ясным и недвусмысленным доказательством того, что совершена подделка. Он держал его в руках целых полминуты. Было это, кажется, в 1973 году... словом, в то время, когда он расстался с Кэтрин. Но речь шла о событиях семи- или восьмилетней давности.

Началась эта история в середине шестидесятых годов, в период больших чисток, когда были поголовно истреблены подлинные вожди революции. К 1970 году в живых не осталось ни одного, кроме Старшего Брата. Всех разоблачили как предателей и контрреволюционеров. Голдстейн сбежал и скрывался неведомо где, кто-то просто исчез, большинство же после шумных процессов, где все признались в своих преступлениях, было казнено. Среди последних, кого постигла эта участь, были трое: Джонс, Аронсон и Резерфорд. Их взяли году в шестьдесят пятом. По обыкновению, они исчезли на год или год с лишним, и никто не знал, живы они или нет; но потом их вдруг извлекли, дабы они, как принято, изобличили себя сами. Они признались в сношениях с врагом (тогда врагом тоже была Евразия), в растрате общественных фондов, в убийстве преданных партийцев, в подкопах под руководство Старшего Брата, которыми они занялись еще задолго до революции, во вредительских актах, стоивших жизни сотням тысяч людей. Признались, были помилованы, восстановлены в партии и получили посты, по названию важные, а по сути — синекуры. Все трое выступили с длинными покаянными статьями в «Таймс», где рассматривали корни своей измены и обещали искупить вину.

После их освобождения Уинстон действительно видел всю троицу в кафе «Под каштаном». Он наблюдал за ними исподтишка, с ужасом и не мог оторвать глаз. Они были гораздо старше его — реликты древнего мира, наверное, последние крупные фигуры, оставшиеся от ранних героических дней партии. Славный дух подпольной борьбы и гражданской войны все еще витал над ними. У него было ощущение — хотя факты и даты уже порядком расплылись, — что их имена он услышал на несколько лет раньше, чем имя Старшего Брата. Но они были вне закона — враги, парии, обреченные исчезнуть в течение ближайшего года или двух. Тем, кто раз побывал в руках у полиции мыслей, уже не было спасения. Они трупы — и только ждут, когда их отправят на кладбище.

За столиками вокруг них не было ни души. Неразумно даже показываться поблизости от таких людей. Они молча сидели за стаканами джина, сдобренного гвоздикой, — фирменным напитком этого кафе. Наибольшее впечатление на Уинстона произвел Резерфорд. Некогда знаменитый карикатурист, он своими злыми рисунками немало способствовал разжиганию общественных страстей в период революций. Его карикатуры и теперь изредка появлялись в «Таймс». Это было всего лишь подражание его прежней манере, на редкость безжизненное и неубедительное. Перепевы старинных тем: трущобы, хижины, голодные дети, уличные бои, капиталисты в цилиндрах — кажется, даже на баррикадах они не желали расстаться с цилиндрами, — бесконечные и безнадежные попытки вернуться в прошлое. Он был громаден и уродлив — грива сальных седых волос, лицо в морщинах и припухлостях, выпяченные губы. Когда-то он, должно быть, отличался неимоверной силой, теперь же его большое тело местами разбухло, обвисло, осело, местами усохло. Он будто распадался на глазах — осыпающаяся гора.

Было 15 часов, время затишья. Уинстон уже не помнил, как его туда занесло в такой час. Кафе почти опустело. Из телекранов точилась бодрая музыка. Трое сидели в своем углу молча и почти неподвижно. Официант, не дожидаясь их просьбы, принес еще по стакану джина. На их столе лежала шахматная доска с расставленными фигурами, но никто не играл. Вдруг с телекранами что-то произошло — и продолжалось это с полминуты. Сменилась мелодия, и сменилось настроение музыки. Вторглось что-то другое…

трудно объяснить что. Странный, надтреснутый, визгливый, глумливый тон — Уинстон назвал его про себя желтым тоном. Потом голос запел:

Под развесистым каштаном Продали средь бела дня — Я тебя, а ты меня.

Под развесистым каштаном Мы лежим средь бела дня — Справа ты, а слева я.[2] Трое не пошевелились. Но когда Уинстон снова взглянул на разрушенное лицо Резерфорда, оказалось, что в глазах у него стоят слезы. И только теперь Уинстон заметил, с внутренним содроганием — не понимая еще, почему содрогнулся, — что и у Аронсона и у Резерфорда перебитые носы.

Чуть позже всех троих опять арестовали. Выяснилось, что сразу же после освобождения они вступили в новые заговоры. На втором процессе они вновь сознались во всех прежних преступлениях и во множестве новых. Их казнили, а дело их в назидание потомкам увековечили в истории партии. Лет через пять после этого, в 1973-м, разворачивая материалы, только что выпавшие на стол из пневматической трубы, Уинстон обнаружил случайный обрывок бумаги. Значение обрывка он понял сразу, как только расправил его на столе. Это была половина страницы, вырванная из «Таймс» примерно десятилетней давности, — верхняя половина, так что число там стояло, — и на ней фотография участников какого-то партийного торжества в Нью-Йорке. В центре группы выделялись Джонс, Аронсон и Резерфорд. Не узнать их было нельзя, да и фамилии их значились в подписи под фотографией.

А на обоих процессах все трое показали, что в тот день они находились на территории Евразии. С тайного аэродрома в Канаде их доставили куда-то в Сибирь на встречу с работниками Евразийского генштаба, которому они выдавали важные военные тайны. Дата засела в памяти Уинстона, потому что это был Иванов день: впрочем, это дело наверняка описано повсюду. Вывод возможен только один: их признания были ложью.

Конечно, не бог весть какое открытие. Уже тогда Уинстон не допускал мысли, что люди, уничтоженные во время чисток, в самом деле преступники. Но тут было точное доказательство,

---

[2] Здесь и далее стихи в переводе Елены Кассировой.

облома отмененного прошлого: так одна ископаемая кость, найденная не в том слое отложений, разрушает целую геологическую теорию. Если бы этот факт можно было обнародовать, разъяснить его значение, он один разбил бы партию вдребезги.

Уинстон сразу взялся за работу. Увидев фотографию и поняв, что она означает, он прикрыл ее другим листом. К счастью, телекрану она была видна вверх ногами.

Он положил блокнот на колено и отодвинулся со стулом подальше от телекрана. Сделать непроницаемое лицо легко, даже дышать можно ровно, если постараться, но вот с сердцебиением не сладишь, а телекран — штука чувствительная, подметит. Он выждал, по своим расчетам, десять минут, все время мучаясь страхом, что его выдаст какая-нибудь случайность — например, внезапный сквозняк смахнет бумагу. Затем, уже не открывая фотографию, он сунул ее вместе с ненужными листками в гнездо памяти. И через минуту она, наверное, превратилась в пепел.

Это было десять-одиннадцать лет назад. Сегодня он эту фотографию скорее бы всего сохранил. Любопытно: хотя и фотография и отраженный на ней факт были всего лишь воспоминанием, само то, что он когда-то держал ее в руках, влияло на него до сих пор.

Неужели, спросил он себя, власть партии над прошлым ослабла оттого, что уже не существующее мелкое свидетельство когда-то существовало?

А сегодня, если бы удалось воскресить фотографию, она, вероятно, и уликой не была бы. Ведь когда он увидел ее, Океания уже не воевала с Евразией и трое покойных должны были бы продавать родину агентам Остазии. А с той поры произошли еще повороты — два, три, он не помнил сколько. Наверное, признания покойных переписывались и переписывались, так что первоначальные факты и даты совсем уже ничего не значат. Прошлое не просто меняется, оно меняется непрерывно. Самым же кошмарным для него было то, что он никогда не понимал отчетливо, какую цель преследует это грандиозное надувательство. Сиюминутные выгоды от подделки прошлого очевидны, но конечная ее цель — загадка. Он снова взял ручку и написал:

Я понимаю КАК; не понимаю ЗАЧЕМ.

Он задумался, как задумывался уже не раз, а не сумасшедший ли он сам. Может быть, сумасшедший тот, кто в меньшинстве, в единственном числе. Когда-то безумием было думать, что Земля вращается вокруг Солнца; сегодня — что прошлое неизменяемо. Возможно, он один придерживается этого убеждения, а раз один, значит — сумасшедший. Но мысль, что он сумасшедший, не очень его тревожила: ужасно, если он вдобавок ошибается.

Он взял детскую книжку по истории и посмотрел на фронтиспис с портретом Старшего Брата. Его встретил гипнотический взгляд. Словно какая-то исполинская сила давила на тебя — проникала в череп, трамбовала мозг, страхом вышибала из тебя твои убеждения, принуждала не верить собственным органам чувств. В конце концов партия объявит, что дважды два — пять, и придется в это верить. Рано или поздно она издаст такой указ, к этому неизбежно ведет логика ее власти. Ее философия молчаливо отрицает не только верность твоих восприятий, но и само существование внешнего мира. Ересь из ересей — здравый смысл. И ужасно не то, что тебя убьют за противоположное мнение, а то, что они, может быть, правы. В самом деле, откуда мы знаем, что дважды два — четыре? Или что существует сила тяжести? Или что прошлое нельзя изменить? Если и прошлое и внешний мир существуют только в сознании, а сознанием можно управлять — тогда что?

Нет! Он ощутил неожиданный прилив мужества. Непонятно, по какой ассоциации в уме возникло лицо О'Брайена. Теперь он еще тверже знал, что О'Брайен на его стороне. Он пишет дневник для О'Брайена — О'Брайену; никто не прочтет его бесконечного письма, но предназначено оно определенному человеку и этим окрашено.

Партия велела тебе не верить своим глазам и ушам. И это ее окончательный, самый важный приказ. Сердце у него упало при мысли о том, какая огромная сила выстроилась против него, с какой легкостью собьет его в споре любой партийный идеолог — хитрыми доводами, которых он не то что опровергнуть — понять не сможет. И однако он прав! Они не правы, а прав он. Очевидное, азбучное, верное надо защищать. Прописная истина истинна — и стой на этом! Прочно существует мир, его законы не меняются. Камни — твердые, вода — мокрая, предмет, лишенный опоры, устремляется к центру Земли. С ощущением, что он говорит это О'Брайену и выдвигает важную аксиому, Уинстон написал:

Свобода — это возможность сказать, что дважды два — четыре. Если дозволено это, все остальное отсюда следует.

VIII

Откуда-то из глубины прохода пахнуло жареным кофе — настоящим кофе, не «Победой». Уинстон невольно остановился. Секунды на две он вернулся в полузабытый мир детства. Потом хлопнула дверь и отрубила запах, как звук.

Он прошел по улицам несколько километров, язва над щиколоткой саднила. Вот уже второй раз за три недели он пропустил вечер в общественном центре — опрометчивый поступок, за посещениями наверняка следят. В принципе у члена партии нет свободного времени, и наедине с собой он бывает только в постели. Предполагается, что, когда он не занят работой, едой и сном, он участвует в общественных развлечениях; все, в чем можно усмотреть любовь к одиночеству, — даже прогулка без спутников — подозрительно. Для этого в новоязе есть слово: саможит — означает индивидуализм и чудачество. Но нынче вечером, выйдя из министерства, он соблазнился нежностью апрельского воздуха. Такого мягкого голубого тона в небе он за последний год ни разу не видел, и долгий шумный вечер в общественном центре, скучные, изнурительные игры, лекции, поскрипывающее, хоть и смазанное джином, товарищество — все это показалось ему непереносимым. Поддавшись внезапному порыву, он повернул прочь от автобусной остановки и побрел по лабиринту Лондона, сперва на юг, потом на восток и обратно на север, заплутался на незнакомых улицах и шел уже куда глаза глядят.

«Если есть надежда, — написал он в дневнике, — то она — в пролах». И в голове все время крутилась эта фраза — мистическая истина и очевидная нелепость. Он находился в бурых трущобах, где-то к северо-востоку от того, что было некогда вокзалом Сент-Панкрас. Он шел по булыжной улочке мимо двухэтажных домов с обшарпанными дверями, которые открывались прямо на тротуар и почему-то наводили на мысль о крысиных норах. На булыжнике там и сям стояли грязные лужи. И в темных подъездах и в узких проулках по обе стороны было удивительно много народу — зрелые девушки с грубо намалеванными ртами, парни, гонявшиеся за девушками, толстомясые тетки, при виде которых становилось понятно, во что превратятся эти девушки через десяток лет, согнутые старухи, шаркавшие растоптанными ногами, и оборванные босые дети, которые играли в лужах и бросались врассыпную от материнских окриков. Наверно, каждое четвертое окно было выбито и забрано досками. На Уинстона почти не обращали внимания, но кое-кто провожал его опасливым и любопытным взглядом. Перед дверью, сложив кирпично-красные руки на фартуках, беседовали две необъятные женщины. Уинстон, подходя к ним, услышал обрывки разговора.

— Да, говорю, это все очень хорошо, говорю. Но на моем месте ты бы сделала то же самое. Легко, говорю, судить — а вот хлебнула бы ты с мое…

— Да-а, — отозвалась другая. — В том-то все и дело.

Резкие голоса вдруг смолкли. В молчании женщины окинули его враждебным взглядом. Впрочем, не враждебным даже, скорее настороженным, замерев на миг, как будто мимо проходило неведомое животное. Синий комбинезон партийца не часто мелькал на этих улицах. Показываться в таких местах без дела не стоило. Налетишь на патруль — могут остановить. «Товарищ, ваши документы. Что вы здесь делаете? В котором часу ушли с работы? Вы всегда ходите домой этой дорогой?» — и так далее, и так далее. Разными дорогами ходить домой не запрещалось, но если узнает полиция мыслей, этого достаточно, чтобы тебя взяли на заметку.

Вдруг вся улица пришла в движение. Со всех сторон послышались предостерегающие крики. Люди разбежались по домам, как кролики. Из двери недалеко от Уинстона выскочила молодая женщина, подхватила маленького ребенка, игравшего в луже, накинула на него фартук и метнулась обратно. В тот же миг из переулка появился мужчина в черном костюме, напоминавшем гармонь, подбежал к Уинстону, взволнованно показывая на небо.

— Паровоз! — закричал он. — Смотри, директор! Сейчас по башке! Ложись быстро!

Паровозом пролы почему-то прозвали ракету. Уинстон бросился ничком на землю. В таких случаях пролы почти никогда не ошибались. Им будто инстинкт подсказывал за несколько секунд, что подлетает ракета, — считалось ведь, что ракеты летят быстрее звука. Уинстон прикрыл голову руками.

Раздался грохот, встряхнувший мостовую; на спину ему дождем посыпался какой-то мусор. Поднявшись, он обнаружил, что весь усыпан осколками оконного стекла.

Он пошел дальше. Метрах в двухстах ракета снесла несколько домов. В воздухе стоял черный столб дыма, а под ним в туче алебастровой пыли уже собирались вокруг развалин люди. Впереди возвышалась кучка штукатурки, и на ней Уинстон разглядел ярко-красное пятно. Подойдя поближе, он увидел, что это оторванная кисть руки. За исключением кровавого пенька, кисть была совершенно белая, как гипсовый слепок.

Он сбросил ее ногой в водосток, а потом, чтобы обойти толпу, свернул направо в переулок. Минуты через три-четыре он вышел из зоны взрыва, и здесь улица жила своей убогой муравьиной жизнью как ни в чем не бывало. Время шло к двадцати часам, питейные лавки пролов ломились от посетителей. Их грязные двери беспрерывно раскрывались, обдавая улицу запахами мочи, опилок и кислого пива. В углу возле выступающего дома вплотную друг к другу стояли трое мужчин: средний держал сложенную газету, а двое заглядывали через его плечо. Издали Уинстон не мог различить выражения их лиц, но их позы выдавали увлеченность. Видимо, они читали какое-то важное сообщение. Когда до них оставалось несколько шагов, группа вдруг разделилась, и двое вступили в яростную перебранку. Казалось, она вот-вот перейдет в драку.

— Да ты слушай, балда, что тебе говорят! С семеркой на конце ни один номер не выиграл за четырнадцать месяцев.

— А я говорю, выиграл!

— А я говорю, нет. У меня дома все выписаны за два года. Записываю, как часы. Я тебе говорю, ни один с семеркой…

— Нет, выигрывала семерка! Да я почти весь номер назову. Кончался на четыреста семь. В феврале, вторая неделя февраля.

— Бабушку твою в феврале! У меня черным по белому. Ни разу, говорю, с семеркой…

— Да закройтесь вы! — вмешался третий.

Они говорили о лотерее. Отойдя метров на тридцать, Уинстон оглянулся. Они продолжали спорить оживленно, страстно. Лотерея с ее еженедельными сказочными выигрышами была единственным общественным событием, которое волновало пролов. Вероятно, миллионы людей видели в ней главное, если не единственное дело, ради которого стоит жить. Это была их услада, их безумство, их отдохновение, их интеллектуальный возбудитель. Тут даже те, кто едва умел читать и писать, проявляли искусство сложнейших расчетов и сверхъестественную память. Существовал целый клан, кормившийся продажей систем, прогнозов и талисманов. К работе лотереи Уинстон никакого касательства не имел — ею занималось министерство изобилия, — но он знал (в партии все знали), что выигрыши по большей части мнимые. На самом деле выплачивались только мелкие суммы, а обладатели крупных выигрышей были лицами вымышленными. При отсутствии настоящей связи между отдельными частями Океании устроить это не составляло труда.

Но если есть надежда, то она — в пролах. За эту идею надо держаться. Когда выражаешь ее словами, она кажется здравой; когда смотришь на тех, кто мимо тебя проходит, верить в нее — подвижничество. Он свернул на улицу, шедшую под уклон. Место показалось ему смутно знакомым — невдалеке лежал главный проспект. Где-то впереди слышался гам. Улица круто повернула и закончилась лестницей, спускавшейся в переулок, где лоточники торговали вялыми овощами. Уинстон вспомнил это место. Переулок вел на главную улицу, а за следующим поворотом, в пяти минутах ходу, — лавка старьевщика, где он купил книгу, ставшую дневником. Чуть дальше, в канцелярском магазинчике, он приобрел чернила и ручку.

Перед лестницей он остановился. На другой стороне переулка была захудалая пивная с как будто матовыми, а на самом деле просто пыльными окнами. Древний старик, согнутый, но энергичный, с седыми, торчащими, как у рака, усами, распахнул дверь и скрылся в пивной. Уинстону пришло в голову, что этот старик, которому сейчас не меньше восьмидесяти, застал революцию уже взрослым мужчиной. Он да еще немногие вроде него — последняя связь с исчезнувшим миром капитализма. И в партии осталось мало таких, чьи взгляды сложились до революции. Старшее поколение почти все перебито в больших чистках пятидесятых и шестидесятых годов, а уцелевшие запуганы до полной умственной капитуляции. И если есть живой человек, который способен рассказать правду о первой половине века, то он может быть только пролом. Уинстон вдруг вспомнил переписанное в дневник место из детской книжки по истории и загорелся безумной идеей. Он войдет в пивную, завяжет со стариком знакомство и расспросит его: «Расскажите, как вы жили в детстве. Какая была жизнь? Лучше, чем в наши дни, или хуже?»

Поскорее, чтобы не успеть испугаться, он спустился до лестнице и перешел на другую сторону переулка. Сумасшествие, конечно. Разговаривать с пролами и посещать их пивные тоже, конечно, не запрещалось, но такая странная выходка не останется незамеченной. Если зайдет патруль, можно прикинуться, что стало дурно, но они вряд ли поверят. Он толкнул дверь, в нос ему шибануло пивной кислятиной. Когда он вошел, гвалт в пивной сделался вдвое тише. Он спиной чувствовал, что все глаза уставились на его синий комбинезон. Люди, метавшие дротики в мишень, прервали свою игру на целых полминуты. Старик, из-за которого он пришел, препирался у стойки с барменом — крупным, грузным молодым человеком, горбоносым и толсторуким. Вокруг кучкой стояли слушатели со своими стаканами.

— Тебя как человека просят, — петушился старик и надувал грудь. — А ты мне говоришь, что в твоем кабаке не найдется пинтовой кружки?

— Да что это за чертовщина такая — пинта? — возражал бармен, упершись пальцами в стойку.

— Нет, вы слыхали? Бармен называется — что такое пинта, не знает! Пинта — это полкварты, а четыре кварты — галлон. Может, тебя азбуке поучить?

— Сроду не слышал, — отрезал бармен. — Подаем литр, подаем пол-литра — и все.

Вон на полке посуда.

— Пинту хочу, — не унимался старик. — Трудно, что ли, нацедить пинту? В мое время никаких ваших литров не было.

— В твое время мы все на ветках жили, — ответил бармен, оглянувшись на слушателей.

Раздался громкий смех, и неловкость, вызванная появлением Уинстона, прошла. Лицо у старика сделалось красным. Он повернулся, ворча, и налетел на Уинстона. Уинстон вежливо взял его под руку.

— Разрешите вас угостить? — сказал он.

— Благородный человек, — ответил тот, снова выпятив

грудь. Он будто не замечал на Уинстоне синего комбинезона.

— Пинту! — воинственно приказал он бармену. — Пинту тычка.

Бармен ополоснул два толстых пол-литровых стакана в бочонке под стойкой и налил темного пива. Кроме пива, в этих заведениях ничего не подавали. Пролам джин не полагался, но добывали они его без особого труда. Метание дротиков возобновилось, а люди у стойки заговорили о лотерейных билетах. Об Уинстоне на время забыли. У окна стоял сосновый стол — там можно было поговорить со стариком с глазу на глаз. Риск ужасный; но по крайней мере телекрана нет — в этом Уинстон удостоверился, как только вошел.

— Мог бы нацедить мне пинту, — ворчал старик, усаживаясь со стаканом. — Пол- литра мало — не напьешься. А литр — много. Бегаешь часто. Не говоря, что дорого.

— Со времен вашей молодости вы, наверно, видели много перемен, — осторожно начал Уинстон.

Выцветшими голубыми глазами старик посмотрел на мишень для дротиков, потом на стойку, потом на дверь мужской уборной, словно перемены эти хотел отыскать здесь, в пивной.

— Пиво было лучше, — сказал он наконец. — И дешевле! Когда я был молодым, слабое пиво — называлось у нас «тычок» — стоило четыре пенса пинта. Но это до войны, конечно.

— До какой? — спросил Уинстон.

— Ну, война, она всегда, — неопределенно пояснил старик. Он взял стакан и снова выпятил грудь. — Будь здоров!

Кадык на тощей шее удивительно быстро запрыгал — и пива как не бывало. Уинстон сходил к стойке и принес еще два стакана. Старик как будто забыл о своем предубеждении против целого литра.

— Вы намного старше меня, — сказал Уинстон. — Я еще на свет не родился, а вы уже, наверно, были взрослым. И можете вспомнить прежнюю жизнь, до революции. Люди моих лет, по сути, ничего не знают о том времени. Только в книгах прочтешь, а кто его знает — правду ли пишут в книгах? Хотелось бы от вас услышать. В книгах по истории говорится, что жизнь до революции была совсем не похожа на нынешнюю. Ужасное угнетение, несправедливость, нищета — такие, что мы и вообразить не можем. Здесь, в Лондоне, огромное множество людей с рождения до смерти никогда не ели досыта. Половина ходила босиком. Работали двенадцать часов, школу бросали в девять лет, спали по десять человек в комнате. А в то же время меньшинство — какие-нибудь несколько тысяч, так называемые капиталисты, — располагали богатством и властью. Владели всем, чем можно владеть. Жили в роскошных домах, держали по тридцать слуг, разъезжали на автомобилях и четверках, пили шампанское, носили цилиндры…

Старик внезапно оживился.

— Цилиндры! — сказал он. — Как это ты вспомнил? Только вчера про них думал. Сам не знаю, с чего вдруг. Сколько лет уж, думаю, не видел цилиндра. Совсем отошли. А я последний раз надевал на невесткины похороны. Вот еще когда… год вам не скажу, но уж лет пятьдесят тому. Напрокат, понятно, брали по такому случаю.

— Цилиндры — не так важно, — терпеливо заметил Уинстон. — Главное то, что капиталисты… они и священники, адвокаты и прочие, кто при них кормился, были хозяевами Земли. Все на свете было для них. Вы, простые рабочие люди, были у них рабами. Они могли делать с вами что угодно. Могли отправить вас на пароходе в Канаду, как скот. Спать с вашими дочерьми, если захочется. Приказать, чтобы вас выпороли какой-то девятихвостой плеткой. При встрече с ними вы снимали шапку. Каждый капиталист ходил со сворой лакеев…

Старик вновь оживился.

— Лакеи! Сколько же лет не слыхал этого слова, а? Лакеи. Прямо молодость вспоминаешь, честное слово. Помню… вон еще когда… ходил я по воскресеньям в Гайд- парк, речи слушать. Кого там только не было — и Армия Спасения, и католики, и евреи, и индусы… И был там один… имени сейчас не вспомню — но сильно выступал! Ох, он их чихвостил. Лакеи, говорит. Лакеи буржуазии! Приспешники правящего класса! Паразиты — вот как загнул еще. И гиены… гиенами точно называл. Все это, конечно, про лейбористов, сам понимаешь.

Уинстон почувствовал, что разговор не получается.

— Я вот что хотел узнать, — сказал он. — Как вам кажется, у вас сейчас больше свободы, чем тогда? Отношение к вам более человеческое? В прежнее время богатые люди,

люди у власти…

— Палата лордов, — задумчиво вставил старик.

— Палата лордов, если угодно. Я спрашиваю, могли эти люди обращаться с вами как с низшим только потому, что они богатые, а вы бедный? Правда ли, например, что вы должны были говорить им «сэр» и снимать шапку при встрече?

Старик тяжело задумался. И ответил не раньше, чем выпил четверть стакана.

— Да, — сказал он. — Любили, чтобы ты дотронулся до кепки. Вроде оказал уважение. Мне это, правда сказать, не нравилось — но делал, не без того. Куда денешься, можно сказать.

— А было принято — я пересказываю то, что читал в книгах по истории, — у этих людей и их слуг было принято сталкивать вас с тротуара в сточную канаву?

— Один такой меня раз толкнул, — ответил старик. — Как вчера помню. В вечер после гребных гонок… ужасно они буянили после этих гонок… на Шафтсбери-авеню налетаю я на парня. Вид благородный — парадный костюм, цилиндр, черное пальто. Идет по тротуару, виляет — и я на него случайно налетел. Говорит: «Не видишь, куда идешь?» — говорит. Я говорю: «А ты что, купил тротуар-то?» А он: «Грубить мне будешь? Голову, к чертям, отверну». Я говорю: «Пьяный ты, — говорю. — Сдам тебя полиции, оглянуться не успеешь». И, веришь ли, берет меня за грудь и так пихает, что я чуть под автобус не попал. Ну а я молодой тогда был и навесил бы ему, да тут…

Уинстон почувствовал отчаяние. Память старика была просто свалкой мелких подробностей. Можешь расспрашивать его целый день и никаких стоящих сведений не получишь. Так что история партии, может быть, правдива в каком-то смысле; а может быть, совсем правдива. Он сделал последнюю попытку.

— Я, наверное, неясно выражаюсь, — сказал он. — Я вот что хочу сказать. Вы очень давно живете на свете, половину жизни вы прожили до революции. Например, в тысяча девятьсот двадцать пятом году вы уже были взрослым. Из того, что вы помните, как по- вашему, в двадцать пятом году жить было лучше, чем сейчас, или хуже? Если бы вы могли выбрать, когда бы вы предпочли жить — тогда или теперь?

Старик задумчиво посмотрел на мишень. Допил пиво — совсем уже медленно. И наконец ответил с философской примиренностью, как будто пиво смягчило его.

— Знаю, каких ты слов от меня ждёшь. Думаешь, скажу, что хочется снова стать молодым. Спроси людей: большинство тебе скажут, что хотели бы стать молодыми. В молодости здоровье, сила, все при тебе. Кто дожил до моих лет, тому всегда нездоровится. И у меня ноги другой раз болят, хоть плачь, и мочевой пузырь — хуже некуда. По шесть-семь раз ночью бегаешь. Но и у старости есть радости. Забот уже тех нет. С женщинами канителиться не надо — это большое дело. Веришь ли, у меня тридцать лет не было женщины. И неохота, вот что главное-то.

Уинстон отвалился к подоконнику. Продолжать не имело смысла. Он собрался взять еще пива, но старик вдруг встал и быстро зашаркал к вонючей кабинке у боковой стены. Лишние пол-литра произвели свое действие. Минуту-другую Уинстон глядел в пустой стакан, а потом даже сам не заметил, как ноги вынесли его на улицу. Через двадцать лет, размышлял он, великий и простой вопрос «Лучше ли жилось до революции?» — окончательно станет неразрешимым. Да и сейчас он, в сущности, неразрешим: случайные свидетели старого мира не способны сравнить одну эпоху с другой. Они помнят множество бесполезных фактов: ссору с сотрудником, потерю и поиски велосипедного насоса, выражение лица давно умершей сестры, вихрь пыли ветреным утром семьдесят лет назад; но то, что важно, — вне их кругозора. Они подобны муравью, который видит мелкое и не видит большого. А когда память отказала и письменные свидетельства подделаны, тогда с утверждениями партии, что она улучшила людям жизнь, надо согласиться — ведь нет и никогда уже не будет исходных данных для проверки.

Тут размышления его прервались. Он остановился и поднял глаза. Он стоял на узкой улице, где между жилых домов втиснулись несколько темных лавчонок. У него над головой висели три облезлых металлических шара, когда-то, должно быть, позолоченных. Он как будто узнал эту улицу. Ну конечно! Перед ним была лавка старьевщика, где он купил дневник.

Накатил страх. Покупка книги была опрометчивым поступком, и Уинстон зарекся подходить к этому месту. Но вот, стоило ему задуматься, ноги сами принесли его сюда. А ведь для того он и завел дневник, чтобы предохранить себя от таких самоубийственных порывов. Лавка еще была открыта, хотя время близилось к двадцати одному. Он подумал, что, слоняясь по тротуару, скорее привлечет внимание, чем в лавке, и вошел. Станут спрашивать — хотел купить лезвия.

Хозяин только что зажег висячую керосиновую лампу, издававшую нечистый, но какой-то уютный запах. Это был человек лет шестидесяти, щуплый, сутулый, с длинным дружелюбным носом, и глаза его за толстыми линзами очков казались большими и кроткими. Волосы у него были почти совсем седые, а брови густые и еще черные. Очки, добрая суетливость, старый пиджак из черного бархата — все это придавало ему интеллигентный вид — не то литератора, не то музыканта. Говорил он тихим, будто выцветшим голосом и не так коверкал слова, как большинство пролов.

— Я узнал вас еще на улице, — сразу сказал он. — Это вы покупали подарочный альбом для девушек. Превосходная бумага, превосходная. Ее называли «кремовая верже». Такой бумаги не делают, я думаю… уж лет пятьдесят. — Он посмотрел на Уинстона поверх очков. — Вам требуется что-то определенное? Или хотели просто посмотреть вещи?

— Шел мимо, — уклончиво ответил Уинстон. — Решил заглянуть. Ничего конкретного мне не надо.

— Тем лучше, едва ли бы я смог вас удовлетворить. — Как бы извиняясь, он повернул кверху мягкую ладонь. — Сами видите: можно сказать, пустая лавка. Между нами говоря, торговля антиквариатом почти иссякла. Спросу нет, да и предложить нечего. Мебель, фарфор, хрусталь — все это мало-помалу перебилось, переломалось. А металлическое по большей части ушло в переплавку. Сколько уже лет я не видел латунного подсвечника.

На самом деле тесная лавочка была забита вещами, но ни малейшей ценности они не представляли. Свободного места почти не осталось — возле всех стен штабелями лежали пыльные рамы для картин. В витрине — подносы с болтами и гайками, сточенные стамески, сломанные перочинные ножи, облупленные часы, даже не притворявшиеся исправными, и прочий разнообразный хлам. Какой-то интерес могла возбудить только мелочь, валявшаяся на столике в углу, лакированные табакерки, агатовые брошки и тому подобное. Уинстон подошел к столику, и взгляд его привлекла какая-то гладкая округлая вещь, тускло блестевшая при свете лампы; он взял ее.

Это была тяжелая стекляшка, плоская с одной стороны и выпуклая с другой — почти полушарие. И в цвете и в строении стекла была непонятная мягкость — оно напоминало дождевую воду. А в сердцевине, увеличенный выпуклостью, находился странный розовый предмет узорчатого строения, напоминавший розу или морской анемон.

— Что это? — спросил очарованный Уинстон.

— Это? Это коралл, — ответил старик. — Надо полагать, из Индийского океана. Прежде их иногда заливали в стекло. Сделано не меньше ста лет назад. По виду даже раньше.

— Красивая вещь, — сказал Уинстон.

— Красивая вещь, — признательно подхватил старьевщик. — Но в наши дни мало кто ее оценит. — Он кашлянул. — Если вам вдруг захочется купить, она стоит четыре доллара. Было время, когда за такую вещь давали восемь фунтов, а восемь фунтов... ну, сейчас не сумею сказать точно — это были большие деньги. Но кому нынче нужны подлинные древности — хотя их так мало сохранилось.

Уинстон немедленно заплатил четыре доллара и опустил вожделенную игрушку в карман. Соблазнила его не столько красота вещи, сколько аромат века, совсем не похожего на нынешний. Стекло такой дождевой мягкости ему никогда не встречалось. Самым симпатичным в этой штуке была ее бесполезность, хотя Уинстон догадался, что когда-то она служила пресс-папье. Стекло оттягивало карман, но, к счастью, не слишком выпирало. Это странный предмет, даже компрометирующий предмет для члена партии. Все старое и, если на то пошло, все красивое вызывало некоторое подозрение. Хозяин же, получив четыре доллара, заметно повеселел. Уинстон понял, что можно было сторговаться на трех или даже на двух.

— Если есть желание посмотреть, у меня наверху еще одна комната, — сказал старик. — Там ничего особенного. Всего несколько предметов. Если пойдем, нам понадобится свет.

Он зажег еще одну лампу, потом, согнувшись, медленно

поднялся по стертым ступенькам и через крохотный коридорчик привел Уинстона в комнату; окно ее смотрело не на улицу, а на мощеный двор и на чащу печных труб с колпаками. Уинстон заметил, что мебель здесь расставлена, как в жилой комнате. На полу дорожка, на стенах две-три картины, глубокое неопрятное кресло у камина. На каминной полке тикали старинные стеклянные часы с двенадцатичасовым циферблатом. Под окном, заняв чуть ли не четверть комнаты, стояла громадная кровать, причем с матрасом.

— Мы здесь жили, пока не умерла жена, — объяснил старик, как бы извиняясь. — Понемногу распродаю мебель. Вот превосходная кровать красного дерева… То есть была бы превосходной, если выселить из нее клопов. Впрочем, вам, наверно, она кажется громоздкой.

Он поднял лампу над головой, чтобы осветить всю комнату, и в теплом тусклом свете она выглядела даже уютной. А ведь можно было бы снять ее за несколько долларов в неделю, подумал Уинстон, если хватит смелости. Это была дикая, вздорная мысль, и умерла она так же быстро, как родилась; но комната пробудила в нем какую-то ностальгию, какую- то память, дремавшую в крови. Ему казалось, что он хорошо знает это ощущение, когда сидишь в такой комнате, в кресле перед горящим камином, поставив ноги на решетку, на огне — чайник, и ты совсем один, в полной безопасности, никто не следит за тобой, ничей голос тебя не донимает, только чайник поет в камине да дружелюбно тикают часы.

— Тут нет телекрана, — вырвалось у него.

— Ах, этого, — ответил старик, — у меня никогда не было. Они дорогие. Да и потребности, знаете, никогда не испытывал. А вот в углу хороший раскладной стол. Правда, чтобы пользоваться боковинами, надо заменить петли.

В другом углу стояла книжная полка, и Уинстона уже притянуло к ней. На полке была только дрянь. Охота за книгами и уничтожение велись в кварталах пролов так же основательно, как везде. Едва ли в целой Океании существовал хоть один экземпляр книги, изданной до 1960 года. Старик с лампой в руке стоял перед картинкой в палисандровой раме: она висела по другую сторону от камина, напротив кровати.

— Кстати, если вас интересуют старинные гравюры… — деликатно начал он.

Уинстон подошел ближе. Это была гравюра на стали: здание с овальным фронтоном, прямоугольными окнами и башней впереди. Вокруг здания шла ограда, а в глубине стояла, по-видимому, статуя. Уинстон присмотрелся. Здание казалось смутно знакомым, но статуи он не помнил.

— Рамка привинчена к стене, — сказал старик, — но если хотите, я сниму.

— Я знаю это здание, — промолвил наконец Уинстон, — оно разрушено. В середине улицы, за Дворцом юстиции.

— Верно. За Домом правосудия. Его разбомбили… Ну, много лет назад. Это была церковь. Сент-Клемент — святой Климент у датчан. — Он виновато улыбнулся, словно понимая, что говорит нелепость, и добавил: — «Апельсинчики как мед, в колокол Сент- Клемент бьет».

— Что это? — спросил Уинстон.

— А-а. «Апельсинчики как мед, в колокол Сент-Клемент бьет». В детстве был такой стишок. Как там дальше, я не помню, а кончается так: «Вот зажгу я пару свеч — ты в постельку можешь лечь. Вот возьму я острый меч — и головка твоя с плеч». Игра была наподобие танца. Они стояли, взявшись за руки, а ты шел под руками, и когда доходили до «Вот возьму я острый меч — и головка твоя с плеч», руки опускались и ловили тебя. Там были только названия церквей. Все лондонские церкви… То есть самые знаменитые.

Уинстон рассеянно спросил себя, какого века могла быть эта церковь. Возраст лондонских домов определить всегда трудно. Все большие и внушительные и более или менее новые на вид считались, конечно, построенными после революции, а все то, что было очевидно старше, относили к какому-то далекому, неясному времени, называвшемуся средними веками. Таким образом, века капитализма ничего стоящего не произвели. По архитектуре изучить историю было так же невозможно, как по книгам. Статуи, памятники, мемориальные доски, названия улиц — все, что могло пролить свет на прошлое, систематически переделывалось.

— Я не знал, что это церковь, — сказал он.

— Вообще-то их много осталось, — сказал старик, — только их используют для других нужд. Как же там этот стишок? А! Вспомнил.

Апельсинчики как мед,

В колокол Сент-Клемент бьет. И звонит Сент-Мартин:
Отдавай мне фартинг!

Вот дальше опять не помню. А фартинг — это была маленькая медная монета, наподобие цента.

— А где Сент-Мартин? — спросил Уинстон.

— Сент-Мартин? Эта еще стоит. На площади Победы, рядом с картинной галереей.

Здание с портиком и колоннами, с широкой лестницей.

Уинстон хорошо знал здание. Это был музей, предназначенный для разных пропагандистских выставок: моделей ракет и плавающих крепостей, восковых панорам, изображающих вражеские зверства, и тому подобного.

— Называлась «Святой Мартин на полях», — добавил старик, — хотя никаких полей в этом районе не припомню.

Гравюру Уинстон не купил. Предмет был еще более неподходящий, чем стеклянное пресс-папье, да и домой ее не унесешь — разве только без рамки. Но он задержался еще на несколько минут, беседуя со стариком, и выяснил, что фамилия его не Уикс, как можно было заключить по надписи на лавке, а Чаррингтон. Оказалось, что мистеру Чаррингтону шестьдесят три года, он вдовец и обитает в лавке тридцать лет. Все эти годы он собирался сменить вывеску, но так и не собрался. Пока они беседовали, Уинстон все твердил про себя начало стишка: «Апельсинчики как мед, в колокол Сент-Клемент бьет. И звонит Сент- Мартин: отдавай мне фартинг!» Любопытно: когда он произносил про себя стишок, ему чудилось, будто звучат сами колокола, — колокола исчезнувшего Лондона, который еще существует где-то, невидимый и забытый. И слышалось ему, как поднимают они трезвон, одна за другой, призрачные колокольни. Между тем, сколько он себя помнил, он ни разу не слышал церковного звона.

Он попрощался с мистером Чаррингтоном и спустился по лестнице один, чтобы старик не увидел, как он оглядывает улицу, прежде чем выйти за дверь. Он уже решил, что, выждав время — хотя бы месяц, — рискнет еще раз посетить лавку. Едва ли это опасней, чем пропустить вечер в общественном центре. Большой опрометчивостью было уже то, что после покупки книги он пришел сюда снова, не зная, можно ли доверять хозяину. И все же!..

Да, сказал он себе, надо будет прийти еще. Он купит

гравюру с церковью св. Климента у датчан, вынет из рамы и унесет под комбинезоном домой. Заставит мистера Чаррингтона вспомнить стишок до конца. И снова мелькнула безумная мысль снять верхнюю комнату. От восторга он секунд на пять забыл об осторожности — вышел на улицу, ограничившись беглым взглядом в окно. И даже начал напевать на самодельный мотив:

Апельсинчики как мед,
В колокол Сент-Клемент бьет.
И звонит Сент-Мартин:
Отдавай мне фартинг!

Вдруг сердце у него екнуло от страха, живот схватило. В каких-нибудь десяти метрах — фигура в синем комбинезоне, идет к нему. Это была девица из отдела литературы, темноволосая. Уже смеркалось, но Уинстон узнал ее без труда. Она посмотрела ему прямо в глаза и быстро прошла дальше, как будто не заметила.

Несколько секунд он не мог двинуться с места, словно отнялись ноги. Потом повернулся направо и с трудом пошел, не замечая, что идет не в ту сторону. Одно по крайней мере стало ясно. Сомнений быть не могло: девица за ним шпионит. Она выследила его — нельзя же поверить, что она по чистой случайности забрела в тот же вечер на ту же захудалую улочку в нескольких километрах от района, где живут партийцы. Слишком много совпадений. А служит она в полиции мыслей или же это самодеятельность — значения не имеет. Она за ним следит, этого довольно. Может быть, даже видела, как он заходил в пивную.

Идти было тяжело. Стеклянный груз в кармане при каждом шаге стукал по бедру, и Уинстона подмывало выбросить его. Но хуже всего была спазма в животе. Несколько минут ему казалось, что если он сейчас же не найдет уборную, то умрет. Но в таком районе не могло быть общественной уборной. Потом спазма прошла, осталась только глухая боль.

Улица оказалась тупиком. Уинстон остановился, постоял несколько секунд, рассеянно соображая, что делать, потом повернул назад. Когда он повернул, ему пришло в голову, что он разминулся с девицей какие-нибудь три минуты назад, и если бегом, то можно ее догнать. Можно дойти за ней до какого-нибудь тихого места, а там проломить ей череп булыжником. Стеклянное пресс-папье тоже сгодится, оно тяжелое. Но он сразу отбросил этот план: невыносима была даже мысль о том, чтобы совершить физическое усилие. Нет сил бежать, нет сил ударять. Вдобавок девица молодая и крепкая, будет защищаться. Потом он подумал, что надо сейчас же пойти в общественный центр и пробыть там до закрытия — обеспечить себе хотя бы частичное алиби. Но и это невозможно. Им овладела смертельная вялость. Хотелось одного: вернуться к себе в квартиру и ничего не делать.

Домой он пришел только в двадцать третьем часу. Ток в сети должны были отключить в 23:30. Он отправился на кухню и выпил почти целую чашку джина «Победа». Потом подошел к столу в нише, сел и вынул из ящика дневник. Но раскрыл его не сразу. Женщина в телекране томным голосом пела патриотическую песню. Уинстон смотрел на мраморный переплет, безуспешно стараясь отвлечься от этого голоса.

Приходят за тобой ночью, всегда ночью. Самое правильное — покончить с собой, пока тебя не взяли. Наверняка так поступали многие. Многие исчезновения на самом деле были самоубийствами. Но в стране, где ни огнестрельного оружия, ни надежного яда не достанешь, нужна отчаянная отвага, чтобы покончить с собой. Он с удивлением подумал о том, что боль и страх биологически бесполезны, подумал о вероломстве человеческого тела, цепенеющего в тот самый миг, когда требуется особое усилие. Он мог бы избавиться от темноволосой, если бы сразу приступил к делу, но именно из-за того, что опасность была чрезвычайной, он лишился сил. Ему пришло в голову, что в критические минуты человек борется не с внешним врагом, а всегда с собственным телом. Даже сейчас, несмотря на джин, тупая боль в животе не позволяла ему связно думать. И то же самое, понял он, во всех трагических или по видимости героических ситуациях. На поле боя, в камере пыток, на тонущем корабле то, за что ты бился, всегда забывается — тело твое разрастается и заполняет вселенную, и даже когда ты не парализован страхом и не кричишь от боли, жизнь — это ежеминутная борьба с голодом или холодом, с бессонницей, изжогой и зубной болью.

Он раскрыл дневник. Важно хоть что-нибудь записать. Женщина в телекране разразилась новой песней. Голос вонзался ему в мозг, как острые осколки стекла. Он пытался думать об О'Брайене, для которого — которому — пишется дневник, но вместо этого стал думать, что с ним будет, когда его арестует полиция мыслей. Если бы сразу убили — полбеды. Смерть — дело предрешенное. Но перед смертью (никто об этом не распространялся, но знали все) будет признание по заведенному порядку: с ползаньем по полу, мольбами о пощаде, с хрустом ломаемых костей, с выбитыми зубами и кровавыми колтунами в волосах. Почему ты должен пройти через это, если итог все равно известен? Почему нельзя сократить тебе жизнь на несколько дней или недель? От разоблачения не ушел ни один, и признавались все до единого. В тот миг, когда ты преступил в мыслях, ты уже подписал себе смертный приговор. Так зачем ждут тебя эти муки в будущем, если они ничего не изменят?

Он опять попробовал вызвать образ О'Брайена, и теперь это удалось. «Мы встретимся там, где нет темноты», — сказал ему О'Брайен. Уинстон понял его слова — ему казалось, что понял. Где нет темноты — это воображаемое будущее; ты его не увидишь при жизни, но, предвидя, можешь мистически причаститься к нему. Голос из телекрана бил по ушам и не давал додумать эту мысль до конца. Уинстон взял в рот сигарету. Половина табака тут же высыпалась на язык — не скоро и отплюешься от этой горечи. Перед ним, вытеснив О'Брайена, возникло лицо Старшего Брата. Так же, как несколько дней назад, Уинстон вынул из кармана монету и вгляделся. Лицо смотрело на него тяжело, спокойно, отечески — но что за улыбка прячется в черных усах? Свинцовым погребальным звоном приплыли слова:

ВОЙНА — ЭТО
МИР СВОБОДА — ЭТО РАБСТВО
НЕЗНАНИЕ — СИЛА

ВТОРАЯ ЧАСТЬ

I

Было еще утро; Уинстон пошел из своей кабины в уборную. Навстречу ему по пустому ярко освещенному коридору двигался человек. Оказалось, что это темноволосая девица. С той встречи у лавки старьевщика минуло четыре дня. Подойдя поближе, Уинстон увидел, что правая рука у нее на перевязи; издали он этого не разглядел, потому что повязка была синяя, как комбинезон. Наверно, девица сломала руку, поворачивая большой калейдоскоп, где «набрасывались» сюжеты романов. Обычная травма в литературном отделе.

Когда их разделяло уже каких-нибудь пять шагов, она споткнулась и упала чуть ли не плашмя. У нее вырвался крик боли. Видимо, она упала на сломанную руку. Уинстон замер. Девица встала на колени. Лицо у нее стало молочно-желтым, и на нем еще ярче выступил красный рот. Она смотрела на Уинстона умоляюще, и в глазах у нее было больше страха, чем боли.

Уинстоном владели противоречивые чувства. Перед ним был враг, который пытался его убить; в то же время перед ним был человек — человеку больно, у него, быть может, сломана кость. Не раздумывая, он пошел к ней на помощь. В тот миг, когда она упала на перевязанную руку, он сам как будто почувствовал боль.

— Вы ушиблись?

— Ничего страшного. Рука. Сейчас пройдет. — Она говорила так, словно у нее сильно колотилось сердце. И лицо у нее было совсем бледное.

— Вы ничего не сломали?

— Нет. Все цело. Было больно и прошло.

Она протянула Уинстону здоровую руку, и он помог ей встать. Лицо у нее немного порозовело; судя по всему, ей стало легче.

— Ничего страшного, — повторила она. — Немного ушибла запястье, и все. Спасибо, товарищ!

С этими словами она пошла дальше — так бодро, как будто и впрямь ничего не случилось. А длилась вся эта сцена, наверно, меньше чем полминуты. Привычка не показывать своих чувств въелась настолько, что стала инстинктом, да и происходило все это прямо перед телекраном. И все-таки Уинстон лишь с большим трудом сдержал удивление: за те две-три секунды, пока он помогал девице встать, она что-то сунула ему в руку. О случайности тут не могло быть и речи. Что-то маленькое и плоское. Входя в уборную, Уинстон сунул эту вещь в карман и там ощупал. Листок бумаги, сложенный квадратиком.

Перед писсуаром он сумел после некоторой возни в кармане расправить листок. По всей вероятности, там что-то написано. У него возникло искушение сейчас же зайти в кабинку и прочесть. Но это, понятно, было бы чистым безумием. Где, как не здесь, за телекранами наблюдают беспрерывно?

Он вернулся к себе, сел, небрежно бросил листок на стол к другим бумагам, надел очки и придвинул речепис. Пять минут, сказал он себе, пять минут самое меньшее! Стук сердца в груди был пугающе громок. К счастью, работа его ждала рутинная — уточнить длинную колонку цифр — и сосредоточенности не требовала.

Что бы ни было в записке, она наверняка политическая. Уинстон мог представить себе два варианта. Один, более правдоподобный: женщина — агент полиции мыслей, чего он и боялся. Непонятно, зачем полиции мыслей прибегать к такой почте, но, видимо, для этого есть резоны. В записке может быть угроза, вызов, приказ покончить с собой, западня какого- то рода. Существовало другое, дикое предположение, Уинстон гнал его от себя, но оно упорно лезло в голову. Записка вовсе не от полиции мыслей, а от какой-то подпольной организации. Может быть, Братство все-таки существует! И девица может быть оттуда! Идея, конечно, была нелепая, но она возникла сразу, как только он ощупал бумажку. А более правдоподобный вариант пришел ему в голову лишь через несколько минут. И даже теперь, когда разум говорил ему, что записка, возможно, означает смерть, он все равно не хотел в это верить, бессмысленная надежда не гасла, сердце гремело, и, диктуя цифры в речепис, он с трудом сдерживал дрожь в голосе.

Он свернул листы с законченной работой и засунул в пневматическую трубу. Прошло восемь минут. Он поправил очки, вздохнул и притянул к себе новую стопку заданий, на которой лежал тот листок. Расправил листок. Крупным неустоявшимся почерком там было написано:

Я вас люблю.

Он так опешил, что даже не сразу бросил улику в гнездо памяти. Понимая, насколько опасно выказывать к бумажке чрезмерный интерес, он все-таки не удержался и прочел ее еще раз — убедиться, что ему не померещилось.

До перерыва работать было очень тяжело. Он никак не мог сосредоточиться на нудных задачах, но, что еще хуже, надо было скрывать свое смятение от телекрана. В животе у него словно пылал костер. Обед в душной, людной, шумной столовой оказался мучением. Он рассчитывал побыть в одиночестве, но, как назло, рядом плюхнулся на стул идиот Парсонс, острым запахом пота почти заглушив жестяной запах тушенки, и завел речь о приготовлениях к Неделе ненависти. Особенно он восторгался громадной двухметровой головой Старшего Брата из папье-маше, которую изготавливал к праздникам дочкин отряд. Досаднее всего, что из-за гама Уинстон плохо слышал Парсонса, приходилось переспрашивать и по два раза выслушивать одну и ту же глупость. В дальнем конце зала он увидел темноволосую — за столиком еще с двумя девушками. Она как будто не заметила его, и больше он туда не смотрел.

Вторая половина дня прошла легче. Сразу после перерыва прислали тонкое и трудное задание — на несколько часов, и все посторонние мысли пришлось отставить. Надо было подделать производственные отчеты двухлетней давности таким образом, чтобы бросить тень на крупного деятеля внутренней партии, попавшего в немилость. С подобными работами Уинстон справлялся хорошо, и на два часа с лишним ему удалось забыть о темноволосой женщине. Но потом ее лицо снова возникло перед глазами, и безумно, до невыносимости захотелось побыть одному. Пока он не останется один, невозможно обдумать это событие. Сегодня ему надлежало присутствовать в общественном центре. Он проглотил безвкусный ужин в столовой, прибежал в центр, поучаствовал в дурацкой торжественной «групповой дискуссии», сыграл две партии в настольный теннис, несколько раз выпил джину и высидел получасовую лекцию «Шахматы и их отношение к ангсоцу».

Душа корчилась от скуки, но вопреки обыкновению ему не хотелось улизнуть из центра. От слов «Я вас люблю» нахлынуло желание продлить себе жизнь, и теперь даже маленький риск казался глупостью. Только в двадцать три часа, когда он вернулся и улегся в постель — в темноте даже телекран не страшен, если молчишь, — к нему вернулась способность думать.

Предстояло решить техническую проблему: как связаться с ней и условиться о встрече. Предположение, что женщина расставляет ему западню, он уже отбросил. Он понял, что нет: она определенно волновалась, когда давала ему записку. Она не помнила себя от страха — и это вполне объяснимо. Уклониться от ее авансов у него и в мыслях не было. Всего пять дней назад он размышлял о том, чтобы проломить ей голову булыжником, но это уже дело прошлое. Он мысленно видел ее голой, видел ее молодое тело — как тогда во сне. А ведь сперва он считал ее дурой вроде остальных — напичканной ложью и ненавистью, с замороженным низом. При мысли о том, что можно ее потерять, что ему не достанется молодое белое тело, Уинстона лихорадило. Но встретиться с ней было немыслимо сложно. Все равно что сделать ход в шахматах, когда тебе поставили мат. Куда ни сунься — отовсюду смотрит телекран. Все возможные способы устроить свидание пришли ему в голову в течение пяти минут после того, как он прочел записку; теперь же, когда было время подумать, он стал перебирать их по очереди — словно раскладывал инструменты на столе.

Очевидно, что встречу, подобную сегодняшней, повторить нельзя. Если бы женщина работала в отделе документации, это было бы более или менее просто, а в какой части здания находится отдел литературы, он плохо себе представлял, да и повода пойти туда не было. Если бы он знал, где она живет и в котором часу кончает работу, то смог бы перехватить ее по дороге домой; следовать же за ней небезопасно — надо околачиваться вблизи министерства, и это наверняка заметят. Послать письмо по почте невозможно. Не секрет, что всю почту вскрывают. Теперь почти никто не пишет писем. А если надо с кем-то снестись — есть открытки с напечатанными готовыми фразами, и ты просто зачеркиваешь ненужные. Да он и фамилии ее не знает, не говоря уж об адресе. В конце концов он решил, что самым верным местом будет столовая. Если удастся подсесть к ней, когда она будет одна, и столик будет в середине зала, не слишком близко к телекранам, и в зале будет достаточно шумно... если им дадут побыть наедине хотя бы тридцать секунд, тогда, наверно, он сможет перекинуться с ней несколькими словами.

Всю неделю после этого жизнь его была похожа на беспокойный сон. На другой день женщина появилась в столовой, когда он уже уходил после свистка. Вероятно, ее перевели в более позднюю смену. Они разошлись, не взглянув друг на друга. На следующий день она обедала в обычное время, но еще с тремя женщинами и прямо под телекраном. Потом было три ужасных дня — она не появлялась вовсе. Ум его и тело словно приобрели невыносимую чувствительность, проницаемость, и каждое движение, каждый звук, каждое прикосновение, каждое услышанное и произнесенное слово превращались в пытку. Даже во сне он не мог отделаться от ее образа. В эти дни он не прикасался к дневнику. Облегчение приносила только работа — за ней он мог забыться иной раз на целых десять минут. Он не понимал, что с ней случилось. Спросить было негде. Может быть, ее распылили, может быть, она покончила с собой, ее могли перевести на другой край Океании; но самое вероятное и самое плохое — она просто передумала и решила избегать его.

На четвертый день она появилась. Рука была не на перевязи, только пластырь вокруг запястья. Он почувствовал такое облегчение, что не удержался и смотрел на нее несколько секунд. На другой день ему чуть не удалось поговорить с ней. Когда он вошел в столовую, она сидела одна и довольно далеко от стены. Час был ранний, столовая еще не заполнилась. Очередь продвигалась, Уинстон был почти у раздачи, но тут застрял на две минуты: впереди кто-то жаловался, что ему не дали таблетку сахарина. Тем не менее когда Уинстон получил свой поднос и направился в ее сторону, она по-прежнему была одна. Он шел, глядя поверху, как бы отыскивая свободное место позади ее стола. Она уже в каких-нибудь трех метрах. Еще две секунды — и он у цели. За спиной у него кто-то позвал: «Смит!» Он притворился, что не слышал. «Смит!» — повторили сзади еще громче. Нет, не отделаться. Он обернулся.

Молодой, с глупым лицом блондин по фамилии Уилшер, с которым он был едва знаком, улыбаясь, приглашал на свободное место за своим столиком. Отказаться было небезопасно. После того как его узнали, он не мог усесться с обедавшей в одиночестве женщиной. Это привлекло бы внимание. Он сел с дружелюбной улыбкой. Глупое лицо сияло в ответ. Ему представилось, как он бьет по нему киркой — точно в середину. Через несколько минут у женщины тоже появились соседи.

Но она наверняка видела, что он шел к ней, и, может быть, поняла. На следующий день он постарался прийти пораньше. И не зря: она сидела примерно на том же месте и опять одна. В очереди перед ним стоял маленький, юркий, жукоподобный мужчина с плоским лицом и подозрительными глазками. Когда Уинстон с подносом отвернулся от прилавка, он увидел, что маленький направляется к ее столу. Надежда в нем опять увяла. Свободное место было и за столом подальше, но вся повадка маленького говорила о том, что он позаботится о своих удобствах и выберет стол, где меньше всего народу. С тяжелым сердцем Уинстон двинулся за ним. Пока он не останется с ней один на один, ничего не выйдет. Тут раздался страшный грохот. Маленький стоял на четвереньках, поднос его еще летел, а по полу текли два ручья — суп и кофе. Он вскочил и злобно оглянулся, подозревая, видимо, что Уинстон дал ему подножку. Но это было не важно. Пятью секундами позже, с громыхающим сердцем, Уинстон уже сидел за ее столом.

Он не взглянул на нее. Освободил поднос и немедленно начал есть. Важно было заговорить сразу, пока никто не подошел, но на Уинстона напал дикий страх. С первой встречи прошла неделя. Она могла передумать, наверняка передумала! Ничего из этой истории не выйдет — так не бывает в жизни. Пожалуй, он и не решился бы заговорить, если бы не увидел Амплфорта, поэта с шерстяными ушами, который плелся с подносом, ища глазами свободное место. Рассеянный Амплфорт был по-своему привязан к Уинстону и, если бы заметил его, наверняка подсел бы. На все оставалось не больше минуты. И Уинстон и женщина усердно ели. Ели они жидкое рагу — скорее суп с фасолью. Уинстон заговорил вполголоса. Оба не поднимали глаз; размеренно черпая похлебку и отправляя в рот, они тихо и без всякого выражения обменялись несколькими необходимыми словами.

— Когда вы кончаете работу?

— В восемнадцать тридцать.

— Где мы можем встретиться?

— На площади Победы, у памятника.

— Там кругом телекраны.

— Если в толпе, это не важно.

— Знак?

— Нет. Не подходите, пока не увидите меня в гуще людей. И не смотрите на меня.

Просто будьте поблизости.

— Во сколько?

— В девятнадцать.

— Хорошо.

Амплфорт не заметил Уинстона и сел за другой стол. Женщина быстро доела обед и ушла, а Уинстон остался курить. Больше они не разговаривали и, насколько это возможно для двух сидящих лицом к лицу через стол, не смотрели друг на друга.

Уинстон пришел на площадь Победы раньше времени. Он побродил вокруг основания громадной желобчатой колонны, с вершины которой статуя Старшего Брата смотрела на юг небосклона, туда, где в битве за Взлетную полосу I он разгромил евразийскую авиацию (несколько лет назад она была остазийской). Напротив на улице стояла конная статуя, изображавшая, как считалось, Оливера Кромвеля. Прошло пять минут после назначенного часа, а женщины все не было. На Уинстона снова напал дикий страх. Не идет, передумала! Он добрел до северного края площади и вяло обрадовался, узнав церковь святого Мартина — ту, чьи колокола — когда на ней были колокола — вызванивали: «Отдавай мне фартинг». Потом увидел женщину: она стояла под памятником и читала или делала вид, что читает, плакат, спиралью обвивавший колонну. Пока там не собрался народ, подходить было рискованно. Вокруг постамента стояли телекраны. Но внезапно где-то слева загалдели люди и послышался гул тяжелых машин. Все на площади бросились в ту сторону. Женщина быстро обогнула львов у подножья колонны и тоже побежала. Уинстон устремился следом. На бегу он понял по выкрикам, что везут пленных евразийцев.

Южная часть площади уже была запружена толпой. Уинстон, принадлежавший к той породе людей, которые в любой свалке норовят оказаться с краю, ввинчивался, протискивался, пробивался в самую гущу народа. Женщина была уже близко, рукой можно достать, но тут глухой стеной мяса дорогу ему преградил необъятный прол и такая же необъятная женщина — видимо, его жена. Уинстон извернулся и со всей силы вогнал между ними плечо. Ему показалось, что два мускулистых бока раздавят его внутренности в кашу, и тем не менее он прорвался, слегка вспотев. Очутился рядом с ней. Они стояли плечом к плечу и смотрели вперед неподвижным взглядом.

По улице длинной вереницей ползли грузовики, и в кузовах, по всем четырем углам, с застывшими лицами стояли автоматчики. Между ними вплотную сидели на корточках мелкие желтые люди в обтрепанных зеленых мундирах. Монгольские их лица смотрели поверх бортов печально и без всякого интереса. Если грузовик подбрасывало, раздавалось звяканье металла — пленные были в ножных кандалах. Один за другим проезжали грузовики с печальными людьми. Уинстон слышал, как они едут, но видел их лишь изредка. Плечо женщины, ее рука прижимались к его плечу и руке. Щека была так близко, что он ощущал ее тепло. Она сразу взяла инициативу на себя, как в столовой. Заговорила, едва шевеля губами, таким же невыразительным голосом, как тогда, и этот полушепот тонул в общем гаме и рычании грузовиков.

— Слышите меня?

— Да.

— Можете вырваться в воскресенье?

— Да.

— Тогда слушайте внимательно. Вы должны запомнить. Отправитесь на Паддингтонский вокзал…

С военной точностью, изумившей Уинстона, она описала маршрут. Полчаса поездом; со станции — налево; два километра по дороге, ворота без перекладины; тропинкой через поле; дорожка под деревьями, заросшая травой; тропа в кустарнике; упавшее замшелое дерево. У нее словно карта была в голове.

— Все запомнили? — шепнула она наконец.

— Да.

— Повернете налево, потом направо и опять налево. И на воротах нет перекладины.

— Да. Время?

— Около пятнадцати. Может, вам придется подождать. Я приду туда другой дорогой.

Вы точно все запомнили?

— Да.

— Тогда отойдите скорей.

В этих словах не было надобности. Но толпа не позволяла разойтись. Колонна все шла, люди глазели ненасытно. Вначале раздавались выкрики и свист, но шумели только партийные, а вскоре и они умолкли. Преобладающим чувством было обыкновенное любопытство. Иностранцы — из Евразии ли, из Остазии — были чем-то вроде диковинных животных. Ты их никогда не видел — только в роли военнопленных, да и то мельком. Неизвестна была и судьба их — кроме тех, кого вешали как военных преступников; остальные просто исчезали — надо думать, в каторжных лагерях. Круглые монгольские лица сменились более европейскими, грязными, небритыми, изнуренными. Иногда заросшее лицо останавливало на Уинстоне необычайно пристальный взгляд, и сразу же он скользил дальше. Колонна подходила к концу. В последнем грузовике Уинстон увидел пожилого человека, до глаз заросшего седой бородой; он стоял на ногах, скрестив перед животом руки, словно привык к тому, что они скованы. Пора уже было отойти от женщины. Но в последний миг, пока толпа их еще сдавливала, она нашла его руку и незаметно пожала.

Длилось это меньше десяти секунд, но ему показалось, что они держат друг друга за руки очень долго. Уинстон успел изучить ее руку во всех подробностях. Он трогал длинные пальцы, продолговатые ногти, затвердевшую от работы ладонь с мозолями, нежную кожу запястья. Он так изучил эту руку на ощупь, что теперь узнал бы ее и по виду. Ему пришло в голову, что он не заметил, какого цвета у нее глаза. Наверно, карие, хотя у темноволосых бывают и голубые глаза. Повернуть голову и посмотреть на нее было бы крайним безрассудством. Стиснутые толпой, незаметно держась за руки, они смотрели прямо перед собой, и не ее глаза, а глаза пожилого пленника тоскливо уставились на Уинстона из чащи спутанных волос.

II

Уинстон шел по дорожке в пятнистой тени деревьев, изредка вступая в лужицы золотого света — там, где не смыкались кроны. Под деревьями слева земля туманилась от колокольчиков. Воздух ласкал кожу. Было второе мая. Где-то в глубине леса кричали вяхири.

Он пришел чуть раньше времени. Трудностей в дороге он не встретил; женщина, судя по всему, была так опытна, что он даже боялся меньше, чем полагалось бы в подобных обстоятельствах. Он не сомневался, что она выбрала безопасное место. Вообще трудно было рассчитывать на то, что за городом безопаснее, чем в Лондоне. Телекранов, конечно, нет, но в любом месте может скрываться микрофон — твой голос услышат и опознают; кроме того, путешествующий в одиночку непременно привлечет внимание. Для расстояний меньше ста километров отметка в паспорте не нужна, но иногда около станции ходят патрули, там они проверяют документы у всех партийных и задают неприятные вопросы. На патруль он, однако, не налетел, а по дороге со станции не раз оглядывался — нет ли слежки. Поезд был набит пролами, довольно жизнерадостными по случаю теплой погоды. Он ехал в вагоне с деревянными скамьями, полностью оккупированном одной громадной семьей — от беззубой прабабушки до месячного младенца, — намеревавшейся погостить денек «у сватьев» в деревне и, как они без опаски объяснили Уинстону, раздобыть на черном рынке масла.

Деревья расступились, он вышел на тропу, о которой она говорила, — тропу в кустарнике, протоптанную скотом. Часов у него не было, но пришел он определенно раньше пятнадцати. Колокольчики росли так густо, что невозможно было на них не наступать. Он присел и стал рвать цветы — отчасти чтобы убить время, отчасти со смутным намерением преподнести ей букет. Он собрал целую охапку и только понюхал слабо и душно пахшие цветы, как звук за спиной заставил его похолодеть: под чьей-то ногой хрустели веточки. Он продолжал рвать цветы. Это было самое правильное. Может быть, сзади — она, а может, за ним все-таки следили. Оглянешься — значит, что-то с тобой нечисто. Он сорвал колокольчик, потом еще один. Его легонько тронули за плечо.

Он поднял глаза. Это была она. Она помотала головой, веля ему молчать, потом раздвинула кусты и быстро пошла по трещине к лесу. По-видимому, она здесь бывала: топкие места она обходила уверенно. Уинстон шел за ней с букетом. Первым его чувством было облегчение, но теперь, глядя сзади на сильное стройное тело, перехваченное алым кушаком, который подчеркивал крутые бедра, он остро ощутил, что недостоин ее. Даже теперь ему казалось, что она может вернуться, посмотреть на него — и раздумает. Нежный воздух и зелень листвы только увеличивали его робость. Из-за этого майского солнца он, еще когда шел со станции, почувствовал себя грязным и чахлым — комнатное существо с забитыми лондонской пылью и копотью порами. Он подумал, что она ни разу не видела его при свете дня и на просторе. Перед ними было упавшее дерево, о котором она говорила на площади. Женщина отбежала в сторону и раздвинула кусты, стоявшие сплошной стеной. Уинстон полез за ней, и они очутились на прогалине, крохотной лужайке, окруженной высоким подростом и отовсюду закрытой. Женщина обернулась.

— Пришли, — сказала она.

Он смотрел на нее с расстояния нескольких шагов. И не решался приблизиться.

— Я не хотела разговаривать по дороге, — объяснила она. — Вдруг там микрофон.

Вряд ли, конечно, но может быть. Чего доброго, узнают голос, сволочи. Здесь не опасно.

Уинстон все еще не осмеливался подойти.

— Здесь не опасно? — переспросил он.

— Да. Смотрите, какие деревья. — Это была молодая ясеневая поросль на месте вырубки — лес жердочек толщиной не больше запястья. — Все тоненькие, микрофон спрятать негде. Кроме того, я уже здесь была.

Они только разговаривали. Уинстон все-таки подошел к ней поближе. Она стояла очень прямо и улыбалась как будто с легкой иронией — как будто недоумевая, почему он мешкает. Колокольчики посыпались на землю. Это произошло само собой. Он взял ее за руку.

— Верите ли, — сказал он, — до этой минуты я не знал, какого цвета у вас глаза. — Глаза были карие, светло-карие, с темными ресницами. — Теперь, когда вы разглядели, на что я похож, вам не противно на меня смотреть?

— Нисколько.

— Мне тридцать девять лет. Женат и не могу от нее избавиться. У меня расширение вен. Пять вставных зубов.

— Какое это имеет значение? — сказала она.

И сразу — непонятно даже, кто тут был первым, — они обнялись. Сперва он ничего не чувствовал, только думал: этого не может быть. К нему прижималось молодое тело, его лицо касалось густых темных волос, и — да! наяву! — она подняла к нему лицо, и он целовал мягкие красные губы. Она сцепила руки у него на затылке, она называла его милым, дорогим, любимым. Он потянул ее на землю, и она покорилась ему, он мог делать с ней что угодно. Но в том-то и беда, что физически он ничего не ощущал, кроме прикосновений. Он испытывал только гордость и до сих пор не мог поверить в происходящее. Он радовался, что это происходит, но плотского желания не чувствовал. Все случилось слишком быстро… он испугался ее молодости и красоты… он привык обходиться без женщины… Он сам не понимал причины. Она села и вынула из волос колокольчик. Потом прислонилась к нему и обняла его за талию.

— Ничего, милый. Некуда спешить. У нас еще полдня. Правда, замечательное укрытие? Я разведала его во время одной туристской вылазки, когда отстала от своих. Если кто-то будет подходить, услышим за сто метров.

— Как тебя зовут? — спросил Уинстон.

— Джулия. А как тебя зовут, я знаю. Уинстон. Уинстон Смит.

— Откуда ты знаешь?

— Наверно, как разведчица я тебя способней, милый. Скажи, что ты обо мне думал до того, как я дала тебе записку?

Ему совсем не хотелось лгать. Своего рода предисловие к любви — сказать для начала самое худшее.

— Видеть тебя не мог, — ответил он. — Хотел тебя изнасиловать, а потом убить. Две недели назад я серьезно размышлял о том, чтобы проломить тебе голову булыжником. Если хочешь знать, я вообразил, что ты связана с полицией мыслей.

Джулия радостно засмеялась, восприняв его слова как

подтверждение того, что она прекрасно играет свою роль.

— Неужели с полицией мыслей? Нет, ты правда так думал?

— Ну, может, не совсем так. Но глядя на тебя... Наверно, оттого, что ты молодая, здоровая, свежая, понимаешь... я думал...

— Ты думал, что я примерный член партии. Чиста в делах и помыслах. Знамена, шествия, лозунги, игры, туристские походы — вся эта дребедень. И подумал, что при малейшей возможности угроблю тебя — донесу как на мыслепреступника?

— Да, что-то в этом роде. Знаешь, очень многие девушки именно такие.

— Все из-за этой гадости, — сказала она и, сорвав алый кушак Молодежного антиполового союза, забросила в кусты.

Она будто вспомнила о чем-то, когда дотронулась до пояса, и теперь, порывшись в кармане, достала маленькую шоколадку, разломила и дала половину Уинстону. Еще не взяв ее, по одному запаху он понял, что это совсем не обыкновенный шоколад. Темный, блестящий и завернут в фольгу. Обычно шоколад был тускло-коричневый, крошился и отдавал — точнее его вкус не опишешь — дымом горящего мусора. Но когда-то он пробовал шоколад вроде этого. Запах сразу напомнил о чем-то — о чем, Уинстон не мог сообразить, но напомнил мощно и тревожно.

— Где ты достала?

— На черном рынке, — безразлично ответила она. — Да, на вид я именно такая. Хорошая спортсменка. В разведчицах была командиром отряда. Три вечера в неделю занимаюсь общественной работой в Молодежном антиполовом союзе. Часами расклеиваю их паскудные листки по всему Лондону. В шествиях всегда несу транспарант. Всегда с веселым лицом и ни от чего не отлыниваю. Всегда ори с толпой — мое правило. Только так ты в безопасности.

Первый кусочек шоколада растаял у него на языке. Вкус был восхитительный. Но что- то все шевелилось в глубинах памяти — что-то, ощущаемое очень сильно, но не принимавшее отчетливой формы, как предмет, который ты заметил краем глаза. Уинстон отогнал непрояснившееся воспоминание, поняв только, что оно касается какого-то поступка, который он с удовольствием аннулировал бы, если б мог.

— Ты совсем молодая, — сказал он. — На десять или пятнадцать лет моложе меня. Что тебя могло привлечь в таком человеке?

— У тебя что-то было в лице. Решила рискнуть. Я хорошо угадываю чужаков. Когда увидела тебя, сразу поняла, что ты против них.

«Они», по-видимому, означало партию, и прежде всего внутреннюю партию, о которой она говорила издевательски и с открытой ненавистью — Уинстону от этого становилось не по себе, хотя он знал, что здесь они в безопасности, насколько безопасность вообще возможна. Он был поражен грубостью ее языка. Партийцам сквернословить не полагалось, и сам Уинстон ругался редко, по крайней мере вслух, но Джулия не могла помянуть партию, особенно внутреннюю партию, без какого-нибудь словца из тех, что пишутся мелом на заборах. И его это не отталкивало. Это было просто одно из проявлений ее бунта против партии, против партийного духа и казалось таким же здоровым и естественным, как чихание лошади, понюхавшей прелого сена. Они ушли с прогалины и снова гуляли в пятнистой тени, обняв друг друга за талию, — там, где можно было идти рядом. Он заметил, насколько мягче стала у нее талия без кушака. Разговаривали шепотом. Пока мы не на лужайке, сказала Джулия, лучше вести себя тихо. Вскоре они вышли к опушке рощи. Джулия его остановила.

— Не выходи на открытое место. Может, кто-нибудь наблюдает. Пока мы в лесу — все в порядке.

Они стояли в орешнике. Солнце проникало сквозь густую листву и грело им лица. Уинстон смотрел на луг, лежавший перед ними, со странным чувством медленного узнавания. Он знал этот пейзаж. Старое пастбище с короткой травой, по нему бежит тропинка, там и сям кротовые кочки. Неровной изгородью на дальней стороне встали деревья, ветки вязов чуть шевелились от ветерка, и плотная масса листьев волновалась, как женские волосы. Где-то непременно должен быть ручей с зелеными заводями, в них ходит плотва.

— Тут поблизости нет ручейка? — прошептал он.

— Правильно, есть. На краю следующего поля. Там рыбы, крупные. Их видно — они стоят под ветлами, шевелят хвостами.

— Золотая страна… почти что, — пробормотал он.

— Золотая страна?

— Это просто так. Это место я вижу иногда во сне.

— Смотри! — шепнула Джулия.

Метрах в пяти от них, почти на уровне их лиц, на ветку слетел дрозд. Может быть, он их не видел. Он был на солнце, они в тени. Дрозд расправил крылья, потом не торопясь сложил, нагнул на секунду голову, словно поклонился солнцу, и запел. В послеполуденном затишье песня его звучала ошеломляюще громко. Уинстон и Джулия прильнули друг к другу и замерли, очарованные. Музыка лилась и лилась, минута за минутой, с удивительными вариациями, ни разу не повторяясь, будто птица нарочно показывала свое мастерство. Иногда она замолкала на несколько секунд, расправляла и складывала крылья, потом раздувала рябую грудь и снова разражалась песней. Уинстон смотрел на нее с чем-то вроде почтения. Для кого, для чего она поет? Ни подруги, ни соперника поблизости. Что ее заставляет сидеть на опушке необитаемого леса и выплескивать эту музыку в никуда? Он подумал: а вдруг здесь все-таки спрятан микрофон? Они с Джулией разговаривали тихим шепотом, их голосов он не поймает, а дрозда услышит наверняка. Может быть, на другом конце линии сидит маленький жукоподобный человек и внимательно слушает, — слушает это. Постепенно поток музыки вымыл из его головы все рассуждения. Она лилась на него, словно влага, и смешивалась с солнечным светом, цедившимся сквозь листву. Он перестал думать и только чувствовал. Талия женщины под его рукой была мягкой и теплой. Он повернул ее так, что они стали грудь в грудь, ее тело словно растаяло в его теле. Где бы он ни тронул рукой, оно было податливо, как вода. Их губы соединились; это было совсем непохоже на их жадные поцелуи вначале. Они отодвинулись друг от друга и перевели дух. Что-то спугнуло дрозда, и он улетел, шурша крыльями.

Уинстон прошептал ей на ухо:

— Сейчас.

— Не здесь, — шепнула она в ответ. — Пойдем на прогалину. Там безопасней.

Похрустывая веточками, они живо пробрались на свою лужайку, под защиту молодых деревьев. Джулия повернулась к нему. Оба дышали часто, но у нее на губах снова появилась слабая улыбка. Она смотрела на него несколько мгновений, потом взялась за молнию. Да! Это было почти как во сне. Почти так же быстро, как там, она сорвала с себя одежду и отшвырнула великолепным жестом, будто зачеркнувшим целую цивилизацию. Ее белое тело сияло на солнце. Но он не смотрел на тело — он не мог оторвать глаз от веснушчатого лица, от легкой дерзкой улыбки. Он стал на колени и взял ее за руки.

— У тебя уже так бывало?

— Конечно… Сотни раз… ну ладно, десятки.

— С партийными?

— Да, всегда с партийными.

— Из внутренней партии тоже?

— Нет, с этими сволочами — нет. Но многие были бы рады — будь у них хоть четверть шанса. Они не такие святые, как изображают.

Сердце у него взыграло. Это бывало у нее десятки раз — жаль, не сотни… не тысячи. Все, что пахло порчей, вселяло в него дикую надежду. Кто знает, может, партия внутри сгнила, ее культ усердия и самоотверженности — бутафория, скрывающая распад. Он заразил бы их всех проказой и сифилисом — с какой бы радостью заразил! Что угодно — лишь бы растлить, подорвать, ослабить. Он потянул ее вниз — теперь оба стояли на коленях.

— Слушай, чем больше у тебя было мужчин, тем больше я тебя люблю. Ты понимаешь?

— Да, отлично.

— Я ненавижу чистоту, ненавижу благонравие. Хочу, чтобы добродетелей вообще не было на свете. Я хочу, чтобы все были испорчены до мозга костей.

— Ну, тогда я тебе подхожу, милый. Я испорчена до мозга костей.

— Ты любишь этим заниматься? Не со мной, я спрашиваю, а вообще?

— Обожаю.

Это он и хотел услышать больше всего. Не просто любовь к одному мужчине, но животный инстинкт, неразборчивое вожделение: вот сила, которая разорвет партию в клочья. Он повалил ее на траву, на рассыпанные колокольчики. На этот раз все получилось легко. Потом, отдышавшись, они в сладком бессилии отвалились друг от друга. Солнце как будто грело жарче. Обоим захотелось спать. Он протянул руку к отброшенному комбинезону и прикрыл ее. Они почти сразу уснули и проспали с полчаса.

Уинстон проснулся первым. Он сел и посмотрел на веснушчатое лицо, спокойно лежавшее на ладони. Красивым в нем был, пожалуй, только рот. Возле глаз, если приглядеться, уже залегли морщинки. Короткие темные волосы были необычайно густы и мягки. Он вспомнил, что до сих пор не знает, как ее фамилия и где она живет.

Молодое сильное тело стало беспомощным во сне, и Уинстон смотрел на него с жалостливым, покровительственным чувством. Но та бессмысленная нежность, которая овладела им в орешнике, когда пел дрозд, вернулась не вполне. Он приподнял край комбинезона и посмотрел на ее гладкий белый бок. Прежде, подумал он, мужчина смотрел на женское тело, видел, что оно желанно, и дело с концом. А нынче не может быть ни чистой любви, ни чистого вожделения. Нет чистых чувств, все смешаны со страхом и ненавистью. Их любовные объятия были боем, а завершение — победой. Это был удар по партии. Это был политический акт.

III

— Мы можем прийти сюда еще раз, — сказала Джулия. — Два раза использовать одно укрытие, в общем, неопасно. Но, конечно, не раньше чем через месяц или два.

Проснулась Джулия другой — собранной и деловитой. Сразу оделась, затянула на себе алый кушак и стала объяснять план возвращения. Естественно было предоставить руководство ей. Она обладала практической сметкой — не в пример Уинстону, — а, кроме того, в бесчисленных туристских походах досконально изучила окрестности Лондона. Обратный маршрут она дала ему совсем другой, и заканчивался он на другом вокзале.

«Никогда не возвращайся тем же путем, каким приехал», — сказала она, будто провозгласила некий общий принцип. Она уйдет первой, а Уинстон должен выждать полчаса.

Она назвала место, где они смогут встретиться через четыре вечера, после работы. Это была улица в бедном районе — там рынок, всегда шумно и людно. Она будет бродить возле ларьков якобы в поисках шнурков или ниток. Если она сочтет, что опасности нет, то при его приближении высморкается; в противном случае он должен пройти мимо, как бы не заметив ее. Но если повезет, то в гуще народа можно четверть часа поговорить и условиться о новой встрече.

— А теперь мне пора, — сказала она, когда он усвоил предписания. — Я должна вернуться к девятнадцати тридцати. Надо отработать два часа в Молодежном антиполовом союзе — раздавать листовки или что-то такое. Ну не гадость? Отряхни меня, пожалуйста. Травы в волосах нет? Ты уверен? Тогда до свидания, любимый, до свидания.

Она кинулась к нему в объятья, поцеловала его почти исступленно, а через мгновение уже протиснулась между молодых деревьев и бесшумно исчезла в лесу. Он так и не узнал ее фамилию и адрес. Но это не имело значения: под крышей им не встретиться и писем друг другу не писать.

Вышло так, что на прогалину они больше не вернулись. За май им только раз удалось побыть вдвоем. Джулия выбрала другое место — колокольню разрушенной церкви в почти безлюдной местности, где тридцать лет назад сбросили атомную бомбу. Убежище было хорошее, но дорога туда — очень опасна. В остальном они встречались только на улицах, каждый вечер в новом месте и не больше чем на полчаса. На улице можно было поговорить — более или менее. Двигаясь в толчее по тротуару не рядом и не глядя друг на друга, они вели странный разговор, прерывистый, как миганье маяка: когда поблизости был телекран или навстречу шел партиец в форме, разговор замолкал, потом возобновлялся на середине фразы; там, где они условились расстаться, он резко обрывался и продолжался снова почти без вступления на следующий вечер. Джулия, видимо, привыкла к такому способу вести беседу — у нее это называлось разговором в рассрочку. Кроме того, она удивительно владела искусством говорить, не шевеля губами. За месяц, встречаясь почти каждый вечер, они только раз смогли поцеловаться. Они молча шли по переулку (Джулия не разговаривала, когда они уходили с больших улиц), как вдруг раздался оглушительный грохот, мостовая всколыхнулась, воздух потемнел, и Уинстон очутился на земле, испуганный, весь в ссадинах. Ракета, должно быть, упала совсем близко. В нескольких сантиметрах он увидел лицо Джулии, мертвенно бледное, белое как мел. Даже губы были белые. Убита! Он прижал ее к себе, и вдруг оказалось, что целует он живое, теплое лицо, только на губах у него все время какой-то порошок. Лица у обоих были густо засыпаны алебастровой пылью.

Случались и такие вечера, когда они приходили на место встречи и расходились, не взглянув друг на друга: то ли патруль появился из-за поворота, то ли зависал над головой вертолет. Не говоря об опасности, им было попросту трудно выкроить время для встреч. Уинстон работал шестьдесят часов в неделю, Джулия еще больше, выходные дни зависели от количества работы и совпадали не часто. Вдобавок у Джулии редко выдавался вполне свободный вечер. Удивительно много времени она тратила на посещение лекций и демонстраций, на раздачу литературы в Молодежном антиполовом союзе, изготовление лозунгов к Неделе ненависти, сбор всяческих добровольных взносов и тому подобные дела. Это окупается, сказала она, — маскировка. Если соблюдаешь мелкие правила, можно нарушать большие. Она и Уинстона уговорила пожертвовать еще одним вечером — записаться на работу по изготовлению боеприпасов, которую добровольно выполняли во внеслужебное время усердные партийцы. И теперь раз в неделю, изнемогая от скуки, в сумрачной мастерской, где гуляли сквозняки и унылый стук молотков мешался с телемузыкой, Уинстон по четыре часа свинчивал какие-то железки — наверно, детали бомбовых взрывателей.

Когда они встретились на колокольне, пробелы в их отрывочных разговорах были заполнены. День стоял знойный. В квадратной комнатке над звонницей было душно и нестерпимо пахло голубиным пометом. Несколько часов они просидели на пыльном полу, замусоренном хворостинками, и разговаривали; иногда один из них вставал и подходил к окошкам — посмотреть, не идет ли кто.

Джулии было двадцать шесть лет. Она жила в общежитии еще с тридцатью молодыми женщинами («Все провоняло бабами! До чего я ненавижу баб!» — заметила она мимоходом), а работала, как он и догадывался, в отделе литературы на машине для сочинения романов. Работа ей нравилась — она обслуживала мощный, но капризный электромотор. Она была «неспособной», но любила работать руками и хорошо разбиралась в технике. Могла описать весь процесс сочинения романа — от общей директивы, выданной плановым комитетом, до заключительной правки в редакционной группе. Но сам конечный продукт ее не интересовал. «Читать не охотница», — сказала она. Книги были одним из потребительских товаров, как повидло и шнурки для ботинок.

О том, что происходило до 60-х годов, воспоминаний у нее не сохранилось, а среди людей, которых она знала, лишь один человек часто говорил о дореволюционной жизни — это был ее дед, но он исчез, когда ей шел девятый год. В школе она была капитаном хоккейной команды и два года подряд выигрывала первенство по гимнастике. В разведчицах она была командиром отряда, а в Союзе юных, до того, как вступила в Молодежный антиполовой союз, — секретарем отделения. Всюду — на отличном счету. Ее даже выдвинули (признак хорошей репутации) на работу в порносеке, подразделении литературного отдела, выпускающем дешевую порнографию для пролов. Сотрудники называли его Навозным домом, сказала она. Там Джулия проработала год, занимаясь изготовлением таких книжечек, как «Озорные рассказы» и «Одна ночь в женской школе», — эту литературу рассылают в запечатанных пакетах, и пролетарская молодежь покупает ее украдкой, полагая, что покупает запретное.

— Что это за книжки? — спросил Уинстон.

— Жуткая дребедень. И скучища, между прочим. Есть всего шесть сюжетов, их слегка тасуют. Я, конечно, работала только на калейдоскопах. В редакционной группе — никогда. Я, милый, мало смыслю в литературе.

Он с удивлением узнал, что, кроме главного, все сотрудники порносека — девушки. Идея в том, что половой инстинкт у мужчин труднее контролируется, чем у женщин, а следовательно, набраться грязи на такой работе мужчина может с большей вероятностью.

— Там даже замужних женщин не держат, — сказала Джулия. — Считается ведь, что девушки — чистые создания. Перед тобой пример обратного.

Первый роман у нее был в шестнадцать лет — с шестидесятилетним партийцем, который впоследствии покончил с собой, чтобы избежать ареста. «И правильно сделал, — добавила Джулия. — У него бы и мое имя вытянули на допросе». После этого у нее были разные другие. Жизнь в ее представлении была штука простая. Ты хочешь жить весело; «они», то есть партия, хотят тебе помешать; ты нарушаешь правила как можешь. То, что «они» хотят отнять у тебя удовольствия, казалось ей таким же естественным, как то, что ты не хочешь попасться. Она ненавидела партию и выражала это самыми грубыми словами, но в целом ее не критиковала. Партийным учением Джулия интересовалась лишь в той степени, в какой оно затрагивало ее личную жизнь. Уинстон заметил, что и новоязовских слов она не употребляет — за исключением тех, которые вошли в общий обиход. О Братстве она никогда не слышала и верить в его существование не желала. Любой организованный бунт против партии, поскольку он обречен, представлялся ей глупостью. Умный тот, кто нарушает правила и все-таки остается жив. Уинстон рассеянно спросил себя, много ли таких, как она, в молодом поколении — среди людей, которые выросли в революционном мире, ничего другого не знают и принимают партию как нечто незыблемое, как небо, не восстают против ее владычества, а просто пытаются из-под него ускользнуть, как кролик от собаки.

О женитьбе они не заговаривали. Слишком призрачное дело

— не стоило о нем и думать. Даже если бы удалось избавиться от Кэтрин, жены Уинстона, ни один комитет не даст им разрешения. Даже как мечта это безнадежно.

— Какая она была — твоя жена? — спросила Джулия.

— Она?.. Ты знаешь, в новоязе есть слово «благомыслящий». Означает: правоверный от природы, не способный на дурную мысль.

— Нет, слова не знаю, а породу эту знаю, и даже очень.

Он стал рассказывать ей о своей супружеской жизни, но, как ни странно, все самое главное она знала и без него. Она описала ему, да так, словно сама видела или чувствовала, как цепенела при его прикосновении Кэтрин, как, крепко обнимая его, в то же время будто отталкивала изо всей силы. С Джулией ему было легко об этом говорить, да и Кэтрин из мучительного воспоминания давно превратилась всего лишь в противное.

— Я бы вытерпел, если бы не одна вещь. — Он рассказал ей о маленькой холодной церемонии, к которой его принуждала Кэтрин, всегда в один и тот же день недели. — Терпеть этого не могла, но помешать ей было нельзя никакими силами. У нее это называлось… никогда не догадаешься.

— Наш партийный долг, — без промедления отозвалась Джулия.

— Откуда ты знаешь?

— Милый, я тоже ходила в школу. После шестнадцати лет — раз в месяц беседы на половые темы. И в Союзе юных. Это вбивают годами. И я бы сказала, во многих случаях действует. Конечно, никогда не угадаешь: люди — лицемеры…

Она увлеклась темой. У Джулии все неизменно сводилось к ее сексуальности. И когда речь заходила об этом, ее суждения бывали очень проницательны. В отличие от Уинстона она поняла смысл пуританства, насаждаемого партией. Дело не только в том, что половой инстинкт творит свой собственный мир, который неподвластен партии, а значит, должен быть по возможности уничтожен. Еще важнее то, что половой голод вызывает истерию, а она желательна, ибо ее можно преобразовать в военное неистовство и в поклонение вождю. Джулия выразила это так:

— Когда спишь с человеком, тратишь энергию; а потом тебе хорошо и на все наплевать. Им это — поперек горла. Они хотят, чтобы энергия в тебе бурлила постоянно. Вся эта маршировка, крики, махание флагами — просто секс протухший. Если ты сам по себе счастлив, зачем тебе возбуждаться из-за Старшего Брата, трехлетних планов, двухминуток ненависти и прочей гнусной ахинеи?

Очень верно, подумал он. Между воздержанием и политической правоверностью есть прямая и тесная связь. Как еще разогреть до нужного градуса ненависть, страх и кретинскую доверчивость, если не закупорив наглухо какой-то могучий инстинкт, дабы он превратился в топливо? Половое влечение было опасно для партии, и партия поставила его себе на службу. Такой же фокус проделали с родительским инстинктом. Семью отменить нельзя; напротив, любовь к детям, сохранившуюся почти в прежнем виде, поощряют. Детей же систематически настраивают против родителей, учат шпионить за ними и доносить об их отклонениях. По существу, семья стала придатком полиции мыслей. К каждому человеку круглые сутки приставлен осведомитель — его близкий.

Неожиданно мысли Уинстона вернулись к Кэтрин. Если бы Кэтрин была не так глупа и смогла уловить неортодоксальность его мнений, она непременно донесла бы в полицию мыслей. А напомнили ему о жене зной и духота, испарина на лбу. Он стал рассказывать Джулии о том что произошло, а вернее, не произошло в такой же жаркий день одиннадцать лет назад.

Случилось это через три или четыре месяца после женитьбы. В туристском походе, где- то в Кенте, они отстали от группы. Замешкались на каких-нибудь две минуты, но повернули не туда и вскоре вышли к старому меловому карьеру. Путь им преградил обрыв в десять или двадцать метров; на дне лежали валуны. Спросить дорогу было не у кого. Сообразив, что они сбились с пути, Кэтрин забеспокоилась. Отстать от шумной ватаги туристов хотя бы на минуту для нее уже было нарушением. Она хотела сразу бежать назад, искать группу в другой стороне. Но тут Уинстон заметил дербенник, росший пучками в трещинах каменного обрыва. Один был с двумя цветками — ярко-красным и кирпичным, — они росли из одного корня. Уинстон ничего подобного не видел и позвал Кэтрин.

— Кэтрин, смотри! Смотри, какие цветы. Вон тот кустик в самом низу. Видишь, двухцветный?

Она уже пошла прочь, но вернулась, не скрывая раздражения. И даже наклонилась над обрывом, чтобы разглядеть, куда он показывает. Уинстон стоял сзади и придерживал ее за талию. Вдруг ему пришло в голову, что они здесь совсем одни. Ни души кругом, листик не шелохнется, птицы и те затихли. В таком месте можно было почти не бояться скрытого микрофона, да если и есть микрофон — что он уловит, кроме звука? Был самый жаркий, самый сонный послеполуденный час. Солнце палило, пот щекотал лицо. И у него мелькнула мысль...

— Толкнул бы ее как следует, — сказала Джулия. — Я бы обязательно толкнула.

— Да, милая, ты бы толкнула. И я бы толкнул, будь я таким, как сейчас. А может... Не уверен.

— Жалеешь, что не толкнул?

— Да. В общем, жалею.

Они сидели рядышком на пыльном полу. Он притянул ее поближе. Голова ее легла ему на плечо, и свежий запах ее волос был сильнее, чем запах голубиного помета. Она еще очень молодая, подумал он, еще ждет чего-то от жизни, она не понимает, что, столкнув неприятного человека с кручи, ничего не решишь.

— По сути, это ничего бы не изменило.

— Тогда почему жалеешь, что не столкнул?

— Только потому, что действие предпочитаю бездействию. В этой игре, которую мы ведем, выиграть нельзя. Одни неудачи лучше других — вот и все.

Джулия упрямо передернула плечами. Когда он высказывался в таком духе, она ему возражала. Она не желала признавать законом природы то, что человек обречен на поражение. В глубине души она знала, что приговорена, что рано или поздно полиция мыслей настигнет ее и убьет, но вместе с тем верила, будто можно выстроить отдельный тайный мир и жить там как тебе хочется. Для этого нужно только везение да еще ловкость и дерзость. Она не понимала, что счастья не бывает, что победа возможна только в отдаленном будущем и тебя к тому времени давно не будет на свете, что с той минуты, когда ты объявил партии войну, лучше всего считать себя трупом.

— Мы покойники, — сказал он.

— Еще не покойники, — прозаически поправила его Джулия.

— Не телесно. Через полгода, через год… ну, предположим, через пять. Я боюсь смерти. Ты молодая и, надо думать, боишься больше меня. Ясно, что мы будем оттягивать ее как можем. Но разница маленькая. Покуда человек остается человеком, смерть и жизнь — одно и то же.

— Тьфу, чепуха. С кем ты захочешь спать — со мной или со скелетом? Ты не радуешься тому, что жив? Тебе неприятно чувствовать: вот я, вот моя рука, моя нога, я хожу, я дышу, я живу! Это тебе не нравится?

Она повернулась и прижалась к нему грудью. Он чувствовал ее грудь сквозь комбинезон — спелую, но твердую. В его тело будто переливалась молодость и энергия из ее тела.

— Нет, это мне нравится, — сказал он.

— Тогда перестань говорить о смерти. А теперь слушай, милый, — нам надо условиться о следующей встрече. Свободно можем поехать на то место, в лес. Перерыв был вполне достаточный. Только ты должен добираться туда другим путем. Я уже все рассчитала. Садишься в поезд… подожди, я тебе нарисую.

И, практичная, как всегда, она сгребла в квадратик пыль на полу и хворостинкой из голубиного гнезда стала рисовать карту.

IV

Уинстон обвел взглядом запущенную комнатушку над лавкой мистера Чаррингтона. Широченная с голым валиком кровать возле окна была застлана драными одеялами. На каминной доске тикали старинные часы с двенадцатичасовым циферблатом. В темном углу на раздвижном столе поблескивало стеклянное пресс-папье, которое он принес сюда в прошлый раз.

В камине стояла помятая керосинка, кастрюля и две чашки — все это было выдано мистером Чаррингтоном. Уинстон зажег керосинку и поставил кастрюлю с водой. Он принес с собой полный конверт кофе «Победа» и сахариновые таблетки. Часы показывали двадцать минут восьмого, это значило 19:20. Она должна была прийти в 19:30.

Безрассудство, безрассудство! — твердило ему сердце: самоубийственная прихоть и безрассудство. Из всех преступлений, какие может совершить член партии, это скрыть труднее всего. Идея зародилась у него как видение: стеклянное пресс-папье, отразившееся в крышке раздвижного стола. Как он и ожидал, мистер Чаррингтон охотно согласился сдать комнату. Он был явно рад этим нескольким лишним долларам. А когда Уинстон объяснил ему, что комната нужна для свиданий с женщиной, он и не оскорбился и не перешел на противный доверительный тон. Глядя куда-то мимо, он завел разговор на общие темы, причем с такой деликатностью, что сделался как бы отчасти невидим. Уединиться, сказал он, для человека очень важно. Каждому время от времени хочется побыть одному. И когда человек находит такое место, те, кто об этом знает, должны хотя бы из простой вежливости держать эти сведения при себе. Он добавил — причем создалось впечатление, будто его уже здесь почти нет, — что в доме два входа, второй — со двора, а двор открывается в проулок.

Под окном кто-то пел. Уинстон выглянул, укрывшись за муслиновой занавеской.

Июньское солнце еще стояло высоко, а на освещенном дворе топала взад-вперед между корытом и бельевой веревкой громадная, мощная, как норманнский столб, женщина с красными мускулистыми руками и развешивала квадратные тряпочки, в которых Уинстон угадал детские пеленки. Когда ее рот освобождался от прищепок, она запевала сильным контральто:

Давно уж нет мечтаний, сердцу милых.
Они прошли, как первый день весны,
Но позабыть я и теперь не в силах
Тем голосом навеянные сны!

Последние недели весь Лондон был помешан на этой песенке. Их в бесчисленном множестве выпускала для пролов особая секция музыкального отдела. Слова сочинялись вообще без участия человека — на аппарате под названием «версификатор». Но женщина пела так мелодично, что эта страшная дребедень почти радовала слух. Уинстон слышал и ее песню, и шарканье ее туфель по каменным плитам, и детские выкрики на улице, и отдаленный гул транспорта, но при всем этом в комнате стояла удивительная тишина: тут не было телекрана.

Безрассудство, безрассудство! — снова подумал он. Несколько недель встречаться здесь и не попасться — мыслимое ли дело? Но слишком велико для них было искушение иметь свое место, под крышей и недалеко. После свидания на колокольне они никак не могли встретиться. К Неделе ненависти рабочий день резко удлинили. До нее еще оставалось больше месяца, но громадные и сложные приготовления всем прибавили работы. Наконец Джулия и Уинстон выхлопотали себе свободное время после обеда в один день. Решили поехать на прогалину. Накануне они ненадолго встретились на улице. Пока они пробирались навстречу друг другу в толпе, Уинстон по обыкновению почти не смотрел в сторону Джулии, но даже одного взгляда ему было достаточно, чтобы заметить ее бледность.

— Все сорвалось, — пробормотала она, когда увидела, что можно говорить. — Я о завтрашнем.

— Что?

— Завтра. Не смогу после обеда.

— Почему?

— Да обычная история. В этот раз рано началось.

Сперва он ужасно рассердился. Теперь, через месяц после

их знакомства, его тянуло к Джулии совсем по-другому. Тогда настоящей чувственности в этом было мало. Их первое любовное свидание было просто волевым поступком. Но после второго все изменилось. Запах ее волос, вкус губ, ощущение от ее кожи будто поселились в нем или же пропитали весь воздух вокруг. Она стала физической необходимостью, он ее не только хотел, но и как бы имел на нее право. Когда она сказала, что не сможет прийти, ему почудилось, что она его обманывает. Но тут как раз толпа прижала их друг к другу, и руки их нечаянно соединились. Она быстро сжала ему кончики пальцев, и это пожатие как будто просило не страсти, а просто любви. Он подумал, что, когда живешь с женщиной, такие осечки в порядке вещей и должны повторяться; и вдруг почувствовал глубокую, незнакомую доселе нежность к Джулии. Ему захотелось, чтобы они были мужем и женой и жили вместе уже десять лет. Ему захотелось идти с ней до улице, как теперь, только не таясь, без страха, говорить о пустяках и покупать всякую ерунду для дома. А больше всего захотелось найти такое место, где они смогли бы побыть вдвоем и не чувствовать, что обязаны урвать любви на каждом свидании. Но не тут, а только на другой день родилась у него мысль снять комнату у мистера Чаррингтона. Когда он сказал об этом Джулии, она на удивление быстро согласилась. Оба понимали, что это — сумасшествие. Они сознательно делали шаг к могиле. И сейчас, сидя на краю кровати, он думал о подвалах министерства любви. Интересно, как этот неотвратимый кошмар то уходит из твоего сознания, то возвращается. Вот он поджидает тебя где-то в будущем, и смерть следует за ним так же, как за девяносто девятью следует сто. Его не избежать, но оттянуть, наверное, можно; а вместо этого каждым таким поступком ты умышленно, добровольно его приближаешь.

На лестнице послышались быстрые шаги. В комнату ворвалась Джулия. У нее была коричневая брезентовая сумка для инструментов — с такой он не раз видел ее в министерстве. Он было обнял ее, но она поспешно освободилась — может быть, потому, что еще держала сумку.

— Подожди, — сказала она. — Дай покажу, что я притащила. Ты принес эту гадость, кофе «Победа»? Так и знала. Можешь отнести его туда, откуда взял, — он не понадобится. Смотри.

Она встала на колени, раскрыла сумку и вывалила лежавшие

сверху гаечные ключи и отвертку. Под ними были спрятаны аккуратные бумажные пакеты. В первом, который она протянула Уинстону, было что-то странное, но как будто знакомое на ощупь. Тяжелое вещество подавалось под пальцами, как песок.

— Это не сахар? — спросил он.

— Настоящий сахар. Не сахарин, а сахар. А вот батон хлеба — порядочного белого хлеба, не нашей дряни… и баночка джема. Тут банка молока… и смотри! Вот моя главная гордость! Пришлось завернуть в мешковину, чтобы…

Но она могла не объяснять, зачем завернула. Запах уже наполнил комнату, густой и теплый; повеяло ранним детством, хотя и теперь случалось этот запах слышать: то в проулке им потянет до того, как захлопнулась дверь, то таинственно расплывется он вдруг в уличной толпе и тут же рассеется.

— Кофе, — пробормотал он, — настоящий кофе.

— Кофе для внутренней партии. Целый килограмм.

— Где ты столько всякого достала?

— Продукты для внутренней партии. У этих сволочей есть все на свете. Но, конечно, официанты и челядь воруют… смотри, еще пакетик чаю.

Уинстон сел рядом с ней на корточки. Он надорвал угол пакета.

— И чай настоящий. Не черносмородинный лист.

— Чай в последнее время появился. Индию заняли или вроде того, — рассеянно сказала она. — Знаешь что, милый? Отвернись на три минуты, ладно? Сядь на кровать с другой стороны. Не подходи близко к окну. И не оборачивайся, пока не скажу.

Уинстон праздно глядел на двор из-за муслиновой занавески. Женщина с красными руками все еще расхаживала между корытом и веревкой. Она вынула изо рта две прищепки и с сильным чувством запела:

Пусть говорят мне: время все излечит. Пусть говорят: страдания забудь.

Но музыка давно забытой речи Мне и сегодня разрывает грудь!

Всю эту идиотскую песенку она, кажется, знала наизусть.

Голос плыл в нежном летнем воздухе, очень мелодичный, полный какой-то счастливой меланхолии. Казалось, что она будет вполне довольна, если никогда не кончится этот летний вечер, не иссякнут запасы белья, и готова хоть тысячу лет развешивать тут пеленки и петь всякую чушь. Уинстон с удивлением подумал, что ни разу не видел партийца, поющего в одиночку и для себя. Это сочли бы даже вольнодумством, опасным чудачеством, вроде привычки разговаривать с собой вслух. Может быть, людям только тогда и есть о чем петь, когда они на грани голода.

— Можешь повернуться, — сказала Джулия.

Уинстон обернулся и не узнал ее. Он ожидал увидеть ее голой. Но она была не голая.

Превращение ее оказалось куда замечательнее. Она накрасилась.

Должно быть, она украдкой забежала в какую-нибудь из пролетарских лавочек и купила полный набор косметики. Губы — ярко-красные от помады, щеки нарумянены, нос напудрен; и даже глаза подвела: они стали ярче. Сделала она это не очень умело, но и запросы Уинстона были весьма скромны. Он никогда не видел и не представлял себе партийную женщину с косметикой на лице. Джулия похорошела удивительно. Чуть-чуть краски в нужных местах — и она стала не только красивее, но и, самое главное, женственнее. Короткая стрижка и мальчишеский комбинезон лишь усиливали впечатление. Когда он обнял Джулию, на него пахнуло синтетическим запахом фиалок. Он вспомнил сумрак полуподвальной кухни и рот женщины, похожий на пещеру. От нее пахло теми же духами, но сейчас это не имело значения.

— Духи! — сказал он.

— Да, милый, духи. И знаешь, что я теперь сделаю? Где-нибудь достану настоящее платье и надену вместо этих гнусных брюк. Надену шелковые чулки и туфли на высоком каблуке. В этой комнате я буду женщина, а не товарищ!

Они скинули одежду и забрались на громадную кровать из красного дерева. Он впервые разделся перед ней догола. До сих пор он стыдился своего бледного, хилого тела, синих вен на икрах, красного пятна над щиколоткой. Белья не было, но одеяло под ними было вытертое и мягкое, а ширина кровати обоих изумила.

— Клопов, наверно, тьма, но какая разница, — сказала Джулия.

Двуспальную кровать можно было увидеть только в домах у пролов. Уинстон спал на похожей в детстве; Джулия, сколько помнила, не лежала на такой ни разу.

После они ненадолго уснули. Когда Уинстон проснулся, стрелки часов подбирались к девяти. Он не шевелился — Джулия спала у него на руке. Почти все румяна перешли на его лицо, на валик, но и то немногое, что осталось, все равно оттеняло красивую лепку ее скулы. Желтый луч закатного солнца падал на изножье кровати и освещал камин — там давно кипела вода в кастрюле. Женщина на дворе уже не пела, с улицы негромко доносились выкрики детей. Он лениво подумал: неужели в отмененном прошлом это было обычным делом — мужчина и женщина могли лежать в постели прохладным вечером, ласкать друг друга когда захочется, разговаривать о чем вздумается и никуда не спешить — просто лежать и слушать мирный уличный шум? Нет, не могло быть такого времени, когда это считалось нормальным. Джулия проснулась, протерла глаза и, приподнявшись на локте, поглядела на керосинку.

— Вода наполовину выкипела, — сказала она. — Сейчас встану, заварю кофе. Еще час есть. У тебя в доме когда выключают свет?

— В двадцать три тридцать.

— А в общежитии — в двадцать три. Но возвращаться надо раньше, иначе… Ах ты!

Пошла, гадина!

Она свесилась с кровати, схватила с пола туфлю и, размахнувшись по-мальчишески, швырнула в угол, как тогда на двухминутке ненависти — словарем в Голдстейна.

— Что там такое? — с удивлением спросил он.

— Крыса. Из панели, тварь, морду высунула. Нора у ней там. Но я ее хорошо пугнула.

— Крысы! — прошептал Уинстон. — В этой комнате?

— Да их полно, — равнодушно ответила Джулия и снова легла. — В некоторых районах кишма кишат. А ты знаешь, что они нападают на детей? Нападают. Кое-где женщины на минуту не могут оставить грудного. Бояться надо старых, коричневых. А самое противное — что эти твари…

— Перестань! — Уинстон крепко зажмурил глаза.

— Миленький! Ты прямо побледнел. Что с тобой? Не переносишь крыс?

— Крыс... Нет ничего страшней на свете.

Она прижалась к нему, обвила его руками и ногами, словно хотела успокоить теплом своего тела. Он не сразу открыл глаза. Несколько мгновений у него было такое чувство, будто его погрузили в знакомый кошмар, который посещал его на протяжении всей жизни. Он стоит перед стеной мрака, а за ней — что-то невыносимое, настолько ужасное, что нет сил смотреть. Главным во сне было ощущение, что он себя обманывает: на самом деле ему известно, что находится за стеной мрака. Чудовищным усилием, выворотив кусок собственного мозга, он мог бы даже извлечь это на свет. Уинстон всегда просыпался, так и не выяснив, что там скрывалось... И вот прерванный на середине рассказ Джулии имел какое-то отношение к его кошмару.

— Извини, — сказал он. — Пустяки. Крыс не люблю, больше ничего.

— Не волнуйся, милый, мы этих тварей сюда не пустим. Перед уходом заткну дыру тряпкой. А в следующий раз принесу штукатурку, и забьем как следует.

Черный миг паники почти выветрился из головы. Слегка устыдившись, Уинстон сел к изголовью. Джулия слезла с кровати, надела комбинезон и сварила кофе. Аромат из кастрюли был до того силен и соблазнителен, что они закрыли окно: почует кто-нибудь на дворе и станет любопытничать. Самым приятным в кофе был даже не вкус, а шелковистость на языке, которую придавал сахар, — ощущение, почти забытое за многие годы питья с сахарином. Джулия, засунув одну руку в карман, а в другой держа бутерброд с джемом, бродила по комнате, безразлично скользила взглядом по книжной полке, объясняла, как лучше всего починить раздвижной стол, падала в кресло — проверить, удобное ли, — весело и снисходительно разглядывала двенадцатичасовой циферблат. Принесла на кровать, поближе к свету, стеклянное пресс-папье. Уинстон взял его в руки и в который раз залюбовался мягкой дождевой глубиною стекла.

— Для чего эта вещь, как думаешь? — спросила Джулия.

— Думаю, ни для чего... то есть ею никогда не

пользовались. За это она мне и нравится. Маленький обломок истории, который забыли переделать. Весточка из прошлого века — знать бы, как ее прочесть.

— А картинка на стене, — она показала подбородком на гравюру, — неужели тоже прошлого века?

— Старше. Пожалуй, позапрошлого. Трудно сказать. Теперь ведь возраста ни у чего не установишь.

Джулия подошла к гравюре поближе.

— Вот откуда эта тварь высовывалась, — сказала она и пнула стену прямо под гравюрой. — Что это за дом? Я его где-то видела.

— Это церковь — по крайней мере была церковью. Называлась — церковь святого Клемента у датчан. — Он вспомнил начало стишка, которому его научил мистер Чаррингтон, и с грустью добавил: — Апельсинчики как мед, в колокол Сент-Клемент бьет.

К его изумлению, она подхватила:

— И звонит Сент-Мартин:
Отдавай мне фартинг!
А Олд-Бейли, ох, сердит, Возвращай должок! — гудит.
Что там дальше, не могу вспомнить. Помню только, что кончается с: «Вот зажгу я пару свеч — ты в постельку можешь лечь. Вот возьму я острый меч — и головка твоя с плеч».

Это было как пароль и отзыв. Но после «Олд-Бейли» должно идти что-то еще. Может быть, удастся извлечь из памяти мистера Чаррингтона — если правильно его настроить.

— Кто тебя научил? — спросил он.

— Дед научил. Я была еще маленькой. Его распылили, когда мне было восемь лет... во всяком случае, он исчез... Интересно, какие они были, апельсины, — неожиданно сказала она. — А лимоны я видела. Желтоватые, остроносые.

— Я помню лимоны, — сказал Уинстон. — В пятидесятые годы их было много. Такие кислые, что только понюхаешь, и то уже слюна бежит.

— За картинкой наверняка живут клопы, — сказала Джулия. — Как-нибудь сниму ее и хорошенько почищу. Кажется, нам пора. Мне еще надо смыть краску. Какая тоска! А потом сотру с тебя помаду.

Уинстон еще несколько минут поваялся. В комнате темнело. Он повернулся к свету и стал смотреть на пресс-папье.

Не коралл, а внутренность самого стекла — вот что без конца притягивало взгляд. Глубина и вместе с тем почти воздушная его прозрачность. Подобно небесному своду, стекло замкнуло в себе целый крохотный мир вместе с атмосферой. И чудилось Уинстону, что он мог бы попасть внутрь, что он уже внутри — и он, и эта кровать красного дерева, и раздвижной стол, и часы, и гравюра, и само пресс-папье. Оно было этой комнатой, а коралл — жизнью его и Джулии, запаянной, словно в вечность, в сердцевину хрусталя.

V

Исчез Сайм. Утром не пришел на работу; недалекие люди поговорили о его отсутствии. На другой день о нем никто не упоминал. На третий Уинстон сходил в вестибюль отдела документации и посмотрел на доску объявлений. Там был печатный список Шахматного комитета, где состоял Сайм. Список выглядел почти как раньше — никто не вычеркнут, — только стал на одну фамилию короче. Все ясно. Сайм перестал существовать; он никогда не существовал.

Жара стояла изнурительная. В министерских лабиринтах, в кабинах без окон кондиционеры поддерживали нормальную температуру, но на улице тротуар обжигал ноги, и вонь в метро в часы пик была несусветная. Приготовления к Неделе ненависти шли полным ходом, и сотрудники министерств работали сверхурочно. Шествия, митинги, военные парады, лекции, выставки восковых фигур, показ кинофильмов, специальные телепрограммы — все это надо было организовать; надо было построить трибуны, смонтировать статуи, отшлифовать лозунги, сочинить песни, запустить слухи, подделать фотографии. В отделе литературы секцию Джулии сняли с романов и бросили на брошюры о зверствах. Уинстон в дополнение к обычной работе подолгу просиживал за подшивками «Таймс», меняя и разукрашивая сообщения, которые предстояло цитировать в докладах. Поздними вечерами, когда по улицам бродили толпы буйных пролов, Лондон словно лихорадило. Ракеты падали на город чаще обычного, а иногда в отдалении слышались чудовищные взрывы — объяснить эти взрывы никто не мог, и о них ползли дикие слухи.

Сочинена уже была и беспрерывно передавалась по телекрану музыкальная тема Недели — новая мелодия под названием «Песня ненависти». Построенная на свирепом, лающем ритме и мало чем похожая на музыку, она больше всего напоминала барабанный бой. Когда ее орали в тысячу глоток, под топот ног, впечатление получалось устрашающее. Она полюбилась пролам и уже теснила на ночных улицах до сих пор популярную «Давно уж нет мечтаний». Дети Парсонса исполняли ее в любой час дня и ночи, убийственно, на гребенках. Теперь вечера Уинстона были загружены еще больше. Отряды добровольцев, набранные Парсонсом, готовили улицу к Неделе ненависти, делали транспаранты, рисовали плакаты, ставили на крышах флагштоки, с опасностью для жизни натягивали через улицу проволоку для будущих лозунгов. Парсонс хвастал, что дом «Победа» один вывесит четыреста погонных метров флагов и транспарантов. Он был в своей стихии и радовался, как дитя. Благодаря жаре и физическому труду он имел полное основание переодеваться вечером в шорты и свободную рубашку. Он был повсюду одновременно — тянул, толкал, пилил, заколачивал, изобретал, по-товарищески подбадривал и каждой складкой неиссякаемого тела источал едко пахнущий пот.

Вдруг весь Лондон украсился новым плакатом. Без подписи: огромный, в три-четыре метра, евразийский солдат с непроницаемым монголоидным лицом и в гигантских сапогах шел на зрителя с автоматом, целясь от бедра. Где бы ты ни стал, увеличенное перспективой дуло автомата смотрело на тебя. Эту штуку клеили на каждом свободном месте, на каждой стене, и численно она превзошла даже портреты Старшего Брата. У пролов, войной обычно не интересовавшихся, сделался, как это периодически с ними бывало, припадок патриотизма.

И, словно для поддержания воинственного духа, ракеты стали уничтожать больше людей, чем всегда. Одна угодила в переполненный кинотеатр в районе Степни и погребла под развалинами несколько сот человек. На похороны собрались все жители района; процессия тянулась несколько часов и вылилась в митинг протеста. Другая ракета упала на пустырь, занятый под детскую площадку, и разорвала в клочья несколько десятков детей. Снова были гневные демонстрации, жгли чучело Голдстейна, сотнями срывали и предавали огню плакаты с евразийцем; во время беспорядков разграбили несколько магазинов; потом разнесся слух, что шпионы наводят ракеты при помощи радиоволн, — у старой четы, заподозренной в иностранном происхождении, подожгли дом, и старики задохнулись в дыму.

В комнате над лавкой мистера Чаррингтона Джулия и Уинстон ложились на незастланную кровать и лежали под окном голые из-за жары. Крыса больше не появлялась, но клоп плодился в тепле ужасающе. Их это не трогало. Грязная ли, чистая ли, комната была раем. Едва переступив порог, они посыпали все перцем, купленным на черном рынке, скидывали одежду и, потные, предавались любви; потом их смаривало, а проснувшись, они обнаруживали, что клопы воспряли и стягиваются для контратаки.

Четыре, пять, шесть... семь раз встречались они так в июне. Уинстон избавился от привычки пить джин во всякое время дня. И как будто не испытывал в нем потребности. Он пополнел, варикозная язва его затянулась, оставив после себя только коричневое пятно над щиколоткой; прекратились и утренние приступы кашля. Процесс жизни перестал быть невыносимым; Уинстона уже не подмывало, как раньше, скорчить рожу телекрану или выругаться во весь голос. Теперь, когда у них было надежное пристанище, почти свой дом, не казалось лишением даже то, что приходить сюда они могут только изредка и на каких- нибудь два часа. Важно было, что у них есть эта комната над лавкой старьевщика. Знать, что она есть и неприкосновенна, — почти то же самое, что находиться в ней. Комната была миром, заказником прошлого, где могут бродить вымершие животные. Мистер Чаррингтон тоже вымершее животное, думал Уинстон. По дороге наверх он останавливался поговорить с хозяином. Старик, по-видимому, редко выходил на улицу, если вообще выходил; с другой стороны, и покупателей у него почти не бывало. Незаметная жизнь его протекала между крохотной темной лавкой и еще более крохотной кухонькой в тылу, где он стряпал себе еду и где стоял среди прочих предметов невероятно древний граммофон с огромнейшим раструбом. Старик был рад любому случаю поговорить. Длинноносый и сутулый, в толстых очках и бархатном пиджаке, он бродил среди своих бесполезных товаров, похожий скорее на коллекционера, чем на торговца. С несколько остывшим энтузиазмом он брал в руку тот или иной пустяк — фарфоровую затычку для бутылки, разрисованную крышку бывшей табакерки, латунный медальон с прядкой волос неведомого и давно умершего ребенка, — не купить предлагая Уинстону, а просто полюбоваться. Беседовать с ним было все равно что слушать звон изношенной музыкальной шкатулки. Он извлек из закоулков своей памяти еще несколько забытых детских стишков. Один был: «Птицы в пироге», другой про корову с гнутым рогом, а еще один про смерть малиновки. «Я подумал, что вам это может быть интересно», —

говорил он с неодобрительным смешком, воспроизведя очередной отрывок. Но ни в одном стихотворении он не мог припомнить больше двух-трех строк.

Они с Джулией понимали — и, можно сказать, все время помнили, — что долго продолжаться это не может. В иные минуты грядущая смерть казалась не менее ощутимой, чем кровать под ними, и они прижимались друг к другу со страстью отчаяния — как обреченный хватает последние крохи наслаждения за пять минут до боя часов. Впрочем, бывали такие дни, когда они тешили себя иллюзией не только безопасности, но и постоянства. Им казалось, что в этой комнате с ними не может случиться ничего плохого. Добираться сюда трудно и опасно, но сама комната — убежище. С похожим чувством Уинстон вглядывался однажды в пресс-папье: казалось, что можно попасть в сердцевину стеклянного мира и, когда очутишься там, время остановится. Они часто предавались грезам о спасении. Удача их не покинет, и роман их не кончится, пока они не умрут своей смертью.

Или Кэтрин отправится на тот свет, и путем разных ухищрений Уинстон с Джулией добьются разрешения на брак. Или они вместе покончат с собой. Или скроются: изменят внешность, научатся пролетарскому выговору, устроятся на фабрику и, никем не узнанные, доживут свой век на задворках. Оба знали, что все это ерунда. В действительности спасения нет. Реальным был один план — самоубийство, но и его они не спешили осуществить. В подвешенном состоянии, день за днем, из недели в неделю тянуть настоящее без будущего велел им непобедимый инстинкт — так легкие всегда делают следующий вдох, покуда есть воздух.

А еще они иногда говорили о деятельном бунте против партии — но не представляли себе, с чего начать. Даже если мифическое Братство существует, как найти к нему путь? Уинстон рассказал ей о странной близости, возникшей — или как будто возникшей — между ним и О'Брайеном, и о том, что у него бывает желание прийти к О'Брайену, объявить себя врагом партии и попросить помощи. Как ни странно, Джулия не сочла эту идею совсем безумной. Она привыкла судить о людях по лицам, и ей казалось естественным, что, один раз переглянувшись с О'Брайеном, Уинстон ему поверил. Она считала само собой разумеющимся, что каждый человек, почти каждый, тайно ненавидит партию и нарушит правила, если ему это ничем не угрожает. Но она отказывалась верить, что существует и может существовать широкое организованное сопротивление. Рассказы о Голдстейне и его подпольной армии — ахинея, придуманная партией для собственной выгоды, а ты должен делать вид, будто веришь. Невесть сколько раз на партийных собраниях и стихийных демонстрациях она надсаживала горло, требуя казнить людей, чьих имен никогда не слышала и в чьи преступления не верила ни секунды. Когда происходили открытые процессы, она занимала свое место в отрядах Союза юных, с утра до ночи стоявших в оцеплении вокруг суда, и выкрикивала с ними: «Смерть предателям!» На двухминутках ненависти громче всех поносила Голдстейна. При этом очень смутно представляла себе, кто такой Голдстейн и в чем состоят его теории. Она выросла после революции и по молодости лет не помнила идеологические баталии пятидесятых и шестидесятых годов. Независимого политического движения она представить себе не могла; да и в любом случае партия неуязвима. Партия будет всегда и всегда будет такой же. Противиться ей можно только тайным неповиновением, самое большее — частными актами террора: кого-нибудь убить, что-нибудь взорвать.

В некоторых отношениях она была гораздо проницательнее Уинстона и меньше подвержена партийной пропаганде. Однажды, кода он обмолвился в связи с чем-то о войне с Евразией, Джулия ошеломила его, небрежно сказав, что, по ее мнению, никакой войны нет. Ракеты, падающие на Лондон, может быть, пускает само правительство, «чтобы держать людей в страхе». Ему такая мысль просто не приходила в голову. А один раз он ей даже позавидовал: когда она сказала, что на двухминутках ненависти самое трудное для нее — удержаться от смеха. Но партийные идеи она подвергала сомнению только тогда, когда они прямо затрагивали ее жизнь. Зачастую она готова была принять официальный миф просто потому, что ей казалось не важным, ложь это или правда. Например, она верила, что партия изобрела самолет, — так ее научили в школе. (Когда Уинстон был школьником — в конце 50-х годов, — партия претендовала только на изобретение вертолета; десятью годами позже, когда в школу пошла Джулия, изобретением партии стал уже и самолет; еще одно поколение — и она изобретет паровую машину.) Когда он сказал Джулии, что самолеты летали до его рождения и задолго до революции, ее это нисколько не взволновало. В конце концов какая разница, кто изобрел самолет? Но больше поразило его другое: как выяснилось из одной мимоходом брошенной фразы, Джулия не помнила, что четыре года назад у них с Евразией был мир, а война — с Остазией. Правда, войну она вообще считала мошенничеством; но что противник теперь другой, она даже не заметила. «Я думала, мы всегда воевали с Евразией», — сказала она равнодушно. Его это немного испугало. Самолет изобрели задолго до ее рождения, но враг-то переменился всего четыре года назад, она была уже вполне взрослой. Он растолковывал ей это, наверное, четверть часа. В конце концов ему удалось разбудить ее память, и она с трудом вспомнила, что когда-то действительно врагом была не Евразия, а Остазия. Но отнеслась к этому безразлично. «Не все ли равно? — сказала она с раздражением. — Не одна сволочная война, так другая, и всем понятно, что сводки врут».

Иногда он рассказывал ей об отделе документации, о том, как занимаются наглыми подтасовками. Ее это не ужасало. Пропасть под ее ногами не разверзалась оттого, что ложь превращают в правду. Он рассказал ей о Джонсе, Аронсоне и Резерфорде, о том, как в руки ему попал клочок газеты — потрясающая улика. На Джулию и это не произвело впечатления. Она даже не сразу поняла смысл рассказа.

— Они были твои друзья? — спросила она.

— Нет, я с ними не был знаком. Они были членами внутренней партии. Кроме того, они гораздо старше меня. Это люди старого времени, дореволюционного. Я их и в лицо-то едва знал.

— Тогда почему столько переживаний? Кого-то все время убивают, правда? Он попытался объяснить.

— Это случай исключительный. Дело не только в том, что кого-то убили. Ты понимаешь, что прошлое начиная со вчерашнего дня фактически отменено? Если оно где и уцелело, то только в материальных предметах, никак не привязанных к словам, — вроде этой стекляшки. Ведь мы буквально ничего уже не знаем о революции и дореволюционной жизни. Документы все до одного уничтожены или подделаны, все книги исправлены, картины переписаны, статуи, улицы и здания переименованы, все даты изменены. И этот процесс не прерывается ни на один день, ни на минуту. История остановилась. Нет ничего, кроме нескончаемого настоящего, где партия всегда права. Я знаю, конечно, что прошлое подделывают, но ничем не смог бы это доказать — даже когда сам совершил подделку. Как только она совершена, свидетельства исчезают. Единственное свидетельство — у меня в голове, но кто поручится, что хоть у одного еще человека сохранилось в памяти то же самое? Только в тот раз, единственный раз в жизни, я располагал подлинным фактическим доказательством — после событий, несколько лет спустя.

— И что толку?

— Толку никакого, потому что через несколько минут я его выбросил. Но если бы такое произошло сегодня, я бы сохранил.

— А я — нет! — сказала Джулия. — Я согласна рисковать, но ради чего-то стоящего, не из-за клочков старой газеты. Ну сохранил ты его — и что бы ты сделал?

— Наверно, ничего особенного. Но это было доказательство. И кое в ком поселило бы сомнения — если бы я набрался духу кому-нибудь его показать. Я вовсе не воображаю, будто мы способны что-то изменить при нашей жизни. Но можно вообразить, что там и сям возникнут очажки сопротивления — соберутся маленькие группы людей, будут постепенно расти и, может быть, даже оставят после себя несколько документов, чтобы прочло следующее поколение и продолжило наше дело.

— Следующее поколение, милый, меня не интересует. Меня интересуем мы.

— Ты бунтовщица только ниже пояса, — сказал он.

Шутка показалась Джулии замечательно остроумной, и она в восторге обняла его.

Хитросплетения партийной доктрины ее не занимали совсем. Когда он рассуждал о принципах ангсоца, о двоемыслии, об изменчивости прошлого и отрицании объективной действительности, да еще употребляя новоязовские слова, она сразу начинала скучать, смущалась и говорила, что никогда не обращала внимания на такие вещи. Ясно ведь, что все это чепуха, так зачем волноваться? Она знает, когда кричать «ура» и когда улюлюкать, — а больше ничего не требуется. Если он все-таки продолжал говорить на эти темы, она обыкновенно засыпала, чем приводила его в замешательство. Она была из тех людей, которые способны заснуть в любое время и в любом положении. Беседуя с ней, он понял, до чего легко представляться идейным, не имея даже понятия о самих идеях. В некотором смысле мировоззрение партии успешнее всего прививалось людям, не способным его понять. Они соглашаются с самыми вопиющими искажениями действительности, ибо не понимают всего безобразия подмены и, мало интересуясь общественными событиями, не замечают, что происходит вокруг. Непонятливость спасает их от безумия. Они глотают все подряд, и то, что они глотают, не причиняет им вреда, не оставляет осадка, подобно тому как кукурузное зерно проходит непереваренным через кишечник птицы.

VI

Случилось наконец. Пришла долгожданная весть. Всю жизнь, казалось ему, он ждал этого события.

Он шел по длинному коридору министерства и, приближаясь к тому месту, где Джулия сунула ему в руку записку, почувствовал, что по пятам за ним идет кто-то, — кто-то крупнее его. Неизвестный тихонько кашлянул, как бы намереваясь заговорить. Уинстон замер на месте, обернулся. Перед ним был О'Брайен.

Наконец-то они очутились с глазу на глаз, но Уинстоном владело как будто одно желание — бежать. Сердце у него выпрыгивало из груди. Заговорить первым он бы не смог. О'Брайен, продолжая идти прежним шагом, на миг дотронулся до руки Уинстона, и они пошли рядом. О'Брайен заговорил с важной учтивостью, которая отличала его от большинства членов внутренней партии.

— Я ждал случая с вами поговорить, — начал он. — На днях я прочел вашу статью на новоязе в «Таймс». Насколько я понимаю, ваш интерес к новоязу — научного свойства?

К Уинстону частично вернулось самообладание.

— Едва ли научного, — ответил он. — Я всего лишь дилетант. Это не моя специальность. В практической разработке языка я никогда не принимал участия.

— Но написана она очень изящно, — сказал О'Брайен. — Это не только мое мнение. Недавно я разговаривал с одним вашим знакомым — определенно специалистом. Не могу сейчас вспомнить его имя.

Сердце Уинстона опять заторопилось. Сомнений нет — речь о Сайме. Но Сайм не просто мертв, он отменен — нелицо. Даже завуалированное упоминание о нем смертельно опасно. Слова О'Брайена не могли быть ничем иным, как сигналом, паролем. Совершив при нем это маленькое мыслепреступление, О'Брайен взял его в сообщники. Они продолжали медленно идти по коридору, но тут О'Брайен остановился. Поправил на носу очки — как всегда, в этом жесте было что-то обезоруживающее, дружелюбное. Потом продолжал:

— Я, в сущности, вот что хотел сказать: в вашей статье я

заметил два слова, которые уже считаются устаревшими. Но устаревшими они стали совсем недавно. Вы видели десятое издание словаря новояза?

— Нет, — сказал Уинстон. — По-моему, оно еще не вышло. У нас в отделе документации пока пользуются девятым.

— Десятое издание, насколько я знаю, выпустят лишь через несколько месяцев. Но сигнальные экземпляры уже разосланы. У меня есть. Вам интересно было бы посмотреть?

— Очень интересно, — сказал Уинстон, сразу поняв, куда он клонит.

— Некоторые нововведения чрезвычайно остроумны. Сокращение количества глаголов… я думаю, это вам понравится. Давайте подумаем. Прислать вам словарь с курьером? Боюсь, я крайне забывчив в подобных делах. Может, вы сами зайдете за ним ко мне домой — в любое удобное время? Минутку. Я дам вам адрес.

Они стояли перед телекраном. О'Брайен рассеянно порылся в обоих карманах, потом извлек кожаный блокнот и золотой чернильный карандаш. Прямо под телекраном, в таком месте, что наблюдающий на другом конце легко прочел бы написанное, он набросал адрес, вырвал листок и вручил Уинстону.

— Вечерами я, как правило, дома, — сказал он. — Если меня не будет, словарь вам отдаст слуга.

Он ушел, оставив Уинстона с листком бумаги, который на этот раз можно было не прятать. Тем не менее Уинстон заучил адрес и несколькими часами позже бросил листок в гнездо памяти вместе с другими бумагами.

Разговаривали они совсем недолго. И объяснить эту встречу можно только одним. Она подстроена для того, чтобы сообщить Уинстону адрес О'Брайена. Иного способа не было: выяснить, где человек живет, можно, лишь спросив об этом прямо. Адресных книг нет.

«Если захотите со мной повидаться, найдете меня там-то», — вот что на самом деле сказал ему О'Брайен. Возможно, в словаре будет спрятана записка. Во всяком случае, ясно одно: заговор, о котором Уинстон мечтал, все-таки существует, и Уинстон приблизился к нему вплотную.

Рано или поздно он явится на зов О'Брайена. Завтра явится

или будет долго откладывать — он сам не знал. То, что сейчас происходит, — просто развитие процесса, начавшегося сколько-то лет назад. Первым шагом была тайная нечаянная мысль, вторым — дневник. От мыслей он перешел к словам, а теперь от слов к делу. Последним шагом будет то, что произойдет в министерстве любви. С этим он примирился. Конец уже содержится в начале. Но это пугало; точнее, он как бы уже почуял смерть, как бы стал чуть менее живым. Когда он говорил с О'Брайеном, когда до него дошел смысл приглашения, его охватил озноб. Чувство было такое, будто он ступил в сырую могилу; он и раньше знал, что могила недалеко и ждет его, но легче ему от этого не стало.

VII

Уинстон проснулся в слезах. Джулия сонно привалилась к нему и пролепетала что-то невнятное, может быть: «Что с тобой?»

— Мне снилось… — начал он и осекся. Слишком сложно: не укладывалось в слова. Тут был и сам по себе сон, и воспоминание, с ним связанное, — оно всплыло через несколько секунд после пробуждения.

Он снова лег, закрыл глаза, все еще налитый сном… Это был просторный, светозарный сон, вся его жизнь раскинулась перед ним в этом сне, как пейзаж летним вечером после дождя. Происходило все внутри стеклянного пресс-папье, но поверхность стекла была небосводом, и мир под небосводом был залит ясным мягким светом, открывшим глазу бескрайние дали. Кроме того, мотивом сна — и даже его содержанием — был жест материнской руки, повторившийся тридцать лет спустя в кинохронике, где еврейка пыталась загородить маленького мальчика от пуль, а потом вертолет разорвал обоих в клочья.

— Ты знаешь, — сказал Уинстон, — до этой минуты я думал, что убил мать.

— Зачем убил? — спросонок сказала Джулия.

— Нет, я ее не убил. Физически.

Во сне он вспомнил, как в последний раз увидел мать, а через несколько секунд после пробуждения восстановилась вся цепь мелких событий того дня. Наверное, он долгие годы отталкивал от себя это воспоминание. К какому времени оно относится, он точно не знал, но лет ему было тогда не меньше десяти, а то и все двенадцать.

Отец исчез раньше; намного ли раньше, он не помнил. Лучше сохранились в памяти приметы того напряженного и сумбурного времени: паника и сидение на станции метро по случаю воздушных налетов, груды битого кирпича, невразумительные воззвания, расклеенные на углах, ватаги парней в рубашках одинакового цвета, громадные очереди у булочных, пулеметная стрельба вдалеке и, в первую голову, вечная нехватка еды. Он помнил, как долгими послеполуденными часами вместе с другими ребятами рылся в мусорных баках и на помойках, отыскивая хряпу, картофельные очистки, а то и заплесневелую корку, с которой они тщательно соскабливали горелое; как ждали грузовиков с фуражом, ездивших по определенному маршруту: на разбитых местах дороги грузовик подбрасывало, иногда высыпалось несколько кусочков жмыха.

Когда исчез отец, мать ничем не выдала удивления или отчаяния, но как-то вдруг вся переменилась. Из нее будто жизнь ушла. Даже Уинстону было видно, что она ждет чего-то неизбежного. Дома она продолжала делать всю обычную работу — стряпала, стирала, штопала, стелила кровать, подметала пол, вытирала пыль, — только очень медленно и странно, без единого лишнего движения, словно ожившый манекен. Ее крупное красивое тело как бы само собой впадало в неподвижность. Часами она сидела на кровати, почти не шевелясь, и держала на руках его младшую сестренку — маленькую, болезненную, очень тихую девочку двух или трех лет, от худобы похожую лицом на обезьянку. Иногда она обнимала Уинстона и долго прижимала к себе, не произнося ни слова. Он понимал, несмотря на свое малолетство и эгоизм, что это как-то связано с тем близким и неизбежным, о чем она никогда не говорит.

Он помнил их комнату, темную душную комнату, половину которой занимала кровать под белым стеганым покрывалом. В комнате был камин с газовой конфоркой, полка для продуктов, а снаружи, на лестничной площадке, — коричневая керамическая раковина, одна на несколько семей. Он помнил, как царственное тело матери склонялось над конфоркой — она мешала в кастрюле. Но лучше всего помнил непрерывный голод, яростные и безобразные свары за едой. Он ныл и ныл, почему она не дает добавки, он кричал на нее и скандалил (даже голос свой помнил — голос у него стал рано ломаться и время от времени он вдруг взревывал басом) или бил на жалость и хныкал, пытаясь добиться большей доли. Мать с готовностью давала ему больше. Он принимал это как должное: ему, «мальчику», полагалось больше всех, но, сколько бы ни дала она лишнего, он требовал еще и еще. Каждый раз она умоляла его не быть эгоистом, помнить, что сестренка больна и тоже должна есть, — но без толку. Когда она переставала накладывать, он кричал от злости, вырывал у нее половник и кастрюлю, хватал куски с сестриной тарелки. Он знал, что из-за него они голодают, но ничего не мог с собой сделать; у него даже было ощущение своей правоты. Его как бы оправдывал голодный бунт в желудке. А между трапезами, стоило матери отвернуться, тащил из жалких припасов на полке.

Однажды им выдали по талону шоколад. Впервые за несколько недель или месяцев. Он ясно помнил эту драгоценную плиточку. Две унции (тогда еще считали на унции) на троих. Шоколад, понятно, надо было разделить на три равные части. Вдруг, словно со стороны, Уинстон услышал свой громкий бас: он требовал все. Мать сказала: не жадничай. Начался долгий, нудный спор, с бесконечными повторениями, криками, нытьем, слезами, уговорами, торговлей. Сестра, вцепившись в мать обеими ручонками, совсем как обезьяний детеныш, оглядывалась на него через плечо большими печальными глазами. В конце концов мать отломила от шоколадки три четверти и дала Уинстону, а оставшуюся четверть — сестре. Девочка взяла свой кусок и тупо смотрела на него, может быть, не понимая, что это такое. Уинстон наблюдал за ней. Потом подскочил, выхватил у нее шоколад и бросился вон.

— Уинстон, Уинстон! — кричала вдогонку мать. — Вернись! Отдай сестре шоколад!

Он остановился, но назад не пошел. Мать не сводила с него тревожных глаз. Даже сейчас она думала о том же, близком и неизбежном… — Уинстон не знал, о чем. Сестра поняла, что ее обидели, и слабо заплакала. Мать обхватила ее одной рукой и прижала к груди. По этому жесту он как-то догадался, что сестра умирает. Он повернулся и сбежал по лестнице, держа в кулаке тающую шоколадку.

Матери он больше не видел. Когда он проглотил шоколад, ему стало стыдно, и несколько часов, покуда голод не погнал его домой, он бродил по улицам. Когда он вернулся, матери не было. В ту пору такое уже становилось обычным. Из комнаты ничего не исчезло, кроме матери и сестры. Одежду не взяли, даже материно пальто. Он до сих пор не был вполне уверен, что мать погибла. Не исключено, что ее лишь отправили в каторжный лагерь. Что до сестры, то ее могли поместить, как и самого Уинстона, в колонию для беспризорных (эти «воспитательные центры» возникли в результате гражданской войны), или с матерью в лагерь, или просто оставили где-нибудь умирать.

Сновидение еще не погасло в голове — особенно обнимающий, охранный жест матери, в котором, кажется, и заключался весь его смысл. На память пришел другой сон, двухмесячной давности. В сегодняшнем она сидела на бедной кровати с белым покрывалом, держа сестренку на руках, в том тоже сидела, но на тонущем корабле, далеко внизу, и, с каждой минутой уходя все глубже, смотрела на него снизу сквозь темнеющий слой воды.

Он рассказал Джулии, как исчезла мать. Не открывая глаз, Джулия перевернулась и легла поудобнее.

— Вижу, ты был тогда порядочным свиненком, — пробормотала она. — Дети все свинята.

— Да. Но главное тут…

По дыханию ее было понятно, что она снова засыпает. Ему хотелось еще поговорить о матери. Из того, что он помнил, не складывалось впечатления о ней как о женщине необыкновенной, а тем более умной; но в ней было какое-то благородство, какая-то чистота — просто потому, что нормы, которых она придерживалась, были личными. Чувства ее были ее чувствами, их нельзя было изменить извне. Ей не пришло бы в голову, что, если действие безрезультатно, оно бессмысленно. Когда любишь кого-то, ты его любишь, и, если ничего больше не можешь ему дать, ты все-таки даешь ему любовь. Когда не стало шоколадки, она прижала ребенка к груди. Проку в этом не было, это ничего не меняло, это не вернуло шоколадку, не отвратило смерть — ни ее смерть, ни ребенка; но для нее было естественно так поступить. Беженка в шлюпке так же прикрыла ребенка рукой, хотя рука могла защитить от пуль не лучше, чем лист бумаги. Ужасную штуку сделала партия: убедила тебя, что сами по себе чувство, порыв ничего не значат, и в то же время отняла у тебя всякую власть над миром материальным. Как только ты попал к ней в лапы, что ты чувствуешь и чего не чувствуешь, что ты делаешь и чего не делаешь — все равно. Что бы ни произошло, ты исчезнешь, ни о тебе, ни о твоих поступках никто никогда не услышит. Тебя выдернули из потока истории. А ведь людям позапрошлого поколения это не показалось бы таким уж важным — они не пытались изменить историю. Они были связаны личными узами верности и не подвергали их сомнению. Важны были личные отношения, и совершенно беспомощный жест, объятье, слеза, слово, сказанное умирающему, были ценны сами по себе. Пролы, вдруг сообразил он, в этом состоянии и остались. Они верны не партии, не стране, не идее, а друг другу. Впервые в жизни он подумал о них без презрения — не как о косной силе, которая однажды пробудится и возродит мир. Пролы остались людьми. Они не зачерствели внутри. Они сохранили простейшие чувства, которым ему пришлось учиться сознательно. Подумав об этом, он вспомнил — вроде бы и не к месту, — как несколько недель назад увидел на тротуаре оторванную руку и пинком отшвырнул в канаву, словно это была капустная кочерыжка.

— Пролы — люди, — сказал он вслух. — Мы — не люди.

— Почему? — спросила Джулия, опять проснувшись.

— Тебе когда-нибудь приходило в голову, что самое лучшее для нас — выйти отсюда, пока не поздно, и больше не встречаться?

— Да, милый, приходило, не раз. Но я все равно буду с тобой встречаться.

— Нам везло, но долго это не продлится. Ты молодая. Ты выглядишь нормальной и неиспорченной. Будешь держаться подальше от таких, как я, — можешь прожить еще пятьдесят лет.

— Нет. Я все обдумала. Что ты делаешь, то и я буду делать. И не унывай. Живучести мне не занимать.

— Мы можем быть вместе еще полгода... год... никому это не ведомо. В конце концов нас разлучат. Ты представляешь, как мы будем одиноки? Когда нас заберут, ни ты, ни я ничего не сможем друг для друга сделать, совсем ничего. Если я сознаюсь, тебя расстреляют, не сознаюсь — расстреляют все равно. Что бы я ни сказал и ни сделал, о чем бы ни умолчал, я и на пять минут твою смерть не отсрочу. Я даже не буду знать, жива ты или нет, и ты не будешь знать. Мы будем бессильны, полностью. Важно одно — не предать друг друга, хотя и это совершенно ничего не изменит.

— Если ты — о признании, — сказала она, — признаемся как миленькие. Там все признаются. С этим ничего не поделаешь. Там пытают.

— Я не о признании. Признание не предательство. Что ты сказал или не сказал — не важно, важно только чувство. Если меня заставят разлюбить тебя — вот будет настоящее предательство.

Она задумалась.

— Этого они не могут, — сказала она наконец. — Этого как раз и не могут. Сказать что угодно — что угодно — они тебя заставят, но поверить в это не заставят. Они не могут в тебя влезть.

— Да, — ответил он уже не так безнадежно, — да, это верно. Влезть в тебя они не могут. Если ты чувствуешь, что оставаться человеком стоит — пусть это ничего не дает, — ты все равно их победил.

Он подумал о телекране, этом недреманном ухе. Они могут следить за тобой день и ночь, но, если не потерял голову, ты можешь их перехитрить. При всей своей изощренности они так и не научились узнавать, что человек думает. Может быть, когда ты у них уже в руках, это не совсем так. Неизвестно, что творится в министерстве любви, но догадаться можно: пытки, наркотики, тонкие приборы, которые регистрируют твои нервные реакции, изматывание бессонницей, одиночеством и непрерывными допросами. Факты, во всяком случае, утаить невозможно. Их распутают на допросе, вытянут из тебя пыткой. Но если цель — не остаться живым, а остаться человеком, тогда какая в конце концов разница? Чувств твоих они изменить не могут; если на то пошло, ты сам не можешь их изменить, даже если захочешь. Они могут выяснить до мельчайших подробностей все, что ты делал, говорил и думал, но душа, чьи движения загадочны даже для тебя самого, остается неприступной.

VIII

Удалось, удалось наконец!

Они стояли в длинной ровно освещенной комнате. Приглушенный телекран светился тускло, синий ковер мягкостью своей напоминал бархат. В другом конце комнаты за столом, у лампы с зеленым абажуром сидел О'Брайен, слева и справа от него высились стопки документов. Когда слуга ввел Джулию и Уинстона, он даже не поднял головы.

Уинстон боялся, что не сможет заговорить — так стучало у него сердце. Удалось, удалось наконец — вот все, о чем он мог думать. Приход сюда был опрометчивостью, а то, что явились вдвоем, вообще безумие; правда, шли они разными дорогами и встретились только перед дверью О'Брайена. В дом войти — и то требовалось присутствие духа. Очень редко доводилось человеку видеть изнутри жилье членов внутренней партии и даже забредать в их кварталы. Сама атмосфера громадного дома, богатство его и простор, непривычные запахи хорошей еды и хорошего табака, бесшумные стремительные лифты, деловитые слуги в белых пиджаках — все внушало робость. Хотя он явился сюда под вполне основательным предлогом, страх не отставал от него ни на шаг: вот сейчас из-за угла появится охранник в черной форме, потребует документы и прикажет убираться. Однако слуга О'Брайена впустил их беспрекословно. Это был щуплый человек в белом пиджаке, черноволосый, с ромбовидным и совершенно непроницаемым лицом — возможно, китаец. Он провел их по коридору с толстым ковром, кремовыми обоями и белыми панелями, безукоризненно чистыми. И это внушало робость. Уинстон не помнил такого коридора, где стены не были бы обтерты телами.

О'Брайен держал в пальцах листок бумаги и внимательно читал. Его мясистое лицо, повернутое так, что виден был очерк носа, казалось и грозным и умным. Секунд двадцать он сидел неподвижно. Потом подтянул к себе речепис и на гибридном министерском жаргоне отчеканил:

— Позиции первую запятая пятую запятая седьмую одобрить сквозь точка предложение по позиции шесть плюсплюс нелепость грани мыслепреступления точка не продолжать конструктивно до получения плюсовых цифр перевыполнения машиностроения точка конец записки.

Он неторопливо встал из-за стола и бесшумно подошел к ним по ковру. Официальность он частично отставил вместе с новоязовскими словами, но глядел угрюмее обычного, будто был недоволен тем, что его потревожили. К ужасу, владевшему Уинстоном, вдруг примешалась обыкновенная растерянность. А что, если он просто совершил дурацкую ошибку? С чего он взял, что О'Брайен — политический заговорщик? Всего один взгляд да одна двусмысленная фраза; в остальном — лишь тайные мечтания, подкрепленные разве что сном. Он даже не может отговориться тем, что пришел за словарем: зачем тогда здесь Джулия? Проходя мимо телекрана, О'Брайен вдруг словно вспомнил о чем-то. Он остановился и нажал выключатель на стене. Раздался щелчок. Голос смолк.

Джулия тихонько взвизгнула от удивления. Уинстон, несмотря на панику, был настолько поражен, что не удержался и воскликнул:

— Вы можете его выключить?!

— Да, — сказал О'Брайен, — мы можем их выключать. Нам дано такое право.

Он уже стоял рядом. Массивный, он возвышался над ними, и выражение его лица прочесть было невозможно. С некоторой суровостью он ждал, что скажет Уинстон — но о чем говорить? Даже сейчас вполне можно было понять это так, что занятой человек О'Брайен раздражен и недоумевает: зачем его потревожили? Никто не произнес ни слова. Телекран был выключен, и в комнате стояла мертвая тишина. Секунды шли одна за другой, огромные. Уинстон с трудом смотрел в глаза О'Брайену. Вдруг угрюмое лицо хозяина смягчилось как бы обещанием улыбки. Характерным жестом он поправил очки на носу.

— Мне сказать, или вы скажете? — начал он.

— Я скажу, — живо отозвался Уинстон. — Он в самом деле выключен?

— Да, все выключено. Мы одни.

— Мы пришли сюда потому, что…

Уинстон запнулся, только теперь поняв, насколько смутные побуждения привели его сюда. Он сам не знал, какой помощи ждет от О'Брайена, и объяснить, зачем он пришел, было нелегко. Тем не менее он продолжал, чувствуя, что слова его звучат неубедительно и претенциозно:

— Мы думаем, что существует заговор, какая-то тайная организация борется с партией и вы в ней участвуете. Мы хотим в нее вступить и для нее работать. Мы враги партии. Мы не верим в принципы ангсоца. Мы мыслепреступники. Кроме того, мы развратники. Говорю это потому, что мы предаем себя вашей власти. Если хотите, чтобы мы сознались еще в каких-то преступлениях, мы готовы.

Он умолк и оглянулся — ему показалось, что сзади открыли дверь. И в самом деле, маленький желтолицый слуга вошел без стука. В руках у него был поднос с графином и бокалами.

— Мартин свой, — бесстрастно объяснил О'Брайен. — Мартин, несите сюда. Поставьте на круглый стол. Стульев хватает? В таком случае мы можем сесть и побеседовать с удобствами. Мартин, возьмите себе стул. У нас дело. На десять минут можете забыть, что вы слуга.

Маленький человек сел непринужденно, но вместе с тем почтительно — как низший, которому оказали честь. Уинстон наблюдал за ним краем глаза. Он подумал, что этот человек всю жизнь разыгрывал роль и теперь боится сбросить личину даже на несколько мгновений. О'Брайен взял графин за горлышко и наполнил стаканы темно-красной жидкостью. Уинстону смутно вспомнилась виденная давным-давно — то ли на стене, то ли на ограде — громадная бутылка из электрических огней, перебегавших так, что из нее как бы лилось в стакан. Сверху жидкость казалась почти черной, а в графине, на просвет, горела, как рубин. Запах был кисло-сладкий. Джулия взяла свой стакан и с откровенным любопытством понюхала.

— Называется — вино, — с легкой улыбкой сказал О'Брайен. — Вы, безусловно, читали о нем в книгах. Боюсь, что членам внешней партии оно не часто достается. — Лицо у него снова стало серьезным, и он поднял бокал. — Мне кажется, будет уместно начать с тоста. За нашего вождя — Эммануэля Голдстейна.

Уинстон взялся за бокал нетерпеливо. Он читал о вине, мечтал о вине. Подобно стеклянному пресс-папье и полузабытым стишкам мистера Чаррингтона, вино принадлежало мертвому романтическому прошлому — или, как Уинстон называл его про себя, минувшим дням. Почему-то он всегда думал, что вино должно быть очень сладким, как черносмородиновый джем, и сразу бросаться в голову. Но первый же глоток разочаровал его. Он столько лет пил джин, что сейчас, по правде говоря, и вкуса почти не почувствовал. Он поставил пустой бокал.

— Так значит есть такой человек — Голдстейн? — сказал он.

— Да, такой человек есть, и он жив. Где он, я не знаю.

— И заговор, организация? Это в самом деле? Не выдумка полиции мыслей?

— Не выдумка. Мы называем ее Братством. Вы мало узнаете о Братстве, кроме того, что оно существует и вы в нем состоите. К этому я еще вернусь. — Он посмотрел на часы. — Выключать телекран больше чем на полчаса даже членам внутренней партии не рекомендуется. Вам не стоило приходить вместе, и уйдете вы порознь. Вы, товарищ, — он слегка поклонился Джулии, — уйдете первой. В нашем распоряжении минут двадцать. Как вы понимаете, для начала я должен задать вам несколько вопросов. В общем и целом, что вы готовы делать?

— Все, что в наших силах, — ответил Уинстон.

О'Брайен слегка повернулся на стуле — лицом к Уинстону. Он почти не обращался к Джулии, полагая, видимо, что Уинстон говорит и за нее. Прикрыл на секунду глаза. Потом стал задавать вопросы — тихо, без выражения, как будто это было что-то заученное, катехизис, и ответы он знал заранее.

— Вы готовы пожертвовать жизнью?

— Да.

— Вы готовы совершить убийство?

— Да.

— Совершить вредительство, которое будет стоить жизни сотням ни в чем не повинных людей?

— Да.

— Изменить родине и служить иностранным державам?

— Да.

— Вы готовы обманывать, совершать подлоги, шантажировать, растлевать детские умы, распространять наркотики, способствовать проституции, разносить венерические болезни — делать все, что могло бы деморализовать население и ослабить могущество партии?

— Да.

— Если, например, для наших целей потребуется плеснуть серной кислотой в лицо ребенку — вы готовы это сделать?

— Да.

— Вы готовы подвергнуться полному превращению и до конца дней быть официантом или портовым рабочим?

— Да.

— Вы готовы покончить с собой по нашему приказу?

— Да.

— Готовы ли вы — оба — расстаться и больше никогда не видеть друг друга?

— Нет! — вмешалась Джулия.

А Уинстону показалось, что, прежде чем он ответил, прошло очень много времени. Он как будто лишился дара речи. Язык шевелился беззвучно, прилаживаясь к началу то одного слова, то другого, опять и опять. И покуда Уинстон не произнес ответ, он сам не знал, что скажет.

— Нет, — выдавил он наконец.

— Хорошо, что вы сказали. Нам необходимо знать все. — О'Брайен повернулся к Джулии и спросил уже не так бесстрастно:

— Вы понимаете, что, если даже он уцелеет, он может стать совсем другим человеком? Допустим, нам придется изменить его совершенно. Лицо, движения, форма рук, цвет волос… даже голос будет другой. И вы сама, возможно, подвергнетесь такому же превращению. Наши хирурги умеют изменить человека до неузнаваемости. Иногда это необходимо. Иногда мы даже ампутируем конечность.

Уинстон не удержался и еще раз искоса взглянул на монголоидное лицо Мартина. Никаких шрамов он не разглядел. Джулия побледнела так, что выступили веснушки, но смотрела на О'Брайена дерзко. Она пробормотала что-то утвердительное.

— Хорошо. Об этом мы условились.

На столе лежала серебряная коробка сигарет. С рассеянным видом О'Брайен подвинул коробку к ним, сам взял сигарету, потом поднялся и стал расхаживать по комнате, как будто ему легче думалось на ходу. Сигареты оказались очень хорошими

— толстые, плотно набитые, в непривычно шелковистой бумаге.[3] О'Брайен снова посмотрел на часы.

— Мартин, вам лучше вернуться в буфетную, — сказал он. — Через четверть часа я включу. Пока не ушли, хорошенько присмотритесь к лицам товарищей. Вам предстоит еще с ними встречаться. Мне — возможно, нет.

Точно так же как при входе, темные глаза слуги пробежали по их лицам. В его взгляде не было и намека на дружелюбие. Он запоминал их внешность, но интереса к ним не испытывал — по крайней мере не проявлял. Уинстон подумал, что синтетическое лицо просто не может изменить выражение. Ни слова не говоря и никак с ними не попрощавшись, Мартин вышел и бесшумно затворил за собой дверь. О'Брайен мерил комнату шагами, одну руку засунув в карман черного комбинезона, в другой держа сигарету.

— Вы понимаете, — сказал он, — что будете сражаться во тьме? Все время во тьме. Будете получать приказы и выполнять их, не зная для чего. Позже я пошлю вам книгу, из которой вы уясните истинную природу нашего общества и ту стратегию, при помощи которой мы должны его разрушить. Когда прочтете книгу, станете полноправными членами Братства. Но все, кроме общих целей нашей борьбы и конкретных рабочих заданий, будет от вас скрыто. Я говорю вам, что Братство существует, но не могу сказать, насчитывает оно сто членов или десять миллионов. По вашим личным связям вы не определите даже, наберется ли в нем десяток человек. В контакте с вами будут находиться трое или четверо; если кто-то из них исчезнет, на смену появятся новые. Поскольку здесь — ваша первая связь, она сохранится. Если вы получили приказ, знайте, что он исходит от меня. Если вы нам понадобитесь, найдем вас через Мартина. Когда вас схватят, вы сознаетесь. Это неизбежно. Но помимо собственных акций, сознаваться вам будет почти не в чем. Выдать вы сможете лишь горстку незначительных людей. Вероятно, даже меня не сможете выдать. К тому времени я погибну или стану другим

---

[3] Книга:33 Под «книга» в примечаниях имеется ввиду книга «Прогресса».
…в шелковистой бумаге… здесь: …в непривычно шелковистой бумаге…
анг. ориг.: They were very good cigarettes, very thick and well-packed, with an unfamiliar silkiness in the paper.

человеком, с другой внешностью.

Он продолжал расхаживать по толстому ковру. Несмотря на громоздкость, О'Брайен двигался с удивительным изяществом. Оно сказывалось даже в том, как он засовывал руку в карман, как держал сигарету. В нем чувствовалась сила, но еще больше — уверенность и проницательный, ироничный ум. Держался он необычайно серьезно, но в нем не было и намека на узость, свойственную фанатикам. Когда он вел речь об убийстве, самоубийстве, венерических болезнях, ампутации конечностей, изменении лица, в голосе проскальзывали насмешливые нотки. «Это неизбежно, — говорил его тон, — мы пойдем на это не дрогнув. Но не этим мы будем заниматься, когда жизнь снова будет стоить того, чтоб люди жили». Уинстон почувствовал прилив восхищения, сейчас он почти преклонялся перед О'Брайеном.

Неопределенная фигура Голдстейна отодвинулись на задний план. Глядя на могучие плечи О'Брайена, на тяжелое лицо, грубое и вместе с тем интеллигентное, нельзя было поверить, что этот человек потерпит поражение. Нет такого коварства, которого он бы не разгадал, нет такой опасности, которой он не предвидел бы. Даже на Джулию он произвел впечатление. Она слушала внимательно, и сигарета у нее потухла. О'Брайен продолжал:

— До вас, безусловно, доходили слухи о Братстве. И у вас сложилось о нем свое представление. Вы, наверное, воображали широкое подполье, заговорщиков, которые собираются в подвалах, оставляют на стенах надписи, узнают друг друга по условным фразам и особым жестам. Ничего подобного. Члены Братства не имеют возможности узнать друг друга, каждый знает лишь нескольких человек. Сам Голдстейн, попади он в руки полиции мыслей, не смог бы выдать список Братства или такие сведения, которые вывели бы ее к этому списку. Списка нет. Братство нельзя истребить потому, что оно не организация в обычном смысле. Оно не скреплено ничем, кроме идеи, идея же неистребима. Вам не на что будет опереться, кроме идеи. Не будет товарищей, не будет ободрения.[4] В конце, когда вас схватят, помощи не ждите. Мы

---

[4] Книга: …одобрения… здесь: …ободрения… анг. ориг.: You will get no comradeship and no encouragement.

никогда не помогаем нашим. Самое большее — если необходимо обеспечить чье-то молчание — нам иногда удается переправить в камеру бритву. Вы должны привыкнуть к жизни без результатов и без надежды. Какое-то время вы будете работать, вас схватят, вы сознаетесь, после чего умрете. Других результатов вам не увидеть. О том, что при нашей жизни наступят заметные перемены, думать не приходится. Мы покойники. Подлинная наша жизнь — в будущем. В нее мы войдем горсткой праха, обломками костей. Когда наступит это будущее, неведомо никому. Быть может, через тысячу лет. Сейчас же ничто невозможно — только понемногу расширять владения здравого ума. Мы не можем действовать сообща. Можем лишь передавать наше знание — от человека к человеку, из поколения в поколение. Против нас — полиция мыслей, иного пути у нас нет.

Он умолк и третий раз посмотрел на часы.

— Вам, товарищ, уже пора, — сказал он Джулии. — Подождите. Графин наполовину не выпит.

Он наполнил бокалы и поднял свой.

— Итак, за что теперь? — сказал он с тем же легким оттенком иронии. — За посрамление полиции мыслей? За смерть Старшего Брата? За человечность? За будущее?

— За прошлое, — сказал Уинстон.

— Прошлое важнее, — веско подтвердил О'Брайен.

Они осушили бокалы, и Джулия поднялась. О'Брайен взял со шкафчика маленькую коробку и дал ей белую таблетку, велев сосать.

— Нельзя, чтобы от вас пахло вином, — сказал он, — лифтеры весьма наблюдательны.

Едва за Джулией закрылась дверь, он словно забыл о ее существовании. Сделав два-три шага, он остановился.

— Надо договориться о деталях, — сказал он. — Полагаю, у вас есть какого-либо рода убежище?

Уинстон объяснил, что есть комната над лавкой мистера Чаррингтона.

— На первое время годится. Позже мы устроим вас в другое место. Убежища надо часто менять. А пока что постараюсь как можно скорее послать вам книгу, — Уинстон отметил, что даже О'Брайен произносит это слово с нажимом, — книгу Голдстейна, вы понимаете. Возможно, я достану ее только через несколько дней. Как вы догадываетесь, экземпляров в наличии мало. Полиция мыслей разыскивает их и уничтожает чуть ли не так же быстро, как мы печатаем. Но это не имеет большого значения. Книга неистребима. Если погибнет последний экземпляр, мы сумеем воспроизвести ее почти дословно. На работу вы ходите с портфелем?

— Как правило, да.

— Какой у вас портфель?

— Черный, очень обтрепанный. С двумя застежками.

— Черный, с двумя застежками, очень обтрепанный... Хорошо. В ближайшее время — день пока не могу назвать — в одном из ваших утренних заданий попадется слово с опечаткой, и вы затребуете повтор. На следующий день вы отправитесь на работу без портфеля. В этот день на улице вас тронет за руку человек и скажет: «По-моему, вы обронили портфель». Он даст вам портфель с книгой Голдстейна. Вы вернете ее ровно через две недели.

Наступило молчание.

— До ухода у вас минуты три, — сказал О'Брайен. — Мы встретимся снова... если встретимся...

Уинстон посмотрел ему в глаза.

— Там, где нет темноты? — неуверенно закончил он. О'Брайен кивнул, нисколько не удивившись.

— Там, где нет темноты, — повторил он так, словно это был понятный ему намек. — А пока — не хотели бы вы что-нибудь сказать перед уходом? Пожелание? Вопрос?

Уинстон задумался. Спрашивать ему было больше не о чем; еще меньше хотелось изрекать на прощание высокопарные банальности. В голове у него возникло нечто, не связанное прямо ни с Братством, ни с О'Брайеном: видение, в котором совместились темная спальня, где провела последние дни мать, и комнатка у мистера Чаррингтона, со стеклянным пресс-папье и гравюрой в рамке розового дерева. Почти непроизвольно он спросил:

— Вам не приходилось слышать один старый стишок с таким началом: «Апельсинчики как мед, в колокол Сент-Клемент бьет»?

О'Брайен и на этот раз кивнул. Любезно и с некоторой важностью он закончил строфу:

Апельсинчики как мед,
В колокол Сент-Клемент бьет.
И звонит Сент-Мартин:
Отдавай мне фартинг!

И Олд-Бейли, ох, сердит. Возвращай должок! — гудит. Все верну с получки! — хнычет Колокольный звон Шордитча.

— Вы знаете последний стих! — сказал Уинстон.

— Да, я знаю последний стих. Но боюсь, вам пора уходить. Постойте. Разрешите и вам дать таблетку.

Уинстон встал, О'Брайен подал руку. Ладонь Уинстона была смята его пожатием. В дверях Уинстон оглянулся: О'Брайен уже думал о другом. Он ждал, положив руку на выключатель телекрана. За спиной у него Уинстон видел стол с лампой под зеленым абажуром, речепис и проволочные корзинки, полные документов. Эпизод закончился. Через полминуты, подумал Уинстон, хозяин вернется к ответственной партийной работе.

IX

От усталости Уинстон превратился в студень. Студень — подходящее слово. Оно пришло ему в голову неожиданно. Он чувствовал себя не только дряблым, как студень, но и таким же полупрозрачным. Казалось, если поднять ладонь, она будет просвечивать. Трудовая оргия выпила из него кровь и лимфу, оставила только хрупкое сооружение из нервов, костей и кожи. Все ощущения обострились чрезвычайно. Комбинезон тер плечи, тротуар щекотал ступни, даже кулак сжать стоило такого труда, что хрустели суставы.

За пять дней он отработал больше девяноста часов. И так — все в министерстве. Но теперь аврал кончился, делать было нечего — совсем никакой партийной работы до завтрашнего утра. Шесть часов он мог провести в убежище и еще девять — в своей постели. Под мягким вечерним солнцем, не торопясь, он шел по грязной улочке к лавке мистера Чаррингтона и, хоть поглядывал настороженно, нет ли патруля, в глубине души был уверен, что сегодня вечером можно не бояться, никто не остановит. Тяжелый портфель стукал по колену при каждом шаге, и удары легким покалыванием отдавались по всей ноге. В портфеле лежала книга, лежала уже шестой день, но до сих пор он не то что раскрыть ее — даже взглянуть на нее не успел.

На шестой день Недели ненависти, после шествий, речей, криков, пения, лозунгов, транспарантов, фильмов, восковых чучел, барабанной дроби, визга труб, маршевого топота, лязга танковых гусениц, рева эскадрилий и орудийной пальбы, при заключительных судорогах всеобщего оргазма, когда ненависть дошла до такого кипения, что попадись толпе те две тысячи евразийских военных преступников, которых предстояло публично повесить в последний день мероприятий, их непременно растерзали бы, — в этот самый день было объявлено, что Океания с Евразией не воюет. Война идет с Остазией. Евразия — союзник.

Ни о какой перемене, естественно, и речи не было. Просто стало известно — вдруг и всюду разом, — что враг — Остазия, а не Евразия. Когда это произошло, Уинстон как раз участвовал в демонстрации на одной из центральных площадей Лондона.

Был уже вечер, мертвенный свет прожекторов падал на белые лица и алые знамена. На площади стояло несколько тысяч человек, среди них — примерно тысяча школьников, одной группой, в форме разведчиков. С затянутой кумачом трибуны выступал оратор из внутренней партии — тощий человечек с необычайно длинными руками и большой лысой головой, на которой развевались отдельные мягкие прядки волос. Корчась от ненависти, карлик одной рукой душил за шейку микрофон, а другая, громадная на костлявом запястье, угрожающе загребала воздух над головой. Металлический голос из репродукторов гремел о бесконечных зверствах, бойнях, выселениях целых народов, грабежах, насилиях, пытках военнопленных, бомбардировках мирного населения, пропагандистских вымыслах, наглых агрессиях, нарушенных договорах. Слушая его, через минуту не поверить, а через две не взбеситься было почти невозможно. То и дело ярость в толпе перекипала через край, и голос оратора тонул в зверском реве, вырывавшемся из тысячи глоток. Свирепее всех кричали школьники. Речь продолжалась уже минут двадцать, как вдруг на трибуну взбежал курьер и подсунул оратору бумажку. Тот развернул ее и прочел, не переставая говорить. Ничто не изменилось ни в голосе его, ни в повадке, ни в содержании речи, но имена вдруг стали иными. Без всяких слов по толпе прокатилась волна понимания. Воюем с Остазией! В следующий миг возникла гигантская суматоха. Все плакаты и транспаранты на площади были неправильные! На половине из них совсем не те лица! Вредительство! Работа голдстейновских агентов! Была бурная интерлюдия: со стен сдирали плакаты, рвали в клочья и топтали транспаранты. Разведчики показывали чудеса ловкости, карабкаясь по крышам и срезая лозунги, трепетавшие между дымоходами. Через две-три минуты все было кончено. Оратор, еще державший за горло микрофон, продолжал речь без заминки, сутулясь и загребая воздух. Еще минута — и толпа вновь разразилась первобытными криками злобы. Ненависть продолжалась как ни в чем не бывало — только предмет стал другим.

Задним числом Уинстон поразился тому, как оратор сменил линию буквально на полуфразе, не только не запнувшись, но даже не нарушив синтаксиса. Но сейчас ему было не до этого. Как раз во время суматохи, когда срывали плакаты, кто-то тронул его за плечо и произнес: «Прошу прощения, по-моему, вы обронили портфель». Он рассеянно принял портфель и ничего не ответил. Он знал, что в ближайшие дни ему не удастся заглянуть в портфель. Едва кончилась демонстрация, он пошел в министерство правды, хотя время было — без чего-то двадцать три. Все сотрудники министерства поступили так же. Распоряжения явиться на службу, которые уже неслись из телекранов, были излишни.

Океания воюет с Остазией: Океания всегда воевала с Остазией. Большая часть всей политической литературы последних пяти лет устарела. Всякого рода сообщения и документы, книги, газеты, брошюры, фильмы, фонограммы, фотографии — все это следовало молниеносно уточнить. Хотя указания на этот счет не было, стало известно, что руководители решили уничтожить в течение недели всякое упоминание о войне с Евразией и союзе с Остазией. Работы было невпроворот, тем более что процедуры, с ней связанные, нельзя было называть своими именами. В отделе документации трудились по восемнадцать часов в сутки с двумя трехчасовыми перерывами для сна. Из подвалов принесли матрасы и разложили в коридорах; из столовой на тележках возили еду — бутерброды и кофе «Победа». К каждому перерыву Уинстон старался очистить стол от работы, и каждый раз, когда он приползал обратно, со слипающимися глазами и ломотой во всем теле, его ждал новый сугроб бумажных трубочек, почти заваливший речепис и даже осыпавшийся на пол; первым делом, чтобы освободить место, он собирал их в более или менее аккуратную горку. Хуже всего, что работа была отнюдь не механическая. Иногда достаточно было заменить одно имя другим; но всякое подробное сообщение требовало внимательности и фантазии. Чтобы только перенести войну из одной части света в другую, и то нужны были немалые географические познания.

На третий день глаза у него болели невыносимо, и каждые несколько минут приходилось протирать очки. Это напоминало какую-то непосильную физическую работу: ты как будто и можешь от нее отказаться, но нервический азарт подхлестывает тебя и подхлестывает. Задумываться ему было некогда, но, кажется, его нисколько не тревожило то, что каждое слово, сказанное им в речепис, каждый росчерк чернильного карандаша — преднамеренная ложь. Как и все в отделе, он беспокоился только об одном — чтобы подделка была безупречна. Утром шестого дня поток заданий стал иссякать. За полчаса на стол не выпало ни одной трубочки; потом одна — и опять ничего. Примерно в то же время работа пошла на спад повсюду. По отделу пронесся глубокий и, так сказать, затаенный вздох. Великий негласный подвиг совершен. Ни один человек на свете документально не докажет, что война с Евразией была. В 12:00 неожиданно объявили, что до завтрашнего утра сотрудники министерства свободны. С книгой в портфеле (во время работы он держал его между ног, а когда спал — под собой) Уинстон пришел домой, побрился и едва не уснул в ванне, хотя вода была чуть теплая.

Сладостно хрустя суставами, он поднялся по лестнице в комнатку у мистера Чаррингтона. Усталость не прошла, но спать уже не хотелось. Он распахнул окно, зажег грязную керосинку и поставил воду для кофе. Джулия скоро придет, а пока — книга. Он сел в засаленное кресло и расстегнул портфель.

На самодельном черном переплете толстой книги заглавия не было. Печать тоже оказалась слегка неровной. Страницы, обтрепанные по краям, раскрывались легко — книга побывала во многих руках. На титульном листе значилось:

«ЭММАНУЭЛЬ ГОЛДСТЕЙН ТЕОРИЯ И ПРАКТИКА ОЛИГАРХИЧЕСКОГО КОЛЛЕКТИВИЗМА»

Уинстон начал читать:

Глава 1
Незнание — сила

На протяжении всей зафиксированной истории и, по-видимому, с конца неолита в мире были люди трех сортов: высшие, средние и низшие. Группы подразделялись самыми разными способами, носили всевозможные наименования, их численные пропорции, а также взаимные отношения от века к веку менялись; но неизменной оставалась фундаментальная структура общества. Даже после колоссальных потрясений и необратимых, казалось бы, перемен структура эта восстанавливалась, подобно тому как восстанавливает свое положение гироскоп, куда бы его ни толкнули.

Цели этих трех групп совершенно несовместимы...

Уинстон прервал чтение — главным образом для того, чтобы еще раз почувствовать: он читает спокойно и с удобствами. Он был один: ни телекрана, ни уха у замочной скважины, ни нервного позыва оглянуться и прикрыть страницу рукой. Издалека тихо доносились крики детей; в самой же комнате — ни звука, только часы стрекотали, как сверчок. Он уселся поглубже и положил ноги на каминную решетку. Вдруг, как бывает при чтении, когда знаешь, что все равно книгу прочтешь и перечтешь от доски до доски, он раскрыл ее наугад и попал на начало третьей главы. Он стал читать:

Глава 3
Незнание — сила Война — это мир

Раскол мира на три сверхдержавы явился событием, которое могло быть предсказано и было предсказано еще до середины XX века. После того как Россия поглотила Европу, а Соединенные Штаты — Британскую империю, фактически сложились две из них. Третья, Остазия, оформилась как единое целое лишь спустя десятилетие, наполненное беспорядочными войнами. Границы между сверхдержавами кое-где не установлены, кое-где сдвигаются в зависимости от военной фортуны, но в целом совпадают с естественными географическими рубежами. Евразия занимает всю северную часть европейского и азиатского континентов, от Португалии до Берингова пролива. В Океанию входят обе Америки, атлантические острова, включая Британские, Австралазия и юг Африки. Остазия, наименьшая из трех и с не вполне установившейся западной границей, включает в себя Китай, страны к югу от него, Японские острова и большие, но не постоянные части Маньчжурии, Монголии и Тибета.

В том или ином сочетании три сверхдержавы постоянно ведут войну, которая длится уже двадцать пять лет. Война, однако, уже не то отчаянное, смертельное противоборство, каким она была в первой половине XX века. Это военные действия с ограниченными целями, причем противники не в состоянии уничтожить друг друга, материально в войне не заинтересованы и не противостоят друг другу идеологически. Но неверно думать, что методы ведения войны и преобладающее отношение к ней стали менее жестокими и кровавыми. Напротив, во всех странах военная истерия имеет всеобщий и постоянный характер, а такие акты, как насилие, мародерство, убийство детей, обращение всех жителей в рабство, репрессии против пленных, доходящие до варки или погребения живьем, считаются нормой и даже доблестью — если совершены своей стороной, а не противником. Но физически войной занята малая часть населения — в основном хорошо обученные профессионалы, и людские потери сравнительно невелики. Бои — когда бои идут — развертываются на отдаленных границах, о местоположении которых рядовой гражданин может только гадать, или вокруг плавающих крепостей, которые контролируют морские коммуникации. В центрах цивилизации война дает о себе знать лишь постоянной нехваткой потребительских товаров да от случая к случаю — взрывом ракеты, уносящим порой несколько десятков жизней. Война, в сущности, изменила свой характер. Точнее, вышли на первый план прежде второстепенные причины войны. Мотивы, присутствовавшие до некоторой степени в больших войнах начала XX века, стали доминировать, их осознали и ими руководствуются.

Дабы понять природу нынешней войны — а, несмотря на перегруппировки, происходящие раз в несколько лет, это все время одна и та же война, — надо прежде всего усвоить, что она никогда не станет решающей. Ни одна из трех сверхдержав не может быть завоевана даже объединенными армиями двух других.

Силы их слишком равны, и естественный оборонный потенциал неисчерпаем. Евразия защищена своими необозримыми пространствами, Океания — шириной Атлантического и Тихого океанов, Остазия — плодовитостью и трудолюбием ее населения. Кроме того, в материальном смысле сражаться больше не за что. С образованием самодостаточных экономических систем борьба за рынки — главная причина прошлых войн — прекратилась, соперничество из-за сырьевых баз перестало быть жизненно важным. Каждая из трех держав настолько огромна, что может добыть почти все нужное сырье на своей территории. А если уж говорить о чисто экономических целях войны, то это война за рабочую силу. Между границами сверхдержав, не принадлежа ни одной из них постоянно, располагается неправильный четырехугольник с вершинами в Танжере, Браззавиле, Дарвине и Гонконге, в нем приживает примерно одна пятая населения Земли. За обладание этими густонаселенными областями, а также арктической ледяной шапкой и борются постоянно три державы. Фактически ни одна из них никогда полностью не контролировала спорную территорию. Части ее постоянно переходят из рук в руки; возможность захватить ту или иную часть внезапным предательским маневром как раз и диктует бесконечную смену партнеров.

Все спорные земли располагают важными минеральными ресурсами, а некоторые производят ценные растительные продукты, как, например, каучук, который в холодных странах приходится синтезировать, причем сравнительно дорогими способами. Но самое главное, они располагают неограниченным резервом дешевой рабочей силы. Тот, кто захватывает Экваториальную Африку, или страны Ближнего Востока, или индонезийский архипелаг, приобретает сотни миллионов практически даровых рабочих рук. Население этих районов, более или менее открыто низведенное до состояния рабства, беспрерывно переходит из-под власти одного оккупанта под власть другого и лихорадочно расходуется ими, подобно углю и нефти, чтобы произвести больше оружия, чтобы захватить больше территории, чтобы получить больше рабочей силы, чтобы произвести больше оружия — и так до бесконечности. Надо отметить, что боевые действия всегда ведутся в основном на окраинах спорных территорий. Рубежи Евразии перемещаются взад и вперед между Конго и северным побережьем Средиземного моря; острова в Индийском и Тихом океанах захватывает то Океания, то Остазия; в Монголии линия раздела между Евразией и Остазией непостоянна; в Арктике все три державы претендуют на громадные территории — по большей части не заселенные и не исследованные; однако приблизительное равновесие сил всегда сохраняется, и метрополии всегда неприступны. Больше того, мировой экономике, по существу, не нужна рабочая сила эксплуатируемых тропических стран. Они ничем не обогащают мир, ибо все, что там производится, идет на войну, а задача войны — подготовить лучшую позицию для новой войны. Своим рабским трудом эти страны просто позволяют наращивать темп непрерывной войны. Но если бы их не было, структура мирового сообщества и процессы, ее поддерживающие, существенно не изменились бы.

Главная цель современной войны (в соответствии с принципом двоемыслия эта цель одновременно признается и не признается руководящей головкой внутренней партии) — израсходовать продукцию машины, не повышая общего уровня жизни. Вопрос, как быть с излишками потребительских товаров в индустриальном обществе, подспудно назрел еще в конце XIX века. Ныне, когда мало кто даже ест досыта, вопрос этот, очевидно, не стоит; возможно, он не встал бы даже в том случае, если бы не действовали искусственные процессы разрушения. Сегодняшний мир — скудное, голодное, запущенное место по сравнению с миром, существовавшим до 1914 года, а тем более если сравнивать его с безоблачным будущим, которое воображали люди той поры. В начале XX века мечта о будущем обществе, невероятно богатом, с обилием досуга, упорядоченном, эффективном — о сияющем антисептическом мире из стекла, стали и снежно-белого бетона — жила в сознании чуть ли не каждого грамотного человека. Наука и техника развивались с удивительной быстротой, и естественно было предположить, что так они и будут развиваться. Этого не произошло — отчасти из-за обнищания, вызванного длинной чередой войн и революций, отчасти из-за того, что научно- технический прогресс основывался на эмпирическом мышлении, которое не могло уцелеть в жестко регламентированном обществе. В целом мир сегодня примитивнее, чем пятьдесят лет назад. Развились некоторые отсталые области, созданы разнообразные новые устройства — правда, так или иначе связанные с войной и полицейской слежкой, — но эксперимент и изобретательство в основном отмерли, и разруха, вызванная атомной войной 50-х годов, полностью не ликвидирована. Тем не менее опасности, которые несет с собой машина, никуда не делись. С того момента, когда машина заявила о себе, всем мыслящим людям стало ясно, что исчезла необходимость в черной работе — а значит, и главная предпосылка человеческого неравенства. Если бы машину направленно использовали для этой цели, то через несколько поколений было бы покончено и с голодом, и с изнурительным трудом, и с грязью, и с неграмотностью, и с болезнями. Да и не будучи употреблена для этой цели, а, так сказать, стихийным порядком — производя блага, которые иногда невозможно было распределить, — машина за пять десятков лет в конце XIX века и начале XX разительно подняла жизненный уровень обыкновенного человека.

Но так же ясно было и то, что общий рост благосостояния угрожает иерархическому обществу гибелью, а в каком-то смысле и есть уже его гибель. В мире, где рабочий день короток, где каждый сыт и живет в доме с ванной и холодильником, владеет автомобилем или даже самолетом, самая очевидная, а быть может, и самая важная форма неравенства уже исчезла. Став всеобщим, богатство перестает порождать различия. Можно, конечно, вообразить общество, где блага, в смысле личной собственности и удовольствий, будут распределены поровну, а власть останется у маленькой привилегированной касты. Но на деле такое общество не может долго быть устойчивым. Ибо если обеспеченностью и досугом смогут наслаждаться все, то громадная масса людей, отупевших от нищеты, станет грамотной и научится думать самостоятельно; после чего эти люди рано или поздно поймут, что привилегированное меньшинство не выполняет никакой функции, и выбросят его. В конечном счете иерархическое общество зиждется только на нищете и невежестве. Вернуться к сельскому образу жизни, как мечтали некоторые мыслители в начале XX века, — выход нереальный. Он противоречит стремлению к индустриализации, которое почти повсеместно стало квазиинстинктом; кроме того, индустриально отсталая страна беспомощна в военном отношении и прямо или косвенно попадет в подчинение к более развитым соперникам.

Не оправдал себя и другой способ: держать массы в нищете, ограничив производство товаров. Это уже отчасти наблюдалось на конечной стадии капитализма — приблизительно между 1920 и 1940 годами. В экономике многих стран был допущен застой, земли не возделывались, оборудование не обновлялось, большие группы населения были лишены работы и кое-как поддерживали жизнь за счет государственной благотворительности. Но это также ослабляло военную мощь, и, поскольку лишения явно не были вызваны необходимостью, неизбежно возникала оппозиция. Задача состояла в том, чтобы промышленность работала на полных оборотах, не увеличивая количество материальных ценностей в мире. Товары надо производить, но не надо распределять. На практике единственный путь к этому — непрерывная война.

Сущность войны — уничтожение не только человеческих жизней, но и плодов человеческого труда. Война — это способ разбивать вдребезги, распылять в стратосфере, топить в морской пучине материалы, которые могли бы улучшить народу жизнь и тем самым в конечном счете сделать его разумнее. Даже когда оружие не уничтожается на поле боя, производство его — удобный способ истратить человеческий труд и не произвести ничего для потребления. Плавающая крепость, например, поглотила столько труда, сколько пошло бы на строительство нескольких сот грузовых судов. В конце концов она устаревает, идет на лом, не принеся никому материальной пользы, и вновь с громадными трудами строится другая плавающая крепость. Теоретически военные усилия всегда планируются так, чтобы поглотить все излишки, которые могли бы остаться после того, как будут удовлетворены минимальные нужды населения. Практически нужды населения всегда недооцениваются, и в результате — хроническая нехватка предметов первой необходимости; но она считается полезной. Это обдуманная политика: держать даже привилегированные слои на грани лишений, ибо общая скудость повышает значение мелких привилегий и тем увеличивает различия между одной группой и другой. По меркам начала XX века даже член внутренней партии ведет аскетическую и многотрудную жизнь. Однако немногие преимущества, которые ему даны, — большая, хорошо оборудованная квартира, одежда из лучшей ткани, лучшего качества пища, табак и напитки, два или три слуги, персональный автомобиль или вертолет — пропастью отделяют его от члена внешней партии, а тот в свою очередь имеет такие же преимущества перед беднейшей массой, которую мы именуем «пролы». Это социальная атмосфера осажденного города, где разница между богатством и нищетой заключается в обладании куском конины. Одновременно благодаря ощущению войны, а следовательно, опасности передача всей власти маленькой верхушке представляется естественным, необходимым условием выживания.

Война, как нетрудно видеть, не только осуществляет нужные разрушения, но и осуществляет их психологически приемлемым способом. В принципе было бы очень просто израсходовать избыточный труд на возведение храмов и пирамид, рытье ям, а затем их засыпку или даже на производство огромного количества товаров, с тем чтобы после предавать их огню. Однако так мы создадим только экономическую, а не эмоциональную базу иерархического общества. Дело тут не в моральном состоянии масс — их настроения роли не играют, покуда массы приставлены к работе, — а в моральном состоянии самой партии. От любого, пусть самого незаметного члена партии требуется знание дела, трудолюбие и даже ум в узких пределах, но так же необходимо, чтобы он был невопрошающим невежественным фанатиком и в душе его господствовали страх, ненависть, слепое поклонение и оргиастический восторг. Другими словами, его ментальность должна соответствовать состоянию войны. Неважно, идет ли война на самом деле, и, поскольку решительной победы быть не может, неважно, хорошо идут дела на фронте или худо. Нужно одно: находиться в состоянии войны. Осведомительство, которого партия требует от своих членов и которого легче добиться в атмосфере войны, приняло всеобщий характер, но, чем выше люди по положению, тем активнее оно проявляется. Именно во внутренней партии сильнее всего военная истерия и ненависть к врагу. Как администратор, член внутренней партии нередко должен знать, что та или иная военная сводка не соответствует истине, нередко ему известно, что вся война — фальшивка и либо вообще не ведется, либо ведется совсем не с той целью, которую декларируют; но такое знание легко нейтрализуется методом двоемыслия. При всем этом ни в одном члене внутренней партии не пошатнется мистическая вера в то, что война — настоящая, кончится победоносно и Океания станет безраздельной хозяйкой земного шара.

Для всех членов внутренней партии эта грядущая победа — догмат веры. Достигнута она будет либо постепенным расширением территории, что обеспечит подавляющее превосходство в силе, либо благодаря какому-то новому, неотразимому оружию. Поиски нового оружия продолжаются постоянно, и это одна из немногих областей, где еще может найти себе применение изобретательный или теоретический ум. Ныне в Океании наука в прежнем смысле почти перестала существовать. На новоязе нет слова «наука». Эмпирический метод мышления, на котором основаны все научные достижения прошлого, противоречит коренным принципам ангсоца. И даже технический прогресс происходит только там, где результаты его можно как-то использовать для сокращения человеческой свободы. В полезных ремеслах мир либо стоит на месте, либо движется вспять. Поля пашут конным плугом, а книги сочиняют на машинах. Но в жизненно важных областях, то есть в военной и полицейско-сыскной, эмпирический метод поощряют или по крайней мере терпят. У партии две цели: завоевать весь земной шар и навсегда уничтожить возможность независимой мысли. Поэтому она озабочена двумя проблемами. Первая — как вопреки желанию человека узнать, что он думает, и — как за несколько секунд, без предупреждения, убить несколько сот миллионов человек. Таковы суть предметы, которыми занимается оставшаяся наука. Сегодняшний ученый — это либо гибрид психолога и инквизитора, дотошно исследующий характер мимики, жестов, интонаций и испытывающий действие медикаментов, шоковых процедур, гипноза и пыток в целях извлечения правды из человека; либо это химик, физик, биолог, занятый исключительно такими отраслями своей науки, которые связаны с умерщвлением. В громадных лабораториях министерства мира и на опытных полигонах, скрытых в бразильских джунглях, австралийской пустыне, на уединенных островах Антарктики, неутомимо трудятся научные коллективы. Одни планируют материально- техническое обеспечение будущих войн, другие разрабатывают все более мощные ракеты, все более сильные взрывчатые вещества, все более прочную броню; третьи изобретают новые смертоносные газы или растворимые яды, которые можно будет производить в таких количествах, чтобы уничтожить растительность на целом континенте, или новые виды микробов, неуязвимые для антител; четвертые пытаются сконструировать транспортное средство, которое сможет прошивать землю, как подводная лодка — морскую толщу, или самолет, не привязанный к аэродромам и авианосцам; пятые изучают совсем фантастические идеи наподобие того, чтобы фокусировать солнечные лучи линзами в космическом пространстве или провоцировать землетрясения путем проникновения к раскаленному ядру Земли.

Ни один из этих проектов так и не приблизился к осуществлению, и ни одна из трех сверхдержав существенного преимущества никогда не достигала. Но самое удивительное: все три уже обладают атомной бомбой — оружием гораздо более мощным, чем то, что могли бы дать нынешние разработки. Хотя партия, как заведено, приписывает это изобретение себе, бомбы появились еще в 40-х годах и впервые были применены массированно лет десять спустя. Тогда на промышленные центры — главным образом в европейской России, Западной Европе и Северной Америке — были сброшены сотни бомб. В результате правящие группы всех стран убедились: еще несколько бомб — и конец организованному обществу, а следовательно, их власти. После этого, хотя никакого официального соглашения не было даже в проекте, атомные бомбардировки прекратились. Все три державы продолжают лишь производить и накапливать атомные бомбы в расчете на то, что рано или поздно представится удобный случай, когда они смогут решить войну в свою пользу. В целом же последние тридцать-сорок лет военное искусство топчется на месте. Шире стали использоваться вертолеты; бомбардировщики по большей части вытеснены беспилотными снарядами, боевые корабли с их невысокой живучестью уступили место почти непотопляемым плавающим крепостям; в остальном боевая техника изменилась мало. Так, подводная лодка, пулемет, даже винтовка и ручная граната по-прежнему в ходу. И несмотря на бесконечные сообщения о кровопролитных боях в прессе и по телекранам, грандиозные сражения прошлых войн, когда за несколько недель гибли сотни тысяч и даже миллионы, уже не повторяются.

Все три сверхдержавы никогда не предпринимают маневров, чреватых риском тяжелого поражения. Если и осуществляется крупная операция, то, как правило, это — внезапное нападение на союзника. Все три державы следуют — или уверяют себя, что следуют, — одной стратегии. Идея ее в том, чтобы посредством боевых действий, переговоров и своевременных изменнических ходов полностью окружить противника кольцом военных баз, заключить с ним пакт о дружбе и сколько-то лет поддерживать мир, дабы усыпить всякие подозрения. Тем временем во всех стратегических пунктах можно смонтировать ракеты с атомными боевыми частями и наконец нанести массированный удар, столь разрушительный, что противник лишится возможности ответного удара. Тогда можно будет подписать договор о дружбе с третьей мировой державой и готовиться к новому нападению. Излишне говорить, что план этот — всего лишь греза, он неосуществим. Да и бои если ведутся, то лишь вблизи спорных областей у экватора и у полюса; вторжения на территорию противника не было никогда. Этим объясняется и неопределенность некоторых границ между сверхдержавами. Евразии, например, нетрудно было бы захватить Британские острова, географически принадлежащие Европе; с другой стороны, и Океания могла бы отодвинуть свои границы к Рейну и даже Висле. Но тогда был бы нарушен принцип, хотя и не провозглашенный, но соблюдаемый всеми сторонами, — принцип культурной целостности. Если Океания завоюет области, прежде называвшиеся Францией и Германией, то возникнет необходимость либо истребить жителей, что физически трудно осуществимо, либо ассимилировать стомиллионный народ, в техническом отношении находящийся примерно на том же уровне развития, что и Океания. Перед всеми тремя державами стоит одна и та же проблема. Их устройство, безусловно, требует, чтобы контактов с иностранцами не было — за исключением военнопленных и цветных рабов, да и то в ограниченной степени. С глубочайшим подозрением смотрят даже на официального (в данную минуту) союзника. Если не считать пленных, гражданин Океании никогда не видит граждан Евразии и Остазии, и знать иностранные языки ему запрещено. Если разрешить ему контакт с иностранцами, он обнаружит, что это такие же люди, как он, а рассказы о них — по большей части ложь. Закупоренный мир, где он обитает, раскроется, и страх, ненависть, убежденность в своей правоте, которыми жив его гражданский дух, могут испариться. Поэтому все три стороны понимают, что, как бы часто ни переходили из рук в руки Персия и Египет, Ява и Цейлон, основные границы не должно пересекать ничто, кроме ракет.

Под этим скрывается факт, никогда не обсуждаемый вслух, но молчаливо признаваемый и учитываемый при любых действиях, а именно: условия жизни во всех трех державах весьма схожи. В Океании государственное учение именуется ангсоцем, в Евразии — необольшевизмом, а в Остазии его называют китайским словом, которое обычно переводится как «культ смерти», но лучше, пожалуй, передало бы его смысл «стирание личности». Гражданину Океании не дозволено что-либо знать о догмах двух других учений, но он привык проклинать их как варварское надругательство над моралью и здравым смыслом. На самом деле эти три идеологии почти неразличимы, а общественные системы, на них основанные, неразличимы совсем. Везде та же пирамидальная структура, тот же культ полубога-вождя, та же экономика, живущая постоянной войной и для войны. Отсюда следует, что три державы не только не могут покорить одна другую, но и не получили бы от этого никакой выгоды. Напротив, покуда они враждуют, они подпирают друг друга подобно трем снопам. И как всегда, правящие группы трех стран и сознают и одновременно не сознают, что делают. Они посвятили себя завоеванию мира, но вместе с тем понимают, что война должна длиться постоянно, без победы. А благодаря тому, что опасность быть покоренным государству не грозит, становится возможным отрицание действительности — характерная черта и ангсоца и конкурирующих учений. Здесь надо повторить сказанное ранее: став постоянной, война изменила свой характер.

В прошлом война, можно сказать, по определению была чем-то, что рано или поздно кончалось — как правило, несомненной победой или поражением. Кроме того, в прошлом война была одним из главных инструментов, не дававших обществу оторваться от физической действительности. Во все времена все правители пытались навязать подданным ложные представления о действительности; но иллюзий, подрывающих военную силу, они позволить себе не могли. Покуда поражение влечет за собой потерю независимости или какой-то другой результат, считающийся нежелательным, поражения надо остерегаться самым серьезным образом. Нельзя игнорировать физические факты. В философии, в религии, в этике, в политике дважды два может равняться пяти, но если вы конструируете пушку или самолет, дважды два должно быть четыре. Недееспособное государство раньше или позже будет побеждено, а дееспособность не может опираться на иллюзии. Кроме того, чтобы быть дееспособным, необходимо умение учиться на уроках прошлого, а для этого надо более или менее точно знать, что происходило в прошлом. Газеты и книги по истории, конечно, всегда страдали пристрастностью и предвзятостью, но фальсификация в сегодняшних масштабах прежде была бы невозможна. Война всегда была стражем здравого рассудка, и, если говорить о правящих классах, вероятно, главным стражем. Пока войну можно было выиграть или проиграть, никакой правящий класс не имел права вести себя совсем безответственно.

Но когда война становится буквально бесконечной, она перестает быть опасной. Когда война бесконечна, такого понятия, как военная необходимость, нет. Технический прогресс может прекратиться, можно игнорировать и отрицать самые очевидные факты. Как мы уже видели, исследования, называемые научными, еще ведутся в военных целях, но, по существу, это своего рода мечтания, и никого не смущает, что они безрезультатны. Дееспособность и даже боеспособность больше не нужны. В Океании все плохо действует, кроме полиции мыслей. Поскольку сверхдержавы непобедимы, каждая представляет собой отдельную вселенную, где можно предаваться почти любому умственному извращению. Действительность оказывает давление только через обиходную жизнь: надо есть и пить, надо иметь кров и одеваться, нельзя глотать ядовитые вещества, выходить через окно на верхнем этаже и так далее. Между жизнью и смертью, между физическим удовольствием и физической болью разница все-таки есть — но и только. Отрезанный от внешнего мира и от прошлого, гражданин Океании, подобно человеку в межзвездном пространстве, не знает, где верх, где низ. Правители такого государства обладают абсолютной властью, какой не было ни у цезарей, ни у фараонов. Они не должны допустить, чтобы их подопечные мерли от голода в чрезмерных количествах, когда это уже представляет известные неудобства, они должны поддерживать военную технику на одном невысоком уровне; но, коль скоро этот минимум выполнен, они могут извращать действительность так, как им заблагорассудится.

Таким образом, война, если подходить к ней с мерками прошлых войн, — мошенничество. Она напоминает схватки некоторых жвачных животных, чьи рога растут под таким углом, что они не способны ранить друг друга. Но хотя война нереальна, она не бессмысленна. Она пожирает излишки благ и позволяет поддерживать особую душевную атмосферу, в которой нуждается иерархическое общество. Ныне, как нетрудно видеть, война — дело чисто внутреннее. В прошлом правители всех стран, хотя и понимали порой общность своих интересов, а потому ограничивали разрушительность войн, воевали все-таки друг с другом, и победитель грабил побежденного. В наши дни они друг с другом не воюют. Войну ведет правящая группа против своих подданных, и цель войны — не избежать захвата своей территории, а сохранить общественный строй. Поэтому само слово «война» вводит в заблуждение. Мы, вероятно, не погрешим против истины, если скажем, что, сделавшись постоянной, война перестала быть войной. То особое давление, которое она оказывала на человечество со времен неолита и до начала XX века, исчезло и сменилось чем-то совсем другим. Если бы три державы не воевали, а согласились вечно жить в мире и каждая оставалась бы неприкосновенной в своих границах, результат был бы тот же самый. Каждая была бы замкнутой вселенной, навсегда избавленной от отрезвляющего влияния внешней опасности. Постоянный мир был бы то же самое, что постоянная война. Вот в чем глубинный смысл — хотя большинство членов партии понимают его поверхностно — партийного лозунга «ВОЙНА — ЭТО МИР».

Уинстон перестал читать. Послышался гром — где-то вдалеке разорвалась ракета. Блаженное чувство — один с запретной книгой, в комнате без телекрана — не проходило. Одиночество и покой он ощущал физически, так же как усталость в теле, мягкость кресла, ветерок из окна, дышавший в щеку. Книга завораживала его, а вернее, укрепляла. В каком-то смысле книга не сообщила ему ничего нового — но в этом-то и заключалась ее прелесть. Она говорила то, что он сам бы мог сказать, если бы сумел привести в порядок отрывочные мысли. Она была произведением ума, похожего на его ум, только гораздо более сильного, более систематического и не изъязвленного страхом. Лучшие книги, понял он, говорят тебе то, что ты уже сам знаешь. Он хотел вернуться к первой главе, но тут услышал на лестнице шаги Джулии и встал, чтобы ее встретить. Она уронила на пол коричневую сумку с инструментами и бросилась ему на шею. Они не виделись больше недели.

— Книга у меня, — объявил Уинстон, когда они отпустили друг друга.

— Да, уже? Хорошо, — сказала она без особого интереса и тут же стала на колени у керосинки, чтобы сварить кофе.

К разговору о книге они вернулись после того, как полчаса провели в постели. Вечер был нежаркий, и они натянули на себя одеяло. Снизу доносилось привычное пение и шарканье ботинок по каменным плитам. Могучая краснорукая женщина, которую Уинстон увидел здесь еще в первый раз, будто и не уходила со двора. Не было такого дня и часа, когда бы она не шагала взад-вперед между корытом и веревкой, то затыкая себя прищепками для белья, то снова разражаясь зычной песней. Джулия перевернулась на бок и совсем уже засыпала. Он поднял книгу, лежавшую на полу, и сел к изголовью.

— Нам надо ее прочесть, — сказал он, — Тебе тоже. Все, кто в Братстве, должны ее прочесть.

— Ты читай, — отозвалась она с закрытыми глазами. — Вслух. Так лучше. По дороге будешь мне все объяснять.

Часы показывали шесть, то есть 18. Оставалось еще часа три-четыре. Он положил книгу на колени и начал читать:

Глава 1
Незнание — сила

На протяжении всей зафиксированной истории и, по-видимому, с конца неолита в мире были люди трех сортов: высшие, средние и низшие. Группы подразделялись самыми разными способами, носили всевозможные наименования, их численные пропорции, а также взаимные отношения от века к веку менялись; но неизменной оставалась фундаментальная структура общества. Даже после колоссальных потрясений и необратимых, казалось бы, перемен структура эта восстанавливалась, подобно тому как восстанавливает свое положение гироскоп, куда бы его ни толкнули.

— Джулия, не спишь? — спросил Уинстон.

— Нет, милый, я слушаю. Читай. Это чудесно. Он продолжал:

Цели этих трех групп совершенно несовместимы. Цель высших — остаться там, где они есть. Цель средних — поменяться местами с высшими; цель низших — когда у них есть цель, ибо для низших то и характерно, что они задавлены тяжким трудом и лишь от случая к случаю направляют взгляд за пределы повседневной жизни, — отменить все различия и создать общество, где все люди должны быть равны. Таким образом, на протяжении всей истории вновь и вновь вспыхивает борьба, в общих чертах всегда одинаковая. Долгое время высшие как будто бы прочно удерживают власть, но рано или поздно наступает момент, когда они теряют либо веру в себя, либо способность управлять эффективно, либо и то и другое. Тогда их свергают средние, которые привлекли низших на свою сторону тем, что разыгрывали роль борцов за свободу и справедливость. Достигнув своей цели, они сталкивают низших в прежнее рабское положение и сами становятся высшими. Тем временем новые средние отслаиваются от одной из двух других групп или от обеих, и борьба начинается сызнова. Из трех групп только низшим никогда не удается достичь своих целей, даже на время. Было бы преувеличением сказать, что история не сопровождалась материальным прогрессом. Даже сегодня, в период упадка, обыкновенный человек материально живет лучше, чем несколько веков назад. Но никакой рост благосостояния, никакое смягчение нравов, никакие революции и реформы не приблизили человеческое равенство ни на миллиметр. С точки зрения низших, все исторические перемены значили немногим больше, чем смена хозяев.

К концу XIX века для многих наблюдателей стала очевидной повторяемость этой схемы. Тогда возникли учения, толкующие историю как циклический процесс и доказывающие, что неравенство есть неизменный закон человеческой жизни. У этой доктрины, конечно, и раньше были приверженцы, но теперь она преподносилась существенно иначе. Необходимость иерархического строя прежде была доктриной высших. Ее проповедовали короли и аристократы, а также паразитировавшие на них священники, юристы и прочие, и смягчали обещаниями награды в воображаемом загробном мире. Средние, пока боролись за власть, всегда прибегали к помощи таких слов, как свобода, справедливость и братство. Теперь же на идею человеческого братства ополчились люди, которые еще не располагали властью, а только надеялись вскоре ее захватить. Прежде средние устраивали революции под знаменем равенства и, свергнув старую тиранию, немедленно устанавливали новую. Теперь средние фактически провозгласили свою тиранию заранее. Социализм — теория, которая возникла в начале XIX века и явилась последним звеном в идейной традиции, ведущей начало от восстаний рабов в древности, — был еще весь пропитан утопическими идеями прошлых веков. Однако все варианты социализма, появлявшиеся после 1900 года, более или менее открыто отказывались считать своей целью равенство и братство. Новые движения, возникшие в середине века, — ангсоц в Океании, необольшевизм в Евразии и культ смерти, как его принято называть, в Остазии ставили себе целью увековечение несвободы и неравенства. Эти новые движения родились, конечно, из прежних, сохранили их названия и на словах оставались верными их идеологии, но целью их было в нужный момент остановить развитие и заморозить историю. Известный маятник должен качнуться еще раз — и застыть. Как обычно, высшие будут свергнуты средними, и те сами станут высшими; но на этот раз благодаря продуманной стратегии высшие сохранят свое положение навсегда.

Возникновение этих новых доктрин отчасти объясняется накоплением исторических знаний и ростом исторического мышления, до XIX века находившегося в зачаточном состоянии. Циклический ход истории стал понятен или представился понятным, а раз он понятен, значит, на него можно воздействовать. Но основная, глубинная предпосылка заключалась в том, что уже в начале XX века равенство людей стало технически осуществимо. Верно, разумеется, что люди по-прежнему не были равны в отношении природных талантов и разделение функций ставило бы одного человека в более благоприятное положение, чем другого; отпала, однако, нужда в классовых различиях и в большом материальном неравенстве. В прошлые века классовые различия были не только неизбежны, но и желательны. За цивилизацию пришлось платить неравенством. Но с развитием машинного производства ситуация изменилась. Хотя люди по-прежнему должны были выполнять неодинаковые работы, исчезла необходимость в том, чтобы они стояли на разных социальных и экономических уровнях. Поэтому с точки зрения новых групп, готовившихся захватить власть, равенство людей стало уже не идеалом, к которому надо стремиться, а опасностью, которую надо предотвратить. В более примитивные времена, когда справедливое и мирное общество нельзя было построить, в него легко было верить. Человека тысячелетиями преследовала мечта о земном рае, где люди будут жить по-братски, без законов и без тяжкого труда. Видение это влияло даже на те группы, которые выигрывали от исторических перемен. Наследники английской, французской и американской революций отчасти верили в собственные фразы о правах человека, о свободе слова, о равенстве перед законом и т. п. и до некоторой степени даже подчиняли им свое поведение. Но к четвертому десятилетию XX века все основные течения политической мысли были уже авторитарными. В земном рае разуверились именно тогда, когда он стал осуществим. Каждая новая политическая теория, как бы она ни именовалась, звала назад, к иерархии и регламентации. И в соответствии с общим ужесточением взглядов, обозначившимся примерно к 1930 году, возродились давно (иногда сотни лет назад) оставленные обычаи — тюремное заключение без суда, рабский труд военнопленных, публичные казни, пытки, чтобы добиться признания, взятие заложников, выселение целых народов; мало того: их терпели и даже оправдывали люди, считавшие себя просвещенными и прогрессивными.

Должно было пройти еще десятилетие, полное войн, гражданских войн, революций и контрреволюций, чтобы ангсоц и его конкуренты оформились как законченные политические теории. Но у них были провозвестники — разные системы, возникшие ранее в этом же веке и в совокупности именуемые тоталитарными; давно были ясны и очертания мира, который родится из наличного хаоса. Кому предстоит править этим миром, было столь же ясно. Новая аристократия составилась в основном из бюрократов, ученых, инженеров, профсоюзных руководителей, специалистов по обработке общественного мнения, социологов, преподавателей и профессиональных политиков. Этих людей, по происхождению служащих, и верхний слой рабочего класса сформировал и свел вместе выхолощенный мир монополистической промышленности и централизованной власти. По сравнению с аналогичными группами прошлых веков они были менее алчны, менее склонны к роскоши, зато сильнее жаждали чистой власти, а самое главное, отчетливее сознавали, что они делают, и настойчивее стремились сокрушить оппозицию. Это последнее отличие оказалось решающим. Рядом с тем, что существует сегодня, все тирании прошлого выглядели бы нерешительными и расхлябанными. Правящие группы всегда были более или менее заражены либеральными идеями, всюду оставляли люфт, реагировали только на явные действия и не интересовались тем, что думают их подданные. По сегодняшним меркам даже католическая церковь средневековья была терпимой. Объясняется это отчасти тем, что прежде правительства не могли держать граждан под постоянным надзором. Когда изобрели печать, стало легче управлять общественным мнением; радио и кино позволили шагнуть в этом направлении еще дальше. А с развитием телевизионной техники, когда стало возможно вести прием и передачу одним аппаратом, частной жизни пришел конец. Каждого гражданина, по крайней мере каждого, кто по своей значительности заслуживает слежки, можно круглые сутки держать под полицейским наблюдением и круглые сутки питать официальной пропагандой, перекрыв все остальные каналы связи. Впервые появилась возможность добиться не только полного подчинения воле государства, но и полного единства мнений по всем вопросам.

После революционного периода 50—60-х годов общество, как всегда, расслоилось на высших, средних и низших. Но новые высшие в отличие от своих предшественников действовали не по наитию: они знали, что надо делать, дабы сохранить свое положение. Давно стало понятно, что единственная надежная основа для олигархии — коллективизм. Богатство и привилегии легче всего защитить, когда ими владеют сообща. Так называемая отмена частной собственности, осуществленная в середине века, на самом деле означала сосредоточение собственности в руках у гораздо более узкой группы — но с той разницей, что теперь собственницей была группа, а не масса индивидуумов. Индивидуально ни один член партии не владеет ничем, кроме небольшого личного имущества. Коллективно партия владеет в Океании всем, потому что она всем управляет и распоряжается продуктами так, как считает нужным. В годы после революции она смогла занять господствующее положение почти беспрепятственно потому, что процесс шел под флагом коллективизации. Считалось, что, если класс капиталистов лишить собственности, наступит социализм; и капиталистов, несомненно, лишили собственности. У них отняли все — заводы, шахты, землю, дома, транспорт; а раз все это перестало быть частной собственностью, значит, стало общественной собственностью. Ангсоц, выросший из старого социалистического движения и унаследовавший его фразеологию, в самом деле выполнил главный пункт социалистической программы — с результатом, который он предвидел и к которому стремился: экономическое неравенство было закреплено навсегда.

Но проблемы увековечения иерархического общества этим не исчерпываются. Правящая группа теряет власть по четырем причинам. Либо ее победил внешний враг, либо она правит так неумело, что массы поднимают восстание, либо она позволила образоваться сильной и недовольной группе средних, либо потеряла уверенность в себе и желание править. Причины эти не изолированные; обычно в той или иной степени сказываются все четыре. Правящий класс, который сможет предохраниться от них, удержит власть навсегда. В конечном счете решающим фактором является психическое состояние самого правящего класса.

В середине нынешнего века первая опасность фактически исчезла. Три державы, поделившие мир, по сути дела, непобедимы и ослабеть могут только за счет медленных демографических изменений; однако правительству с большими полномочиями легко их предотвратить. Вторая опасность — тоже всего лишь теоретическая. Массы никогда не восстают сами по себе и никогда не восстают только потому, что они угнетены. Больше того, они даже не сознают, что угнетены, пока им не дали возможности сравнивать. В повторявшихся экономических кризисах прошлого не было никакой нужды, и теперь их не допускают: могут происходить и происходят другие столь же крупные неурядицы, но политических последствий они не имеют, потому что не оставлено никакой возможности выразить недовольство во внятной форме. Что же до проблемы перепроизводства, подспудно зревшей в нашем обществе с тех пор, как развилась машинная техника, то она решена при помощи непрерывной войны (см. главу 3), которая полезна еще и в том отношении, что позволяет подогреть общественный дух. Таким образом, с точки зрения наших нынешних правителей, подлинные опасности — это образование новой группы способных, не полностью занятых, рвущихся к власти людей и рост либерализма и скептицизма в их собственных рядах. Иначе говоря, проблема стоит воспитательная. Это проблема непрерывной формовки сознания направляющей группы и более многочисленной исполнительной группы, которая помещается непосредственно под ней. На сознание масс достаточно воздействовать лишь в отрицательном плане.

Из сказанного выше нетрудно вывести — если бы кто не знал ее — общую структуру государства Океания. Вершина пирамиды — Старший Брат. Старший Брат непогрешим и всемогущ. Каждое достижение, каждый успех, каждая победа, каждое научное открытие, все познания, вся мудрость, все счастье, вся доблесть — непосредственно проистекают из его руководства и им вдохновлены. Старшего Брата никто не видел. Его лицо — на плакатах, его голос — в телекране. Мы имеем все основания полагать, что он никогда не умрет, и уже сейчас существует значительная неопределенность касательно даты его рождения. Старший Брат — это образ, в котором партия желает предстать перед миром. Назначение его — служить фокусом для любви, страха и почитания, чувств, которые легче обратить на отдельное лицо, чем на организацию. Под Старшим Братом — внутренняя партия; численность ее ограничена шестью миллионами — это чуть меньше двух процентов населения Океании. Под внутренней партией — внешняя партия; если внутреннюю уподобить мозгу государства, то внешнюю можно назвать руками. Ниже — бессловесная масса, которую мы привычно именуем «пролами»; они составляют, по-видимому, восемьдесят пять процентов населения. По нашей прежней классификация пролы — низшие, ибо рабское население экваториальных областей, переходящее от одного завоевателя к другому, нельзя считать постоянной и необходимой частью общества.

В принципе принадлежность к одной из этих трех групп не является наследственной. Ребенок членов внутренней партии не принадлежит к ней по праву рождения. И в ту и в другую часть партии принимают после экзамена в возрасте шестнадцати лет. В партии нет предпочтений ни по расовому, ни по географическому признаку. В самых верхних эшелонах можно встретить и еврея, и негра, и латиноамериканца, и чистокровного индейца; администраторов каждой области набирают из этой же области. Ни в одной части Океании жители не чувствуют себя колониальным народом, которым управляют из далекой столицы.

Столицы в Океании нет: где находится номинальный глава государства, никто не знает. За исключением того, что в любой части страны можно объясниться на английском, а официальный язык ее — новояз, жизнь никак не централизована. Правители соединены не кровными узами, а приверженностью к доктрине. Конечно, общество расслоено, причем весьма четко, и на первый взгляд расслоение имеет наследственный характер. Движения вверх и вниз по социальной лестнице гораздо меньше, чем было при капитализме и даже в доиндустриальную эпоху. Между двумя частями партии определенный обмен происходит — но лишь в той мере, в какой необходимо избавиться от слабых во внутренней партии и обезопасить честолюбивых членов внешней, дав им возможность повышения. Пролетариям дорога в партию практически закрыта. Самых способных — тех, кто мог бы стать катализатором недовольства, — полиция мыслей просто берет на заметку и устраняет. Но такое положение дел не принципиально для строя и не является неизменным. Партия — не класс в старом смысле слова. Она не стремится завещать власть своим детям как таковым; и если бы не было другого способа собрать наверху самых способных, она не колеблясь набрала бы целое новое поколение руководителей в среде пролетариата. То, что партия не наследственный корпус, в критические годы очень помогло нейтрализовать оппозицию. Социализм старого толка, приученный бороться с чем-то, называвшимся «классовыми привилегиями», полагал, что ненаследственное не может быть постоянным. Он не понимал, что преемственность олигархии необязательно должна быть биологической, и не задумывался над тем, что наследственные аристократии всегда были недолговечны, тогда как организации, основанные на наборе, — католическая церковь, например, — держались сотни, а то и тысячи лет. Суть олигархического правления не в наследной передаче от отца к сыну, а в стойкости определенного мировоззрения и образа жизни, диктуемых мертвыми живым. Правящая группа — до тех пор правящая группа, пока она в состоянии назначать наследников. Партия озабочена не тем, чтобы увековечить свою кровь, а тем, чтобы увековечить себя. Кто облечен властью — не важно, лишь бы иерархический строй сохранялся неизменным.

Все верования, обычаи, вкусы, чувства, взгляды, свойственные нашему времени, на самом деле служат тому, чтобы поддержать таинственный ореол вокруг партии и скрыть подлинную природу нынешнего общества. Ни физический бунт, ни даже первые шаги к бунту сейчас невозможны. Пролетариев бояться нечего. Предоставленные самим себе, они из поколения в поколение, из века в век будут все так же работать, плодиться и умирать, не только не покушаясь на бунт, но даже не представляя себе, что жизнь может быть другой. Опасными они могут стать только в том случае, если прогресс техники потребует, чтобы им давали лучшее образование; но, поскольку военное и коммерческое соперничество уже не играет роли, уровень народного образования фактически снижается. Каких взглядов придерживаются массы и каких не придерживаются — безразлично. Им можно предоставить интеллектуальную свободу, потому что интеллекта у них нет. У партийца же, напротив, малейшее отклонение во взглядах, даже по самому маловажному вопросу, считается нетерпимым.

Член партии с рождения до смерти живет на глазах у полиции мыслей. Даже оставшись один, он не может быть уверен, что он один. Где бы он ни был, спит он или бодрствует, работает или отдыхает, в ванне ли, в постели — за ним могут наблюдать, и он не будет знать, что за ним наблюдают. Небезразличен ни один его поступок. Его друзья, его развлечения, его обращение с женой и детьми, выражение лица, когда он наедине с собой, слова, которые он бормочет во сне, даже характерные движения тела — все это тщательно изучается. Не только поступок, но любое, пусть самое невинное чудачество, любая новая привычка и нервный жест, которые могут оказаться признаками внутренней неурядицы, непременно будут замечены. Свободы выбора у него нет ни в чем. С другой стороны, его поведение не регламентируется законом или четкими нормами. В Океании нет закона. Мысли и действия, караемые смертью (если их обнаружили), официально не запрещены, а бесконечные чистки, аресты, посадки, пытки и распыления имеют целью не наказать преступника, а устранить тех, кто мог бы когда-нибудь в будущем стать преступником. У члена партии должны быть не только правильные воззрения, но и правильные инстинкты. Требования к его взглядам и убеждениям зачастую не сформулированы в явном виде — их и нельзя сформулировать, не обнажив противоречивости, свойственной ангсоцу. Если человек от природы правоверен (благомыслящий на новоязе), он при всех обстоятельствах, не задумываясь, знает, какое убеждение правильно и какое чувство желательно. Но в любом случае тщательная умственная тренировка в детстве, основанная на новоязовских словах самостоп, белочерный и двоемыслие, отбивает у него охоту глубоко задумываться над какими бы то ни было вопросами. Партийцу не положено иметь никаких личных чувств и никаких перерывов в энтузиазме. Он должен жить в постоянном неистовстве — ненавидя внешних врагов и внутренних изменников, торжествуя очередную победу, преклоняясь перед могуществом и мудростью партии. Недовольство, порожденное скудной и безрадостной жизнью, планомерно направляют на внешние объекты и рассеивают при помощи таких приемов, как двухминутка ненависти, а мысли, которые могли бы привести к скептическому или мятежному расположению духа, убиваются в зародыше воспитанной сызмала внутренней дисциплиной. Первая и простейшая ступень дисциплины, которую могут усвоить даже дети, называется на новоязе самостоп. Самостоп означает как бы инстинктивное умение остановиться на пороге опасной мысли. Сюда входит способность не видеть аналогий, не замечать логических ошибок, неверно истолковывать даже простейший довод, если он враждебен ангсоцу, испытывать скуку и отвращение от хода мыслей, который может привести к ереси. Короче говоря, самостоп означает спасительную глупость. Но глупости недостаточно. Напротив, от правоверного требуется такое же владение своими умственными процессами, как от человека-змеи в цирке — своим телом. В конечном счете строй зиждется на том убеждении, что Старший Брат всемогущ, а партия непогрешима. Но поскольку Старший Брат не всемогущ и непогрешимость партии не свойственна, необходима неустанная и ежеминутная гибкость в обращении с фактами. Ключевое слово здесь — белочерный. Как и многие слова новояза, оно обладает двумя противоположными значениями. В применении к оппоненту оно означает привычку бесстыдно утверждать, что черное — это белое, вопреки очевидным фактам. В применении к члену партии — благонамеренную готовность назвать черное белым, если того требует партийная дисциплина. Но не только назвать: еще и верить, что черное — это белое, больше того, знать, что черное — это белое, и забыть, что когда-то ты думал иначе. Для этого требуется непрерывная переделка прошлого, которую позволяет осуществлять система мышления, по сути охватывающая все остальные и именуемая на новоязе двоемыслием.

Переделка прошлого нужна по двум причинам. Одна из них, второстепенная и, так сказать, профилактическая, заключается в следующем. Партиец, как и пролетарий, терпит нынешние условия отчасти потому, что ему не с чем сравнивать. Он должен быть отрезан от прошлого так же, как от зарубежных стран, ибо ему надо верить, что он живет лучше предков и что уровень материальной обеспеченности неуклонно повышается. Но несравненно более важная причина для исправления прошлого — в том, что надо охранять непогрешимость партии. Речи, статистика, всевозможные документы должны подгоняться под сегодняшний день для доказательства того, что предсказания партии всегда были верны. Мало того: нельзя признавать никаких перемен в доктрине и политической линии. Ибо изменить воззрения или хотя бы политику — это значит признаться в слабости. Если, например, сегодня враг — Евразия (или Остазия, неважно, кто), значит, она всегда была врагом. А если факты говорят обратное, тогда факты надо изменить. Так непрерывно переписывается история. Эта ежедневная подчистка прошлого, которой занято министерство правды, так же необходима для устойчивости режима, как репрессивная и шпионская работа, выполняемая министерством любви.

Изменчивость прошлого — главный догмат ангсоца. Утверждается, что события прошлого объективно не существуют, а сохраняются только в письменных документах и в человеческих воспоминаниях. Прошлое есть то, что согласуется с записями и воспоминаниями. А поскольку партия полностью распоряжается документами и умами своих членов, прошлое таково, каким его желает сделать партия. Отсюда же следует, что, хотя прошлое изменчиво, его ни в какой момент не меняли. Ибо если оно воссоздано в том виде, какой сейчас надобен, значит, эта новая версия и есть прошлое и никакого другого прошлого быть не могло. Сказанное справедливо и тогда, когда прошлое событие, как нередко бывает, меняется до неузнаваемости несколько раз в год. В каждое мгновение партия владеет абсолютной истиной; абсолютное же очевидно не может быть иным, чем сейчас. Понятно также, что управление прошлым прежде всего зависит от тренировки памяти. Привести все документы в соответствие с требованиями дня — дело чисто механическое. Но ведь необходимо и помнить, что события происходили так, как требуется. А если необходимо переиначить воспоминания и подделать документы, значит, необходимо забыть, что это сделано. Этому фокусу можно научиться так же, как любому методу умственной работы. И большинство членов партии (а умные и правоверные — все) ему научаются. На староязе это прямо называют «покорением действительности». На новоязе — двоемыслием, хотя двоемыслие включает в себя и многое другое.

Двоемыслие означает способность одновременно держаться двух противоположных убеждений. Партийный интеллигент знает, в какую сторону менять свои воспоминания; следовательно, сознает, что мошенничает с действительностью; однако при помощи двоемыслия он уверяет себя, что действительность осталась неприкосновенна. Этот процесс должен быть сознательным, иначе его не осуществишь аккуратно, но должен быть и бессознательным, иначе возникнет ощущение лжи, а значит, и вины. Двоемыслие — душа ангсоца, поскольку партия пользуется намеренным обманом, твердо держа курс к своей цели, а это требует полной честности. Говорить заведомую ложь и одновременно в нее верить, забыть любой факт, ставший неудобным, и извлечь его из забвения, едва он опять понадобился, отрицать существование объективной действительности и учитывать действительность, которую отрицаешь, — все это абсолютно необходимо. Даже пользуясь словом «двоемыслие», необходимо прибегать к двоемыслию. Ибо, пользуясь этим словом, ты признаешь, что мошенничаешь с действительностью; еще один акт двоемыслия — и ты стер это в памяти; и так до бесконечности, причем ложь все время на шаг впереди истины. В конечном счете именно благодаря двоемыслию партии удалось (и кто знает, еще тысячи лет может удаваться) остановить ход истории.

Все прошлые олигархии лишались власти либо из-за окостенения, либо из-за дряблости. Либо они становились тупыми и самонадеянными, переставали приспосабливаться к новым обстоятельствам и рушились, либо становились либеральными и трусливыми, шли на уступки, когда надо было применить силу, — и опять-таки рушились. Иначе говоря, губила их сознательность или, наоборот, атрофия сознания. Успехи партии зиждутся на том, что она создала систему мышления, где оба состояния существуют одновременно. И ни на какой другой интеллектуальной основе ее владычество нерушимым быть не могло. Тому, кто правит и намерен править дальше, необходимо умение искажать чувство реальности. Ибо секрет владычества в том, чтобы вера в свою непогрешимость сочеталась с умением учиться на прошлых ошибках.

Излишне говорить, что тоньше всех владеют двоемыслием те, кто изобрел двоемыслие и понимает его как грандиозную систему умственного надувательства. В нашем обществе те, кто лучше всех осведомлен о происходящем, меньше всех способны увидеть мир таким, каков он есть. В общем, чем больше понимания, тем сильнее иллюзии: чем умнее, тем безумнее. Наглядный пример — военная истерия, нарастающая по мере того, как мы поднимаемся по социальной лестнице. Наиболее разумное отношение к войне — у покоренных народов на спорных территориях. Для этих народов война — просто нескончаемое бедствие, снова и снова прокатывающееся по их телам, подобно цунами. Какая сторона побеждает, им безразлично. Они знают, что при новых властителях будут делать прежнюю работу и обращаться с ними будут так же, как прежде. Находящиеся в чуть лучшем положении рабочие, которых мы называем «пролами», замечают войну лишь время от времени. Когда надо, их можно возбудить до исступленного гнева или страха, но, предоставленные самим себе, они забывают о ведущейся войне надолго. Подлинный военный энтузиазм мы наблюдаем в рядах партии, особенно внутренней партии. В завоевание мира больше всех верят те, кто знает, что оно невозможно. Это причудливое сцепление противоположностей — знания с невежеством, циничности с фанатизмом — одна из отличительных особенностей нашего общества. Официальное учение изобилует противоречиями даже там, где в них нет реальной нужды. Так, партия отвергает и чернит все принципы, на которых первоначально стоял социализм, — и занимается этим во имя социализма. Она проповедует презрение к рабочему классу, невиданное в минувшие века, — и одевает своих членов в форму, некогда привычную для людей физического труда и принятую именно по этой причине. Она систематически подрывает сплоченность семьи — и зовет своего вождя именем, прямо апеллирующим к чувству семейной близости. Даже в названиях четырех министерств, которые нами управляют, — беззастенчивое опрокидывание фактов. Министерство мира занимается войной, министерство правды — ложью, министерство любви — пытками, министерство изобилия морит голодом. Такие противоречия не случайны и происходят не просто от лицемерия: это двоемыслие в действии. Ибо лишь примирение противоречий позволяет удерживать власть неограниченно долго. По-иному извечный цикл прервать нельзя. Если человеческое равенство надо навсегда сделать невозможным, если высшие, как мы их называем, хотят сохранить свое место навеки, тогда господствующим душевным состоянием должно быть управляемое безумие.

Но есть один вопрос, который мы до сих пор не затрагивали. Почему надо сделать невозможным равенство людей? Допустим, механика процесса описана верно — каково же все-таки побуждение к этой колоссальной, точно спланированной деятельности, направленной на то, чтобы заморозить историю в определенной точке?

Здесь мы подходим к главной загадке. Как мы уже видели, мистический ореол вокруг партии, и прежде всего внутренней партии, обусловлен двоемыслием. Но под этим кроется исходный мотив, неисследованный инстинкт, который привел сперва к захвату власти, а затем породил и двоемыслие, и полицию мыслей, и постоянную войну, и прочие обязательные принадлежности строя. Мотив этот заключается…

Уинстон ощутил тишину, как ощущаешь новый звук. Ему показалось, что Джулия давно не шевелится. Она лежала на боку, до пояса голая, подложив ладонь под щеку, и темная прядь упала ей на глаза. Грудь у нее вздымалась медленно и мерно.

— Джулия.

Нет ответа.

— Джулия, ты не спишь?

Нет ответа. Она спала. Он закрыл книгу, опустил на пол, лег и натянул повыше одеяло — на нее и на себя.

Он подумал, что так и не знает главного секрета. Он понимал как; он не понимал зачем. Первая глава, как и третья, не открыла ему, в сущности, ничего нового. Она просто привела его знания в систему. Однако книга окончательно убедила его в том, что он не безумец. Если ты в меньшинстве — и даже в единственном числе, — это не значит, что ты безумен. Есть правда и есть неправда, и, если ты держишься правды, пусть наперекор всему свету, ты не безумен. Желтый луч закатного солнца протянулся от окна к подушке. Уинстон закрыл глаза. От солнечного тепла на лице, оттого, что к нему прикасалось гладкое женское тело, им овладело спокойное, сонное чувство уверенности. Им ничто не грозит... все хорошо. Он уснул, бормоча: «Здравый рассудок — понятие не статистическое», — и ему казалось, что в этих словах заключена глубокая мудрость.

X

Проснулся он с ощущением, что спал долго, но по старинным часам получалось, что сейчас только 20:30. Он опять задремал, а потом во дворе запел знакомый грудной голос:

Давно уж нет мечтаний, сердцу милых. Они прошли, как первый день весны.

Но позабыть я и теперь не в силах Былых надежд волнующие сны!

Дурацкая песенка, кажется, не вышла из моды. Ее пели по всему городу. Она пережила «Песню ненависти». Джулия, разбуженная пением, сладко потянулась и вылезла из постели.

— Хочу есть, — сказала она. — Сварим еще кофе? Черт, керосинка погасла, вода остыла. — Она подняла керосинку и поболтала. — Керосину нет.

— Наверное, можно попросить у старика.

— Удивляюсь, она у меня была полная. Надо одеться. Похолодало как будто. Уинстон тоже встал и оделся. Неугомонный голос продолжал петь:

Пусть говорят мне: время все излечит, Пусть говорят: страдания забудь.

Но музыка давно забытой речи Мне и сегодня разрывает грудь!

Застегнув пояс комбинезона, он подошел к окну. Солнце опустилось за дома — уже не светило на двор. Каменные плиты были мокрые, как будто их только что вымыли, и ему показалось, что небо тоже мыли — так свежо и чисто голубело оно между дымоходами. Без устали шагала женщина взад и вперед, закупоривала себе рот и раскупоривала, запевала, умолкала и все вешала пеленки, вешала, вешала. Он подумал: зарабатывает она стиркой или просто обстирывает двадцать-тридцать внуков? Джулия подошла и стала рядом: мощная фигура во дворе приковывала взгляд. Вот женщина опять приняла обычную позу — протянула толстые руки к веревке, отставив могучий круп, и Уинстон впервые подумал, что она красива. Ему никогда не приходило в голову, что тело пятидесятилетней женщины, чудовищно раздавшееся от многих родов, а потом загрубевшее, затвердевшее от работы, сделавшееся плотным, как репа, может быть красиво. Но оно было красиво, и Уинстон подумал: а почему бы, собственно, нет? С шершавой красной кожей, прочное и бесформенное, словно гранитная глыба, оно так же походило на девичье тело, как ягода шиповника — на цветок. Но кто сказал, что плод хуже цветка?

— Она красивая, — прошептал Уинстон.

— У нее бедра два метра в обхвате, — отозвалась Джулия.

— Да, это красота в другом роде.

Он держал ее, обхватив кругом талии одной рукой. Ее бедро прижималось к его бедру. Их тела никогда не произведут ребенка. Этого им не дано. Только устным словом, от разума к разуму, передадут они дальше свой секрет. У женщины во дворе нет разума — только сильные руки, горячее сердце, плодоносное чрево. Он подумал: скольких она родила? Такая свободно могла и полтора десятка. Был и у нее недолгий расцвет, на год какой-нибудь распустилась, словно дикая роза, а потом вдруг набухла, как завязь, стала твердой, красной, шершавой, и пошло: стирка, уборка, штопка, стряпня, подметание, натирка, починка, уборка, стирка — сперва на детей, потом на внуков, — и так тридцать лет без передышки. И после этого еще поет. Мистическое благоговение перед ней как-то наложилось на картину чистого бледного неба над дымоходами, уходившего в бесконечную даль. Странно было думать, что небо у всех то же самое — и в Евразии, и в Остазии, и здесь. И люди под небом те же самые — всюду, по всему свету, сотни, тысячи миллионов людей, таких же, как эта: они не ведают о существовании друг друга, они разделены стенами ненависти и лжи и все же почти одинаковы: они не научились думать, но копят в сердцах, и чреслах, и мышцах мощь, которая однажды перевернет мир. Если есть надежда, то она — в пролах. Он знал, что таков будет и вывод Голдстейна, хотя не дочел книгу до конца. Будущее за пролами. А можно ли быть уверенным, что, когда придет их время, для него, Уинстона Смита, мир, ими созданный, не будет таким же чужим, как мир партии? Да, можно, ибо новый мир будет наконец миром здравого рассудка. Где есть равенство, там может быть здравый рассудок. Рано или поздно это произойдет — сила превратится в сознание. Пролы бессмертны: героическая фигура во дворе —

лучшее доказательство. И пока это не произойдет — пусть надо ждать еще тысячу лет, — они будут жить наперекор всему, как птицы, передавая от тела к телу жизненную силу, которой партия лишена и которую она не может убить.

— Ты помнишь, — спросил он, — как в первый день на прогалине нам пел дрозд?

— Он не нам пел, — сказала Джулия. — Он пел для собственного удовольствия. И даже не для этого. Просто пел.

Поют птицы, поют пролы, партия не поет. По всей земле, в Лондоне и Нью-Йорке, в Африке и Бразилии, в таинственных запретных странах за границей, на улицах Парижа и Берлина, в деревнях на бескрайних равнинах России, на базарах Китая и Японии — всюду стоит эта крепкая непобедимая женщина, чудовищно раздавшаяся от родов и вековечного труда, — и вопреки всему поет. Из этого мощного лона когда-нибудь может выйти племя сознательных существ. Ты — мертвец; будущее — за ними. Но ты можешь причаститься к этому будущему, если сохранишь живым разум, как они сохранили тело, и передашь дальше тайное учение о том, что дважды два — четыре.

— Мы — покойники, — сказал он.

— Мы — покойники, — послушно согласилась Джулия.

— Вы покойники, — раздался железный голос у них за спиной.

Они отпрянули друг от друга. Внутренности у него превратились в лед. Он увидел, как расширились глаза у Джулии. Лицо стало молочно-желтым. Румяна на скулах выступили ярче, как что-то отдельное от кожи.

— Вы покойники, — повторил железный голос.

— Это за картинкой, — прошептала Джулия.

— Это за картинкой, — произнес голос. — Оставаться на своих местах. Двигаться только по приказу.

Вот оно, началось! Началось! Они не могли пошевелиться и только смотрели друг на друга. Спасаться бегством, удрать из дома, пока не поздно, — это им даже в голову не пришло. Немыслимо ослушаться железного голоса из стены. Послышался щелчок, как будто отодвинули щеколду, зазвенело разбитое стекло. Гравюра упала на пол, и под ней открылся телекран.

— Теперь они нас видят, — сказала Джулия.

— Теперь мы вас видим, — сказал голос. — Встаньте в центре комнаты. Стоять спиной к спине. Руки за голову. Не прикасаться друг к другу.

Уинстон не прикасался к Джулии, но чувствовал, как она дрожит всем телом. А может, это он сам дрожал. Зубами он еще мог не стучать, но колени его не слушались. Внизу — в доме и снаружи — топали тяжелые башмаки. Дом будто наполнился людьми. По плитам тащили какой-то предмет. Песня женщины оборвалась. Что-то загромыхало по камням — как будто через весь двор швырнули корыто, потом поднялся галдеж, закончившийся криком боли.

— Дом окружен, — сказал Уинстон.

— Дом окружен, — сказал голос.

Он услышал, как лязгнули зубы у Джулии.

— Кажется, мы можем попрощаться, — сказала она.

— Можете попрощаться, — сказал голос.

Тут вмешался другой голос — высокий, интеллигентный, показавшийся Уинстону знакомым:

— И раз уж мы коснулись этой темы: «Вот зажгу я пару свеч — ты в постельку можешь лечь, вот возьму я острый меч — и головка твоя с плеч».

Позади Уинстона что-то со звоном посыпалось на кровать. В окно просунули лестницу, и конец ее торчал в раме. Кто-то лез к окну. На лестнице в доме послышался топот многих ног. Комнату наполнили крепкие мужчины в черной форме, в кованых башмаках и с дубинками наготове.

Уинстон больше не дрожал. Даже глаза у него почти остановились. Одно было важно: не шевелиться, не шевелиться, чтобы у них не было повода бить! Задумчиво покачивая в двух пальцах дубинку, перед ним остановился человек с тяжелой челюстью боксера и щелью вместо рта. Уинстон встретился с ним взглядом. Ощущение наготы оттого, что ты стоишь, сцепив руки на затылке, а лицо и тело не защищены, было почти непереносимым. Человек высунул кончик белого языка, облизнул то место, где полагалось быть губам, и прошел дальше. Опять раздался треск. Кто-то взял со стола стеклянное пресс-папье и вдребезги разбил о камин.

По половику прокатился осколок коралла — крохотная розовая морщинка, как кусочек карамели с торта. Какой маленький, подумал Уинстон, какой же он был маленький!

Сзади послышался удар по чему-то мягкому, кто-то охнул; Уинстона с силой пнули в лодыжку, чуть не сбив с ног. Один из полицейских ударил Джулию в солнечное сплетение, и она сложилась пополам. Она корчилась на полу и не могла вздохнуть. Уинстон не осмеливался повернуть голову на миллиметр, но ее бескровное лицо с разинутым ртом очутилось в поле его зрения. Несмотря на ужас, он словно чувствовал ее боль в своем теле — смертельную боль, и все же не такую невыносимую, как удушье. Он знал, что это такое: боль ужасная, мучительная, никак не отступающая — но терпеть ее еще не надо, потому что все заполнено одним: воздухом! Потом двое подхватили ее за колени и за плечи и вынесли из комнаты, как мешок. Перед Уинстоном мелькнуло ее лицо, запрокинувшееся, искаженное, желтое, с закрытыми глазами и пятнами румян на щеках; он видел ее в последний раз.

Он застыл на месте. Пока что его не били. В голове замелькали мысли, совсем ненужные. Взяли или нет мистера Чаррингтона? Что они сделали с женщиной во дворе? Он заметил, что ему очень хочется по малой нужде, и это его слегка удивило: он был в уборной всего два-три часа назад. Заметил, что часы на камине показывают девять, то есть 21. Но на дворе было совсем светло. Разве в августе не темнеет к двадцати одному часу? А может быть, они с Джулией все-таки перепутали время — проспали полсуток, и было тогда не 20:30, как они думали, а уже 8:30 утра? Но развивать эту мысль не стал. Она его не занимала. В коридоре послышались еще чьи-то шаги, более легкие. В комнату вошел мистер Чаррингтон. Люди в черном сразу притихли. И сам мистер Чаррингтон как-то изменился.

Взгляд его упал на осколки пресс-папье.

— Подберите стекло, — резко сказал он.

Один человек послушно нагнулся. Простонародный лондонский выговор у хозяина исчез; Уинстон вдруг сообразил, что это его голос только что звучал в телекране. Мистер Чаррингтон по-прежнему был в старом бархатном пиджаке, но его волосы, почти совсем седые, стали черными. И очков на нем не было. Он кинул на Уинстона острый взгляд, как бы опознавая его, и больше им не интересовался. Он был похож на себя прежнего, но это был другой человек. Он выпрямился, как будто стал крупнее. В лице произошли только мелкие изменения — но при этом оно преобразилось совершенно. Черные брови казались не такими кустистыми, морщины исчезли, изменился и очерк лица; даже нос стал короче. Это было лицо настороженного хладнокровного человека лет тридцати пяти. Уинстон подумал, что впервые в жизни видит перед собой с полной определенностью сотрудника полиции мыслей.

ТРЕТЬЯ ЧАСТЬ

I

У инстон не знал, где он. Вероятно, его привезли в министерство любви, но удостовериться в этом не было никакой возможности.

Он находился в камере без окон, с высоким потолком и белыми, сияющими кафельными стенами. Скрытые лампы заливали ее холодным светом, и слышалось ровное тихое гудение — он решил, что это вентиляция. Вдоль всех стен, с промежутком только в двери, тянулась то ли скамья, то ли полка, как раз такой ширины, чтобы сесть, а в дальнем конце, напротив двери, стояло ведро без стульчака. На каждой стене было по телекрану — четыре штуки.

Он чувствовал тупую боль в животе. Заболело еще тогда, когда Уинстона запихнули в фургон и повезли. Ему хотелось есть — голод был сосущий, нездоровый. Он не ел, наверное, сутки, а то и полтора суток. Он так и не понял, и скорее всего не поймет, когда же его арестовали, вечером или утром. После ареста ему не давали есть.

Как можно тише он сел на узкую скамью и сложил руки на колене. Он уже научился сидеть тихо. Если делаешь неожиданное движение, на тебя кричит телекран. А голод донимал все злее. Больше всего ему хотелось хлеба. Он предполагал, что в кармане комбинезона завалялись крошки. Или даже — что еще там могло щекотать ногу? — кусок корки. В конце концов искушение пересилило страх; он сунул руку в карман.

— Смит! — гаркнуло из телекрана. — Шестьдесят — семьдесят девять, Смит У.! Руки из карманов в камере!

Он опять застыл, сложив руки на колене. Перед тем как попасть сюда, он побывал в другом месте — не то в обыкновенной тюрьме, не то в камере предварительного заключения у патрульных. Он не знал, долго ли там пробыл —

во всяком случае, не один час: без окна и без часов о времени трудно судить. Место было шумное, вонючее. Его поместили в камеру вроде этой, но отвратительно грязную, и теснилось в ней не меньше десяти — пятнадцати человек. В большинстве обыкновенные уголовники, но были и политические. Он молча сидел у стены, стиснутый грязными телами, от страха и боли в животе почти не обращал внимания на сокамерников — и тем не менее удивился, до чего по-разному ведут себя партийцы и остальные. Партийцы были молчаливы и напуганы, а уголовники, казалось, не боятся никого. Они выкрикивали оскорбления надзирателям, яростно сопротивлялись, когда у них отбирали пожитки, писали на полу непристойности, ели пищу, пронесенную контрабандой и спрятанную в непонятных местах под одеждой, и даже огрызались на телекраны, призывавшие к порядку. С другой стороны, некоторые из них как будто были на дружеской ноге с надзирателями, звали их по кличкам и через глазок клянчили у них сигареты. Надзиратели относились к уголовникам снисходительно, даже когда приходилось применять к ним силу. Много было разговоров о каторжных лагерях, куда предстояло отправиться большинству арестованных. В лагерях «нормально», понял Уинстон, если знаешь что к чему и имеешь связи. Там подкуп, блат и всяческое вымогательство, там педерастия и проституция и даже самогон из картошки. На должностях только уголовники, особенно бандиты и убийцы — это аристократия. Самая черная работа достается политическим.

Через камеру непрерывно текли самые разные арестанты: торговцы наркотиками, воры, бандиты, спекулянты, пьяницы, проститутки. Пьяницы иногда буянили так, что остальным приходилось усмирять их сообща. Четверо надзирателей втащили, растянув за четыре конечности, громадную растерзанную бабищу лет шестидесяти, с большой вислой грудью; она кричала, дрыгала ногами, и от возни ее седые волосы рассыпались толстыми извилистыми прядями. Она все время норовила пнуть надзирателей, и, сорвав с нее ботинки, они свалили ее на Уинстона, чуть не сломав ему ноги. Женщина села и крикнула им вдогонку: «За…цы!» Потом почувствовала, что сидит на неровном, и сползла с его колен на скамью.

— Извини, голубок, — сказала она. — Я не сама на тебя села — паразиты посадили. Видал, что с женщиной творят? — Она замолчала, похлопала себя по груди и рыгнула. —

Извиняюсь. Сама не своя.

Она наклонилась, и ее обильно вырвало на пол.

— Все полегче, — сказала она, с закрытыми глазами откинувшись к стене. — Я так говорю: никогда в себе не задерживай. Выпускай, чтоб в животе не закисло.

Она слегка ожила, повернулась, еще раз взглянула на Уинстона и моментально к нему расположилась. Толстой ручищей она обняла его за плечи и притянула к себе, дыша в лицо пивом и рвотой.

— Звать-то тебя как, голубок?

— Смит, — сказал Уинстон.

— Смит? Смотри ты. И я Смит. — И, расчувствовавшись, добавила: — Я тебе матерью могла быть.

Могла быть и матерью, подумал Уинстон. И по возрасту, и по телосложению — а за двадцать лет в лагере человек, надо полагать, меняется.

Больше никто с ним не заговаривал. Удивительно было, насколько уголовники игнорируют партийных. Называли они их с нескрываемым презрением «политики». Арестованные партийцы вообще боялись разговаривать, а друг с другом — в особенности. Только раз, когда двух партийных женщин притиснули друг к дружке на скамье, он услышал в общем гомоне обрывки их торопливого шепота — в частности, о какой-то «комнате сто один», что-то совершенно непонятное.

В новой камере он сидел, наверно, уже два часа, а то и три. Тупая боль в животе не проходила, но временами ослабевала, а временами усиливалась — соответственно мысли его то распространялись, то съеживались. Когда боль усиливалась, он думал только о ней и о том, что хочется есть. Когда она отступала, его охватывала паника. Иной раз предстоящее рисовалось ему так ясно, что дух занимался и сердце неслось вскачь. Он ощущал удары дубинки по локтю и подкованных сапог — по щиколоткам; видел, как ползает по полу и, выплевывая зубы, кричит «не надо!». О Джулии он почти не думал. Не мог на ней сосредоточиться. Он любил ее и он ее не предаст; но это был просто факт, известный, как известно правило арифметики. Любви он не чувствовал и даже не особенно думал о том, что сейчас происходит с Джулией. О’Брайена он вспоминал чаще — и с проблесками надежды. О’Брайен должен знать, что его арестовали. Братство, сказал он, никогда не пытается выручить своих. Но — бритвенное лезвие; если удастся, они передадут ему бритву. Пока надзиратели прибегут в камеру, пройдет секунд пять. Лезвие вопьется обжигающим холодом, и даже пальцы, сжавшие его, будут прорезаны до кости. Все это он ощущал явственно, а измученное тело и так дрожало и сжималось от малейшей боли. Уинстон не был уверен, что воспользуется бритвой, даже если получит ее в руки. Человеку свойственно жить мгновением, он согласится продлить жизнь хоть на десять минут, даже зная наверняка, что в конце его ждет пытка.

Несколько раз он пытался сосчитать изразцы на стенах камеры. Казалось бы, простое дело, но всякий раз он сбивался со счета. Чаще он думал о том, куда его посадили и какое сейчас время суток. Минуту назад он был уверен, что на улице день в разгаре, а сейчас так же твердо — что за стенами тюрьмы глухая ночь. Инстинкт подсказывал, что в таком месте свет вообще не выключают. Место, где нет темноты; теперь ему стало ясно, почему О'Брайен как будто сразу понял эти слова. В министерстве любви не было окон. Камера его может быть и в середке здания, и у внешней стены, может быть под землей на десятом этаже, а может — на тридцатом над землей. Он мысленно двигался с места на место — не подскажет ли тело, где он, высоко над улицей или погребен в недрах.

Снаружи послышался мерный топот. Стальная дверь с лязгом распахнулась. Браво вошел молодой офицер в ладном черном мундире, весь сияющий кожей, с бледным правильным лицом, похожим на восковую маску. Он знаком приказал надзирателям за дверью ввести арестованного. Спотыкаясь, вошел поэт Амплфорт. Дверь с лязгом захлопнулась.

Поэт неуверенно ткнулся в одну сторону и в другую, словно думая, что где-то будет еще одна дверь, выход, а потом стал ходить взад и вперед по камере. Уинстона он еще не заметил. Встревоженный взгляд его скользил по стене на метр выше головы Уинстона. Амплфорт был разут; из дыр в носках выглядывали крупные грязные пальцы. Он несколько дней не брился. Лицо, до скул заросшее щетиной, приобрело разбойничий вид, не вязавшийся с его большой расхлябанной фигурой и нервностью движений.

Уинстон старался стряхнуть оцепенение. Он должен поговорить с Амплфортом — даже если за этим последует окрик из телекрана. Не исключено, что с Амплфортом прислали бритву.

— Амплфорт, — сказал он.

Телекран молчал. Амплфорт, слегка опешив, остановился. Взгляд его медленно сфокусировался на Уинстоне.

— А-а, Смит! — сказал он. — И вы тут!

— За что вас?

— По правде говоря… — Он неуклюже опустился на скамью напротив Уинстона. — Ведь есть только одно преступление?

— И вы его совершили?

— Очевидно, да.

Он поднес руку ко лбу и сжал пальцами виски, словно что-то припоминая.

— Такое случается, — неуверенно начал он. — Я могу припомнить одно обстоятельство… возможное обстоятельство. Неосторожность с моей стороны — это несомненно. Мы готовили каноническое издание стихов Киплинга. Я оставил в конце строки слово «молитва». Ничего не мог сделать! — добавил он почти с негодованием и поднял глаза на Уинстона.

— Невозможно было изменить строку. Рифмовалось с «битвой». Вам известно, что с «битвой» рифмуются всего три слова? Ломал голову несколько дней. Не было другой рифмы.

Выражение его лица изменилось. Досада ушла, и сейчас вид у него был чуть ли не довольный. Сквозь грязь и щетину проглянул энтузиазм, радость педанта, откопавшего какой-то бесполезный фактик.

— Вам когда-нибудь приходило в голову, что все развитие нашей поэзии определялось бедностью рифм в языке?

Нет, эта мысль Уинстону никогда не приходила в голову. И в нынешних обстоятельствах она тоже не показалась ему особенно интересной и важной.

— Вы не знаете, который час? — спросил он. Амплфорт опять опешил.

— Я об этом как-то не задумывался. Меня арестовали… дня два назад… или три. — Он окинул взглядом стены, словно все-таки надеялся увидеть окно. — Тут день от ночи не отличишь. Не понимаю, как тут можно определить время.

Они поговорили бессвязно еще несколько минут, а потом, без всякой видимой причины телекран рявкнул на них: замолчать. Уинстон затих, сложив руки на колене. Большому

Амплфорту было неудобно на узкой скамье, он ерзал, сдвигался влево, вправо, обхватывал худыми руками то одно колено, то другое. Телекран снова рявкнул: сидеть тихо. Время шло. Двадцать минут, час — понять было трудно. Снаружи опять затопали башмаки. У Уинстона схватило живот. Скоро, очень скоро, может быть, через пять минут затопают так же, и это будет значить, что настал его черед.

Открылась дверь. Офицер с безучастным лицом вошел в камеру. Легким движением руки он показал на Амплфорта.

— В комнату сто один, — произнес он.

Амплфорт в смутной тревоге и недоумении неуклюже вышел с двумя надзирателями.

Прошло как будто много времени. Уинстона донимала боль в животе. Мысли снова и снова ползли по одним и тем же предметам, как шарик, все время застревающий в одних и тех же лунках. Мыслей у него было шесть. Болит живот; кусок хлеба; кровь и вопли; О'Брайен; Джулия; бритва. Живот опять схватило: тяжелый топот башмаков приближался. Дверь распахнулась, и Уинстона обдало запахом старого пота. В камеру вошел Парсонс. Он был в шортах защитного цвета и в майке.

От изумления Уинстон забыл обо всем.

— Вы здесь! — сказал он.

Парсонс бросил на Уинстона взгляд, в котором не было ни интереса, ни удивления, а только пришибленность. Он нервно заходил по камере — по-видимому, не мог сидеть спокойно. Заметно было, как дрожат его пухлые колени. Широко раскрытые глаза неподвижно смотрели вперед, словно не могли оторваться от какого-то предмета вдалеке.

— За что вас арестовали? — спросил Уинстон.

— Мыслепреступление! — сказал Парсонс, чуть не плача. В голосе его слышалось и глубокое раскаяние и смешанный с изумлением ужас: неужели это слово относится к нему? Он стал напротив Уинстона и страстно, умоляюще начал:

— Ведь меня не расстреляют, скажите, Смит? У нас же не расстреливают, если ты ничего не сделал… только за мысли, а мыслям ведь не прикажешь. Я знаю, там разберутся, выслушают. В это я твердо верю. Там же знают, как я старался. Вы-то знаете, что я за человек. Неплохой по-своему. Ума, конечно, небольшого, но увлеченный. Сил для партии не жалел, правда ведь? Как думаете, пятью годами отделаюсь? Ну, пускай десятью. Такой, как я, может принести пользу в лагере. За то, что один раз споткнулся, ведь не расстреляют?

— Вы виноваты? — спросил Уинстон.

— Конечно, виноват! — вскричал Парсонс, подобострастно взглянув на телекран. — Неужели же партия арестует невиноватого, как, по-вашему? — Его лягушачье лицо стало чуть спокойней, и на нем даже появилось ханжеское выражение. — Мыслепреступление — это жуткая штука, Смит, — нравоучительно произнес он. — Коварная. Нападает так, что не заметишь. Знаете, как на меня напало? Во сне. Верно вам говорю. Работал вовсю, вносил свою лепту — и даже не знал, что в голове у меня есть какая-то дрянь. А потом стал во сне разговаривать. Знаете, что от меня услышали?

Он понизил голос, как человек, вынужденный по медицинским соображениям произнести непристойность:

— Долой Старшего Брата! Вот что я говорил. И кажется, много раз. Между нами, я рад, что меня забрали, пока это дальше не зашло. Знаете, что я скажу, когда меня поставят перед трибуналом? Я скажу: «Спасибо вам. Спасибо, что спасли меня вовремя».

— Кто о вас сообщил? — спросил Уинстон.

— Дочурка, — со скорбной гордостью ответил Парсонс. — Подслушивала в замочную скважину. Услышала, что я говорю, и на другой же день — шасть к патрулям. Недурно для семилетней пигалицы, а? Я на нее не в обиде. Наоборот, горжусь. Это показывает, что я воспитал ее в правильном духе.

Он несколько раз судорожно присел, с тоской поглядывая на ведро для экскрементов. И вдруг сдернул шорты.

— Прошу прощения, старина. Не могу больше. Это от волнения.

Он плюхнулся пышными ягодицами на ведро. Уинстон закрыл лицо ладонями.

— Смит! — рявкнул телекран. — Шестьдесят — семьдесят девять, Смит У.! Откройте лицо. В камере лицо не закрывать!

Уинстон опустил руки. Парсонс обильно и шумно опросталсяв ведро. Потом выяснилось, что крышка подогнана плохо, и еще несколько часов в камере стояла ужасная вонь.

Парсонса забрали. Таинственно появлялись и исчезали все

новые арестанты. Уинстон заметил, как одна женщина, направленная в «комнату 101», съежилась и побледнела, услышав эти слова. Если его привели сюда утром, то сейчас уже была, наверно, вторая половина дня; а если привели днем — то полночь. В камере осталось шесть арестованных, мужчин и женщин. Все сидели очень тихо. Напротив Уинстона находился человек с длинными зубами и почти без подбородка, похожий на какого-то большого безобидного грызуна. Его толстые крапчатые щеки оттопыривались снизу, и очень трудно было отделаться от ощущения, что у него там спрятана еда. Светло-серые глаза пугливо перебегали с одного лица на другое, а встретив чей-то взгляд, тут же устремлялись прочь.

Открылась дверь, и ввели нового арестанта, при виде которого Уинстон похолодел. Это был обыкновенный неприятный человек, какой-нибудь инженер или техник. Поразительной была изможденность его лица. Оно напоминало череп. Из-за худобы рот и глаза казались непропорционально большими, а в глазах будто застыла смертельная, неукротимая ненависть к кому-то или чему-то.

Новый сел на скамью неподалеку от Уинстона. Уинстон больше не смотрел на него, но измученное лицо-череп так и стояло перед глазами. Он вдруг сообразил, в чем дело. Человек умирал от голода. Эта мысль, по-видимому, пришла в голову всем обитателям камеры почти одновременно. На всей скамье произошло легкое движение. Человек без подбородка то и дело поглядывал на лицо-череп, виновато отводил взгляд и снова смотрел, как будто это лицо притягивало его неудержимо. Он начал ерзать. Наконец встал, вперевалку подошел к скамье напротив, залез в карман комбинезона и смущенно протянул человеку-черепу грязный кусок хлеба.

Телекран загремел яростно, оглушительно. Человек без подбородка вздрогнул всем телом. Человек-череп отдернул руки и спрятал за спину, как бы показывая всему свету, что не принял дар.

— Бамстед! — прогремело из телекрана, — Двадцать семь — тридцать один, Бамстед Д.! Бросьте хлеб!

Человек без подбородка уронил хлеб на пол.

— Стоять на месте! Лицом к двери. Не двигаться.

Человек без подбородка подчинился. Его одутловатые щеки заметно дрожали. С лязгом распахнулась дверь. Молодой офицер вошел и отступил в сторону, а из-за его спины появился коренастый надзиратель с могучими руками и плечами. Он стал против арестованного и по знаку офицера нанес ему сокрушительный удар в зубы, вложив в этот удар весь свой вес. Арестованного будто подбросило в воздух. Он отлетел к противоположной стене и свалился у ведра. Он лежал там, оглушенный, а изо рта и носа у него текла темная кровь. Потом он стал не то повизгивать, не то хныкать, как бы еще в беспамятстве. Потом перевернулся на живот и неуверенно встал на четвереньки. Изо рта со слюной и кровью вывалились две половинки зубного протеза.

Арестованные сидели очень тихо, сложив руки на коленях. Человек без подбородка забрался на свое место. Одна сторона лица у него уже темнела. Рот распух, превратившись в бесформенную, вишневого цвета массу с черной дырой посередине. Время от времени на грудь его комбинезона падала капля крови. Его серые глаза опять перебегали с лица на лицо, только еще более виновато, словно он пытался понять, насколько презирают его остальные за это унижение.

Дверь открылась. Легким движением руки офицер показал на человека-черепа.

— В комнату сто один, — распорядился он.

Рядом с Уинстоном послышался шумный вздох и возня. Арестант упал на колени, умоляюще сложив ладони перед грудью.

— Товарищ! Офицер! — заголосил он. — Не отправляйте меня туда! Разве я не все вам рассказал? Что еще вы хотите узнать? Я во всем признаюсь, что вам надо, во всем! Только скажите, в чем, и я сразу признаюсь. Напишите — я подпишу… что угодно! Только не в комнату сто один!

— В комнату сто один, — сказал офицер.

Лицо арестанта, и без того бледное, окрасилось в такой цвет, который Уинстону до сих пор представлялся невозможным. Оно приобрело отчетливый зеленый оттенок.

— Делайте со мной что угодно! — вопил он. — Вы неделями морили меня голодом. Доведите дело до конца, дайте умереть. Расстреляйте меня. Повесьте. Посадите на двадцать пять лет. Кого еще я должен выдать? Только назовите, я скажу все, что вам надо. Мне все равно, кто он и что вы с ним сделаете. У меня жена и трое детей. Старшему шести не исполнилось. Заберите их всех, перережьте им глотки у меня на глазах — я буду стоять и смотреть. Только не в комнату сто один!

— В комнату сто один, — сказал офицер.

Безумным взглядом человек окинул остальных арестантов, словно задумав подсунуть вместо себя другую жертву. Глаза его остановились на разбитом лица без подбородка. Он вскинул исхудалую руку.

— Вам не меня, а вот кого надо взять! — крикнул он. — Вы не слышали, что он говорил, когда ему разбили лицо. Я все вам перескажу слово в слово, разрешите. Это он против партии, а не я. — К нему шагнули надзиратели. Его голос взвился до визга. — Вы его не слышали! Телекран не сработал. Вот кто вам нужен. Его берите, не меня!

Два дюжих надзирателя нагнулись, чтобы взять его под руки. Но в эту секунду он бросился на пол и вцепился в железную ножку скамьи. Он завыл, как животное, без слов. Надзиратели схватили его, хотели оторвать от ножки, но он цеплялся за нее с поразительной силой. Они пытались оторвать его секунд двадцать. Арестованные сидели тихо, сложив руки на коленях, и глядели прямо перед собой. Вой смолк; сил у человека осталось только на то, чтобы цепляться. Потом раздался совсем другой крик. Ударом башмака надзиратель сломал ему пальцы. Потом вдвоем они подняли его на ноги.

— В комнату сто один, — сказал офицер.

Арестованного вывели: он больше не противился и шел еле-еле, повесив голову и поддерживая изувеченную руку.

Прошло много времени. Если человека с лицом-черепом увели ночью, то сейчас было утро; если увели утром — значит, приближался вечер. Уинстон был один, уже несколько часов был один. От сидения на узкой скамье иногда начиналась такая боль, что он вставал и ходил по камере, и телекран не кричал на него. Кусок хлеба до сих пор лежал там, где его уронил человек без подбородка. Вначале было очень трудно не смотреть на хлеб, но в конце концов голод оттеснила жажда. Во рту было липко и противно. Из-за гудения и ровного белого света он чувствовал дурноту, какую-то пустоту в голове. Он вставал, когда боль в костях от неудобной лавки становилась невыносимой, и почти сразу снова садился, потому что кружилась голова и он боялся упасть. Стоило ему более или менее отвлечься от чисто физических неприятностей, как возвращался ужас. Иногда, со слабеющей надеждой, он думал о бритве и О'Брайене. Он допускал мысль, что бритву могут передать в еде, если ему вообще дадут есть. О Джулии он думал более смутно. Так или иначе, она страдает и, может быть, больше его. Может быть, в эту секунду она кричит от боли. Он подумал: «Если бы я мог спасти Джулию, удвоив собственные мучения, согласился бы я на это? Да, согласился бы». Но решение это было чисто умственное и принято потому, что он считал нужным его принять. Он его не чувствовал. В таком месте чувств не остается, есть только боль и предчувствие боли. Да и возможно ли, испытывая боль, желать по какой бы то ни было причине, чтобы она усилилась? Но на этот вопрос он пока не мог ответить.

Снова послышались шаги. Дверь открылась. Вошел О'Брайен.

Уинстон вскочил на ноги. Он был настолько поражен, что забыл всякую осторожность.

Впервые за много лет он не подумал о том, что рядом телекран.

— И вы у них! — закричал он.

— Я давно у них, — ответил О'Брайен с мягкой иронией, почти с сожалением. Он отступил в сторону. Из-за его спины появился широкоплечий надзиратель с длинной черной дубинкой в руке.

— Вы знали это, Уинстон, — сказал О'Брайен. — Не обманывайте себя. Вы знали это… всегда знали.

Да, теперь он понял: он всегда это знал. Но сейчас об этом некогда было думать.

Сейчас он видел только одно: дубинку в руке надзирателя. Она может обрушиться куда угодно: на макушку, на ухо, на плечо, на локоть…

По локтю! Почти парализованный болью, Уинстон повалился на колени, схватившись за локоть. Все вспыхнуло желтым светом. Немыслимо, немыслимо, чтобы один удар мог причинить такую боль! Желтый свет ушел, и он увидел, что двое смотрят на него сверху. Охранник смеялся над его корчами. Одно по крайней мере стало ясно. Ни за что, ни за что на свете ты не захочешь, чтобы усилилась боль. От боли хочешь только одного: чтобы она кончилась. Нет ничего хуже в жизни, чем физическая боль. Перед лицом боли нет героев, нет героев, снова и снова повторял он про себя и корчился на полу, держась за отбитый левый локоть.

II

Он лежал на чем-то вроде парусиновой койки, только она была высокая и устроена как-то так, что он не мог пошевелиться. В лицо ему бил свет, более сильный, чем обычно. Рядом стоял О'Брайен и пристально смотрел на него сверху. По другую сторону стоял человек в белом и держал шприц.

Хотя глаза у него были открыты, он не сразу стал понимать, где находится. Еще сохранялось впечатление, что он вплыл в эту комнату из совсем другого мира, какого-то подводного мира, расположенного далеко внизу. Долго ли он там пробыл, он не знал. С тех пор как его арестовали, не существовало ни дневного света, ни тьмы. Кроме того, его воспоминания не были непрерывными. Иногда сознание — даже такое, какое бывает во сне, — выключалось полностью, а потом возникало снова после пустого перерыва. Но длились эти перерывы днями, неделями или только секундами, понять было невозможно.

С того первого удара по локтю начался кошмар. Как он позже понял, все, что с ним происходило, было лишь подготовкой, обычным допросом, которому подвергаются почти все арестованные. Каждый должен был признаться в длинном списке преступлений — в шпионаже, вредительстве и прочем. Признание было формальностью, но пытки — настоящими. Сколько раз его били и подолгу ли, он не мог вспомнить. Каждый раз им занимались человек пять или шесть в черной форме. Били кулаками, били дубинками, били стальными прутьями, били ногами. Бывало так, что он катался по полу, бесстыдно, как животное, извивался ужом, тщетно пытаясь уклониться от пинков, и только вызывал этим все новые пинки — в ребра, в живот, по локтям, по лодыжкам, в пах, в мошонку, в крестец. Бывало так, что это длилось и длилось без конца, и самым жестоким, страшным, непростительным казалось ему не то, что его продолжают бить, а то, что он не может потерять сознание. Бывало так, что мужество совсем покидало его, он начинал молить о пощаде еще до побоев и при одном только виде поднятого кулака каялся во всех грехах, подлинных и вымышленных. Бывало так, что начинал он с твердым решением ничего не признавать, и каждое слово вытягивали из него вместе со стонами боли; бывало и так, что он малодушно заключал с собой компромисс, говорил себе: «Я признаюсь, но не сразу. Буду держаться, пока боль не станет невыносимой. Еще три удара, еще два удара, и я скажу все, что им надо». Иногда после избиения он едва стоял на ногах; его бросали, как мешок картофеля, на пол камеры и, дав несколько часов передышки, чтобы он опомнился, снова уводили бить. Случались и более долгие перерывы. Их он помнил смутно, потому что почти все время спал или пребывал в оцепенении. Он помнил камеру с дощатой лежанкой, прибитой к стене, и тонкой железной раковиной, помнил еду — горячий суп с хлебом, иногда кофе. Помнил, как угрюмый парикмахер скоблил ему подбородок и стриг волосы, как деловитые, безразличные люди в белом считали у него пульс, проверяли рефлексы, отворачивали веки, щупали жесткими пальцами — не сломана ли где кость, кололи в руку снотворное.

Бить стали реже, битьем больше угрожали: если будет плохо отвечать, этот ужас в любую минуту может возобновиться. Допрашивали его теперь не хулиганы в черных мундирах, а следователи-партийцы — мелкие круглые мужчины с быстрыми движениями, в поблескивающих очках; они работали с ним, сменяя друг друга, иногда по десять — двенадцать часов подряд — так ему казалось, точно он не знал. Эти новые следователи старались, чтобы он все время испытывал небольшую боль, но не боль была их главным инструментом. Они били его по щекам, крутили уши, дергали за волосы, заставляли стоять на одной ноге, не отпускали помочиться, держали под ярким светом, так что у него слезились глаза; однако делалось это лишь для того, чтобы унизить его и лишить способности спорить и рассуждать. Подлинным их оружием был безжалостный многочасовой допрос: они путали его, ставили ему ловушки, перевирали все, что он сказал, на каждом шагу доказывали, что он лжет и сам себе противоречит, покуда он не начинал плакать — и от стыда, и от нервного истощения. Случалось, он плакал по пять-шесть раз на протяжении одного допроса. Чаще всего они грубо кричали на него и при малейшей заминке угрожали снова отдать охранникам; но иногда вдруг меняли тон, называли его товарищем, заклинали именем ангсоца и Старшего Брата и огорченно спрашивали, неужели и сейчас в нем не заговорила преданность партии и он не хочет исправить весь причиненный им вред? Нервы, истрепанные многочасовым допросом, не выдерживали, и он мог расплакаться даже от такого призыва. В конце концов сварливые голоса сломали его еще хуже, чем кулаки и ноги охранников. От него остались только рот и рука, говоривший и подписывавшая все, что требовалось. Лишь одно его занимало: уяснить, какого признания от него хотят, и скорее признаться, пока снова не начали изводить. Он признался в убийстве видных деятелей партии, в распространении подрывных брошюр, в присвоении общественных фондов, в продаже военных тайн и всякого рода вредительстве. Он признался, что стал платным шпионом Остазии еще в 1968 году. Признался в том, что он верующий, что он сторонник капитализма, что он извращенец. Признался, что убил жену — хотя она была жива, и следователям это наверняка было известно. Признался, что много лет лично связан с Голдстейном и состоит в подпольной организации, включающей почти всех людей, с которыми он знаком. Легче было во всем признаться и всех припутать. Кроме того, в каком-то смысле это было правдой. Он, правда, был врагом партии, а в глазах партии нет разницы между деянием и мыслью.

Сохранились воспоминания и другого рода. Между собой не связанные — картинки, окруженные чернотой.

Он был в камере — светлой или темной, неизвестно, потому что он не видел ничего, кроме пары глаз. Рядом медленно и мерно тикал какой-то прибор. Глаза росли и светились все сильнее. Вдруг он взлетел со своего места, нырнул в глаза, и они его поглотили.

Он был пристегнут к креслу под ослепительным светом и окружен шкалами приборов. Человек в белом следил за шкалами. Снаружи раздался топот тяжелых башмаков. Дверь распахнулась с лязгом. В сопровождении двух охранников вошел офицер с восковым лицом.

— В комнату сто один, — сказал офицер.

Человек в белом не оглянулся. На Уинстона тоже не посмотрел; он смотрел только на шкалы.

Он катился по гигантскому, в километр шириной, коридору, залитому чудесным золотым светом, громко хохотал и во все горло выкрикивал признания. Он признавался во всем — даже в том, что сумел скрыть под пытками. Он рассказывал всю свою жизнь — публике, которая и так все знала. С ним были охранники, следователи, люди в белом, О'Брайен, Джулия, мистер Чаррингтон — все валились по коридору толпой и громко хохотали. Что-то ужасное, поджидавшее его в будущем, ему удалось проскочить, и оно не сбылось. Все было хорошо, не стало боли, каждая подробность его жизни обнажилась, объяснилась, была прощена.

Вздрогнув, он привстал с дощатой лежанки в полной уверенности, что слышал голос О'Брайена. О'Брайен ни разу не появился на допросах, но все время было ощущение, что он тут, за спиной, просто его не видно. Это он всем руководит. Он напускает на Уинстона охранников, и он им не позволяет его убить. Он решает, когда Уинстон должен закричать от боли, когда ему дать передышку, когда его накормить, когда ему спать, когда вколоть ему в руку наркотик. Он задавал вопросы и предлагал ответы. Он был мучитель, он был защитник, он был инквизитор, он был друг. А однажды — Уинстон не помнил, было это в наркотическом сне, или просто во сне, или даже наяву, — голос прошептал ему на ухо: «Не волнуйтесь, Уинстон, вы на моем попечении. Семь лет я наблюдал за вами. Настал переломный час. Я спасу вас, я сделаю вас совершенным». Он не был уверен, что голос принадлежит О'Брайену, но именно этот голос сказал ему семь лет назад, в другом сне: «Мы встретимся там, где нет темноты».

Он не помнил, был ли конец допросу. Наступила чернота, а потом из нее постепенно материализовалась камера или комната, где он лежал. Лежал он навзничь и не мог пошевелиться. Тело его было закреплено в нескольких местах. Даже затылок как-то прихватили. О'Брайен стоял, глядя сверху серьезно и не без сожаления. Лицо О'Брайена с опухшими подглазьями и резкими носогубными складками казалось снизу грубым и утомленным. Он выглядел старше, чем Уинстону помнилось; ему было, наверно, лет сорок восемь или пятьдесят. Рука его лежала на рычаге с круговой шкалой, размеченной цифрами.

— Я сказал вам, — обратился он к Уинстону, — что если мы встретимся, то — здесь.

— Да, — ответил Уинстон.

Без всякого предупредительного сигнала, если не считать легкого движения руки О'Брайена, в тело его хлынула боль. Боль устрашающая: он не видел, что с ним творится, и у него было чувство, что ему причиняют смертельную травму. Он не понимал, на самом ли деле это происходит или ощущения вызваны электричеством; но тело его безобразно скручивалось и суставы медленно разрывались. От боли на лбу у него выступил пот, но хуже боли был страх, что хребет у него вот-вот переломится. Он стиснул зубы и тяжело дышал через нос, решив не кричать, пока можно.

— Вы боитесь, — сказал О'Брайен, наблюдая за его лицом, — что сейчас у вас что- нибудь лопнет. И особенно боитесь, что лопнет хребет. Вы ясно видите картину, как отрываются один от другого позвонки и из них каплет спинномозговая жидкость. Вы ведь об этом думаете, Уинстон?

Уинстон не ответил. О'Брайен отвел рычаг назад. Боль схлынула почти так же быстро, как началась.

— Это было сорок, — сказал О'Брайен. — Видите, шкала проградуирована до ста. В ходе нашей беседы помните, пожалуйста, что я имею возможность причинить вам боль когда мне угодно и какую угодно. Если будете лгать или уклоняться от ответа или просто окажетесь глупее, чем позволяют ваши умственные способности, вы закричите от боли, немедленно. Вы меня поняли?

— Да, — сказал Уинстон.

О'Брайен несколько смягчился. Он задумчиво поправил очки и прошелся по комнате. Теперь его голос звучал мягко и терпеливо. Он стал похож на врача или даже священника, который стремится убеждать и объяснять, а не наказывать.

— Я трачу на вас время, Уинстон, — сказал он, — потому что вы этого стоите. Вы отлично сознаете, в чем ваше несчастье. Вы давно о нем знаете, но сколько уже лет не желаете себе в этом признаться. Вы психически ненормальны. Вы страдаете расстройством памяти. Вы не в состоянии вспомнить подлинные события и убедили себя, что помните то, чего никогда не было. К счастью, это излечимо. Вы себя не пожелали излечить. Достаточно было небольшого усилия воли, но вы его не сделали. Даже теперь, я вижу, вы цепляетесь за свою болезнь, полагая, что это доблесть. Возьмем такой пример. С какой страной воюет сейчас Океания?

— Когда меня арестовали, Океания воевала с Остазией.

— С Остазией. Хорошо. Океания всегда воевала с Остазией, верно?

Уинстон глубоко вздохнул. Он открыл рот, чтобы ответить, — и не ответил. Он не мог отвести глаза от шкалы.

— Будьте добры, правду, Уинстон. Вашу правду. Скажите, что вы, по вашему мнению, помните?

— Я помню, что всего за неделю до моего ареста мы вовсе не воевали с Остазией. Мы были с ней в союзе. Война шла с Евразией. Она длилась четыре года. До этого…

О'Брайен остановил его жестом,

— Другой пример, — сказал он. — Несколько лет назад вы впали в очень серьезное заблуждение. Вы решили, что три человека, три бывших члена партии — Джонс, Аронсон и Резерфорд, — казненные за вредительство и измену после того, как они полностью во всем сознались, неповинны в том, за что их осудили. Вы решили, будто видели документ, безусловно доказывавший, что их признания были ложью. Вам привиделась некая фотография. Вы решили, что держали ее в руках. Фотография в таком роде.

В руке у О'Брайена появилась газетная вырезка. Секунд пять она находилась перед глазами Уинстона. Это была фотография — и не приходилось сомневаться, какая именно. Та самая. Джонс, Аронсон и Резерфорд на партийных торжествах в Нью-Йорке — тот снимок, который он случайно получил одиннадцать лет назад и сразу уничтожил. Одно мгновение он был перед глазами Уинстона, а потом его не стало. Но он видел снимок, несомненно, видел! Отчаянным, мучительным усилием Уинстон попытался оторвать спину от койки. Но не мог сдвинуться ни на сантиметр, ни в какую сторону. На миг он даже забыл о шкале. Сейчас он хотел одного: снова подержать фотографию в руке, хотя бы разглядеть ее.

— Она существует! — крикнул он.

— Нет, — сказал О'Брайен.

Он отошел. В стене напротив было гнездо памяти. О'Брайен поднял проволочное забрало. Невидимый легкий клочок бумаги уносился прочь с потоком теплого воздуха: он исчезал в ярком пламени. О'Брайен отвернулся от стены.

— Пепел, — сказал он. — Да и пепла не разглядишь. Прах. Фотография не существует.

Никогда не существовала.

— Но она существовала! Существует! Она существует в памяти. Я ее помню. Вы ее помните.

— Я ее не помню, — сказал О'Брайен.

Уинстон ощутил пустоту в груди. Это — двоемыслие. Им овладело чувство смертельной беспомощности. Если бы он был уверен, что О'Брайен солгал, это не казалось бы таким важным. Но очень может быть, что О'Брайен в самом деле забыл фотографию. А если так, то он уже забыл и то, как отрицал, что ее помнит, и что это забыл — тоже забыл. Можно ли быть уверенным, что это просто фокусы? А вдруг такой безумный вывих в мозгах на самом деле происходит? — вот что приводило Уинстона в отчаяние.

О'Брайен задумчиво смотрел на него. Больше, чем когда-либо, он напоминал сейчас учителя, бьющегося с непослушным, но способным учеником.

— Есть партийный лозунг относительно управления прошлым, — сказал он. — Будьте любезны, повторите его.

«Кто управляет прошлым, тот управляет будущим; кто управляет настоящим, тот управляет прошлым», — послушно произнес Уинстон.

— «Кто управляет настоящим, тот управляет прошлым», — одобрительно кивнув, повторил О'Брайен. — Так вы считаете, Уинстон, что прошлое существует в действительности?

Уинстон снова почувствовал себя беспомощным. Он скосил глаза на шкалу. Мало того, что он не знал, какой ответ, «нет» или «да» избавит его от боли; он не знал уже, какой ответ сам считает правильным.

О'Брайен слегка улыбнулся.

— Вы плохой метафизик, Уинстон. До сих пор вы ни разу не задумывались, что значит «существовать». Сформулирую яснее. Существует ли прошлое конкретно, в пространстве? Есть ли где-нибудь такое место, такой мир физических объектов, где прошлое все еще происходит?

— Нет.

— Тогда где оно существует, если оно существует?

— В документах. Оно записано.

— В документах. И…?

— В уме. В воспоминаниях человека.

— В памяти. Очень хорошо. Мы, партия, контролируем все документы и управляем воспоминаниями. Значит, мы управляем прошлым, верно?

— Но как вы помешаете людям вспоминать? — закричал Уинстон, опять забыв про шкалу. — Это же происходит помимо воли. Это от тебя не зависит. Как вы можете управлять памятью? Моей же вы не управляете?

О'Брайен снова посуровел. Он опустил руку на рычаг.

— Напротив, — сказал он. — Это вы ею не управляете. Поэтому вы и здесь. Вы здесь потому, что не нашли в себе смирения и самодисциплины. Вы не захотели подчиниться — а за это платят душевным здоровьем. Вы предпочли быть безумцем, остаться в меньшинстве, в единственном числе. Только дисциплинированное сознание видит действительность, Уинстон. Действительность вам представляется чем-то объективным, внешним, существующим независимо от вас. Характер действительности представляется вам самоочевидным. Когда, обманывая себя, вы думаете, будто что-то видите, вам кажется, что все остальные видят то же самое. Но говорю вам, Уинстон, действительность не есть нечто внешнее. Действительность существует в человеческом сознании и больше нигде. Не в индивидуальном сознании, которое может ошибаться и в любом случае преходяще, — только в сознании партии, коллективном и бессмертном. То, что партия считает правдой, и есть правда. Невозможно видеть действительность иначе, как глядя на нее глазами партии. И этому вам вновь предстоит научиться, Уинстон. Для этого требуется акт самоуничтожения, усилие воли. Вы должны смирить себя, прежде чем станете психически здоровым.

Он умолк, как бы выжидая, когда Уинстон усвоит его слова.

— Вы помните, — снова заговорил он, — как написали в дневнике: «Свобода — это возможность сказать, что дважды два — четыре»?

— Да.

О'Брайен поднял левую руку, тыльной стороной к Уинстону, спрятав большой палец и растопырив четыре.

— Сколько я показываю пальцев, Уинстон?

— Четыре.

— А если партия говорит, что их не четыре, а пять, — тогда сколько?

— Четыре.

На последнем слоге он охнул от боли. Стрелка на шкале подскочила к пятидесяти пяти. Все тело Уинстона покрылось потом. Воздух врывался в его легкие и выходил обратно с тяжелыми стонами — Уинстон стиснул зубы и все равно не мог их сдержать. О'Брайен наблюдал за ним, показывая четыре пальца. Он отвел рычаг. На этот раз боль лишь слегка утихла.

— Сколько пальцев, Уинстон?

— Четыре.

Стрелка дошла до шестидесяти.

— Сколько пальцев, Уинстон?

— Четыре! Четыре! Что еще я могу сказать? Четыре!

Стрелка, наверно, опять поползла, но Уинстон не смотрел. Он видел только тяжелое, суровое лицо и четыре пальца. Пальцы стояли перед его глазами, как колонны: громадные, они расплывались и будто дрожали, но их было только четыре.

— Сколько пальцев, Уинстон?

— Четыре! Перестаньте, перестаньте! Как вы можете? Четыре! Четыре!

— Сколько пальцев, Уинстон?

— Пять! Пять! Пять!

— Нет, напрасно, Уинстон. Вы лжете. Вы все равно думаете, что их четыре. Так сколько пальцев?

— Четыре! Пять! Четыре! Сколько вам нужно. Только перестаньте, перестаньте делать больно!

Вдруг оказалось, что он сидит и О'Брайен обнимает его за плечи. По-видимому, он на несколько секунд потерял сознание. Захваты, державшие его тело, были отпущены. Ему было очень холодно, он трясся, зубы стучали, по щекам текли слезы. Он прильнул к О'Брайену, как младенец; тяжелая рука, обнимавшая плечи, почему-то утешала его. Сейчас ему казалось, что О'Брайен — его защитник, что боль пришла откуда-то со стороны, что у нее другое происхождение и спасет от нее — О'Брайен.

— Вы — непонятливый ученик, — мягко сказал О'Брайен.

— Что я могу сделать? — со слезами пролепетал Уинстон. — Как я могу не видеть, что у меня перед глазами? Два и два — четыре.

— Иногда, Уинстон. Иногда — пять. Иногда — три. Иногда — все, сколько есть. Вам надо постараться. Вернуть душевное здоровье нелегко.

Он уложил Уинстона. Захваты на руках и ногах снова сжались, но боль потихоньку отступила, дрожь прекратилась, осталась только слабость и озноб. О'Брайен кивнул человеку в белом, все это время стоявшему неподвижно. Человек в белом наклонился, заглянув Уинстону в глаза, проверил пульс, приложил ухо к груди, простукал там и сям; потом кивнул О'Брайену.

— Еще раз, — сказал О'Брайен.

В тело Уинстона хлынула боль. Стрелка, наверно, стояла на семидесяти — семидесяти пяти. На этот раз он зажмурился. Он знал, что пальцы перед ним, их по-прежнему четыре. Важно было одно: как-нибудь пережить эти судороги. Он уже не знал, кричит он или нет. Боль опять утихла. Он открыл глаза, О'Брайен отвел рычаг.

— Сколько пальцев, Уинстон?

— Четыре. Наверное, четыре. Я увидел бы пять, если б мог. Я стараюсь увидеть пять.

— Чего вы хотите: убедить меня, что видите пять, или в самом деле увидеть?

— В самом деле увидеть.

— Еще раз, — сказал О'Брайен.

Стрелка остановилась, наверное, на восьмидесяти — девяноста. Уинстон лишь изредка понимал, почему ему больно. За сжатыми веками извивался в каком-то танце лес пальцев, они множились и редели, исчезали один позади другого и появлялись снова. Он пытался их сосчитать, а зачем — сам не помнил. Он знал только, что сосчитать их невозможно по причине какого-то таинственного тождества между четырьмя и пятью. Боль снова затихла. Он открыл глаза, и оказалось, что видит то же самое. Бесчисленные пальцы, как ожившие деревья, строились во все стороны, скрещивались и расходились. Он опять зажмурил глаза.

— Сколько пальцев я показываю, Уинстон?

— Не знаю. Вы убьете меня, если еще раз включите. Четыре, пять, шесть… честное слово, не знаю.

— Лучше, — сказал О'Брайен.

В руку Уинстона вошла игла. И сейчас же по телу разлилось блаженное, целительное тепло. Боль уже почти забылась. Он открыл глаза и благодарно посмотрел на О'Брайена. При виде тяжелого, в складках, лица, такого уродливого и такого умного, у него оттаяло сердце. Если бы он мог пошевелиться, он протянул бы руку и тронул бы за руку О'Брайена. Никогда еще он не любил его так сильно, как сейчас, — и не только за то, что О'Брайен прекратил боль. Вернулось прежнее чувство: неважно, друг О'Брайен или враг. О'Брайен — тот, с кем можно разговаривать. Может быть, человек не так нуждается в любви, как в понимании. О'Брайен пытал его и почти свел с ума, а вскоре, несомненно, отправит его на смерть. Это не имело значения. В каком-то смысле их соединяло нечто большее, чем дружба. Они были близки; было где-то такое место, где они могли встретиться и поговорить — пусть даже слова не будут произнесены вслух. О'Брайен смотрел на него сверху с таким выражением, как будто думал о том же самом. И голос его зазвучал мирно, непринужденно.

— Вы знаете, где находитесь, Уинстон? — спросил он.

— Не знаю. Догадываюсь. В министерстве любви.

— Знаете, сколько времени вы здесь?

— Не знаю. Дни, недели, месяцы… месяцы, я думаю.

— А как вы думаете, зачем мы держим здесь людей?

— Чтобы заставить их признаться.

— Нет, не для этого. Подумайте еще.

— Чтобы их наказать.

— Нет! — воскликнул О'Брайен. Голос его изменился до неузнаваемости, а лицо вдруг стало и строгим и возбужденным. — Нет! Не для того, чтобы наказать, и не только для того, чтобы добиться от вас признания. Хотите, я объясню, зачем вас здесь держат? Чтобы вас излечить! Сделать вас нормальным! Вы понимаете, Уинстон, что тот, кто здесь побывал, не уходит из наших рук неизлеченным? Нам неинтересны ваши глупые преступления. Партию не беспокоят явные действия; мысли — вот о чем наша забота. Мы не просто уничтожаем наших врагов, мы их исправляем. Вы понимаете, о чем я говорю?

Он наклонился над Уинстоном. Лицо его, огромное вблизи, казалось отталкивающе уродливым оттого, что Уинстон смотрел на него снизу. И на нем была написана одержимость, сумасшедший восторг. Сердце Уинстона снова сжалось. Если бы можно было, он зарылся бы в койку. Он был уверен, что сейчас О'Брайен дернет рычаг просто для развлечения. Однако О'Брайен отвернулся. Он сделал несколько шагов туда и обратно. Потом продолжал без прежнего исступления:

— Раньше всего вам следует усвоить, что в этом месте не бывает мучеников. Вы читали о религиозных преследованиях прошлого? В средние века существовала инквизиция. Она оказалась несостоятельной. Она стремилась выкорчевать ереси, а в результате их увековечила. За каждым еретиком, сожженным на костре, вставали тысячи новых. Почему? Потому что инквизиция убивала врагов открыто, убивала нераскаявшихся; в сущности, потому и убивала, что они не раскаялись. Люди умирали за то, что не хотели отказаться от своих убеждений. Естественно, вся слава доставалась жертве, а позор — инквизитору, палачу. Позже, в двадцатом веке, были так называемые тоталитарные режимы. Были германские нацисты и русские коммунисты. Русские преследовали ересь безжалостнее, чем инквизиция. И они думали, что извлекли урок из ошибок прошлого; во всяком случае, они поняли, что мучеников создавать не надо. Прежде чем вывести жертву на открытый процесс, они стремились лишить ее достоинства. Арестованных изматывали пытками и одиночеством и превращали в жалких, раболепных людишек, которые признавались во всем, что им вкладывали в уста, обливали себя грязью, сваливали вину друг на друга, хныкали и просили пощады. И, однако, всего через несколько лет произошло то же самое. Казненные стали мучениками, ничтожество их забылось. Опять-таки — почему? Прежде всего потому, что их признания были явно вырваны силой и лживы. Мы таких ошибок не делаем. Все признания, которые здесь произносятся, — правда. Правдой их делаем мы. А самое главное, мы не допускаем, чтобы мертвые восставали против нас. Не воображайте, Уинстон, что будущее за вас отомстит. Будущее о вас никогда не услышит. Вас выдернут из потока истории. Мы превратим вас в газ и выпустим в стратосферу. От вас ничего не останется: ни имени в списках, ни памяти в разуме живых людей. Вас сотрут и в прошлом и в будущем. Будет так, как если бы вы никогда не жили на свете.

— Зачем тогда трудиться, пытать меня? — с горечью подумал Уинстон. О'Брайен прервал свою речь, словно Уинстон произнес это вслух. Он приблизил к Уинстону большое уродливое лицо, и глаза его сузились.

— Вы думаете, — сказал он, — что раз мы намерены

уничтожить вас и ни слова ваши, ни дела ничего не будут значить, зачем тогда мы взяли на себя труд вас допрашивать? Вы ведь об этом думаете, верно?

— Да, — ответил Уинстон. О'Брайен слегка улыбнулся.

— Вы — изъян в общем порядке, Уинстон. Вы — пятно, которое надо стереть. Разве я не объяснил вам, чем мы отличаемся от прежних карателей? Мы не довольствуемся негативным послушанием и даже самой униженной покорностью. Когда вы окончательно нам сдадитесь, вы сдадитесь по собственной воле. Мы уничтожаем еретика не потому, что он нам сопротивляется; покуда он сопротивляется, мы его не уничтожим. Мы обратим его, мы захватим его душу до самого дна, мы его переделаем. Мы выжжем в нем все зло и все иллюзии; он примет нашу сторону — не формально, а искренне, умом и сердцем. Он станет одним из нас, и только тогда мы его убьем. Мы не потерпим, чтобы где-то в мире существовало заблуждение, пусть тайное, пусть бессильное. Мы не допустим отклонения даже в миг смерти. В прежние дни еретик всходил на костер все еще еретиком, провозглашая свою ересь, восторгаясь ею. Даже жертва русских чисток, идя по коридору и ожидая пули, могла хранить под крышкой черепа бунтарскую мысль. Мы же, прежде чем вышибить мозги, делаем их безукоризненными. Заповедь старых деспотий начиналась словами: «Не смей». Заповедь тоталитарных: «Ты должен». Наша заповедь: «Ты есть». Ни один из тех, кого приводят сюда, не может устоять против нас. Всех промывают дочиста. Даже этих жалких предателей, которых вы считали невиновными — Джонса, Аронсона и Резерфорда — даже их мы в конце концов сломали. Я сам участвовал в допросах. Я видел, как их перетирали, как они скулили, пресмыкались, плакали — и под конец не от боли, не от страха, а только от раскаяния. Когда мы закончили с ними, они были только оболочкой людей. В них ничего не осталось, кроме сожалений о том, что они сделали, и любви к Старшему Брату. Трогательно было видеть, как они его любили. Они умоляли, чтобы их скорее увели на расстрел, — хотели умереть, пока их души еще чисты.

В голосе его слышались мечтательные интонации. Лицо по-прежнему горело восторгом, ретивостью сумасшедшего. Он не притворяется, подумал Уинстон; он не лицемер, он убежден в каждом своем слове. Больше всего Уинстона угнетало сознание своей умственной неполноценности. О'Брайен с тяжеловесным изяществом расхаживал по комнате, то появляясь в поле его зрения, то исчезая. О'Брайен был больше его во всех отношениях. Не родилось и не могло родиться в его головы такой идеи, которая не была бы давно известна О'Брайену, взвешена им и отвергнута. Ум О'Брайена содержал в себе его ум. Но в таком случае как О'Брайен может быть сумасшедшим? Сумасшедшим должен быть он, Уинстон. О'Брайен остановился, посмотрел на него. И опять заговорил суровым тоном:

— Не воображайте, что вы спасетесь, Уинстон, — даже ценой полной капитуляции. Ни один из сбившихся с пути уцелеть не может. И если даже мы позволим вам дожить до естественной смерти, вы от нас не спасетесь. То, что делается с вами здесь, делается навечно. Знайте это наперед. Мы сомнем вас так, что вы уже никогда не подниметесь. С вами произойдет такое, от чего нельзя оправиться, проживи вы еще хоть тысячу лет. Вы никогда не будете способны на обыкновенное человеческое чувство. Внутри у вас все отомрет. Любовь, дружба, радость жизни, смех, любопытство, храбрость, честность — всего этого у вас уже никогда не будет. Вы станете полым. Мы выдавим из вас все до капли — а потом заполним собой.

Он умолк и сделал знак человеку в белом. Уинстон почувствовал, что сзади к его голове подвели какой-то тяжелый аппарат. О'Брайен сел у койки, и лицо его оказалось почти вровень с лицом Уинстона.

— Три тысячи, — сказал он через голову Уинстона человеку в белом.

К вискам Уинстона прилегли две мягкие подушечки, как будто влажные. Он сжался. Снова будет боль, какая-то другая боль. О'Брайен успокоил его, почти ласково взяв за руку:

— На этот раз больно не будет. Смотрите мне в глаза.

Произошел чудовищный взрыв — или что-то показавшееся ему взрывом, хотя он не был уверен, что это сопровождалось звуком. Но ослепительная вспышка была несомненно. Уинстона не ушибло, а только опрокинуло. Хотя он уже лежал навзничь, когда это произошло, чувство было такое, будто его бросили на спину. Его распластал ужасный безболезненный удар. И что-то произошло в голове. Когда зрение прояснилось, Уинстон вспомнил, кто он и где находится, узнал того, кто пристально смотрел ему в лицо; но где-то, непонятно где, существовала область пустоты, словно кусок вынули из его мозга.

— Это пройдет, — сказал О'Брайен. — Смотрите мне в глаза. С какой страной воюет Океания?

Уинстон думал. Он понимал, что означает «Океания» и что он — гражданин Океании. Помнил он и Евразию с Остазией; но кто с кем воюет, он не знал. Он даже не знал, что была какая-то война.

— Не помню.

— Океания воюет с Остазией. Теперь вы вспомнили?

— Да.

— Океания всегда воевала с Остазией. С первого дня вашей жизни, с первого дня партии, с первого дня истории война шла без перерыва — все та же война. Это вы помните?

— Да.

— Одиннадцать лет назад вы сочинили легенду о троих людях, приговоренных за измену к смертной казни. Выдумали, будто видели клочок бумаги, доказывавший их невиновность. Такой клочок бумаги никогда не существовал. Это был ваш вымысел, а потом вы в него поверили. Теперь вы вспомнили ту минуту, когда это было выдумано. Вспомнили?

— Да.

— Только что я показывал вам пальцы. Вы видели пять пальцев. Вы это помните?

— Да.

О'Брайен показал ему левую руку, спрятав большой палец.

— Пять пальцев. Вы видите пять пальцев?

— Да.

И он их видел, одно мимолетное мгновение, до того, как в голове у него все стало на свои места. Он видел пять пальцев и никакого искажения не замечал. Потом рука приняла естественный вид, и разом нахлынули прежний страх, ненависть, замешательство. Но был такой период — он не знал, долгий ли, может быть, полминуты, — светлой определенности, когда каждое новое внушение О'Брайена заполняло пустоту в голове и становилось абсолютной истиной, когда два и два так же легко могли стать тремя, как и пятью, если требовалось. Это состояние прошло раньше, чем О'Брайен отпустил его руку; и, хотя вернуться в это состояние Уинстон не мог, он его помнил, как помнишь яркий случай из давней жизни, когда ты был, по существу, другим человеком.

— Теперь вы по крайней мере понимаете, — сказал О'Брайен, — что это возможно.

— Да, — отозвался Уинстон.

О'Брайен с удовлетворенным видом встал. Уинстон увидел, что слева человек в белом сломал ампулу и набирает из нее в шприц. О'Брайен с улыбкой обратился к Уинстону. Почти как раньше, он поправил на носу очки.

— Помните, как вы написали про меня в дневнике: неважно, друг он или враг — этот человек может хотя бы понять меня, с ним можно разговаривать. Вы были правы. Мне нравится с вами разговаривать. Меня привлекает ваш склад ума. Мы с вами похоже мыслим, с той только разницей, что вы безумны. Прежде чем мы закончим беседу, вы можете задать мне несколько вопросов, если хотите.

— Любые вопросы?

— Какие угодно. — Он увидел, что Уинстон скосился на шкалу. — Отключено. Ваш первый вопрос?

— Что вы сделали с Джулией? — спросил Уинстон. О'Брайен снова улыбнулся.

— Она предала вас, Уинстон. Сразу, безоговорочно. Мне редко случалось видеть, чтобы кто-нибудь так живо шел нам навстречу. Вы бы ее вряд ли узнали. Все ее бунтарство, лживость, безрассудство, испорченность — все это выжжено из нее. Это было идеальное обращение, прямо для учебников.

— Вы ее пытали?

На это О'Брайен не ответил.

— Следующий вопрос, — сказал он.

— Старший Брат существует?

— Конечно, существует. Партия существует. Старший Брат — олицетворение партии.

— Существует он в том смысле, в каком существую я?

— Вы не существуете, — сказал О'Брайен.

Снова на него навалилась беспомощность. Он знал, мог представить себе, какими аргументами будут доказывать, что он не существует, но все они — бессмыслица, просто игра слов. Разве в утверждении: «Вы не существуете» — не содержится логическая нелепость? Но что толку говорить об этом? Ум его съежился при мысли о неопровержимых, безумных аргументах, которыми его разгромит О'Брайен.

— По-моему, я существую, — устало сказал он. — Я сознаю себя. Я родился и я умру. У меня есть руки и ноги. Я занимаю определенный объем в пространстве. Никакое твердое тело не может занимать этот объем одновременно со мной. В этом смысле существует Старший Брат?

— Это не важно. Он существует.

— Старший Брат когда-нибудь умрет?

— Конечно, нет. Как он может умереть? Следующий вопрос.

— Братство существует?

— А этого, Уинстон, вы никогда не узнаете. Если мы решим выпустить вас, когда кончим, и вы доживете до девяноста лет, вы все равно не узнаете, как ответить на этот вопрос: нет или да. Сколько вы живете, столько и будете биться над этой загадкой.

Уинстон лежал молча. Теперь его грудь поднималась и опускалась чуть чаще. Он так и не задал вопроса, который первым пришел ему в голову. Он должен его задать, но язык отказывался служить ему. На лице О'Брайена как будто промелькнула насмешка. Даже очки у него блеснули иронически. Он знает, вдруг подумал Уинстон, знает, что я хочу спросить! И тут же у него вырвалось:

— Что делают в комнате сто один?

Лицо О'Брайена не изменило выражения. Он сухо ответил:

— Уинстон, вы знаете, что делается в комнате сто один. Все знают, что делается в комнате сто один.

Он сделал пальцем знак человеку в белом. Беседа, очевидно, подошла к концу. В руку Уинстону воткнулась игла. И почти сразу он уснул глубоким сном.

III

— В вашем восстановлении три этапа, — сказал О'Брайен, — Учеба, понимание и приятие. Пора перейти ко второму этапу.

Как всегда, Уинстон лежал на спине. Но захваты держали его не так туго. Они по- прежнему притягивали его к койке, однако он мог слегка сгибать ноги в коленях, поворачивать голову влево и вправо и поднимать руки от локтя. И шкала с рычагом не внушала прежнего ужаса. Если он соображал быстро, то мог избежать разрядов; теперь О'Брайен брался за рычаг чаще всего тогда, когда был недоволен его глупостью. Порою все собеседование проходило без единого удара. Сколько их было, он уже не мог запомнить. Весь этот процесс тянулся долго — наверно, уже не одну неделю, — а перерывы между беседами бывали иногда в несколько дней, а иногда час-другой.

— Пока вы здесь лежали, — сказал О'Брайен, — вы часто задавались вопросом — и меня спрашивали, — зачем министерство любви тратит на вас столько трудов и времени. Когда оставались одни, вас занимал, в сущности, тот же самый вопрос. Вы понимаете механику нашего общества, но не понимали побудительных мотивов. Помните, как вы записали в дневнике: «Я понимаю как; не понимаю зачем»? Когда вы думали об этом «зачем», вот тогда вы и сомневались в своей нормальности. Вы прочли книгу, книгу Голдстейна, — по крайней мере какие-то главы. Прочли вы в ней что-нибудь такое, чего не знали раньше?

— Вы ее читали? — сказал Уинстон.

— Я ее писал. Вернее, участвовал в написании. Как вам известно, книги не пишутся в одиночку.

— То, что там сказано, — правда?

— В описательной части — да. Предложенная программа — вздор. Тайно накапливать знания… просвещать массы… затем пролетарское восстание… свержение партии. Вы сами догадывались, что там сказано дальше. Пролетарии никогда не восстанут — ни через тысячу лет, ни через миллион. Они не могут восстать. Причину вам объяснять не надо; вы сами знаете. И если вы тешились мечтами о вооруженном восстании — оставьте их. Никакой возможности свергнуть партию нет. Власть партии — навеки. Возьмите это за отправную точку в ваших размышлениях.

О'Брайен подошел ближе к койке.

— Навеки! — повторил он. — А теперь вернемся к вопросам «как?» и «зачем?». Вы более или менее поняли, как партия сохраняет свою власть. Теперь скажите мне, для чего мы держимся за власть. Каков побудительный мотив? Говорите же, — приказал он молчавшему Уинстону.

Тем не менее Уинстон медлил. Его переполняла усталость. А в глазах О'Брайена опять зажегся тусклый безумный огонек энтузиазма. Он заранее знал, что скажет О'Брайен: что партия ищет власти не ради нее самой, а ради блага большинства. Ищет власти, потому что люди в массе своей — слабые, трусливые создания, они не могут выносить свободу, не могут смотреть в лицо правде, поэтому ими должны править и систематически их обманывать те, кто сильнее их. Что человечество стоит перед выбором: свобода или счастье, и для подавляющего большинства счастье — лучше. Что партия — вечный опекун слабых, преданный идее орден, который творит зло во имя добра, жертвует собственным счастьем ради счастья других. Самое ужасное, думал Уинстон, самое ужасное — что, когда О'Брайен скажет это, он сам себе поверит. Это видно по его лицу. О'Брайен знает все. Знает в тысячу раз лучше Уинстона, в каком убожестве живут люди, какой ложью и жестокостью партия удерживает их в этом состоянии. Он понял все, все оценил и не поколебался в своих убеждениях: все оправдано конечной целью. Что ты можешь сделать, думал Уинстон, против безумца, который умнее тебя, который беспристрастно выслушивает твои аргументы и продолжает упорствовать в своем безумии?

— Вы правите нами для нашего блага, — слабым голосом сказал он. — Вы считаете, что люди не способны править собой, и поэтому…

Он вздрогнул и чуть не закричал. Боль пронзила его тело. О'Брайен поставил рычаг на тридцать пять.

— Глупо, Уинстон, глупо! — сказал он. — Я ожидал от вас лучшего ответа. Он отвел рычаг обратно и продолжал:

— Теперь я сам отвечу на этот вопрос. Вот как. Партия

стремится к власти исключительно ради нее самой. Нас не занимает чужое благо, нас занимает только власть. Ни богатство, ни роскошь, ни долгая жизнь, ни счастье — только власть, чистая власть. Что означает чистая власть, вы скоро поймете. Мы знаем, что делаем, и в этом наше отличие от всех олигархий прошлого. Все остальные, даже те, кто напоминал нас, были трусы и лицемеры. Германские нацисты и русские коммунисты были уже очень близки к нам по методам, но у них не хватило мужества разобраться в собственных мотивах. Они делали вид и, вероятно, даже верили, что захватили власть вынужденно, на ограниченное время, а впереди, рукой подать, уже виден рай, где люди будут свободны и равны. Мы не такие. Мы знаем, что власть никогда не захватывают для того, чтобы от нее отказаться. Власть — не средство; она — цель. Диктатуру учреждают не для того, чтобы охранять революцию; революцию совершают для того, чтобы установить диктатуру. Цель репрессий — репрессии. Цель пытки — пытка. Цель власти — власть. Теперь вы меня немного понимаете?

Уинстон был поражен, и уже не в первый раз, усталостью на лице О'Брайена. Оно было сильным, мясистым и грубым, в нем виден был ум и сдерживаемая страсть, перед которой он чувствовал себя бессильным; но это было усталое лицо. Под глазами набухли мешки, и кожа под скулами обвисла. О'Брайен наклонился к нему — нарочно приблизил утомленное лицо.

— Вы думаете, — сказал он, — что лицо у меня старое и усталое. Вы думаете, что я рассуждаю о власти, а сам не в силах предотвратить даже распад собственного тела. Неужели вы не понимаете, Уинстон, что индивид — всего лишь клетка? Усталость клетки — энергия организма. Вы умираете, когда стрижете ногти?

Он отвернулся от Уинстона и начал расхаживать по камере, засунув одну руку в карман.

— Мы — жрецы власти, — сказал он. — Бог — это власть. Но что касается вас, власть — покуда только слово. Пора объяснить вам, что значит «власть». Прежде всего вы должны понять, что власть коллективная. Индивид обладает властью настолько, насколько он перестал быть индивидом. Вы знаете партийный лозунг: «Свобода — это рабство». Вам не приходило в голову, что его можно перевернуть? Рабство — это свобода. Один — свободный — человек всегда терпит поражение. Так и должно быть, ибо каждый человек обречен умереть, и это его самый большой изъян. Но если он может полностью, без остатка подчиниться, если он может отказаться от себя, если он может раствориться в партии так, что он станет партией, тогда он всемогущ и бессмертен. Во-вторых, вам следует понять, что власть — это власть над людьми, над телом, но самое главное — над разумом. Власть над материей — над внешней реальностью, как вы бы ее назвали, — не имеет значения. Материю мы уже покорили полностью.

На миг Уинстон забыл о шкале. Напрягая все силы, он попытался сесть, но только сделал себе больно.

— Да как вы можете покорить материю? — вырвалось у него. — Вы даже климат, закон тяготения не покорили. А есть еще болезни, боль, смерть…

О'Брайен остановил его движением руки.

— Мы покорили материю, потому что мы покорили сознание. Действительность — внутри черепа. Вы это постепенно уясните, Уинстон. Для нас нет ничего невозможного. Невидимость, левитация — что угодно. Если бы я пожелал, я мог бы взлететь сейчас с пола, как мыльный пузырь. Я этого не желаю, потому что этого не желает партия. Вы должны избавиться от представлений девятнадцатого века относительно законов природы. Мы создаем законы природы.

— Как же вы создаете? Вы даже на планете не хозяева. А Евразия, Остазия? Вы их пока не завоевали.

— Не важно. Завоюем, когда нам будет надо. А если не завоюем — какая разница? Мы можем исключить их из нашей жизни. Океания — это весь мир.

— Но мир сам — всего лишь пылинка. А человек мал… беспомощен! Давно ли он существует? Миллионы лет Земля была необитаема.

— Чепуха. Земле столько же лет, сколько нам, она не старше. Как она может быть старше? Вне человеческого сознания ничего не существует.

— Но в земных породах — кости вымерших животных… мамонтов, мастодонтов, огромных рептилий, они жили задолго до того, как стало известно о человеке.

— Вы когда-нибудь видели эти кости, Уинстон? Нет, конечно. Их выдумали биологи девятнадцатого века. До человека не было ничего. После человека, если он кончится, не будет ничего. Нет ничего, кроме человека.

— Кроме нас есть целая вселенная. Посмотрите на звезды! Некоторые — в миллионах световых лет от нас. Они всегда будут недоступны.

— Что такое звезды? — равнодушно возразил О'Брайен. — Огненные крупинки в скольких-то километрах отсюда. Если бы мы захотели, мы бы их достигли или сумели бы их погасить. Земля — центр вселенной. Солнце и звезды обращаются вокруг нас.

Уинстон снова попытался сесть. Но на этот раз ничего не сказал. О'Брайен продолжал, как бы отвечая на его возражение:

— Конечно, для определенных задач это не годится. Когда мы плывем по океану или предсказываем затмение, нам удобнее предположить, что Земля вращается вокруг Солнца и что звезды удалены на миллионы и миллионы километров. Но что из этого? Думаете, нам не по силам разработать двойную астрономию? Звезды могут быть далекими или близкими в зависимости от того, что нам нужно. Думаете, наши математики с этим не справятся? Вы забыли о двоемыслии?

Уинстон вытянулся на койке. Что бы он ни сказал, мгновенный ответ сокрушал его, как дубинка. И все же он знал, он знал, что прав. Идея, что вне твоего сознания ничего не существует... ведь наверняка есть какой-то способ опровергнуть ее. Разве не доказали давным-давно, что это — заблуждение? Оно даже как-то называлось, только он забыл как. О'Брайен смотрел сверху, слабая улыбка кривила ему рот.

— Я вам говорю, Уинстон, метафизика — не ваша сильная сторона. Слово, которое вы пытаетесь вспомнить, — солипсизм. Но вы ошибаетесь. Это не солипсизм. Коллективный солипсизм, если угодно. И все-таки — это нечто другое; в сущности — противоположное. Мы уклонились от темы, — заметил он уже другим тоном. — Подлинная власть, власть, за которую мы должны сражаться день и ночь, — это власть не над предметами, а над людьми. — Он смолк, а потом спросил, как учитель способного ученика: — Уинстон, как человек утверждает свою власть над другим?

Уинстон подумал.

— Заставляя его страдать, — сказал он.

— Совершенно верно. Заставляя его страдать. Послушания недостаточно. Если человек не страдает, как вы можете быть уверены, что он исполняет вашу волю, а не свою собственную? Власть состоит в том, чтобы причинять боль и унижать. В том, чтобы разорвать сознание людей на куски и составить снова в таком виде, в каком вам угодно. Теперь вам понятно, какой мир мы создаем? Он будет полной противоположностью[5] тем глупым гедонистическим утопиям, которыми тешились прежние реформаторы. Мир страха, предательства и мучений, мир топчущих и растоптанных, мир, который, совершенствуясь, будет становиться не менее, а более безжалостным; прогресс в нашем мире будет направлен к росту страданий. Прежние цивилизации утверждали, что они основаны на любви и справедливости. Наша основана на ненависти. В нашем мире не будет иных чувств, кроме страха, гнева, торжества и самоуничижения. Все остальные мы истребим. Все. Мы искореняем прежние способы мышления — пережитки дореволюционных времен. Мы разорвали связи между родителем и ребенком, между мужчиной и женщиной, между одним человеком и другим. Никто уже не доверяет ни жене, ни ребенку, ни другу. А скоро и жен и друзей не будет. Новорожденных мы заберем у матери, как забираем яйца из-под несушки. Половое влечение вытравим. Размножение станет ежегодной формальностью, как возобновление продовольственной карточки. Оргазм мы сведем на нет. Наши неврологи уже ищут средства. Не будет иной верности, кроме партийной верности. Не будет иной любви, кроме любви к Старшему Брату. Не будет иного смеха, кроме победного смеха над поверженным врагом. Не будет искусства, литературы, науки. Когда мы станем всесильными, мы обойдемся без науки. Не будет различия между уродливым и прекрасным. Исчезнет любознательность, жизнь не будет искать себе применения. С разнообразием удовольствий мы покончим. Но всегда — запомните, Уинстон, — всегда будет опьянение властью, и чем дальше, тем сильнее, тем острее. Всегда, каждый миг, будет пронзительная радость победы, наслаждение оттого, что наступил на беспомощного врага. Если вам нужен образ

---

[5] Книга: ...Он будет противоположностью... здесь: ...Он будет полной противоположностью...

анг. ориг.: ...the exact opposite of the stupid hedonistic Utopias that the old reformers imagined.

будущего, вообразите сапог, топчущий лицо человека — вечно.

Он умолк, словно ожидая, что ответит Уинстон. Уинстону опять захотелось зарыться в койку. Он ничего не мог сказать. Сердце у него стыло. О'Брайен продолжал:

— И помните, что это — навечно. Лицо для растаптывания всегда найдется. Всегда найдется еретик, враг общества, для того чтобы его снова и снова побеждали и унижали. Все, что вы перенесли с тех пор, как попали к нам в руки, — все это будет продолжаться, только хуже. Никогда не прекратятся шпионство, предательства, аресты, пытки, казни, исчезновения. Это будет мир террора — в такой же степени, как мир торжества. Чем могущественнее будет партия, тем она будет нетерпимее; чем слабее сопротивление, тем суровее деспотизм. Голдстейн и его ереси будут жить вечно. Каждый день, каждую минуту их будут громить, позорить, высмеивать, оплевывать — а они сохранятся. Эта драма, которую я с вами разыгрывал семь лет, будет разыгрываться снова и снова, и с каждым поколением — все изощреннее. У нас всегда найдется еретик — и будет здесь кричать от боли, сломленный и жалкий, а в конце, спасшись от себя, раскаявшись до глубины души, сам прижмется к нашим ногам. Вот какой мир мы построим, Уинстон. От победы к победе, за триумфом триумф и новый триумф: щекотать, щекотать, щекотать нерв власти. Вижу, вам становится понятно, какой это будет мир. Но в конце концов вы не просто поймете. Вы примете его, будете его приветствовать, станете его частью.

Уинстон немного опомнился и без убежденности возразил:

— Вам не удастся.

— Что вы хотите сказать?

— Вы не сможете создать такой мир, какой описали. Это мечтание. Это невозможно.

— Почему?

— Невозможно построить цивилизацию на страхе, ненависти и жестокости. Она не устоит.

— Почему?

— Она нежизнеспособна. Она рассыплется. Она кончит самоубийством.

— Чепуха. Вы внушили себе, что ненависть изнурительнее любви. Да почему же? А если и так — какая разница? Положим, мы решили, что будем быстрее изнашиваться. Положим, увеличили темп человеческой жизни так, что к тридцати годам наступает маразм. И что же от этого изменится? Неужели вам непонятно, что смерть индивида — это не смерть? Партия бессмертна.

Как всегда, его голос поверг Уинстона в состояние беспомощности. Кроме того, Уинстон боялся, что, если продолжать спор, О'Брайен снова возьмется за рычаг. Но смолчать он не мог. Бессильно, не находя доводов — единственным подкреплением был немой ужас, который вызывали у него речи О'Брайена, — он возобновил атаку:

— Не знаю... все равно. Вас ждет крах. Что-то вас победит. Жизнь победит.

— Жизнью мы управляем, Уинстон, на всех уровнях. Вы воображаете, будто существует нечто, называющееся человеческой натурой, и она возмутится тем, что мы творим, — восстанет. Но человеческую натуру создаем мы. Люди бесконечно податливы. А может быть, вы вернулись к своей прежней идее, что восстанут и свергнут нас пролетарии или рабы? Выбросьте это из головы. Они беспомощны, как скот. Человечество — это партия. Остальные — вне — ничего не значат.

— Все равно. В конце концов они вас победят. Рано или поздно поймут, кто вы есть, и разорвут вас в клочья.

— Вы уже видите какие-нибудь признаки? Или какое-нибудь основание для такого прогноза?

— Нет. Я просто верю. Я знаю, что вас ждет крах. Есть что-то во вселенной, не знаю... какой-то дух, какой-то принцип, и вам его не одолеть.

— Уинстон, вы верите в бога?

— Нет.

— Так что за принцип нас победит?

— Не знаю. Человеческий дух.

— И себя вы считаете человеком?

— Да.

— Если вы человек, Уинстон, вы — последний человек. Ваш вид вымер; мы наследуем Землю. Вы понимаете, что вы один? Вы вне истории, вы не существуете. — Он вдруг посуровел и резко произнес: — Вы полагаете, что вы морально выше нас, лживых и жестоких?

— Да, считаю, что я выше вас.

О'Брайен ничего не ответил. Уинстон услышал два других голоса. Скоро он узнал в одном из них свой. Это была запись их разговора с О'Брайеном в тот вечер, когда он вступил в Братство. Уинстон услышал, как он обещает обманывать, красть, совершать подлоги, убивать, способствовать наркомании и проституции, разносить венерические болезни, плеснуть в лицо ребенку серной кислотой. О'Брайен нетерпеливо махнул рукой, как бы говоря, что слушать дальше нет смысла. Потом повернул выключатель, и голоса смолкли.

— Встаньте с кровати, — сказал он.

Захваты сами собой открылись. Уинстон опустил ноги на пол и неуверенно встал.

— Вы последний человек, — сказал О'Брайен. — Вы хранитель человеческого духа.

Вы должны увидеть себя в натуральную величину. Разденьтесь.

Уинстон развязал бечевку, державшую комбинезон. Молнию из него давно вырвали. Он не мог вспомнить, раздевался ли хоть раз догола с тех пор, как его арестовали. Под комбинезоном его тело обвивали грязные желтоватые тряпки, в которых с трудом можно было узнать остатки белья. Спустив их на пол, он увидел в дальнем углу комнаты трельяж. Он подошел к зеркалам и замер. У него вырвался крик.

— Ну-ну, — сказал О'Брайен. — Станьте между створками зеркала. Полюбуйтесь на себя и сбоку.

Уинстон замер от испуга. Из зеркала к нему шло что-то согнутое, серого цвета, скелетообразное. Существо это пугало даже не тем, что Уинстон признал в нем себя, а одним своим видом. Он подошел ближе к зеркалу. Казалось, что он выставил лицо вперед, — так он был согнут. Измученное лицо арестанта с шишковатым лбом, лысый череп, загнутый нос и словно разбитые скулы, дикий, настороженный взгляд. Щеки изрезаны морщинами, рот запал. Да, это было его лицо, но ему казалось, что оно изменилось больше, чем он изменился внутри. Чувства, изображавшиеся на лице, не могли соответствовать тому, что он чувствовал на самом деле. Он сильно облысел. Сперва ему показалось, что и поседел вдобавок, но это просто череп стал серым. Серым от старой, въевшейся грязи стало у него все — кроме лица и рук. Там и сям из-под грязи проглядывали красные шрамы от побоев, а варикозная язва превратилась в воспаленное месиво, покрытое шелушащейся кожей. Но больше всего его испугала худоба. Ребра, обтянутые кожей, грудная клетка скелета; ноги усохли так, что колени стали толще бедер. Теперь он понял, почему О'Брайен велел ему посмотреть на себя сбоку. Еще немного — и тощие плечи сойдутся, грудь превратилась в яму; тощая шея сгибалась под тяжестью головы. Если бы его спросили, он сказал бы, что это — тело шестидесятилетнего старика, страдающего неизлечимой болезнью.

— Вы иногда думали, — сказал О'Брайен, — что мое лицо — лицо члена внутренней партии — выглядит старым и потрепанным. А как вам ваше лицо?

Он схватил Уинстона за плечо и повернул к себе.

— Посмотрите, в каком вы состоянии! — сказал он. — Посмотрите, какой отвратительной грязью покрыто ваше тело. Посмотрите, сколько грязи между пальцами на ногах. Посмотрите на эту мокрую язву на голени. Вы знаете, что от вас воняет козлом? Вы уже, наверно, принюхались. Посмотрите, до чего вы худы. Видите? Я могу обхватить ваш бицепс двумя пальцами. Я могу переломить вам шею, как морковку. Знаете, что с тех пор, как вы попали к нам в руки, вы потеряли двадцать пять килограммов? У вас даже волосы вылезают клоками. Смотрите! — Он схватил Уинстона за волосы и вырвал клок.

— Откройте рот. Девять... десять, одиннадцать зубов осталось. Сколько было, когда вы попали к нам? Да и оставшиеся во рту не держатся. Смотрите!

Двумя пальцами он залез Уинстону в рот. Десну пронзила боль. О'Брайен вырвал передний зуб с корнем. Он кинул его в угол камеры.

— Вы гниете заживо, — сказал он, — разлагаетесь. Что вы такое? Мешок слякоти. Ну- ка, повернитесь к зеркалу еще раз. Видите, кто на вас смотрит? Это — последний человек. Если вы человек — таково человечество. А теперь одевайтесь.

Медленно, непослушными руками, Уинстон стал натягивать одежду. До сих пор он будто и не замечал худобы и слабости. Одно вертелось в голове: он не представлял себе, что находится здесь так давно. И вдруг, когда он наматывал на себя тряпье, ему стало жалко погубленного тела. Не соображая, что делает, он упал на маленькую табуретку возле кровати и расплакался. Он сознавал свое уродство, сознавал постыдность этой картины: живой скелет в грязном белье сидит и плачет под ярким белым светом; но он не мог остановиться. О'Брайен положил ему руку на плечо, почти ласково.

— Это не будет длиться бесконечно, — сказал он. — Вы можете прекратить это когда угодно. Все зависит от вас.

— Это вы! — всхлипнул Уинстон. — Вы довели меня до такого состояния.

— Нет, Уинстон, вы сами себя довели. Вы пошли на это, когда противопоставили себя партии. Все это уже содержалось в вашем первом поступке. И вы предвидели все, что с вами произойдет.

Помолчав немного, он продолжал:

— Мы били вас, Уинстон. Мы сломали вас. Вы видели, во что превратилось ваше тело. Ваш ум в таком же состоянии. Не думаю, что в вас осталось много гордости. Вас пинали, пороли, оскорбляли, вы визжали от боли, вы катались по полу в собственной крови и рвоте. Вы скулили о пощаде, вы предали все и вся. Как по-вашему, может ли человек дойти до большего падения, чем вы?

Уинстон перестал плакать, но слезы еще сами собой текли из глаз. Он поднял лицо к О'Брайену.

— Я не предал Джулию, — сказал он. О'Брайен посмотрел на него задумчиво.

— Да, — сказал он, — да. Совершенно верно. Вы не предали Джулию.

Сердце Уинстона снова наполнилось глубоким уважением к О'Брайену — уважения этого разрушить не могло ничто. Сколько ума, подумал он, сколько ума! Не было еще такого случая, чтобы О'Брайен его не понял. Любой другой сразу возразил бы, что Джулию он предал. Ведь чего только не вытянули из него под пыткой! Он рассказал им все, что о ней знал, — о ее привычках, о ее характере, о ее прошлом; в мельчайших деталях описал все их встречи, все, что он ей говорил и что она ему говорила, их ужины с провизией, купленной на черном рынке, их любовную жизнь, их невнятный заговор против партии — все. Однако в том смысле, в каком он сейчас понимал это слово, он Джулию не предал. Он не перестал ее любить; его чувства к ней остались прежними.

О'Брайен понял это без всяких объяснений.

— Скажите, — попросил Уинстон, — скоро меня расстреляют?

— Может статься, и не скоро, — ответил О'Брайен. — Вы — трудный случай. Но не теряйте надежду. Все рано или поздно излечиваются. А тогда мы вас расстреляем.

IV

Ему стало много лучше. Он полнел и чувствовал себя крепче с каждым днем — если имело смысл говорить о днях.

Как и раньше, в камере горел белый свет и слышалось гудение, но сама камера была чуть удобнее прежних. Тут можно было сидеть на табурете, а дощатая лежанка была с матрасом и подушкой. Его сводили в баню, а потом довольно часто позволяли мыться в шайке. Приносили даже теплую воду. Выдали новое белье и чистый комбинезон. Варикозную язву забинтовали с какой-то успокаивающей мазью. Оставшиеся зубы ему вырвали и сделали протезы.

Прошло, наверно, несколько недель или месяцев. При желании он мог бы вести счет времени, потому что кормили его теперь как будто бы регулярно. Он пришел к выводу, что кормят его три раза в сутки; иногда спрашивал себя без интереса, днем ему дают есть или ночью. Еда была на удивление хорошая, каждый третий раз — мясо. Один раз дали даже пачку сигарет. Спичек у него не было, но безмолвный надзиратель, приносивший ему пищу, давал огоньку. В первый раз его затошнило, но он перетерпел и растянул пачку надолго, выкуривая по полсигареты после каждой еды.

Ему выдали белую грифельную доску с привязанным к углу огрызком карандаша. Сперва он ею не пользовался. Он пребывал в полном оцепенении даже бодрствуя. Он мог пролежать от одной еды до другой, почти не шевелясь, и промежутки сна сменялись мутным забытьем, когда даже глаза открыть стоило больших трудов. Он давно привык спать под ярким светом, бьющим в лицо. Разницы никакой, разве что сны были более связные. Сны все это время снились часто — и всегда счастливые сны. Он был в Золотой стране или сидел среди громадных, великолепных, залитых солнцем руин с матерью, с Джулией, с О'Брайеном — ничего не делал, просто сидел на солнце и разговаривал о чем-то мирном. А наяву если у него и бывали какие мысли, то по большей части о снах. Теперь, когда болевой стимул исчез, он как будто потерял способность совершить умственное усилие. Он не скучал; ему не хотелось ни разговаривать, ни чем-нибудь отвлечься. Он был вполне доволен тем, что он один и его не бьют и не допрашивают, что он не грязен и ест досыта.

Со временем спать он стал меньше, но по-прежнему не испытывал потребности встать с кровати. Хотелось одного: лежать спокойно и ощущать, что телу возвращаются силы. Он трогал себя пальцем, чтобы проверить, не иллюзия ли это, в самом ли деле у него округляются мускулы и расправляется кожа. Наконец он вполне убедился, что полнеет: бедра у него теперь были определенно толще колен. После этого, с неохотой поначалу, он стал регулярно упражняться. Вскоре он мог пройти уже три километра — отмеряя их шагами по камере, и согнутая спина его понемногу распрямлялась. Он попробовал более трудные упражнения и, к изумлению и унижению своему, выяснил, что почти ничего не может. Передвигаться мог только шагом, табуретку на вытянутой руке держать не мог, на одной ноге стоять не мог — падал. Он присел на корточки и едва сумел встать, испытывая мучительную боль в икрах и бедрах. Он лег на живот и попробовал отжаться на руках. Безнадежно: не мог даже грудь оторвать от пола. Но еще через несколько дней — через несколько обедов и завтраков — он совершил и этот подвиг. И еще через какое-то время стал отжиматься по шесть раз подряд. Он даже начал гордиться своим телом, а иногда ему верилось, что и лицо принимает нормальный вид. Только тронув случайно свою лысую голову, вспоминал он морщинистое, разрушенное лицо, которое смотрело на него из зеркала.

Ум его отчасти ожил. Он садился на лежанку спиной к стене, положив на колени грифельную доску и занимался самообразованием.

Он капитулировал; это было решено. На самом деле, как он теперь понимал, капитулировать он был готов задолго до того, как принял это решение. Он осознал легкомысленность и вздорность своего бунта против партии и в то мгновение, когда очутился в министерстве любви, — нет, еще в те минуты, когда они с Джулией беспомощно стояли в комнате, а железный голос из телекрана отдавал им команды. Теперь он знал, что семь лет полиция мыслей наблюдала его, как жука в лупу. Ни одно его действие, ни одно слово, произнесенное вслух, не укрылось от нее, ни одна мысль не осталась неразгаданной. Даже белесую крупинку на переплете его дневника они аккуратно клали на место. Они проигрывали ему записи, показывали фотографии. В том числе — фотографии его с Джулией. Да, даже... Он больше не мог бороться с партией. Кроме того, партия права. Наверное, права: как может ошибаться бессмертный коллективный мозг? По каким внешним критериям оценить его суждения? Здравый рассудок — понятие статистическое. Чтобы думать, как они, надо просто учиться. Только...

Карандаш в пальцах казался толстым и неуклюжим. Он начал записывать то, что ему приходило в голову. Сперва большими корявыми буквами написал:

СВОБОДА — ЭТО РАБСТВО

А под этим почти сразу же:

$$2 \times 2 = 5$$

Но тут наступила какая-то заминка. Ум его, словно пятясь от чего-то, не желал сосредоточиться. Он знал, что следующая мысль уже готова, но не мог ее вспомнить. А когда вспомнил, случилось это не само собой — он пришел к ней путем рассуждений. Он записал:

БОГ — ЭТО ВЛАСТЬ

Он принял ее. Прошлое изменяемо. Прошлое никогда не изменялось. Океания воюет с Остазией. Океания всегда воевала с Остазией. Джонс, Аронсон и Резерфорд виновны в тех преступлениях, за которые их судили. Он никогда не видел фотографию, опровергавшую их виновность. Она никогда не существовала; он ее выдумал. Он помнил, что помнил факты, говорившие обратное, но это — аберрация памяти, самообман. Как все просто! Только сдайся — все остальное отсюда следует. Это все равно что плыть против течения — сколько ни старайся, оно относит тебя назад, — и вдруг ты решаешь повернуть и плыть по течению, а не бороться с ним. Ничего не изменилось, только твое отношение к этому: чему быть, того не миновать. Он сам не понимал, почему стал бунтовщиком. Все было просто. Кроме...

Все, что угодно, может быть истиной. Так называемые законы природы — вздор. Закон тяготения — вздор. «Если бы я пожелал, — сказал О'Брайен, — я мог бы взлететь сейчас с пола, как мыльный пузырь». Уинстон обосновал эту мысль: «Если он думает, что взлетает с пола, и я одновременно думаю, что вижу это, значит, так оно и есть». Вдруг, как обломок кораблекрушения поднимается на поверхность воды, в голове у него всплыло: «На самом деле этого нет. Мы это воображаем. Это галлюцинация». Он немедленно отказался от своей мысли. Очевидная логическая ошибка. Предполагается, что где-то, вне тебя, есть «действительный» мир, где происходят «действительные» события. Но откуда может взяться этот мир? О вещах мы знаем только то, что содержится в нашем сознании. Все происходящее происходит в сознании. То, что происходит в сознании у всех, происходит в действительности.

Он легко обнаружил ошибку, и опасности впасть в ошибку не было. Однако он понял, что ему и в голову не должна была прийти такая мысль. Как только появляется опасная мысль, в мозгу должно возникать слепое пятно. Этот процесс должен быть автоматическим, инстинктивным. Самостоп называют его на новоязе.

Он стал упражняться в самостопе. Он предлагал себе утверждения: «партия говорит, что земля плоская», «партия говорит, что лед тяжелее воды» — и учился не видеть и не понимать опровергающих доводов. Это было нелегко. Требовалась способность рассуждать и импровизация. Арифметические же проблемы, связанные, например, с таким утверждением, как «дважды два — пять», оказались ему не по силам. Тут нужен был еще некий умственный атлетизм, способность тончайшим образом применять логику, а в следующий миг не замечать грубейшей логической ошибки. Глупость была так же необходима, как ум, и так же трудно давалась.

И все время его занимал вопрос, когда же его расстреляют. «Все зависит от вас», — сказал О'Брайен; но Уинстон понимал, что никаким сознательным актом приблизить это не может. Это может произойти и через десять минут, и через десять лет. Они могут годами держать его в одиночной камере; могут отправить в лагерь; могут ненадолго выпустить — и так случалось. Вполне возможно, что вся драма ареста и допросов будет разыграна сызнова. Достоверно одно: смерть не приходит тогда, когда ее ждешь. Традиция, негласная традиция — ты откуда-то знаешь о ней, хотя не слышал, чтобы о ней говорили,

— такова, что стреляют сзади, только в затылок, без предупреждения, когда идешь по коридору из одной камеры в другую.

В один прекрасный день — впрочем, «день» — неправильное слово; это вполне могло быть и ночью, — однажды он погрузился в странное, глубокое забытье. Он шел по коридору, ожидая пули. Он знал, что это случится сию минуту. Все было заглажено, улажено, урегулировано. Тело его было здоровым и крепким. Он ступал легко, радуясь движению, и, кажется, шел под солнцем. Это было уже не в длинном белом коридоре министерства любви; он находился в огромном солнечном проходе, в километр шириной, и двигался по нему как будто в наркотическом бреду. Он был в Золотой стране, шел тропинкой через старый выщипанный кроликами луг. Под ногами пружинил дерн, а лицо ему грело солнце. На краю луга чуть шевелили ветвями вязы, а где-то дальше был ручей, и там в зеленых заводях под ветлами стояла плотва.

Он вздрогнул и очнулся в ужасе. Между лопатками пролился пот. Он услышал свой крик:

— Джулия! Джулия! Джулия, моя любимая! Джулия!

У него было полное впечатление, что она здесь, И не просто с ним, а как будто внутри его. Словно стала составной частью его тела. В этот миг он любил ее гораздо сильнее, чем на воле, когда они были вместе. И он знал, что она где-то есть, живая, и нуждается в его помощи.

Он снова лег и попробовал собраться с мыслями. Что он сделал? На сколько лет удлинил свое рабство этой минутной слабостью?

Сейчас он услышит топот башмаков за дверью. Такую выходку они не оставят безнаказанной. Теперь они поймут — если раньше не поняли, — что он нарушил соглашение. Он подчинился партии, но по-прежнему ее ненавидит. В прежние дни он скрывал еретические мысли под показным конформизмом. Теперь он отступил еще на шаг; разумом сдался, но душу рассчитывал сохранить в неприкосновенности. Он знал, что не прав, и держался за свою неправоту. Они это поймут — О'Брайен поймет. И выдало его одно глупое восклицание.

Придется начать все сначала. На это могут уйти годы. Он провел ладонью по лицу, чтобы яснее представить себе, как оно теперь выглядит. В щеках залегли глубокие борозды, скулы заострились, нос показался приплюснутым. Вдобавок он в последний раз видел себя в зеркале до того, как ему сделали зубы. Трудно сохранить непроницаемость, если не знаешь, как выглядит твое лицо. Во всяком случае, одного лишь владения мимикой недостаточно. Впервые он осознал, что, если хочешь сохранить секрет, надо скрывать его и от себя. Ты должен знать, конечно, что он есть, но, покуда он не понадобился, нельзя допускать его до сознания в таком виде, когда его можно назвать. Отныне он должен не только думать правильно; он должен правильно чувствовать, видеть правильные сны. А ненависть должен запереть в себе, как некое физическое образование, которое является его частью и, однако, с ним не связано, — вроде кисты.

Когда-нибудь они решат его расстрелять. Неизвестно, когда это случится, но за несколько секунд, наверное, угадать можно. Стреляют сзади, когда идешь по коридору. Десяти секунд хватит. За это время внутренний мир может перевернуться. И тогда, внезапно, не сказав ни слова, не сбившись с шага, не изменившись в лице, внезапно он сбросит маскировку — и грянут батареи его ненависти! Ненависть наполнит его словно исполинское ревущее пламя. И почти в тот же миг — выстрел! — слишком поздно или слишком рано. Они разнесут ему мозг раньше, чем выправят. Еретическая мысль, ненаказанная, нераскаянная, станет недосягаемой для них навеки. Они прострелят дыру в своем идеале. Умереть, ненавидя их, — это и есть свобода.

Он закрыл глаза. Это труднее, чем принять дисциплину ума. Тут надо уронить себя, изувечить. Погрузиться в грязнейшую грязь. Что самое жуткое, самое тошнотворное? Он подумал о Старшем Брате. Огромное лицо (он постоянно видел его на плакатах, и поэтому казалось, что оно должно быть шириной в метр), черноусое, никогда не спускавшее с тебя глаз, возникло перед ним словно помимо его воли. Как он на самом деле относится к Старшему Брату?

В коридоре послышался тяжелый топот. Стальная дверь с лязгом распахнулась. В камеру вошел О'Брайен. За ним — офицер с восковым лицом и надзиратели в черном.

— Встаньте, — сказал О'Брайен. — Подойдите сюда.

Уинстон встал против него. О'Брайен сильными руками взял Уинстона за плечи и пристально посмотрел в лицо.

— Вы думали меня обмануть, — сказал он. — Это было глупо. Стойте прямо.

Смотрите мне в глаза.

Он помолчал и продолжал чуть мягче:

— Вы исправляетесь. В интеллектуальном плане у вас почти все в порядке. В эмоциональном же никакого улучшения у вас не произошло. Скажите мне, Уинстон, — только помните: не лгать, ложь от меня не укроется, это вам известно, — скажите, как вы на самом деле относитесь к Старшему Брату?

— Я его ненавижу.

— Вы его ненавидите. Хорошо. Тогда для вас настало время сделать последний шаг.

Вы должны любить Старшего Брата. Повиноваться ему мало; вы должны его любить.

Он отпустил плечи Уинстона, слегка толкнув его к надзирателям.

— В комнату сто один, — сказал он.

V

На каждом этапе заключения Уинстон знал — или представлял себе, — несмотря на отсутствие окон, в какой части здания он находится. Возможно, ощущал разницу в атмосферном давлении. Камеры, где его избивали надзиратели, находились ниже уровня земли. Комната, где его допрашивал О'Брайен, располагалась наверху, близко к крыше. А нынешнее место было глубоко под землей, может быть, в самом низу.

Комната была просторнее почти всех его прежних камер. Но он не замечал подробностей обстановки. Заметил только два столика прямо перед собой, оба с зеленым сукном. Один стоял метрах в двух; другой подальше, у двери. Уинстон был привязан к креслу так туго, что не мог пошевелить даже головой. Голову держало сзади что-то вроде мягкого подголовника, и смотреть он мог только вперед. Он был один, потом дверь открылась и вошел О'Брайен.

— Вы однажды спросили, — сказал О'Брайен, — что делают в комнате сто один. Я ответил, что вы сами знаете. Это все знают. В комнате сто один — то, что хуже всего на свете.

Дверь снова открылась. Надзиратель внес что-то проволочное, то ли корзинку, то ли клетку. Он поставил эту вещь на дальний столик. О'Брайен мешал разглядеть, что это за вещь.

— То, что хуже всего на свете, — сказал О'Брайен, — разное для разных людей. Это может быть погребение заживо, смерть на костре, или в воде, или на колу — да сто каких угодно смертей. А иногда это какая-то вполне ничтожная вещь, даже не смертельная.

Он отошел в сторону, и Уинстон разглядел, что стоит на столике. Это была продолговатая клетка с ручкой наверху для переноски. К торцу было приделано что-то вроде фехтовальной маски, вогнутой стороной наружу. Хотя до клетки было метра три или четыре, Уинстон увидел, что она разделена продольной перегородкой и в обоих отделениях — какие- то животные. Это были крысы.

— Для вас, — сказал О'Брайен, — хуже всего на свете —

крысы.

Дрожь предчувствия, страх перед неведомым Уинстон ощутил еще в ту секунду, когда разглядел клетку. А сейчас он понял, что означает маска в торце. У него схватило живот.

— Вы этого не сделаете! — крикнул он высоким надтреснутым голосом. — Вы не будете, не будете! Как можно?

— Помните, — сказал О'Брайен, — тот миг паники, который бывал в ваших снах?

Перед вами стена мрака, и рев в ушах. Там, за стеной, — что-то ужасное. В глубине души вы знали, что скрыто за стеной, но не решались себе признаться. Крысы были за стеной.

— О'Брайен! — сказал Уинстон, пытаясь совладать с голосом. — Вы знаете, что в этом нет необходимости. Чего вы от меня хотите?

О'Брайен не дал прямого ответа. Напустив на себя менторский вид, как иногда с ним бывало, он задумчиво смотрел вдаль, словно обращался к слушателям за спиной Уинстона.

— Боли самой по себе, — начал он, — иногда недостаточно. Бывают случаи, когда индивид сопротивляется боли до смертного мига. Но для каждого человека есть что-то непереносимое, немыслимое. Смелость и трусость здесь ни при чем. Если падаешь с высоты, схватиться за веревку — не трусость. Если вынырнул из глубины, вдохнуть воздух — не трусость. Это просто инстинкт, и его нельзя ослушаться. То же самое — с крысами. Для вас они непереносимы. Это та форма давления, которой вы не можете противостоять, даже если бы захотели. Вы сделаете то, что от вас требуют.

— Но что, что требуют? Как я могу сделать, если не знаю, что от меня надо?

О'Брайен взял клетку и перенес к ближнему столику. Аккуратно поставил ее на сукно. Уинстон слышал гул крови в ушах. Ему казалось сейчас, что он сидит в полном одиночестве. Он посреди громадной безлюдной равнины, в пустыне, залитой солнечным светом, и все звуки доносятся из бесконечного далека. Между тем клетка с крысами стояла от него в каких-нибудь двух метрах. Крысы были огромные. Они достигли того возраста, когда морда животного становится тупой и свирепой, а шкура из серой превращается в коричневую.

— Крыса, — сказал О'Брайен, по-прежнему обращаясь к

невидимой аудитории, — грызун, но при этом — плотоядное. Вам это известно. Вы, несомненно, слышали о том, что творится в бедных районах нашего города. На некоторых улицах мать боится оставить грудного ребенка без присмотра в доме даже на пять минут. Крысы непременно на него нападут. И очень быстро обгложут его до костей. Они нападают также на больных и умирающих. Крысы удивительно угадывают беспомощность человека.

В клетке поднялся визг. Уинстону казалось, что он доносится издалека. Крысы дрались; они пытались добраться друг до дружки через перегородку. Еще Уинстон услышал глубокий стон отчаяния. Он тоже шел как будто извне.

О'Брайен поднял клетку и что-то в ней нажал. Раздался резкий щелчок. В исступлении Уинстон попробовал вырваться из кресла. Напрасно: все части тела и даже голова были намертво закреплены. О'Брайен поднес клетку ближе. Теперь она была в метре от лица.

— Я нажал первую ручку, — сказал О'Брайен. — Конструкция клетки вам понятна. Маска охватит вам лицо, не оставив выхода. Когда я нажму другую ручку, дверца в клетке поднимется. Голодные звери вылетят оттуда пулями. Вы видели, как прыгают крысы? Они прыгнут вам на лицо и начнут вгрызаться. Иногда они первым делом набрасываются на глаза. Иногда прогрызают щеки и пожирают язык.

Клетка приблизилась; скоро надвинется вплотную. Уинстон услышал частые пронзительные вопли, раздававшиеся как будто в воздухе над головой. Но он яростно боролся с паникой. Думать, думать, даже если осталась секунда… Думать — только на это надежда. Гнусный затхлый запах зверей ударил в нос. Рвотная спазма подступила к горлу, и он почти потерял сознание. Все исчезло в черноте. На миг он превратился в обезумевшее вопящее животное. Однако он вырвался из черноты, зацепившись за мысль. Есть один- единственный путь к спасению. Надо поставить другого человека, тело другого человека, между собой и крысами.

Овал маски приблизился уже настолько, что заслонил все остальное. Сетчатая дверца была в двух пядях от лица. Крысы поняли, что готовится. Одна нетерпеливо прыгала на месте; другая — коржавый ветеран сточных канав — встала, упершись розовыми лапами в решетку и сильно втягивая носом воздух. Уинстон видел усы и желтые зубы. Черная паника снова накатила на него. Он был слеп, беспомощен, ничего не соображал.

— Это наказание было принято в Китайской империи, — сказал О'Брайен по-прежнему нравоучительно.

Маска придвигалась к лицу. Проволока коснулась щеки. И тут... нет, это было не спасение, а только надежда, искра надежды. Поздно, может быть, поздно. Но он вдруг понял, что на свете есть только один человек, на которого он может перевалить свое наказание, — только одним телом он может заслонить себя от крыс. И он исступленно кричал, раз за разом:

— Отдайте им Джулию! Отдайте им Джулию! Не меня! Джулию! Мне все равно, что вы с ней сделаете. Разорвите ей лицо, обгрызите до костей. Не меня! Джулию! Не меня!

Он падал спиной в бездонную глубь, прочь от крыс. Он все еще был пристегнут к креслу, но проваливался сквозь пол, сквозь стены здания, сквозь землю, сквозь океаны, сквозь атмосферу, в космос, в межзвездные бездны — все дальше, прочь, прочь, прочь от крыс. Его отделяли от них уже световые годы, хотя О'Брайен по-прежнему стоял рядом. И холодная проволока все еще прикасалась к щеке. Но сквозь тьму, объявшую его, он услышал еще один металлический щелчок и понял, что дверца клетки захлопнулась, а не открылась.

VI

«**П**од каштаном» было безлюдно. Косые желтые лучи солнца падали через окно на пыльные крышки столов. Было пятнадцать часов — время затишья. Из телекранов сочилась бодрая музыка.

Уинстон сидел в своем углу, уставясь в пустой стакан. Время от времени он поднимал взгляд на громадное лицо, наблюдавшее за ним со стены напротив. **СТАРШИЙ БРАТ СМОТРИТ НА ТЕБЯ** , гласила подпись. Без зова подошел официант, наполнил его стакан джином «Победа» и добавил несколько капель из другой бутылки с трубочкой в пробке. Это был раствор сахарина, настоянный на гвоздике, — фирменный напиток заведения.

Уинстон прислушался к телекрану. Сейчас передавали только музыку, но с минуты на минуту можно было ждать специальной сводки из министерства мира. Сообщения с африканского фронта поступали крайне тревожные. С самого утра он то и дело с беспокойством думал об этом. Евразийские войска (Океания воевала с Евразией: Океания всегда воевала с Евразией) с устрашающей быстротой продвигались на юг. В полуденной сводке не назвали конкретных мест, но вполне возможно, что бои идут уже возле устья Конго. Над Браззавилем и Леопольдвилем нависла опасность. Понять, что это означает, нетрудно и без карты. Это грозит не просто потерей Центральной Африки; впервые за всю войну возникла угроза самой Океании.

Бурное чувство — не совсем страх, а скорее какое-то беспредметное волнение — вспыхнуло в нем, а потом потухло. Он перестал думать о войне. Теперь он мог задержать мысли на каком-то одном предмете не больше чем на несколько секунд. Он взял стакан и залпом выпил. Как обычно, передернулся и тихонько рыгнул. Пойло было отвратительное. Гвоздика с сахарином, сама по себе противная, не могла перебить унылый маслянистый запах джина, но, что хуже всего, запах джина, сопровождавший его день и ночь, был неразрывно связан с запахом тех…

Он никогда не называл их, даже про себя, и очень старался не увидеть их мысленно. Они были чем-то не вполне осознанным, скорее угадывались где-то перед лицом и только все время пахли. Джин всколыхнулся в желудке, и он рыгнул, выпятив красные губы. С тех пор как его выпустили, он располнел, и к нему вернулся прежний румянец, даже стал ярче. Черты лица у него огрубели, нос и скулы сделались шершавыми и красными, даже лысая голова приобрела яркий розовый оттенок. Официант, опять без зова, принес шахматы и свежий выпуск «Таймс», раскрытый на шахматной задаче. Затем, увидев, что стакан пуст, вернулся с бутылкой джина и налил. Заказы можно было не делать. Обслуга знала его привычки. Шахматы неизменно ждали его и свободный столик в углу; даже когда кафе наполнялось народом, он занимал его один — никому не хотелось быть замеченным в его обществе. Ему даже не приходилось подсчитывать, сколько он выпил. Время от времени ему подавали грязную бумажку и говорили, что это счет, но у него сложилось впечатление, что берут меньше, чем следует. Если бы они поступали наоборот, его бы это тоже не взволновало. Он всегда был при деньгах. Ему дали должность — синекуру — и платили больше, чем на прежнем месте.

Музыка в телекране смолкла, вступил голос. Уинстон поднял голову и прислушался. Но передали не сводку с фронта. Сообщало министерство изобилия. Оказывается, в прошлом квартале план десятой трехлетки по шнуркам перевыполнен на девяносто восемь процентов.

Он глянул на шахматную задачу и расставил фигуры. Это было хитрое окончание с двумя конями. «Белые начинают и дают мат в два хода». Он поднял глаза на портрет Старшего Брата. Белые всегда ставят мат, подумал он с неясным мистическим чувством. Всегда, исключений не бывает, так устроено. Испокон веку ни в одной шахматной задаче черные не выигрывали. Не символ ли это вечной, неизменной победы Добра над Злом? Громадное, полное спокойной силы лицо ответило ему взглядом. Белые всегда ставят мат.

Телекран смолк, а потом другим, гораздо более торжественным тоном сказал:

«Внимание: в пятнадцать часов тридцать минут будет передано важное сообщение! Известия чрезвычайной важности. Слушайте нашу передачу. В пятнадцать тридцать!» Снова пустили бодрую музыку.

Сердце у него сжалось. Это — сообщение с фронта;

инстинкт подсказывал ему, что новости будут плохие. Весь день с короткими приступами волнения он то и дело мысленно возвращался к сокрушительному поражению в Африке. Он зрительно представлял себе, как евразийские полчища валят через нерушимую прежде границу и растекаются по оконечности континента, подобно колоннам муравьев. Почему нельзя было выйти им во фланг? Перед глазами у него возник контур Западного побережья. Он взял белого коня и переставил в другой угол доски. Вот где правильное место. Он видел, как черные орды катятся на юг, и в то же время видел, как собирается таинственно другая сила, вдруг оживает у них в тылу, режет их коммуникации на море и на суше. Он чувствовал, что желанием своим вызывает эту силу к жизни. Но действовать надо без промедления. Если они овладеют всей Африкой, захватят аэродромы и базы подводных лодок на мысе Доброй Надежды, Океания будет рассечена пополам. А это может повлечь за собой что угодно: разгром, передел мира, крушение партии! Он глубоко вздохнул. В груди его клубком сплелись противоречивые чувства — вернее, не сплелись, а расположились слоями, и невозможно было понять, какой глубже всего.

Спазма кончилась. Он вернул белого коня на место, но никак не мог сосредоточиться на задаче. Мысли опять ушли в сторону. Почти бессознательно он вывел пальцем на пыльной крышке стола:

$$2 \times 2 = 5$$

«Они не могут в тебя влезть», — сказала Джулия. Но они смогли влезть. «То, что делается с вами здесь, делается навечно», — сказал О'Брайен. Правильное слово. Есть такое — твои собственные поступки, — от чего ты никогда не оправишься. В твоей груди что-то убито — вытравлено, выжжено.

Он ее видел; даже разговаривал с ней. Это ничем не грозило. Инстинкт ему подсказывал, что теперь его делами почти не интересуются. Если бы кто-то из них двоих захотел, они могли бы условиться о новом свидании. А встретились они нечаянно. Произошло это в парке, в пронизывающий, мерзкий мартовский денек, когда земля была как железо, и вся трава казалась мертвой, и не было нигде ни почки, только несколько крокусов вылезли из грязи, чтобы их расчленил ветер. Уинстон шел торопливо, с озябшими руками, плача от ветра, и вдруг метрах в десяти увидел ее. Она разительно переменилась, но непонятно было, в чем эта перемена заключается. Они разошлись как незнакомые; потом он повернул и нагнал ее, хотя и без особой охоты. Он знал, что это ничем не грозит, никому они не интересны. Она не заговорила. Она свернула на газон, словно желая избавиться от него, но через несколько шагов как бы примирилась с тем, что он идет рядом. Вскоре они очутились среди корявых голых кустов, не защищавших ни от ветра, ни от посторонних глаз. Остановились. Холод был лютый. Ветер свистел в ветках и трепал редкие грязные крокусы. Он обнял ее за талию.

Телекрана рядом не было, были, наверно, скрытые микрофоны: кроме того, их могли увидеть. Но это не имело значения — ничто не имело значения. Они спокойно могли бы лечь на землю и заняться чем угодно. При одной мысли об этом у него мурашки поползли по спине. Она никак не отозвалась на объятье, даже не попыталась освободиться. Теперь он понял, что в ней изменилось. Лицо приобрело землистый оттенок, через весь лоб к виску тянулся шрам, отчасти прикрытый волосами. Но дело было не в этом. А в том, что талия у нее стала толще и, как ни странно, отвердела. Он вспомнил, как однажды, после взрыва ракеты, помогал вытаскивать из развалин труп, и поражен был не только невероятной тяжестью тела, но его жесткостью, тем, что его так неудобно держать — словно оно было каменное, а не человеческое. Таким же на ощупь оказалось ее тело. Он подумал, что и кожа у нее, наверно, стала совсем другой.

Он даже не попытался поцеловать ее, и оба продолжали молчать. Когда они уже выходили из ворот, она впервые посмотрела на него в упор. Это был короткий взгляд, полный презрения и неприязни. Он не понял, вызвана эта неприязнь только их прошлым или вдобавок его расплывшимся лицом и слезящимися от ветра глазами. Они сели на железные стулья, рядом, но не вплотную друг к другу. Он понял, что сейчас она заговорит. Она передвинула на несколько сантиметров грубую туфлю и нарочно смяла былинку. Он заметил, что ступни у нее раздались.

— Я предала тебя, — сказала она без обиняков.

— Я предал тебя, — сказал он.

Она снова взглянула на него с неприязнью.

— Иногда, — сказала она, — тебе угрожают чем-то таким... таким, чего ты не можешь перенести, о чем не можешь даже подумать. И тогда ты говоришь: «Не делайте этого со мной, сделайте с кем-нибудь другим, сделайте с таким-то». А потом ты можешь притворяться перед собой, что это была только уловка, что ты сказала это просто так, лишь бы перестали, а на самом деле ты этого не хотела. Неправда. Когда это происходит, желание у тебя именно такое. Ты думаешь, что другого способа спастись нет, ты согласна спастись таким способом. Ты хочешь, чтобы это сделали с другим человеком. И тебе плевать на его мучения. Ты думаешь только о себе.

— Думаешь только о себе, — эхом отозвался он.

— А после ты уже по-другому относишься к тому человеку.

— Да, — сказал он, — относишься по-другому.

Говорить было больше не о чем. Ветер лепил тонкие комбинезоны к их телам. Молчание почти сразу стало тягостным, да и холод не позволял сидеть на месте. Она пробормотала, что опоздает на поезд в метро, и поднялась.

— Нам надо встретиться еще, — сказал он.

— Да, — сказала она, — надо встретиться еще.

Он нерешительно пошел за ней, приотстав на полшага. Больше они не разговаривали. Она не то чтобы старалась от него отделаться, но шла быстрым шагом, не давая себя догнать. Он решил, что проводит ее до станции метро, но вскоре почувствовал, что тащиться за ней по холоду бессмысленно и невыносимо. Хотелось не столько даже уйти от Джулии, сколько очутиться в кафе «Под каштаном» — его никогда еще не тянуло туда так, как сейчас. Он затосковал по своему угловому столику с газетой и шахматами, по неиссякаемому стакану джина. Самое главное, в кафе будет тепло. Тут их разделила небольшая кучка людей, чему он не особенно препятствовал. Он попытался — правда, без большого рвения — догнать ее, потом сбавил шаг, повернул и отправился в другую сторону. Метров через пятьдесят он оглянулся. Народу было мало, но узнать ее он уже не мог. Всего несколько человек торопливо двигались по улице, и любой из них сошел бы за Джулию. Ее раздавшееся, огрубевшее тело, наверное, нельзя было узнать сзади.

«Когда это происходит, — сказала она, — желание у тебя именно такое». И у него оно было. Он не просто сказал так, он этого хотел. Он хотел, чтобы ее, а не его отдали...

В музыке, лившейся из телекрана, что-то изменилось. Появился надтреснутый, глумливый тон, желтый тон. А затем — может быть, этого и не было на самом деле, может быть, просто память оттолкнулась от тонального сходства — голос запел:

Под развесистым каштаном Продали средь бела дня — Я тебя, а ты меня...

У него навернулись слезы. Официант, проходя мимо, заметил, что стакан его пуст, и вернулся с бутылкой джина.

Он поднял стакан и понюхал. С каждым глотком пойло становилось не менее, а только более отвратительным. Но оно стало его стихией. Это была его жизнь, его смерть и его воскресение. Джин гасил в нем каждый вечер последние проблески мысли и джин каждое утро возвращал его к жизни. Проснувшись — как правило, не раньше одиннадцати ноль-ноль — со слипшимися веками, пересохшим ртом и такой болью в спине, какая бывает, наверно, при переломе, он не мог бы даже принять вертикальное положение, если бы рядом с кроватью не стояла наготове бутылка и чайная чашка. Первую половину дня он с мутными глазами просиживал перед бутылкой, слушая телекран. С пятнадцати часов до закрытия пребывал в кафе «Под каштаном». Никому не было дела до него, свисток его не будил, телекран не наставлял. Изредка, раза два в неделю, он посещал пыльную, заброшенную контору в министерстве правды и немного работал — если это можно назвать работой. Его определили в подкомитет подкомитета, отпочковавшегося от одного из бесчисленных комитетов, которые занимались второстепенными проблемами, связанными с одиннадцатым изданием словаря новояза. Сейчас готовили так называемый Предварительный доклад, но что им предстояло доложить, он в точности так и не выяснил. Какие-то заключения касательно того, где ставить запятую — до скобки или после. В подкомитете работали еще четверо, люди вроде него. Бывали дни, когда они собирались и почти сразу расходились, честно признавшись друг другу, что делать им нечего. Но случались и другие дни: они брались за работу рьяно, с помпой вели протокол, составляли длинные меморандумы — ни разу, правда, не доведя их до конца — и в спорах по поводу того, о чем они спорят, забирались в совершенные дебри, с изощренными препирательствами из-за дефиниций, с пространными отступлениями — даже с угрозами обратиться к начальству. И вдруг жизнь уходила из них, и они сидели вокруг стола, глядя друг на друга погасшими глазами, — словно привидения, которые рассеиваются при первом крике петуха.

Телекран замолчал. Уинстон снова поднял голову. Сводка? Нет, просто сменили музыку. Перед глазами у него стояла карта Африки. Движение армий он видел графически: черная стрела грозно устремилась вниз, на юг, белая двинулась горизонтально, к востоку, отсекая хвост черной. Словно ища подтверждения, он поднял взгляд к невозмутимому лицу на портрете. Мыслимо ли, что вторая стрела вообще не существует?

Интерес его опять потух. Он глотнул джину и для пробы пошел белым конем. Шах. Но ход был явно неправильный, потому что…

Незваное, явилось воспоминание. Комната, освещенная свечой, громадная кровать под белым покрывалом, и сам он, мальчик девяти или десяти лет, сидит на полу, встряхивает стаканчик с игральными костями и возбужденно смеется. Мать сидит напротив него и тоже смеется.

Это было, наверно, за месяц до ее исчезновения. Ненадолго восстановился мир в семье — забыт был сосущий голод, и прежняя любовь к матери ожила на время. Он хорошо помнил тот день: ненастье, проливной дождь, вода струится по оконным стеклам, и в комнате сумрак, даже нельзя читать. Двум детям в темной тесной спальне было невыносимо скучно. Уинстон ныл, капризничал, напрасно требовал еды, слонялся по комнате, стаскивал все вещи с места, пинал обшитые деревом стены, так, что с той стороны стучали соседи, а младшая сестренка то и дело принималась вопить. Наконец мать не выдержала: «Веди себя хорошо, куплю тебе игрушку. Хорошую игрушку… тебе понравится», — и в дождь пошла на улицу, в маленький универмаг неподалеку, который еще время от времени открывался, а вернулась с картонной коробкой — игрой «змейки — лесенки». Он до сих пор помнил запах мокрого картона. Набор был изготовлен скверно. Доска в трещинах, кости вырезаны так неровно, что чуть не переворачивались сами собой. Уинстон смотрел на игру надувшись и без всякого интереса. Но потом мать зажгла огарок свечи, и сели играть на пол. Очень скоро его разобрал азарт, и он уже заливался смехом, и блошки карабкались к победе по лесенкам и скатывались по змейкам обратно, чуть ли не к старту. Они сыграли восемь конов, каждый выиграл по четыре. Маленькая сестренка не понимала игры, она сидела в изголовье и смеялась, потому что они смеялись. До самого вечера они были счастливы втроем, как в первые годы его детства.

Он отогнал эту картину. Ложное воспоминание. Ложные воспоминания время от времени беспокоили его. Это не страшно, когда знаешь им цену. Что-то происходило на самом деле, что-то не происходило. Он вернулся к шахматам, снова взял белого коня. И сразу же со стуком уронил на доску. Он вздрогнул, словно его укололи булавкой.

Тишину прорезали фанфары. Сводка! Победа! Если перед известиями играют фанфары, это значит — победа. По всему кафе прошел электрический разряд. Даже официанты встрепенулись и навострили уши.

Вслед за фанфарами обрушился неслыханной силы шум. Телекран лопотал взволнованно и невнятно — его сразу заглушили ликующие крики на улице. Новость обежала город с чудесной быстротой. Уинстон расслышал немногое, но и этого было достаточно — все произошло так, как он предвидел: скрытно сосредоточившаяся морская армада, внезапный удар в тыл противнику, белая стрела перерезает хвост черной. Сквозь гам прорывались обрывки фраз: «Колоссальный стратегический маневр… безупречное взаимодействие… беспорядочное бегство… полмиллиона пленных… полностью деморализован… полностью овладели Африкой… завершение войны стало делом обозримого будущего… победа… величайшая победа в человеческой истории… победа, победа, победа!»

Ноги Уинстона судорожно двигались под столом. Он не встал с места, но мысленно уже бежал, бежал быстро, он был с толпой на улице и глох от собственного крика. Он опять посмотрел на портрет Старшего Брата. Колосс, вставший над земным шаром! Скала, о которую разбиваются азийские орды! Он подумал, что десять минут назад, всего десять минут назад в душе его еще жило сомнение и он не знал, какие будут известия: победа или крах. Нет, не только евразийская армия канула в небытие! Многое изменилось в нем с того первого дня в министерстве любви, но окончательное, необходимое исцеление совершилось лишь сейчас.

Голос из телекрана все еще сыпал подробностями — о побоище, о пленных, о трофеях, — но крики на улицах немного утихли. Официанты принялись за работу. Один из них подошел с бутылкой джина. Уинстон, в блаженном забытьи, даже не заметил, как ему наполнили стакан. Он уже не бежал и не кричал с толпой. Он снова был в министерстве любви, и все было прощено, и душа его была чиста, как родниковая вода. Он сидел на скамье подсудимых, во всем признавался, на всех давал показания. Он шагал по вымощенному кафелем коридору с ощущением, как будто на него светит солнце, а сзади следовал вооруженный охранник. Долгожданная пуля входила в его мозг.

Он остановил взгляд на громадном лице. Сорок лет ушло у него на то, чтобы понять, какая улыбка прячется в черных усах. О жестокая, ненужная размолвка! О упрямый, своенравный беглец, оторвавшийся от любящей груди! Две сдобренные джином слезы прокатились по крыльям носа. Но все хорошо, теперь все хорошо, борьба закончилась. Он одержал над собой победу. Он любил Старшего Брата.

О НОВОЯЗЕ

Новояз, официальный язык Океании, был разработан для того, чтобы обслуживать идеологию ангсоца, или английского социализма. В 1984 году им еще никто не пользовался как единственным средством общения — ни устно, ни письменно. Передовые статьи в «Таймс» писались на новоязе, но это дело требовало исключительного мастерства, и его поручали специалистам. Предполагали, что старояз (т. е. современный литературный язык) будет окончательно вытеснен новоязом к 2050 году. А пока что он неуклонно завоевывал позиции: члены партии стремились употреблять в повседневной речи все больше новоязовских слов и грамматических форм. Вариант, существовавший в 1984 году и зафиксированный в девятом и десятом изданиях Словаря новояза, считался промежуточным и включал в себя много лишних слов и архаических форм, которые надлежало со временем упразднить. Здесь пойдет речь об окончательном, усовершенствованном варианте, закрепленном в одиннадцатом издании Словаря.

Новояз должен был не только обеспечить знаковыми средствами мировоззрение и мыслительную деятельность приверженцев ангсоца, но и сделать невозможными любые иные течения мысли. Предполагалось, что, когда новояз утвердится навеки, а старояз будет забыт, неортодоксальная, то есть чуждая ангсоцу, мысль, постольку поскольку она выражается в словах, станет буквально немыслимой. Лексика была сконструирована так, чтобы точно, а зачастую и весьма тонко выразить любое дозволенное значение, нужное члену партии, а кроме того, отсечь все остальные значения, равно как и возможности прийти к ним окольными путями. Это достигалось изобретением новых слов, но в основном исключением слов нежелательных и очищением оставшихся от неортодоксальных значений — по возможности от всех побочных значений. Приведем только один пример. Слово «свободный» в новоязе осталось, но его можно было использовать лишь в таких высказываниях, как «свободные сапоги», «туалет свободен». Оно не употреблялось в старом значении «политически свободный», «интеллектуально свободный», поскольку свобода мысли и политическая свобода не существовали даже как понятия, а следовательно, не требовали обозначений. Помимо отмены неортодоксальных смыслов, сокращение словаря рассматривалось как самоцель, и все слова, без которых можно обойтись, подлежали изъятию. Новояз был призван не расширить, а сузить горизонты мысли, и косвенно этой цели служило то, что выбор слов сводили к минимуму.

Новояз был основан на сегодняшнем литературном языке, но многие новоязовские предложения, даже без новоизобретенных слов, показались бы нашему современнику непонятными. Лексика подразделялась на три класса: словарь **A**, словарь **B** (составные слова) и словарь **C**. Проще всего рассмотреть каждый из них отдельно; грамматические же особенности языка можно проследить в разделе, посвященном словарю **A**, поскольку правила для всех трех категорий — одни и те же.

Словарь **A** заключал в себе слова, необходимые в повседневной жизни — связанные с едой, питьем,[6] работой, одеванием, хождением по лестнице, ездой, садоводством, кухней и т. п. Он почти целиком состоял из слов, которыми мы пользуемся сегодня, таких, как «бить», «дать», «дом», «хвост», «лес», «сахар», но по сравнению с сегодняшним языком число их было крайне мало, а значения определены гораздо строже. Все неясности, оттенки смысла были вычищены. Насколько возможно, слово этой категории представляло собой отрывистый звук или звуки и выражало лишь одно четкое понятие. Словарь **A** был совершенно непригоден для литературных целей и философских рассуждений. Он предназначался для того, чтобы выражать только простейшие целенаправленные мысли, касавшиеся в основном конкретных объектов и физических действий.

Грамматика новояза отличалась двумя особенностями. Первая — чисто гнездовое строение словаря. Любое слово в языке могло породить гнездо, и в принципе это относилось даже к самым отвлеченным, как, например, «если»: «еслить»,

---

[6] Книга: …едой, работой… здесь: …едой, питьем, работой… анг. ориг.: …for such things as eating, drinking, working…

«есленно» и т. д. Никакой этимологический принцип тут не соблюдался; словом-производителем могли стать и глагол, и существительное, и даже союз; суффиксами пользовались гораздо[7] свободнее, что позволяло расширить гнездо до немыслимых прежде размеров. Таким образом были образованы, например, слова «едка», «яйцевать»,[8] «рычевка», «хвостистски» (наречие),[9]

«настроенческий», «убежденец». Если существительное и родственный по смыслу глагол были этимологически не связаны, один из двух корней аннулировался: так, слово «писатель» означало «карандаш», поскольку с изобретением версификатора писание стало означать чисто физический процесс. Понятно, что при этом соответствующие эпитеты сохранялись, и писатель мог быть химическим, простым и т. д. Прилагательное можно было произвести от любого существительного, как, например: «пальтовый», «жабный», от них — соответствующие наречия и т. д.

Кроме того, для любого слова — в принципе это опять-таки относилось к каждому слову — могло быть построено отрицание при помощи «не». Так, например, образованы слова «нелицо» и «недонос». Система единообразного усиления слов приставками «плюс-» и «плюсплюс-», однако, не привилась ввиду неблагозвучия многих новообразований (см. ниже). Сохранились прежние способы усиления, несколько обновленные. Так, у прилагательных появились две сравнительных степени: «лучше» и «более лучше». Косвенно аналогичный процесс применялся и к существительным (чаще отглагольным) путем сцепления близких слов в родительном падеже: «наращивание ускорения темпов развития». Как и в современном языке, можно было изменить значение слова приставками, но принцип этот проводился гораздо последовательнее и допускал гораздо большее разнообразие форм, таких, например, как «подустать», «надвзять», «отоварить», «беспреступность» (коэффициент),

---

[7] Книга: ...пользовались свободнее... здесь: ...пользовались гораздо свободнее...

[8] Книга: ...«едка», «рычевка»... здесь: ...«едка», «яйцевать», «рычевка»...

[9] Книга: ...«рычевка», «хвостист», «настроенческий»... здесь: ...«рычевка», «хвостистски» (наречие), «настроенческий»...

«зарыбление», «обескоровить», «довыполнить» и «недододать». Расширение гнезд позволило радикально уменьшить их общее число, то есть свести разнообразие живых корней в языке к минимуму.

Второй отличительной чертой грамматики новояза была ее регулярность. Всякого рода особенности в образовании множественного числа существительных, в их склонении, в спряжении глаголов были по возможности устранены. Например, глагол «пахать» имел деепричастие «пахая», «махать» спрягался единственным образом — «махаю» и т. д. Слова «цыпленок», «крысенок» во множественном числе имели форму «цыпленки», «крысенки» и соответственно склонялись, «молоко» имело множественное число — «молоки», «побои» употреблялось в единственном числе, а у некоторых существительных единственное число было произведено от множественного: «займ». Степенями сравнения обладали все без исключения прилагательные, как, например, «бесконечный», «невозможный», «равный», «тракторный» и «двухвесельный». В соответствии с принципом покорения действительности все глаголы считались переходными: завозразить (проект), задействовать (человека), растаять (льды), умалчивать (правду), взмыть (пилот взмыл свой вертолет над вражескими позициями). Местоимения с их особой нерегулярностью сохранились, за исключением «кто» и «чей». Последние были упразднены, и во всех случаях их заменило местоимение «который» («которого»). Отдельные неправильности словообразования пришлось сохранить ради быстроты и плавности речи. Труднопроизносимое слово или такое, которое может быть неверно услышано, считалось ipso facto[10] плохим словом, поэтому в целях благозвучия вставлялись лишние буквы или возрождались архаические формы. Но по преимуществу это касалось словаря **В**. Почему придавалось такое значение удобопроизносимости, будет объяснено в этом очерке несколько позже.

Словарь **В** состоял из слов, специально сконструированных для политических нужд, иначе говоря, слов, которые не только обладали политическим смыслом, но и навязывали человеку, их употребляющему, определенную позицию. Не усвоив

---

[10] В силу одного этого (лат.).

полностью основ ангсоца, правильно употреблять эти слова было нельзя. В некоторых случаях их смысл можно было передать староязовским словом или даже словами из словаря **А**, но это требовало длинного описательного перевода и всегда было сопряжено с потерей подразумеваемых смыслов. Слова **В** представляли собой своего рода стенограмму: в несколько слогов они вмещали целый круг идей, в то же время выражая их точнее и убедительнее, чем в обыкновенном языке.

Все слова были составными.[11] Они состояли из двух или более слов или частей слов, соединенных так, чтобы их удобно было произносить. От каждого из них по обычным образцам производилось гнездо. Для примера: от «благомыслия», означавшего приблизительно «ортодоксию», «правоверность», происходил глагол «благомыслить», причастие «благомыслящий», прилагательное «благомысленный», наречие «благомысленно» и т. д.

Слова **В** создавались без какого-либо этимологического плана. Они могли состоять из любых частей речи, соединенных в любом порядке и как угодно препарированных — лишь бы их было удобно произносить и оставалось понятным их происхождение. В слове «мыслепреступление», например, мысль стояла первой, а в слове «благомыслие» — второй. Поскольку в словаре **В** удобопроизносимость достигалась с большим трудом, слова здесь образовывались не по такой жесткой схеме, как в словаре **А**. Например, прилагательные от «минилюба» и «миниправа» были соответственно «минилюбный» и «миниправный» просто потому, что «-любовный» и «-праведный» было не совсем удобно произносить. В принципе же их склоняли и спрягали, как обычно.

Некоторые слова **В** обладали такими оттенками значения, которых почти не улавливал человек, не овладевший языком в целом. Возьмем, например, типичное предложение из передовой статьи в «Таймс»: «Старомыслы не нутрят ангсоц». Кратчайшим образом на староязе это можно изложить так: «Те, чьи идеи сложились до Революции, не воспринимают всей

---

[11] Составные слова, такие, как «речепис», «рабдень», встречались, конечно, и в словаре **А**, но они были просто удобными сокращениями и особого идеологического оттенка не имели. — *Прим. автора*

душой принципов английского социализма». Но это неадекватный перевод. Во-первых, чтобы как следует понять смысл приведенной фразы, надо иметь четкое представление о том, что означает слово «ангсоц». Кроме того, лишь человек, воспитанный в ангсоце, почувствует всю силу слова «нутрить», подразумевающего слепое восторженное приятие, которое в наши дни трудно вообразить, или слова «старомысл», неразрывно связанного с понятиями порока и вырождения. Но особая функция некоторых новоязовских слов наподобие «старомысла» состояла не столько в том, чтобы выражать значения, сколько в том, чтобы их уничтожать. Значение этих слов, разумеется немногочисленных, расширялось настолько, что обнимало целую совокупность понятий; упаковав эти понятия в одно слово, их уже легко было отбросить и забыть. Сложнее всего для составителей Словаря новояза было не изобрести новое слово, но, изобретя его, определить, что оно значит, то есть определить, какую совокупность слов оно аннулирует.

Как мы уже видели на примере слова «свободный», некоторые слова, прежде имевшие вредный смысл, иногда сохранялись ради удобства — но очищенными от нежелательных значений. Бесчисленное множество слов, таких, как «честь», «справедливость», «мораль», «интернационализм», «демократия», «религия», «наука», просто перестали существовать. Их покрывали и тем самым отменяли несколько обобщающих слов. Например, все слова, группировавшиеся вокруг понятий свободы и равенства, содержались в одном слове «мыслепреступление», а слова, группировавшиеся вокруг понятий рационализма и объективности, — в слове «старомыслие». Большая точность была бы опасна. По своим воззрениям член партии должен был напоминать древнего еврея, который знал, не вникая в подробности, что все остальные народы поклоняются «ложным богам». Ему не надо было знать, что имена этих богов — Ваал, Осирис, Молох, Астарта и т. д.; чем меньше он о них знает, тем полезнее для его правоверности. Он знал Иегову и заветы Иеговы, а поэтому знал, что все боги с другими именами и другими атрибутами — ложные боги. Подобным образом член партии знал, что такое правильное поведение, и до крайности смутно, лишь в общих чертах представлял себе, какие отклонения от него возможны. Его половая жизнь, например, полностью регулировалась двумя новоязовскими словами: «злосекс» (половая аморальность) и «добросекс» (целомудрие). «Злосекс» покрывал все нарушения в этой области. Им обозначались блуд, прелюбодеяние, гомосексуализм и другие извращения, а кроме того, нормальное совокупление, рассматриваемое как самоцель. Не было нужды называть их по отдельности, все были преступлениями и в принципе карались смертью. В словаре **C**, состоявшем из научных и технических слов, для некоторых сексуальных нарушений могли понадобиться отдельные термины, но рядовой гражданин в них не нуждался. Он знал, что такое «добросекс», то есть нормальное сожительство мужчины и женщины с целью зачатия и без физического удовольствия для женщины. Все остальное — «злосекс». Новояз почти не давал возможности проследить за вредной мыслью дальше того пункта, что она вредна; дальше не было нужных слов.

В словаре **B** не было ни одного идеологически нейтрального слова. Многие являлись эвфемизмами. Такие слова, например, как «радлаг» (лагерь радости, т. е. каторжный лагерь) или «минимир» (министерство мира, то есть министерство войны), обозначали нечто противоположное тому, что они говорили. Другие слова, напротив, демонстрировали откровенное и презрительное понимание подлинной природы строя, например, «нарпит», означавший низкосортные развлечения и лживые новости, которые партия скармливала массам. Были и двусмысленные слова — с «хорошим» оттенком, когда их применяли к партии, и с «плохим», когда их применяли к врагам. Кроме того, существовало множество слов, которые на первый взгляд казались просто сокращениями, — идеологическую окраску им придавало не значение, а их структура.

Настолько, насколько позволяла человеческая изобретательность, все, что имело или могло иметь политический смысл, было сведено в словарь **B**. Названия всех организаций, групп, доктрин, стран, институтов, общественных зданий кроились по привычной схеме: одно удобопроизносимое слово с наименьшим числом слогов, позволяющих понять его происхождение. В министерстве правды отдел документации, где работал Уинстон Смит, назывался доко, отдел литературы — лито, отдел телепрограмм — телео и т. д. Делалось это не только для экономии времени.

Слова-цепни[12] стали одной из характерных особенностей политического языка еще в первой четверти XX века; особенная тяга к таким сокращениям, была отмечена в тоталитарных странах и тоталитарных организациях. Примерами могут служить такие слова, как «наци», «гестапо», «коминтерн», «агитпроп». Сначала к этому методу прибегали, так сказать, инстинктивно, в новоязе же он практиковался с осознанной целью. Стало ясно, что, сократив таким образом имя, ты сузил и незаметно изменил его смысл, ибо отрезал большинство вызываемых им ассоциаций. Слова «Коммунистический Интернационал» приводят на ум сложную картину: всемирное человеческое братство, красные флаги, баррикады, Карл Маркс, Парижская коммуна. Слово же «Коминтерн» напоминает всего лишь о крепко спаянной организации и жесткой системе доктрин. Оно относится к предмету столь же легко узнаваемому и[13] столь же ограниченному в своем назначении, как стол или стул. «Коминтерн» — это слово, которое можно произнести, почти не размышляя, в то время как «Коммунистический Интернационал» заставляет пусть на миг, но задуматься. Подобным же образом «миниправ» вызывает гораздо меньше ассоциаций (и их легче предусмотреть), чем «министерство правды». Этим объяснялось не только стремление сокращать все, что можно, но и на первый взгляд преувеличенная забота о том, чтобы слово легко было выговорить.

Благозвучие перевешивало все остальные соображения,

---

[12] Книга: ...Слова-цепи стали одной из характерных особенностей... здесь: ...Слова-цепни стали одной из характерных особенностей... анг. ориг.: Even in the early decades of the twentieth century, telescoped words and phrases had been one of the characteristic features of political language; «То ли в Прогрессе тогда не знали что существует такое слово, то ли нечто другое... но они тут мой перевод изменили и я прекрасно помню, как меня это расстроило». **Голышев**

[13] Книга: ...Оно относится к предмету столь же ограниченному в своем назначении... здесь: ...Оно относится к предмету столь же легко узнаваемому и столь же ограниченному в своем назначении... анг. ориг.: It refers to something almost as easily recognized, and as limited in purpose, as a chair or a table.

кроме ясности смысла. Когда надо было, регулярность грамматики неизменно приносилась ему в жертву. И справедливо — ибо для политических целей прежде всего требовались четкие стриженые слова, которые имели ясный смысл, произносились быстро и рождали минимальное количество отзвуков в сознании слушателя. А от того, что все они были скроены на один лад, слова **В** только прибавляли в весе. Многие из них — ангсоц, злосекс, радлаг, нарпит, старомысл, мыслепол (полиция мыслей) — были двух- и трехсложными, причем ударения падали и на первый и на последний слог. Они побуждали человека тараторить, речь его становилась отрывистой и монотонной. Это как раз и требовалось. Задача состояла в том, чтобы сделать речь — в особенности такую, которая касалась идеологических тем, — по возможности независимой от сознания. В повседневной жизни, разумеется, необходимо — по крайней мере иногда необходимо — подумать, перед тем как заговоришь; партиец же, которому предстояло высказаться по политическому или этическому вопросу, должен был выпускать правильные суждения автоматически, как выпускает очередь пулемет. Обучением он подготовлен к этому, новояз — его орудие — предохранит его от ошибок, фактура слов с их жестким звучанием и преднамеренным уродством, отвечающим духу ангсоца, еще больше облегчит ему дело.

Облегчалось оно еще и тем, что выбор слов был крайне скудный. По сравнению с нашим языком лексикон новояза был ничтожен, и все время изобретались новые способы его сокращения. От других языков новояз отличался тем, что словарь его с каждым годом не увеличивался, а уменьшался. Каждое сокращение было успехом, ибо чем меньше выбор слов, тем меньше искушение задуматься. Предполагалось, что в конце концов членораздельная речь будет рождаться непосредственно в гортани, без участия высших нервных центров. На эту цель прямо указывало новоязовское слово «речекряк», то есть «крякающий по-утиному». Как и некоторые другие слова **В**, «речекряк» имел двойственное значение. Если крякали в ортодоксальном смысле, это слово было не чем иным как похвалой, и, когда «Таймс» писала об одном из партийных ораторов: «идейно крепкий речекряк», — это был весьма теплый и лестный отзыв.

Словарь **С** был вспомогательным и состоял исключительно

из научных и технических терминов. Они напоминали сегодняшние термины, строились на тех же корнях, но, как и в остальных случаях, были определены строже и очищены от нежелательных значений. Они подчинялись тем же грамматическим правилам, что и остальные слова. Лишь немногие из них имели хождение в бытовой речи и в политической речи. Любое нужное слово научный или инженерный работник мог найти в особом списке, куда были включены слова, встречающиеся в других списках. Слов, общих для всех списков, было очень мало, а таких, которые обозначали бы науку как область сознания и метод мышления независимо от конкретного ее раздела, не существовало вовсе. Не было и самого слова «наука»: все допустимые его значения вполне покрывало слово «ангсоц».

Из вышесказанного явствует, что выразить неортодоксальное мнение сколько-нибудь общего порядка новояз практически не позволял. Еретическое высказывание, разумеется, было возможно — но лишь самое примитивное, в таком, примерно, роде, как богохульство. Можно было, например, сказать: «Старший Брат плохой». Но это высказывание, очевидно нелепое для ортодокса, нельзя было подтвердить никакими доводами, ибо отсутствовали нужные слова. Идеи, враждебные ангсоцу, могли посетить сознание лишь в смутном, бессловесном виде, и обозначить их можно было не по отдельности, а только общим термином, разные ереси свалив в одну кучу и заклеймив совокупно. В сущности, использовать новояз для неортодоксальных целей можно было не иначе, как с помощью преступного перевода некоторых слов обратно на старояз. Например, новояз позволял сказать: «Все люди равны», — но лишь в том смысле, в каком старояз позволял сказать: «Все люди рыжие». Фраза не содержала грамматических ошибок, но утверждала явную неправду, а именно что все люди равны по росту, весу и силе. Понятие гражданского равенства больше не существовало, и это второе значение слова «равный», разумеется, отмерло. В 1984 году, когда старояз еще был обычным средством общения, теоретически существовала опасность того, что, употребляя новоязовские слова, человек может вспомнить их первоначальные значения. На практике любому воспитанному в двоемыслии избежать этого было нетрудно, а через поколение-другое должна была исчезнуть даже возможность такой ошибки. Человеку, с рождения не знавшему другого языка, кроме новояза, в голову не могло прийти, — что «равенство» когда-то имело второй смысл — «гражданское равенство», а свобода когда-то означала «свободу мысли», точно так же как человек, в жизни своей не слыхавший о шахматах, не подозревал бы о другом значении слов «слон» и «конь». Он был бы не в силах совершить многие преступления и ошибки — просто потому, что они безымянны, а следовательно, немыслимы. Ожидалось, что со временем отличительные особенности новояза будут проявляться все отчетливей и отчетливей — все меньше и меньше будет оставаться слов, все уже и уже становиться их значение, все меньше и меньше будет возможностей употребить их не должным образом.

Когда старояз окончательно отомрет, порвется последняя связь с прошлым. История уже была переписана, но фрагменты старой литературы, не вполне подчищенные, там и сям сохранились, и, покуда люди помнили старояз, их можно было прочесть. В будущем такие фрагменты, если бы даже они сохранились, стали бы непонятны и непереводимы. Перевести текст со старояза на новояз было невозможно, если только он не описывал какой-либо технический процесс или простейшее бытовое действие или не был в оригинале идейно выдержанным (выражаясь на новоязе — благомысленным). Практически это означало, что ни одна книга, написанная до 1960 года, не может быть переведена целиком. Дореволюционную литературу можно было подвергнуть только идеологическому переводу, то есть с заменой не только языка, но и смысла. Возьмем, например, хорошо известный отрывок из Декларации независимости:

«Мы полагаем самоочевидными следующие истины: все люди сотворены равными, всех их создатель наделил определенными неотъемлемыми правами, к числу которых принадлежат жизнь, свобода и стремление к счастью. Дабы обеспечить эти права, учреждены среди людей правительства, берущие на себя справедливую власть с согласия подданных. Всякий раз, когда какая-либо форма правления становится губительной для этих целей, народ имеет право изменить или уничтожить ее и учредить новое правительство…»

Перевести это на новояз с сохранением смысла нет никакой возможности. Самое большее, что тут можно сделать, — это вогнать весь отрывок в одно слово: мыслепреступление. Полным переводом мог стать бы только идеологический перевод, в котором слова Джефферсона превратились бы в панегирик абсолютной власти.

Именно таким образом и переделывалась, кстати, значительная часть литературы прошлого. Из престижных соображений было желательно сохранить память о некоторых исторических лицах, в то же время приведя их труды в согласие с учением ангсоца. Уже шла работа над переводом таких писателей, как Шекспир, Мильтон, Свифт, Байрон, Диккенс, и некоторых других; по завершении этих работ первоначальные тексты, а также все остальное, что сохранилось от литературы прошлого, предстояло уничтожить. Эти переводы были делом трудным и кропотливым; ожидалось, что завершатся они не раньше первого или второго десятилетия XXI века. Существовало, кроме того, множество чисто утилитарных текстов — технических руководств и т. п., — их надо было подвергнуть такой же переработке. Окончательный переход на новояз был отложен до 2050 года именно с той целью, чтобы оставить время для предварительных работ по переводу.

Classipublica

www.classipublica.com